田东江 著

千年往事己沧沧

报人读史札记四集

中山大学出版社
·广州·

版权所有　翻印必究

图书在版编目（CIP）数据

千年往事已沉沉：报人读史札记四集／田东江著. —广州：中山大学出版社，2020.9

ISBN 978-7-306-06906-1

Ⅰ.①千… Ⅱ.①田… Ⅲ.①随笔—作品集—中国—当代 Ⅳ.①I267.1

中国版本图书馆CIP数据核字（2020）第129411号

出版人：	王天琪
责任编辑：	裴大泉
封面设计：	林绵华
责任校对：	佟　新　赵　婷
责任技编：	何雅涛
出版发行：	中山大学出版社
电　　话：	编辑部 020-84111996，84113349，84111997，84110779
	发行部 020-84111998，84111981，84111160
地　　址：	广州市新港西路135号
邮　　编：	510275　　传　真：020-84036565
网　　址：	http://www.zsup.com.cn　E-mail:zdcbs@mail.sysu.edu.cn
印刷者：	佛山家联印刷有限公司
规　　格：	880mm×1240mm　1/32　12印张　292千字
版次印次：	2020年9月第1版　2020年9月第1次印刷
定　　价：	49.00元

如发现本书因印装质量影响阅读，请与出版社发行部联系调换

序

陈春声

在大学里开"史学概论"课,讲到历史与当代的关系时,常常会引用美国学者保罗·康纳顿在《社会如何记忆》书中的一段话,来讨论"有关过去的知识"与"对现在的体验"之间的关系:

> 我们对现在的体验在很大程度上取决于我们有关过去的知识。我们在一个与过去的事情和事件有因果联系的脉络中体验现在的世界,从而,当我们体验现在的时候,会参照我们未曾体验的事件和事物。相应于我们能够加以追溯的不同的过去,我们对现在有不同的体验。于是,从今我推演故我就有困难:这不仅仅是因为现在的因素可能会影响——有人会说是歪曲——我们对过去的记忆,也因为过去的因素可能会影响或歪曲我们对现在的体验。

我想用康纳顿的说法来提醒学生,在历史记忆与对现实理解之间,存在着相当复杂的动态的多层次的互动关系。如果要说"一切真历史都是当代史",不仅仅是指生活在当代的史学家,在描述自己的研究对象时,必定受到其时代的影响,从而使历史具有了克罗齐所讲的"当代性"。更重要的可能是,我们对现在的体验,在很大程度上取决于有关过去的知识,历史记忆在"当代性"形成过程中所起的作用,要比一般人的想象大许多。也就是说，人们的历史记忆，受到其对"当代"理解的影响，而其对"当代"的理解，又受制于其对历史的记忆，这是一个具有内在和谐性但却难以用理性语言确切表达的复杂的动态过程。我也常常提醒学生，在这样的过程之中，知识精英以"白纸黑字"的形式形塑并保留其历史记忆的工作，对后起的研究者来说，具有特别值得注意的价值。

当初讲课的时候，还以为这一类的看法，主要应属于我们这些"历史佬"才会有的"切身体验"。但后来拜读田东江的三集"报人读史札记"才发觉到，对一位优秀的新闻工作者来说，熟读史书，兼具史才和史识，将日常工作所形成的"对现在的体验"与属于个人修养的"有关过去的知识"连接起来，所表达的洞见，也同样是别开生面，发人深省。新闻界前辈范以锦先生这样评价东江的文字：

> 其文章鲜明的主体意识，使作者不是"看三国落泪，为古人担忧"，也不是"发思古之幽情"，所体现的是满腔热血的当代知识分子所理应体现的对历史的深刻思考和对现实的深切关注。

对范先生的看法，我是深以为然的。

保罗·康纳顿讨论社会记忆的功能时，还有一个重要的观点，即"过去的形象一般会使现在的社会秩序合法化"。他认为："我们对现在的体验，大多取决于我们对过去的了解；我们有关过去的形象，通常服务于现存社会秩序的合法化。"这样的见识，大概也可归入大家都耳熟能详的"读史使人明智"之类的道理。我觉得，如果读者不能从这样的角度，去理解东江一系列"报人读史"文章的深意，不能透过一个新闻工作者敏锐的感觉和犀利的文字，去体验其背后蕴含着的仁厚用心与包容思想，那确实是令人遗憾的，也就辜负了作者的一份良苦用心。可惜的是，在当代中国社会，误读好作品仍然属于普遍现象。

从史学工作者的角度看来，"报人读史"可以归入知识精英以"白纸黑字"的形式塑造并保留其历史记忆一类的工作。过去30余年间，我们所经历和体验的经济、社会、文化和学术领域的巨大变化，在几千年中国历史上是绝无仅有的。亲历这样的历史，对中国社会和中国文化的研究者来说，真是可遇而不可求。新闻工作者身处这样的历史转折和社会转型时期，其具有历史深度的文字自然也就成为历史的一部分。东江以报人身份读史，从古代史家的记载中，寻求观察当代社会的灵感与智慧，殊不知，他对自己当下思想的记录，不经意间，已经成为后辈史家思想的材料。

我与东江认识多年，本书《杭州西湖》一文提到2011年游览杭州西湖事，国庆长假最后一天"与一干学界友人海阔天空"，我即忝列那"一干学界友人"之间。也就是那次同游西湖，东江谈到他正在编辑"报人读史札记"第四集，要求我在书前写几个字。回穗一年后，接到这部书稿，看到他2010和2011两年之间所写的119篇思想性和知识性俱佳的作品，用功之勤，用力之深，真的令人不胜钦佩。我相信，不管对学者还是公众，这都是一部开卷有益的作品。

是为序。

2013年1月20日
于广州康乐园马岗松涛中

目　录

序（陈春声）　　I

骂　1
"故里"之争　4
屠夫　8
照镜子　11
"曹操墓"　14
无雨无风春亦归　17
虎　20
送穷　23
官场称谓　26
秘书　29
年龄门　32
说一丈不如行一尺　35
朝三暮四　38
极度夸张　41
强拆　44
作序　47
放屁　50
与其更于后，曷若慎于初　53
饮茶　57
梁山泊　60
赢得猫儿卖了牛　63
酷吏　66

讲史　69
官场送迎　72
"神医"　75
抄写　78
政坛诗词　81
《长恨歌》　84
桃花源　87
雅号　90
小蛮腰　93
眼泪　96
鸟语　99
焚作品　102
毁庄稼　105
美女　108
修史　111
修史（续）　114
相术　117
人事　120
强盗　123
跳槽　126
官帽子　129
中秋月　132
只叉双手揖三公　135
利玛窦　138
数字游戏　141
重阳　144
长寿　147
我爸是……　150
作序（续）　153
东倒西歪　156
日记　159
段子　162
一鸟不鸣山更幽　165

乡饮酒礼　　168
打×　　171
王朝云　　174
官冗　　177
单个汉字　　180
删书　　183
亲亲容隐　　186
赵氏孤儿　　190
晒收入　　193
文章大抵多相犯　　196
兔子　　199
人日　　202
愁　　205
有来头　　208
值夜班　　211
狐狸　　215
本命年　　218
高考移民·户贯　　221
盐　　224
搔痒　　227
赏花　　230
誉人过实　　233
岭南佳果　　236
非典，牛顿，冰壶　　240
恐怖分子　　243
七星岩　　246
端砚　　249
"撼"事　　252
冠名　　255
官德　　258
撒尿　　261
指头作画　　265
立碑　　268

钓鳌　272
隐身　275
速成　279
强拆（续）　283
忍　287
不怒　290
雷公　293
艳照·狎妓　297
葛亮，马迁，方朔　301
醋　304
书房　307
序齿　310
穷怕了？　313
盐（续）　316
昼寝　319
题壁　322
杭州西湖　325
尊高年　328
恶其名　331
艳照·狎妓（续）　334
脊梁　337
小孝子　340
牙疼　343
一睡N年　346
媚官　349
吝啬鬼　353
家讳　356
穿越　359
阎罗王　362
冬至　365
金×　368

后记　371

骂

在媒体总结的去年雷人雷语中,有一则是12月23日上海音乐台主持人晓君收到一名听众短信后的回应。该听众在短信中写道:"求你们不要说上海话了,我讨厌你们上海人!"晓君先生于是给他出了个主意:"请你以一种团成一个团的姿势,然后,慢慢地以比较圆润的方式,离开这座让你讨厌的城市,或者讨厌的人的周围。"任何智力正常的人都听得出,这是对该听众的一种辱骂,比左宗棠式的"王八蛋,滚出去"文雅一些,婉转一些,甚至有文化一些,仅此而已。

骂人,是用语言来侮辱别人。任何语言及方言中恐怕都有骂人的粗话脏话,应该也都有"族骂"或"国骂"吧。这两年,咱们的国骂动辄在绿茵场上公开响起。日本也有国骂,就是我们熟知的"八嘎牙路"。有人考证说,用日本汉字写出来,这几个字是"马鹿野郎"。而"马鹿"即"八嘎",还是从我们"指鹿为马"的典故而来,他们把连马和鹿都分不清的人叫作"马鹿"。"野郎"即"牙路",本意是村夫,用来比喻粗俗,没有教养。这么一看,他们国骂的渊源似乎还在我们这里。

《世说新语》云,张吴兴八岁,"亏齿",有人故意逗他:"君口中何为开狗窦?"小孩子应声而答:"正使君辈从此中出入!"《幼学琼林》之"笑人齿缺,曰'狗窦大开'"正从此来。开狗窦,尚有戏谑的成分,小家伙的回敬就是开骂的意味了。叶挺将军有名句曰"人的躯体怎能从狗的洞子里爬出",揭示的就是这个浅显的道理。《建炎以来朝野杂记》云,虞并甫尝调官临安,"携所注《新唐书》以干秦丞相",准备走秦桧的门路。谁知著作给同船来的一个家伙偷去了,并且先下手为强,径自拿去当成了自己的。虞并甫知道后没说什么,好在成果不只这一本,"乃更以他书为贽"。剽窃的毕竟做贼心虚,"疑并甫必怨己",又来了个恶人先告状,"遇士大夫辄诋之"。虞并甫"还知渠州,过夔,沈守约丞相为帅",可能是试探吧,沈守约向他打听那个窃贼的为人,谁知"并甫称其美"。沈守约"屡诘之,并甫不变"。沈守约说:"是人毁君不容口,君毋为过情。"这时虞并甫说真话了:"渠所长甚多,但差好骂耳!"虞并甫的表现,或可认为涵养到家,或亦可认为不如小孩子来得率直。

《苌楚斋续笔》里有一则"某部官吏愤慨语",说宣统辛亥以来,"升沉者不一,高者入九天,低者入九渊"。"入九天"的,欢喜不及;"入九渊"的,又加上不肯忍气吞声的,自然要义愤形于言表,其中一个,"挈其妻,弹唱于十刹海附近一带",插面旗子,书字三行:"天下有道,我黼子佩。天下无道,我负子戴。天下混帐,我弹子唱。"有人说,这人虽"愤而为此,实亦至言也"。不过他的开骂,泄愤是前提,跟今日若干高官退休后才指摘时弊的所谓"直言"差不多。《清稗类钞》之"李疯子骂人",说的则是民间人士。光绪年间,"京师有妇人李氏者,年六十许",好骂人,大家都叫她李疯子。她每天清晨,"提一篮游于市,且行且骂,朝政民俗一一指陈,无稍讳。群儿辄尾之"。把她抓起来也没用,曾经"致之狱,挞之不惧,久乃释之"。这个老妇很怪,"遇冠盖于途,声益高",越看到当官的,骂得越厉害,而"入人家则又和颜款接,不类有疾者"。显然,这位李疯子心里明白得很。

清朝学者王士禛非常钦佩严羽严沧浪,说他特拈"妙悟"二字论诗,及所云"不涉理路,不落言诠",又"镜中之象,水中之月,羚羊挂角,无迹可寻"云云,皆发前人未发之秘。"而常熟冯班诋諆之不遗余力,如周兴、来俊臣之流,文致士大夫,锻炼罗织,无所不至"。王很奇怪"风雅中乃有此《罗织经》也",云"昔胡元瑞作《正杨》,识者非之。近吴殳修龄作《正钱》,余在京师亦尝面规之。若冯君雌黄之口,又甚于胡、吴辈矣。此等谬论,为害于诗教非小,明眼人自当辨之。至敢骂沧浪为'一窍不通,一字不识',则尤似醉人骂坐,闻之唯掩耳走避而已"。汪容甫也是这样,"好骂当代盛名之人,聆之者辄掩耳疾走",跟今天的宋祖德先生差不多。人家劝汪容甫不要骂了,他说,你以为我喜欢骂人吗,"人得吾骂,亦大难",像方苞、袁枚他们两位,"吾岂屑骂之哉!"倘渔洋山人听闻此语,不知又要作何感慨了。

当年,陈琳在袁绍阵营的时候,檄文痛骂曹操,反而得到了曹操的赏识。陈氏风骨自然无从谈起,但如吕留良所说:"夫骂焉而当,则曰惩曰戒;骂苟不当,则曰悖曰乱。"陈琳正有"骂焉而当"的成分,而上海的这名主持诚如泼妇骂街,虽骂了别人,但也"暴露"了自己的素质,其被群起而攻之,实乃自然。电台应该算是个"窗口"单位,折射着一个城市的文明形象。上海电台的事件表明,他们的"窗口"已经蒙上了灰尘,而且脏得不轻,该好好擦擦了。

2010 年 1 月 5 日

"故里"之争

1989年9月,我在研究生入学之前忽然接到学校通知,要么立即找个单位工作,保留学籍;要么立即到基层去一年,好像叫劳动锻炼或体验国情之类。这样,我去了广东封开县,在一个镇里每天晃晃荡荡。这么说,是因为实在没有什么事情可做,镇里发了一辆旧单车,你愿意去哪就去哪,到外镇、外县(时中山大学"下去"26人,分别在隶属肇庆市的封开、广宁、怀集三县)去找同学玩儿也无所谓。我在那时读了些书,有自己带去的,也有在当地寻觅的。镇里一个稍大的、很有些破烂的杂货店,居然有图书的一角,且有上海古籍版的《诗经》《孟子》之类,镇政府的柜子里居然放着一套线装、清代编纂的《封川县志》和《开建县志》,都比较出乎我的意料。

所以回忆起这段往事,源于当下全国各地的历史名人"故里"之争。概因封开那里也有个历史名人——两广第一个状元莫宣卿,那还是唐宣宗大中五年(851)的事。可惜莫宣卿在台州别驾的赴任途中病死了,没留下什么事迹,诗作仅存三首半,名字也就没那么彰显。封开县是新中国成立后由封川、开建两县合并而来,各取首字因成封开。莫宣卿的故里恰在分治时的两县交界处,于是《封川县志》说莫宣卿是他们县的,而《开建县志》则说是他们县的。这个棘手问题因为合并算是歪打正着地解决了,而当下弥漫全国的、大量属于跨地域的"故里"之争,显然行政区划爱莫能助。比如李白故里,就牵涉两国四市,国内的分别是四川江油、湖北安陆和甘肃天水,国外的是吉尔吉斯斯坦的托克马克。咱们那位著名的郭大诗人在《李白与杜甫》中开篇就说:"唐代诗人李白,以武则天长安元年(701),出生于中央亚细亚的碎叶城。"当然,那不是他"考证"出来的,但他在特定历史条件下的言之凿凿,让今天的托克马克人有了底气吧。

有意思的是,明朝的李卓吾先生就曾经评论过李白故里之争。倒不是他能预言后世的乱象,而是在他那个时候,李白故里究竟是哪显然也一度成为问题。

事见李卓吾《焚书》,由明朝三大才子之一杨慎的议论而起。杨慎认为,"(李)白慕谢东山,故自号东山李白。杜子美云'汝与东山李白好'是也",而"流俗本"妄改"东山"为"山东",所以"刘昫修《唐书》,乃以白为山东人,遂致纷纷耳"。刘昫之前,显然是"流俗本妄改"之故。谢东山,即淝水之战中指挥淡定的谢安。今天中华书局标点的后晋刘昫《旧唐书·李白传》,开篇的确是这样写的:"李白字太白,山东人。少有逸才,志气宏放,飘然有超世之心。父为任城尉,因家焉。"但点校者对此进行的"校勘"认为:"李白中年时曾在山东住过,故杜甫诗中有'汝与山东(原文如此)李白好'之句,元稹《杜子美墓系铭》遂以李白为山东人,《旧唐书》沿袭了这一错误。"这样看来,李白的籍贯山东说,始作俑者是元大诗人了。而沿袭这一错误的,显然不只《旧唐书》,宋人钱易的《南部新书》不仅认定李白是山东人,而且还找了不少"证据"。有趣的是,当下的"李白故里"之争却并无山东方面介入,他们没有揪住《旧唐书》的片言只字跟着起哄,是理性在起作用,还是自家连圣人都有好几个,文化资源丰富得很,根本不屑于此?

卓吾先生接着杨慎的见解说话了:"蜀人则以(李)白为蜀产,陇西人则以白为陇西产,山东人又借此以为山东产,而修入《一统志》,盖自唐至今然矣。"那么,"李白故里"之争,看似在这个讲"文化"的时代才热闹起来,其实已经历史悠久了。李老夫子说到这里,干脆打起圆场:"余谓李白无时不是其生之年,无处不是其生之地。亦是天上星,亦是地上英。亦是巴西人,亦是陇西人,亦是山东人,亦是会稽人,亦是浔阳人,亦是夜郎人。死之处亦荣,生之处亦荣,流之处亦荣,囚之处亦荣,不游不囚不流不到之处,读其书,见其人,亦荣亦荣!莫争莫争!"这里得明确一下,"亦是巴西人"的"巴西",不是首都叫作巴西利亚的那个国度,而是指四川西部,"巴东三峡巫峡长"的那个"巴"。李白"故里"之争诚然超越了国界,但还扯不到南美。此外,卓吾老夫子的议论快则快矣,但我真担心他的圆场弄巧成拙,所谓会稽人、浔阳人、夜郎人说在他是随口道来,却可能无端掀起风浪,给那几个根本没有觊觎之心的地方旋即抓到"证据"。当然,这只是开个玩笑。

《清稗类钞》云,康熙年间黎士弘在甘山当县官,"甘山各乡春秋赛会,均奉刘先主为案神"。这一年,"两乡之赛者,偶争道后先,互哄于县,控词称彼家刘备欺我家刘备"。黎士弘大笑之余,"各扑其首事而遣之",并即兴填了一阕《洛阳春》:"笑杀两家刘备,空争闲气一身。且自不相容,还要桃园结义。多是小人生意,有何干系。轻轻十板各归家,还算县官省事。"今天对"故里"之争若要打"轻轻十板"的话,该由谁来出手呢?"举头望明月,低头思故乡。"李白"思"的究竟是哪里,只有寄望有朝一日能起之于地下问个清楚了。而倘若全都如此的话,不仅"地下"的古人要乱作一团,而且如子虚乌有的西门庆之类,其"故里"究不知问谁才好。

尽管"故里"之争是一种文化传统，但古今之争，性质截然不同。古代的大抵没出文化的范畴，今天盯住的是能带来多少经济利益。

2010年1月12日

屠夫

国家商务部近期发布了《全国生猪屠宰行业发展规划纲要（2010—2015）》，提出到2013年，全国手工和半机械化等落后的生猪屠宰产能淘汰30%，到2015年淘汰50%，其中大城市和发达地区力争淘汰80%左右。这个消息传到广东，引发了争议声音。本地著名"壹号土猪"的创始人便不予认同，他说广东人的消费习惯是讲究吃新鲜，跟北方人习惯吃冻肉差异很大，手工屠宰杀出来就卖适应南方市场特点。

语云"大毙肥腴，祸之将及"，这里的"祸"，就是屠宰。从事屠宰在旧时是一种比较低贱的职业，民间蔑称之"屠儿"。《后汉书·祢衡传》载，祢衡一度揣着张刺（名片）到处想找事做，因为"尚气刚傲，好矫时慢物"，导致"无所之适，至于刺字漫灭"。有人劝他，何不去找找陈群、司马朗呢？祢衡说："吾焉能从屠沽儿耶？"陈群、司马朗俱一时名士，查《三国志·魏书》两人传记，并未从事过祢衡所说的屠宰业，而祢衡如此视之，正是对二人以示轻蔑。当然，无论何种职业，总有不能不令人轻蔑之人，屠夫之中，《儒林外史》里的胡屠户该是个典型。钱锺书先生引申认为，司马相如奉使归蜀之后，"卓王孙喟然而叹，自以得使女尚司马长卿晚"，正酷似胡屠户之于"贤婿老爷"。但祢衡的轻蔑，属于毫无来由。

杀猪之外，杀牛的、杀羊的、杀狗的，历史上也均有著名人物。杀牛的除了《庄子》里的庖丁，还有个叫吐或坦的人，见于《淮南子》。曰："屠牛吐一朝而解九牛，而刀以剃毛"，并且也提到"庖丁用刀十九年，而刀如新剖硎"，亦在于"游乎众虚之间"。贾谊《新书》云："屠牛坦一朝解十二牛而芒刃不顿者，所排击、所剥割皆象理也。"一个上午杀牛的数目不尽相同，并不要紧，两作者的用意旨在借此说明凡事要"依乎天理"，如此则"游刃有余"。狭义看"天理"，是牛的自然结构；广义地看，则应该是治国之道。借宰牛而言治国，因其固然，即顺物自然。

杀羊的有战国时的楚人说。《庄子·让王》云："楚昭王失国，屠羊说走而从于昭王。昭王反国，将赏从者，及屠羊说。"但这个以杀羊为生的叫说的人并没有受宠若惊，他说，您的国丢了，我也没了生意；现在您复国了，我重操旧业，"臣之爵禄已复矣，又何赏之有！"然昭王一定要赏他，屠羊说又说："大王失国，非臣之罪，故不敢伏其诛；大王反国，非臣之功，故不敢当其赏。"昭王为屠羊说"居处卑贱而陈义甚高"所感动，再三要"延之以三旌（三公）之位"。屠羊说更明确表态："夫三旌之位，吾知其贵于屠羊之肆也；万锺之禄，吾知其富于屠羊之利也；然岂可以贪爵禄而使吾君有妄施之名乎？说不敢当，愿复反吾屠羊之肆。"如今不要说在该得的，便是在非分的爵禄面前又有几人抵御得了诱惑，能做到像屠羊说这样心如止水呢？

杀狗的名人当推秦末跟着刘邦打天下的樊哙了，《史记》说他"沛人也，以屠狗为事"。张守节《正义》云："时人食狗，亦与羊豕同，故哙专屠以卖之。"樊哙以项羽鸿门宴上的表现尤令世所熟知，屠狗，遂成为后世对位卑豪杰之士的指代，与祢衡的用意完全相反。

《汉书·陈平传》载，陈平没有发迹的时候，"为宰"，在里中负责分猪肉。因为分得"甚均",引来父老赞叹:好啊,让陈孺子干这件事。陈平马上说:"使平得宰天下,亦如此肉矣!"如果治理社会,同样能做到公平。《太平御览》转引王隐《晋书》载:"愍怀太子令人屠肉,已自分齐,手揣轻重,斤两不差,云其母本屠家之女也。"与陈平刚好调了个位置,要有天下了,却真的玩儿起分肉。《南史》载,东昏侯萧宝卷也是这样,"在宫尝夜捕鼠达旦""日夜于后堂戏马,鼓噪为乐"等等之余,"又于苑中立店肆,模大市,日游市中,杂所货物,与宫人阉竖共为裨贩"。这且不够,还要"开渠立埭,躬自引船,埭上设店,坐而屠肉",至于百姓歌云:"阅武堂,种杨柳,至尊屠肉,潘妃酤酒。"没一点儿正事可言。

《汉书·酷吏传》里有个严延年,"冬月,传属县囚,会论府上,流血数里,河南号曰'屠伯'"。为《汉书》作注的颜师古在此引用邓展的话说:"言延年杀人,如屠儿之杀六畜。"这里的"屠伯",上升到了社会学意义,与纳粹时期的"××屠夫"大抵可以相提并论了。《桯史》中,秦桧欲拉拢状元赵逵,知其家贫而"家属尚留蜀",乃使人"奉黄金百星"。赵逵"力辞之",大家劝他不要惹老秦不高兴,赵逵正色曰:"士有一介不取,予独何人哉!君谓冰山足恃乎!"吓得"劝者缩颈反走"。秦桧知道了,大怒曰:"我杀赵逵,如猕狐兔耳,何物小子,乃敢尔耶!"还想当一回屠夫。诗人杨万里曾就秦墓上的牧牛亭题曰:"今日牛羊上丘垅,不知丞相更嗔不?"在阴间的老秦知道了,未知做何感想。

屠宰纲要出台之后,广东一名猪肉批发商表示,比起限制屠宰方式,政府的监管重点更应放在环保方面,只要污水处理、食品卫生等做得达标,小屠宰场也应该允许生存下去。的确,百姓要吃放心肉,理会的并不是屠宰方式。

2010年1月19日

照镜子

1月19日,东北大学举行了自主招生面试考试,令考生认为最蹊跷的是"照镜子"这道思辨题,不少人坦言蒙住了,没有答出来。当然,也有的从"以铜为镜、以史为镜"等谈起,更有考生想到了猪八戒的"里外不是人"。

照镜子,是一道饶有趣味的题目。这个日常生活中的寻常动作,蕴涵着许多情趣乃至哲理。《太平广记》有一则"不识镜",说"有民妻不识镜",老公买回一块,她照了一下,"惊告其母",以为老公又带了个媳妇回来。她妈妈也照了一下,更惊讶了,他怎么连亲家母一起带来了?《管锥编》转引的一则与之类似,村人去买奴,在市场的一面镜子里看到自己,"误为少壮奴",结果把镜子买回来了;父亲照了一下,"怒子买老奴";母亲抱着小女儿看了看,惊诧"买得子母两婢"。找女巫来看怎么回事,结果镜子摔成两半,"师婆拾取,惊睹两婆",吓坏了。这些故事当然属于笑话,但在聊供茶余饭后解颐的同时,认我为人与认人为我(实例此处不举),不是能给人以处世哲学上的启发吗?

《开元天宝遗事》里有"照病镜",云"叶法善有一铁镜,鉴物如水,人每有疾病,以镜照之,尽见脏腑中所滞之物,后以药疗之,竟至痊瘥"。《侯鲭录》转引《西京杂记》亦云:"汉有方镜,广四尺九寸,高五尺,表里有明,人直来,照之,影则倒见,以手覆心而来,则见肠胃五脏,历历无碍,人有疾病在内,则掩心照之,知人病之所在。"还说秦始皇有一种镜子,能发现"女子有邪心"与否,始皇于是用来"以照宫人,胆张心动者即杀之"。诸如此类的神奇之镜,钱锺书先生认为并非确有实物,"皆人之虚愿而发为异想,即后世医学透视之造因矣。神话、魔术什九可作如是观,胥力不从心之慰情寄意也"。

《三国演义》里有夏侯惇"拔矢啖睛"的故事,读来惊心动魄。高顺败阵,"惇纵马追赶,顺绕阵而走。惇不舍,亦绕阵追之。阵上曹性看见,暗地拈弓搭箭,觑得亲切,一箭射去,正中夏侯惇左目。惇大叫一声,急用手拔箭,不想连眼珠一起拔出,乃大呼曰:'父精母血,不可弃也!'遂纳于口内啖之,仍复挺枪纵马,直取曹性。性不及提防,早被一枪搠透面门,死于马下"。夏侯惇此举,令"两边军士见者,无不骇然"。然这只是小说家言,《三国志》对此只有一句:"太祖自徐州还,惇从征吕布,为流矢所中,伤左目。"少了活灵活现不说,作注的裴松之引《魏略》表明,夏侯惇因此而很不开心,当时还有另一位将军夏侯渊,军中为了区别二人,叫夏侯惇为"盲夏侯"。夏侯惇很不爱听,"恶之",但是照镜子,又不能不接受现实,只好自己生闷气,"每照镜恚怒,扑镜于地"。正史野史结合在一起,才叫我们见识了"完整"的夏侯惇。明人陈继儒有诗曰:"少妇颜如花,妒心无乃竞!忽对镜中人,扑碎妆台镜。"此之"扑"与夏侯惇之"扑",异曲同工,虽然恚的"动机"不同。

东晋孝武帝将讲《孝经》,谢安、谢石兄弟和一些人先在家里开庭预习。车胤有疑惑要问,又不敢开口,就跟袁羊叨咕说:"不问则德音有遗,多问则重劳二谢。"袁羊说,不会烦你,他的根据是"何尝见明镜疲于屡照,清流惮于惠风"。明镜诚然不会因屡照而疲,但"物无遁形,善辨美恶"的功能,亦非镜所独有。《管锥编》里,钱锺书先生在批评冯班论诗的偏见时指出:"盖只求正名,浑忘责实,知名镜之器可照,而不察昏镜或青绿斑驳之汉、唐铜镜不能复照,更不思物无镜之名而或具镜之用,岂未闻'池中水影悬胜镜'(庾信《春赋》)耶?"由此更引出了对"以溺自照",亦即俗话所说"撒泡尿照照"的考证。在钱先生看来,最早当见于程颐述宋仁宗时王随的话:"何不以溺自照面,看做得三路转运使无?"然钱先生也认为,文字记载此处虽然最早,"然必先以为常谈矣"。

《鸡肋编》云:"范觉民(宗尹)作相,方三十二岁,肥白如冠玉。旦起与裹头、带巾,必皆览镜,时谓'三照相公'。"——比战国时"朝服衣冠,窥镜"的美男子邹忌还进一步。范觉民踏入宦海较早,三十岁即代吕颐浩为相,因而"近世宰相年少,未有如宗尹者"。他是凭"分镇"的建议上来的,"时诸盗据有州县,朝廷力不能制",乃建议"稍复藩镇之法,裂河南、江北数十州之地,付以兵权,俾蕃王室"。然《宋史》亦说他"为政多私,屡为议者所诋",因为"魏滂为江东通判,谏官言其贪盗官钱,滂遂罢;李弼孺领营田,谏官言其媚事朱勔,弼孺亦罢:二人皆宗尹所荐"。但范觉民之"三照"与《清异录》所载之王希默——"简淡无他好,惟以对镜为娱,整饰眉髻,终日无倦",还是大不相同吧,后者唯知臭美,见之于政绩难说不会粉饰。

今天的考生回答照镜子一类的题目,就唐太宗时期的"正衣冠、知兴亡、明得失"也大有可以发挥的空间。考生蒙住了,大约与某年报考公务员的题目"为什么南极没有熊"那么怪异有关吧,一下子领会不了出题的动机是什么。

2010 年 1 月 22 日

"曹操墓"

去年岁末,河南安阳发现了"曹操墓",一时轰动。轰动的一个重要因素是舆论的普遍质疑。史传曹操有"七十二疑冢",凭什么这个几乎空空如也的就是?作为"重大发现",人们存在疑虑是非常正常的,但"曹操墓"发掘主持人潘伟斌先生的态度很难让人恭维,说什么质疑的人"水平还不够火候""不是搞考古的",云云。但被质疑者若想取信于民,正确的态度显然是应该回答而并非鄙夷即便不够火候的质疑。

打开昔日的墓葬,今天叫发掘,从前叫发墓或盗墓。当然,动机还是有本质区别的:今天要凭借相应的实物来还原过去的生活图景,尽管市场经济时代如"曹操墓"这样盯着经济效益的行为渐渐多了起来;从前的动机则比较复杂,找宝贝、争风水或者祈禳、泄愤,受世界观的因素驱动。能找到宝贝,自然是厚葬之风的缘故了。《晋书·索䴗传》载,"盗发汉霸、杜二陵,多获珍宝",愍帝问汉陵中为什么会有这么多东西,索䴗答:"汉天子即位一年而为陵,天下贡赋三分之,一供宗庙,一供宾客,一充山陵。"就说汉武帝吧,其"享年久长,比崩,而茂陵不复容物"。不过,汉武帝入葬不过区区四年,市场上便已有茂陵地宫随葬的玉杖、玉箱出售。比较惨烈的盗墓,当推元世祖忽必烈时杨琏真珈的做法。杨琏真珈"为江南总摄,悉掘(宋)徽宗以下诸陵,攫取金宝,哀帝后遗骨,瘗于杭之故宫,筑浮屠其上,名曰'镇南',以示厌胜,又截理宗颅骨为饮器"。自认为知其详的周密在其著作《癸辛杂识》中说,事发至元二十二年(1285)八月,先是挖了宁宗、杨后、理宗、度宗四陵;十一月,则挖了孟后、徽宗、郑后、高宗、吴后、孝宗、谢后、光宗诸陵。诸陵所在有一泰宁寺,寺主宗允因而"多蓄宝货,豪霸一方"。所以汉代杨贵就说过:"夫厚葬诚无益于死者,而俗人竞以相高,糜财单币,腐之地下。或乃今日入而明日发,此真与暴骸于中野何异?"

北齐时魏收修《魏书》,因为奉行酬恩报怨,硬是写成了一部"秽史"。魏收"既缘史笔,多憾于人",结果"齐亡之岁,收冢被发,弃其骨于外"。隋朝时,卫玄讨"为天下解倒悬"的杨玄感,"至华阴,掘杨素冢,焚其骸骨,夷其茔域,示士卒以必死",杨素是杨玄感的爸爸,当过隋的宰相。明朝时,杨嗣昌与张献忠作战,及后者攻下武陵,虽嗣昌已死,仍"发其七世祖墓,焚世昌夫妇柩"。同时期的汪乔年巡抚陕西,奉诏发李自成先冢,以断其"王气",李自成听说后,"啮齿大恨"曰:"吾必致死于乔年。"此前,明熹宗朱由校还有过著名的"天启掘陵",也是试图挖断后金国的龙脉。诸如此类,即所谓报复、风水一类。有意思的是,"曹操墓"今天先被盗后发掘,而曹操也正是盗墓的专业人士。陈琳在袁绍队伍时草就的那个著名檄文中说道:"梁孝王,先帝母弟,坟陵尊显,松柏桑梓,犹宜恭肃,而操帅将校吏士亲临发掘,破棺裸尸,略取金宝,至令圣朝流涕,士民伤怀。又署发丘中郎将、摸金校尉,所过隳突,无骸不露。"

从前的发墓既然没有"研究"的基因,破坏性就显而易见。《南齐书·文惠太子传》载,时襄阳有盗发古塚者,相传是楚王塚,"大获宝物玉屐、玉屏风、竹简书、青丝编",其中的竹简,"广数分,长二尺,皮节如新"。盗墓的人不懂,竟点燃竹简当火把用,后来有人把幸存的十余简拿给王僧虔看,他说这是蝌蚪书《考工记》啊。于是,官方乃像今天"曹操墓"这样进行追赃,"颇得遗物"。现在人们质疑"曹操墓"的一个焦点正是:刻有"魏武王"的石牌与石枕这两件最有力的铁证并不是考古的正规发掘,而是从盗墓分子手中缴获的——当然,发掘方对此予以了否认。《续墨客挥犀》云,宋朝时济州金乡县也发一古冢,乃汉大司徒朱鲔墓,"石壁刻人物、祭器、乐架之类"。时人比照画像石上的图案解读,就有了研究的味道:"人之衣冠多品,有如今之幞头者,巾额皆方,悉如今制,但无脚耳。妇人亦有如今之垂肩冠者,如近年所服角冠,两翼包面,下垂及肩,略无小异。人情不相远,千余年前,冠服已尝如此,其祭器亦有类今之食器者。"明朝辛吉有《过朱鲔墓》诗句:"青史曾怜尔,于今过古坟。割据应长恨,传流未有文。土复穿幽草,石残迎碧云。驻马西风里,徘徊共夕曛。"20世纪30年代,梁思成先生任负责人之一的中国营造学社,还进行了朱鲔墓石室的复原工作。千年下来,真是奇迹一桩。

康熙时有个叫汪俊的,赴任陕西途中夜宿马嵬驿,"梦一女子容貌绝世,名珰翠羽",跟他说:"妾有墓地为人所侵,幸明府哀而察之。"汪俊给惊醒了,问当地人,知道当地有杨贵妃的墓,"基址原有数十亩,宋、明以来为樵牧所侵,渐无余地"。汪俊马上照办,"别置界石,并买树百株植其上,春秋设二祭焉"。但不知彼时此举是否有经济效益的考虑在内。现在,有人给"曹操墓"算账了,年获益有望达4.2亿元,十分诱人。可惜,这是根据"黄金周"假期时安阳从每个旅游者腰包里"赚取"的214.8元,再乘以秦始皇陵兵马俑年接待200万人次而计算出来的。那么,凭什么认为空荡荡的"曹操墓"能像气势恢宏的兵马俑一样吸引游人?

2010年1月25日

无雨无风春亦归

昨天是立春。二十四节气的第一个,标志着春天开始了。毛泽东诗词中有《卜算子·咏梅》,开篇便道:"风雨送春归,飞雪迎春到。"小序云:"读陆游咏梅词,反其意而用之。"陆游的原词有"无意苦争春,一任群芳妒",那种驿外断桥边旷野怨妇般的自怨自艾、孤芳自赏和凄凉哀愁,毛泽东很不欣赏,此处不论。但"春归"这个词很有意思,春天来了是它,春天走了居然也是它,很像体育比赛中用的"大胜"或"大败",说的都是赢了这一回事。

春去春来,是一种自然规律。一年开始,怀旧与希望交融,容易让人生出感慨。《诗·七月》有"春日迟迟,采蘩祁祁,女心伤悲,殆与公子同归",孔颖达《毛诗正义》云:"迟迟者,日长而暄之意……人遇春暄,则四体舒泰,觉昼景之稍长,谓日行迟缓";秋天就是另外一个样子,"四体褊燥,不见日行急促,唯觉寒气袭人"。《毛传》还说:"春,女悲,秋,士悲。"把自然的春与秋和人的性别还挂上了钩。汤显祖《牡丹亭·惊梦》中,杜丽娘唱罢那段名句——"原来姹紫嫣红开遍,似这般都付断井颓垣。良辰美景奈何天,赏心乐事谁家院"——之后,还有个叹曰:"春呵,得和你两留连,春去如何遣?"伤感得很,正可诠释。此前,陶渊明诗曰:"天地长不没,山川无改时。草木得常理,霜露荣悴之。谓人最灵智,独复不如兹。"明末黄文焕解释说:"今年既瘁之草木,明年复可发荣,人不能也。"此外,日本电影《二十四只眼睛》中,孩子们渐渐长大,铺满画面的字幕有云:"山的形状未变,海的颜色未变,明天成了今天。"怅惘光阴不复,人同此心。

胡士莹先生《话本小说概论》举《碾玉观音》为例,看宋代的说书人如何"入话",有一番关于春归的高谈阔论。说书人先诵孟春、仲春、季春词,然后说:"这三首词都不如王荆公看见花瓣儿片片风吹下地来,原来这春归去,是东风断送的",举王诗曰:"春日春风有时好,春日春风有时恶。不得春风花不开,花开又被风吹落!"旋带出苏东坡说,不是东风,"是春雨断送春归去",举其诗曰:"雨前初见花间蕊,雨后全无叶底花。蜂蝶纷纷过墙去,却疑春色在邻家。"又秦少游说,"是柳絮飘将春色去",诗曰:"三月柳花轻复散,飘飏澹荡送春归。此花本是无情物,一向东飞一向西。"又邵尧夫说,"是蝴蝶采将春归去",诗曰:"花正开时当三月,蝴蝶飞来忙劫劫。采将春色向天涯,行人路上添凄切。"又曾两府道:"是黄茸啼得春归去。"诗曰:"花正开时艳正浓,春宵何事恼芳丛?黄鹂啼得春归去,无限园林转首空。"又朱希真道:"也不干黄莺事,是杜鹃啼得春归去。"诗曰:"杜鹃叫得春归去,吻边啼血尚犹存。庭院日长空悄悄,教人生怕到黄昏。"又苏小小道:"都不干这几件事,是燕子衔将春色去。"有《蝶恋花》词为证:"妾本钱塘江上住。花开花落,不管流年度。燕子衔将春色去,纱窗几阵黄梅雨。斜插犀梳云半吐。檀板轻敲,唱彻黄金缕。歌罢彩云无觅处,梦回明月生南浦。"然后王岩叟进行了总结:"也不干风事,也不干雨事,也不干柳絮事,也不干蝴蝶事,也不干黄莺事,也不干杜鹃事,也不干燕子事。是九十日春光已过,春归去。"看起来,大家是在玩"接龙",其实是说书人把本无关联、意思独立的诗词"连缀起来",在引人入胜的同时,展现了自己相当丰富的历史、社会知识和文学修养。这一篇《碾玉观音》,被冯梦龙收入《警世通言》,易名"崔待诏生死冤家"。

刘廷玑《在园杂志》转引宋荦文云,李自成攻克北京之后,有中州被掠士人与另一士人雨中对酒联句,刚说了句"风风雨雨送春归",忽然楼上传出声音:"无雨无风春亦归"。两人默然拱听,上面又徐徐诵道:"蜀鸟啼残花影瘦,吴蚕食罢柘阴稀。嘴边黄浅莺儿嫩,颔下红深燕子肥。独有道人归不得,杖头长挂一蓑衣。"上楼去看,却没有人,"惟飞尘盈寸而已",鬼气十足。刘廷玑还说,明朝正德年间"赵克宽为建安学谕,尝与朋辈郊游,作送春诗,俱用风雨字",旁边有个穿蓑衣的乞丐立和一首,道是:"怨风怨雨总皆非,风雨不来春亦归。蜀魄啼残椿树老,吴蚕吃了柘阴稀。墙头红烂梅争熟,口角黄干燕学飞。自是欲归归未得,肩头犹挂一莎衣。"两首诗显然同源,刘廷玑认为应以后者为是,前者不仅涉及作诗的"技术"问题,且"既已为鬼,何事独称道人,且欲何归乎"?后者则不同,"诗既合拍,事亦近人"。无雨无风春亦归,对红尘的勘破,当胜柳絮蝴蝶什么的一筹了。

宋尼《悟道诗》曰:"尽日寻春不见春,芒鞋踏遍陇头云。归来笑拈梅花嗅,春在枝头已十分。"如花美眷,似水流年,人在自然规律面前固有无可奈何的一面,然春天来了,无假外求,"春"就在自己身边,这样的发现又该给我们带来多少惊喜与希望?

2010 年 2 月 5 日

虎

农历庚寅年也就是虎年就要到了,谈虎的话题循例多了起来。这里也凑凑热闹,看看古人与虎。

在古人眼中,老虎是很凶恶的动物。这不奇怪,去今仅三四十年前我们对老虎也还存在这样的偏见。宋人叶寘在释读韩愈《猛虎行》(猛虎虽云恶)时说,全篇"终言虎之恶极矣",不过,作者的用意在以虎喻人,所谓"失其俦类,取死宜也。当其纵暴,何有于物?一旦索然,求免无所,彼恶之不及虎也,可以孤立自肆哉!"因为虎之凶猛,《水浒》里的"景阳冈武松打虎"和"黑旋风沂岭杀四虎",都是了不得的壮举。《辽史》里也有一则杀虎,说"开泰五年秋,大猎,帝射虎,以马驰太速,矢不及发。虎怒,奋势将犯跸",当"左右辟易"之时,陈昭衮"舍马,捉虎两耳骑之。虎骇,且逸。上命卫士追射,昭衮大呼止之。虎虽轶山,昭衮终不堕地",且"伺便,拔佩刀杀之"。这一段,读来更是惊心动魄。相形之下,还有种仪式性的杀虎,游戏的味道颇浓。比如《养吉斋丛录》里的清朝"晾鹰台杀虎之典",届时,"台上张幄次,台下虎枪处人员列侍,台前置虎笼,大索绕笼数匝,而引其端于十数步外"。皇帝来了,"虎枪处人取索之端,骑马绕笼疾行,以解之。索尽,而笼之门以启"。老虎呢,因为关得久了,"往往伏不动",这时"台上随驾之侍卫,承命以火枪俯击之,或又嗾猁犬吠笼侧",撩拨它。等到老虎冲出来了,"三数人争刺之",虎死之后,"头枪、二枪,管虎处及领侍卫大臣察明",报给皇帝,然后"颁赏白金、荷囊有差"。

生活在精神世界里的人们,遭遇老虎往往心平气和,他们和老虎是可以"沟通"的。《曲洧旧闻》里有个芙蓉禅师道楷,"始住洛中招提寺,倦于应接,乃入五度山,卓庵于虎穴之南,昼夜苦足冷",想到虎窝里正有两只吃奶的小虎,就抱过来暖脚。"虎归不见其子,咆哮跳掷,声振林谷",跑到庵里一看,"见其子在焉,瞪视楷良久",楷曰:"吾不害尔子,以暖足耳。"虎乃衔其子,曳尾而去。《朝野佥载》里的空如禅师更神,"少慕修道,父母抑婚,以刀割其势,乃止"。长大成人,因为不愿意被"征庸课",就把自己的胳膊弄残了,然后"入陆浑山坐兰若,虎不为暴"。有一天他见到野猪与老虎正准备厮杀,乃挥了挥藜杖,告诉它们:"檀越不须相争。"那俩家伙听到后,就乖乖地各走各路了。《清稗类钞》云有个叫吴虚壑的,"尝夜读有感,抚案痛哭",这时听到"窗外有物腾突去丛薄,作摧裂声,簌簌动人"。第二天在篱笆上发现了虎的踪迹,"大小不一",且"谷口农家之犬豕皆为虎攫去"。大家猜测,可能是老虎听到吴的哭声"而惊走也"。因为是俗人的缘故吧,感动不了老虎,老虎虽然跑了却可能是被吓的。

众所周知清朝有年羹尧被杀案,杀就杀吧,君要臣死嘛,但也扯上了老虎。萧奭《永宪录》云,雍正三年(1725)冬,一只野虎"由西便门进正阳门西江米巷,入年羹尧旧宅,咬伤数人。九门提督率侍卫枪毙之"。雍正好像找到了杀人的依据:"朕将年羹尧解京,本欲仍加宽宥,今伊家忽然出虎,真乃天意当诛。"萧奭说,相传羹尧出生时有白虎之兆。白虎在前人看来是"岁中凶神","所居之地,犯之,主有丧服之灾",不像今天在广州香江野生动物园里成为宠物。但京城人烟稠密,戒备森严,老虎有什么理由大摇大摆地进来专门跑到年宅伤人呢?无非是为杀年羹尧找借口。那么罢了,这只莫名其妙冒出来的野虎,应该是彼时的"周老虎"吧,所谓"欲加之罪,何患无辞"。

同样是因为虎的凶猛,元代杨果在论及怎么写文章时说:"作文亦有三体,人作当如虎首,中如豕腹,终如虿尾。虎首取其猛重,豕腹取其楦穰,虿尾取其螫而毒也。此虽常谈,亦作文之法也。"但同朝的乔吉不这么看,他在谈如何创作乐府时说:"凤头猪肚豹尾,大概起要美丽,中要浩荡,结要响亮。"文章的做法本无定论,况且二人的观点不同,还在于针对的文体也不同,但杨果的观点,无疑适用于政论性或论战类的文字,这在今天也颇有应用。

李贽《焚书·读史》有"封使君"条,说汉朝宣城郡守封邵忽然变成了老虎,"食郡民",百姓如果喊"封使君",它就不再来了。民间因有谣曰:"莫学封使君,生不治民死食民!"张禹山诗云:"昔日封使君,化虎方食民;今日使君者,冠裳而吃人。"又云:"昔日虎使君,呼之即惭止;今日虎使君,呼之动牙齿。"又云:"昔时虎伏草,今日虎坐衙。大则吞人畜,小不遗鱼虾。"杨慎戏禹山曰:"东坡嬉笑怒骂皆成诗,公诗无嬉笑,但有怒骂耶?"李贽点评:升庵(慎)此言,甚于怒骂。孔子曾经让学生记住:"苛政猛于虎。"却未料到后人——后官之作为,径可化身真虎。

2010 年 2 月 10 日

送穷

农历正月初五是民俗中的财神生日,今天许多地方仍然保留着"迎财神"的民俗。广州数万善信即拥入三元宫、南海神庙等财神供奉地参拜,祈求虎年财源广进、生意兴隆。旧时这一天,至少在唐朝吧,是送穷的日子。姚合有"万户千门看,无人不送穷"的诗句,韩愈更有著名的《送穷文》存世。迎财神与送穷,类似一枚硬币的正反面。送穷的同时显然也正是为了迎富。

梁章钜《浪迹三谈》引《四时宝鉴》讲了"送穷日"的来历:"高阳氏之子,好衣蔽食糜,时号贫子,正月晦日死于巷,世作糜粥蔽衣,是日祝于巷,曰除贫。"于是,送穷"竟如寒食竞渡之事止于此日也",固定了下来。当然,也有一种说法是正月初六送穷。怎么送呢?《送穷文》设人鬼问答,该可窥见唐代民间的这种仪式:主人准备好车船干粮,然后"三揖穷鬼而告之……子无底滞之尤,我有资送之恩,子等有意于行乎?"你该没什么可留恋的,我又这么诚心诚意,况且水陆由你,你可以走了吗?完全是商量或乞求的口吻。

清朝彭兆荪诗云:"剪纨劈纸仿婵娟,略比奴星送路边;富媳娶归穷媳去,大家如愿过新年。"其自注云:"正月五日剪纸为妇人,弃路衢,曰:'送穷',行者拾归供奉,曰:'娶富媳妇归'。"钱锺书先生说:"此所送之穷即彼所迎之富,一物也,遭弃曰'穷',被拾曰'富',见仁见智,呼马为牛,可以参正名齐物焉。"这就是送迎并举。《送穷文》言"穷鬼"表现尚在五个方面:智穷、学穷、文穷、命穷和交穷,宋朝洪迈的《夷坚志》不仅已尊称穷鬼为穷神,而且偶像也由五鬼变为一妇。董逌《广川画跋》言唐末陈惟岳《送穷图》亦云:"其画穷女,形露猥溻,作伶仃态,束刍人立,曳薪船行",这样的穷鬼、丑鬼自然要"开门送之";而陈惟岳"又为富女,作婪娱象,裁襯为衣,镂木为质",这样的富神、靓鬼自然又要开门迎之了。"功利"一面的背后是文化心理的作用。

周寿昌《思益堂日札》云其友吴淮有除夕小诗数首,其一为《送穷》:"感汝缠绵三十年,兹行海澨又山巅。柳船无力桃符恶,珍重高牙大宅边。"周寿昌笑谓吴淮,你的诗如此多情,"穷鬼不忍舍君而他适也",吴淮亦哈哈大笑。周氏又将近闻录了一首:"家家都放霸王鞭(炮仗),送去穷神路八千。此去更无相见日,要来你也没盘缠。"认为"写穷字尽相穷形,大可喷饭",可惜吴淮未及听到。从前有很多文人的确真穷,"四顾徒余壁,一床空有书"。王士禛《池北偶谈》云,林茂之"年八十余,贫甚,冬夜眠败絮中",自家诗作有句"恰如孤鹤入芦花",方尔止寄诗曰:"积雪初晴鸟晒毛,闲携幼女出林皋;家人莫怪儿衣薄,八十五翁犹缊袍。"真是别样的惺惺相惜了。又云八十多岁的邵潜,王士禛前往造访之,但见"茅屋三间,黝黑如漆"。陈其年感慨:"古今文人多穷,然未有如邵先生者,听其言,伧然如刘孝标所自序也。"当然,古今文人亦有富之极者,今日媒体推金庸先生,古人则推唐朝李邕,《旧唐书》载:"自古鬻文获财,未有如邕者。"又当然,极贫的百姓更数不胜数,历史对他们没有留下半点儿痕迹就是了。

按照方濬师《蕉轩随录》的分析,司马相如的"家贫"则是一种伪穷。先前,相如以赀为郎,颜师古注曰:"以家财多,得拜为郎也。"相当于买了个小官。而当其"病免游梁,归而家贫。不过宦游后家渐清贫,不如前之多财耳"。方濬师还分析道:"观其赴卓王孙之召,亦复车骑雍容,闲雅甚都,何至与文君归成都,竟家徒四壁立耶?即曰家真四壁,更无资产,不知其从人车骑作何安置?及其再至临邛,卖车骑,买酒舍,自著犊鼻裈与佣保杂作。稍知自爱者不为,而谓长卿为之乎?"说到这里,方濬师把孔门大弟子也捎上了:"此与颜子在陋巷箪食瓢饮,而有负郭五十亩田,同一谎语。吾于此等处,不能无惑。"同样是读书献疑,前人摆事实之余,"不能无惑"而已,今人则极尽哗众取宠之能事。如央视《百家讲坛》上的王立群先生,竟然由司马长卿的若干行为得出其乃流氓,当年骗财骗色,再骗国人二千年的荒谬结论!

《双槐岁钞》云,王琦当官的时候,"在公门无私谒",两袖清风。回家后,有一年光景不好,王琦家"无以朝夕",吃上顿没下顿,"冬且暮,大雪日僵卧不能出门户"。有当官的来送东西,他却不要。有人说:"当路甚重公,举一言何所不济?乃自苦如此。"王琦回答说:"吾求无愧于心耳。心无所愧,虽饥且寒,无不乐也,何啻之有?"不送"自找"之穷,不迎不义之富,官场人士倘都有如此境界,该是社稷之福了。

《送穷文》中的主人抱怨"凡所以使吾面目可憎、语言无味者,皆子之志也",一语未了,"五鬼相与张眼吐舌,跳踉偃仆,抵掌顿脚,失笑相顾",主人呢?"于是垂头丧气,上手称谢,烧车与船,延之上座"。单纯地"送",穷是不肯离去的。

2010年2月19日

官场称谓

官场称谓可能是我们的一道独特风景。记得早些年中央发文说应该互称"同志",但地方(不知中央)并不理睬,称呼有官衔的人大抵是姓氏再加上官衔的头一个字,比如,厅长叫×厅,处长叫×处,检察长叫×检,大队长叫×大,院长叫×院,有意思的是,粤东地方叫主任为×主,为简而简,为官衔而官衔,听着真是别扭。并且,这种不理睬是公开的,大量的影视作品包括主旋律的,里面都是这么个叫法。

称谓是传统文化的一种,笔者读大学的时候,"亲属称谓"还是人类学研究的一个重点,概因按摩尔根的思路,亲属称谓与人类历史上的婚姻形态紧密相关。亲属之外怎么叫,自然也大有讲究。汉高祖刘邦视群臣如奴仆,至张良,必称其字曰"子房"而不直呼其名,这就是高看一眼的意思了。宋真宗初继位,每见吕端则肃然起敬,也是"未尝名呼,或以字呼",有趣的是,"上对公但称'小子'"。这在今天,既不言轻视,却也肯定说不上尊敬。其实宋朝之前也是这样。子曰:"小子识之,苛政猛于虎也。"那是老师对学生说话。《世说新语》云,王爽与司马懿喝酒,司马懿醉了,"呼王为'小子'",令王爽很不高兴。他说:"亡祖长史,与简文皇帝为布衣之交。亡姑、亡姊,伉俪二宫。何小子之有。"可见"小子"在南朝时也不是好听的话,何以处于历史"中间"的宋朝是个例外?

称呼官衔在唐朝可能是一种礼遇。比如司徒、岐国公杜佑,想退休了,"诏不许,但令三五日一入中书,平章政事。每入奏事,宪宗优礼之,不名,常呼司徒"。又如宰相裴垍,宪宗也是"在禁中常以官呼垍而不名"。唐人称呼官衔肯定是非常普遍的,从唐诗标题中便不难窥其端倪。王勃有《送杜少府之任蜀州》,是送其杜姓朋友从长安外放到蜀州做县尉,"少府"即当时县尉的通称;杜审言有《和晋陵陆丞早春游望》,丞即晋陵郡丞;孟浩然有《望洞庭湖赠张丞相》,这是遥寄张九龄;李白有《庐山谣寄卢侍御虚舟》《宣州谢朓楼饯别校书叔云》,卢虚舟为殿中侍御史、校书为秘书省校书郎的简称;杜甫有《房兵曹胡马诗》《短歌行赠王郎司直》,兵曹和司直也都是官名。如此等等,随手抽一册《全唐诗》(中华书局版),就会发现数不胜数。再有,杜甫不过才当了几天校检工部员外郎,大抵就是个工程监理的角色,当时却每以"杜工部"呼之,连杜甫的文集亦叫《杜工部集》。孙悟空的事迹也主要发生在唐朝,众所周知他的正式官衔叫弼马温,还是玉帝封的呢,但人们何以不叫他孙弼或孙弼马?无他,他以为这个官衔"大无极",原来却是"不入流",真是"活活的羞杀人(猴?)"。因此,人们叫他自封的孙大圣,该是充分尊重猴意的结果。

梁章钜《浪迹丛谈》里,参将庄虞山对他讲了个近似笑话的故事。庄虞山说他进京觐见皇上,差点误事。皇上问,你从江南来,"可见过蒋攸铦?"他说没见过。问了三次都这么答,皇上恼了:"汝太糊涂!岂有江南武官来京,而不向江南总督辞行者乎?"庄虞山赶快说有啊有啊,有辞行啊,这时"上容稍霁,数语毕即出",而他已经"浑身汗透矣"。这是怎么回事呢?原来蒋攸铦就是江南总督,而庄虞山"只晓得江南总督,或蒋中堂,他从来没有名帖拜我,我又未尝请他写过一联一扇,哪知什么蒋攸先蒋攸后乎?"庄虞山根本没留意总督叫什么名字,显见平时他们只称呼官衔,名字倒成了可有可无的东西。

  清朝乾隆时还有这么两件事。其一,常州某太守有天上街,"闻途人有直呼其名者",这可不得了了,太守"大怒,饬役锁拏",且"绁之回署,系于狱"。时相国刘纶正在家乡休养,知道了这件事。有天太守前来拜谒,刘纶就告诉他,"此地愚民不谙体制",我有时外出,人家也都直接叫我的名字,刘纶刘纶的,"亦听之耳"。太守知道是在说他,回到衙门就把那人放了。在太守耳里,要听到官衔才舒坦吧。其二,乾隆南巡(1780年那次)回来的路上,有村童为僧人所教冒充皇孙,当年如何讲得头头是道,乾隆也觉得可能是真的,乃命军机大臣鉴别一下。童子"坐军机榻上见诸相国,端坐不起",为了显示派头很大,还直呼和珅的名字,把大家都给唬住了,"不敢置可否"。到底有个胆大的军机司员打破了僵局,他走上前批了童子一个嘴巴,骂道:"汝何处村童,为人所绐,乃敢为此灭门计乎?"骗局被拆穿了,然可见直呼和珅的名字,已足以具备冒充的底气。

  ×厅×处之外,如今官场上还喜欢称自己的上司为老板,听不惯者以为市场经济腐蚀了人心。实际上,田家英他们当年即称毛主席为老板。陈岩《往事丹青》(三联书店,2017年8月版)说道:他学徒时所在的悦雅堂有次下户采购到一套《三希堂法帖》,三十六本分装四个箱子,一色的楠木面、楠木箱。正赶上田秘书在,他就在车上看了看说:"等定了价,给老板送去。"陈岩解释,他们称毛主席"老板",毛主席身边的人都这样叫。一个琉璃厂的小学徒都知道得这么清楚,想来这种称呼在当时何等自然而然,绝没有内部通行、注意回避外人的意思。

2010年2月21日

秘书

河南省商水县政府办配备28名秘书一事近日在网络上被炒得沸沸扬扬。有网友打开该县政府网站进行了核实,发现在政府办联系方式中,职务为秘书的人员多达28名,其中又按驾驶、信息、会计等进行了分工,仅驾驶类分工的秘书就达到15人。面对网友的质疑,该县宣传部长回应说,那是他们的习惯叫法,除了科级干部以外,管后勤的、搞文字的,他们都叫"秘书"。

秘书这个称谓历史可谓悠久。但商水的"秘书"与从前的和现今的,显然都不是一个概念,文化传承与传播都没起作用,他们属于"独立发明"。从原初的意义看,秘书之"秘",大抵与秘色瓷之"秘"没什么两样,"秘密"的意思。秘色瓷是吴越国钱氏在对釉药配方、制作工艺保密的情况下烧制的一种瓷器。《清波杂志》云:"越上秘色器,钱氏有国日,供奉之物,不得臣下用,故曰秘色。"这一秘,就秘到20多年前陕西扶风法门寺地宫发掘时,才令今人得以一睹真容。秘书则没有这么神奇,说的只是秘密之书,宫禁中的藏书、朝廷机要文书等等。东汉时"初置秘书监官",秘书成了掌典籍或起草文书之官。此后,秘书郎、秘书丞、秘书令什么的,便常见于典籍了。《后汉书·桓帝纪》点明"初置"的具体时间是延熹二年(159)。这个时间点该有一点意思,聊供今天那些发迹了的秘书发些思古之幽情吧。《汉官仪》注曰："秘书监一人，秩六百石。"待遇不高，甚至可以说比较低。西汉石奋家似可作为旁证。石奋以"万石君"而闻名，史上所以如此呼之，是因为他和四个儿子都做到了二千石的官，二五一十，全家正好一万。虽然秘书监有时说的是机构名称，有时说的又是官职，但其职能主要是掌管图书典籍，跟今天的秘书主要为领导服务还是存在不小的区别。这又有点儿像"书记"了，原本只是担任抄抄写写的职员，现在成了单位"一把手"。

《大唐新语》云，唐太宗有次出行，"有司请载书以从"，太宗说："不须。虞世南在，此行秘书也。"等于说他是会走动的典籍。彼时虞世南正在秘书监的位置上。虞世南，凌烟阁二十四功臣之一，也是著名的书法家。唐太宗"重其博识，每机务之隙，引之谈论，共观经史"，对他有很高的评价，认为他有五绝："一曰德行，二曰忠直，三曰博学，四曰文词，五曰书翰。"太宗还在秦王府的时候，"尝命写《烈女传》以装屏风，于时无本，世南暗疏之，不失一字"，太宗"行秘书"的结论或正从此来。而虞世南的可贵之处，还在于"虽容貌懦，若不胜衣，而志性抗烈，每论及古先帝王为政得失，必存规讽，多所补益"。他公开抨击所谓盛世征兆，认为"若德义不修，虽获麟凤，终是无补，但政事无阙，虽有灾星，何损于时。然愿陛下勿以功高古人而自矜伐，勿以太平渐入而自骄怠，慎终如始"。唐太宗尝"戏作艳诗"，虞世南立即出面制止："圣作虽工，体制非雅。上之所好，下必随之。此文一行，恐致风靡。"太宗便住手了，且曰："群臣皆若世南，天下何忧不理？"虞世南去世后，"太宗举哀于别次，哭之甚恸。赐东园秘器，陪葬昭陵"，且手敕曰："虞世南于我，犹一体也。拾遗补阙，无日暂忘，实当代名臣，人伦准的。吾有小失，必犯颜而谏之。今其云亡，石渠、东观之中,无复人矣,痛惜岂可言耶!"

如今的秘书,大抵已成了升官的终南捷径之一。偷换一下概念,从虞世南这个楷模来看,我们也不必对秘书另眼相待,关键在于如何让他们把本领用在正途。商水的驾驶类秘书,不禁令笔者想起早几年红得发紫的"红顶商人"胡雪岩,想起他的舆夫。舆夫,赶车的或抬轿子的,跟驾驶类"秘书"异曲同工。《一士类稿》云,这舆夫跟胡雪岩"相随既久,亦拥巨资",于是"兼蓄婢仆",每天晚上回家,家人还要齐声高叫:"老爷回来了,快些烧汤洗脚。"舆夫本来属于"骆驼祥子"阶层——这里并无贬义,但胡雪岩的舆夫显然已有"剥削阶级"的意味。舆夫傍的是"财神",充分利用了所从事职业的资源优势。今天不少秘书因为傍的是官员,倘若利用所从事职业而狐假虎威,在"社会转型期"可能就有为害的因素了。而今天的秘书,"秘"的一面仍然存在。不少领导干部落马,大抵都要牵连出秘书,这时我们往往才能窥见他们都干过一些什么勾当。

商水县宣传部长说,对于秘书私下里的这种称呼,他们的现任县领导及现任县领导的前任都不知情,不久前搞政府政务公开,有工作人员不慎将名单发布在了政府网上,结果被别有用心的人看到,并借题发挥,以至于现在被炒得沸沸扬扬。得,自家不能自圆其说的事情,倒成了别人的不是。他还说:"这其实是一个笑话。"不知道他的"笑话"云何,是在自责,还是在倒打一耙。

2010年2月26日

年龄门

国际体联 2 月 27 日宣布,已确认我国运动员董芳霄在参加悉尼奥运会时,实际年龄小于年满 16 岁的参赛要求。虽然中国体操协会对董的年龄造假予以否认,但种种公开披露的信息告诉我们,这实在是一个习见的现象。去年在国际赛场上闹得沸沸扬扬的,还有篮球运动员易建联的"年龄门",国内一家媒体从易建联老家找到的证据,证明其出生于 1984 年,而不是他对外宣称并在 NBA 联盟注册的 1987 年。不要小看这 3 年之差,在国内无所谓,在 NBA 那里,涉及选秀资格以及年薪问题。

环顾官场,"年龄门"更比比皆是:那些有"本事"的人物,在档案上肆意改动年龄,以求在官位上多赖一两年时光。这一点因为不干外国人的事,变得他们不计较,我们也纵容吧。这种怪现象究竟始于何时?很早。杜甫的"酒债寻常行处有,人生七十古来稀",我们都很熟知,其实这只是一种好听的说法,不大好听的则是孙冕的"人生七十鬼为邻,已觉风光属别人",要"莫待朝廷差致仕,早谋泉石养闲身"。我们看到,至少宋朝官员的退休年龄以 70 岁为界。王栐《燕翼诒谋录》中有不少此类记载。如宋真宗咸平五年(1002),"诏年七十退者,许致仕,如因疾或历任有赃犯者,不在此限"。对贪赃的,还不是退了就行,大中祥符九年(1016),

"诏乞致仕者,审官院具历任有无赃犯检勘,吏部申上取旨",得通过审核。仁宗景祐三年(1036),侍御史司马池上言:"文武官年七十,令自陈致仕。"庆历二年(1042),"御史中丞贾昌朝上言,臣僚年七十筋力衰者,优与改官致仕。诏从之"。至和元年(1054),又诏"文武官年七十以上未致仕,更不考课迁官,有功于国,有惠于民,勿拘"。嘉祐三年(1058),"又诏年七十,居官犯事未致仕,更不推恩子孙。凡此者,皆以法绳之也"。身体不行的和贪赃的就不用说了,总之70岁是条硬杠杠。

《宋史·胡宿传》亦载,仁宗时大家议论,"七十当致仕,其不知止者,请令有司按籍举行之"。就是说,自己不自愿退的要强制退。不过,胡宿反对这种一刀切的做法,认为对武官应"察其任事与否,勿断以年;文吏使得自陈而全其节"。他说得有道理,可惜出发点却是"优老之义",从人情方面来考量。胡宿难道不知,"任事与否"的口子一开,尺度可以弹性得没有边界吗?《茝楚斋五笔》云,清光绪八年(1882),左宗棠70岁之际,仍然"高谭雄辩,口若悬河,声如洪钟,气象甚伟",却"自言年来,不能任事",有人拍马屁说你老人家"尚须为国家办事廿年,再行退老林泉"。左宗棠高兴极了,其时正"手握长杆大烟筒,不时呼'烟来'二字"。左宗棠属于有本事的一类,可以再干,而倘若没有制度硬性约束,更多的浑浑噩噩之辈会在这样的奉承之下,厚着脸皮"发挥余热"。

像易建联那样年龄由大改小,或像董芳霄那样由小改大,都不乏见,怎么改,显然视各自的具体情况而定。宋朝王鼎,"性廉不欺,尝任其子,族人欲增年以图速仕,鼎不可",族人就是想由小改大。魏司马朗12岁去考试,"监试者以其身体壮大,疑朗匿年"。问他,司马朗说,我们家人遗传这种体型,"朗虽稚弱,无仰高之风,损年以求早成,非志所为也",结果令监考的"异之"。正是有这些状况的存在吧,隋朝时,"民部侍郎裴蕴以民间版籍,脱漏户口及诈注老小尚多,奏令貌阅,若一人不实,则官司解职"。而妄改年龄如果只瞻前不顾后,难免会出现偏差。《清稗类钞》之"部吏索贿于某封翁"说的就是这种事。有个礼部尚书的爸爸早年打仗死了,他是遗腹子,同乡为他老母亲请求旌表,"文已至部,方缮办间",有个礼房吏三更时找上门来。问他什么事,答"为公请旌事"。问请旌事为什么来找我?答:"公请旌,须给小人万金。"问你是不是敲诈呢?答不是,是为你办事。问怎么回事,答你父亲是哪年哪年死的,作为遗腹子,你今年应该是多少岁,"然公考试时,少报两岁,是太夫人生公,在封翁殁后二年,于理未洽"。因为改了年龄,遗腹子对不上板了,礼部尚书这时才意识到问题的严重性。礼房吏出主意说,你考试时,"府县院及吏部皆有档册,服官后,礼部及各衙门亦皆有档册,应将各衙门所报年岁逐一更正",而这一重新改正,得花不少钱。尚书"从其言,赠金如数而去"。

今天的"年龄门"与从前的,除了超越国界这点,没有本质区别吧。董芳霄之外,北京奥运会上的何可欣、江钰源等,都曾因年龄问题引起不小的非议,"可能"达不到年龄。然董芳霄的"年龄门"是自己露的馅儿。她在悉尼奥运会上的参赛注册信息显示其生于1983年1月20日,但在2008年北京奥运会担任技术官员时,她又声称自己生于1986年1月23日。报道说,国际体联取消了她参加1999年世锦赛、1999—2000年国际体联世界杯系列赛及2000年体操世界杯总决赛的所有成绩,教训可谓深刻,但不知能否为仍然信誓旦旦的相关人士引以为戒。

2010年3月2日

说一丈不如行一尺

3月10日,在全国政协十一届三次会议第四次全体会议上,广州市政协主席朱振中作了题为"狠刹搞形式唱高调耍花架子的不正之风"的发言,报道说8分钟内共赢得了9次掌声,也有说5分钟内共赢得了11次掌声。我们在其他领域貌似严谨的各种统计数据也都不堪一击,当然就不能苛求现场"数数"的记者了。朱委员讲的现象其实大家都司空见惯,不外"一些地方、一些党政机关、一些领导干部,仍然存在或出现一种不实事求是的不正之风",搞形式、唱高调、耍花架子云云。

允许抬杠的话,则很想问:讲话的、鼓掌的,在来开会之前对被批判的习气沾染了多少,回去后是否面貌一新?倘若没什么两样,宋人刘元城的"说得一丈,不如行取一尺",便仍然振聋发聩了。概因今日太多的情形跟刘元城说话时差不多,大家对官场恶习、社会痼疾都只停留在"说"的一面,好像与浸淫其中的自己浑然无关。也就是说,在"行"的一面,从我做起云云则极度罕见或干脆不见。这样看来,宋朝御史中丞王畴弹劾大理寺丞杨枕就更有意思了,说他"口谈道义,而身为沽贩;气凌公卿,而利交市井;畜养污贱,而弃远妻孥",典型的说一套做一套。而在明朝户部主事周天佐的眼里,国家层面也没有好多少,他的一句"示人以言,不如示人以政",十足说明问题。

周天佐的话说在嘉靖年间,御史杨爵下狱,周天佐疏言力救。杨爵被逮,是因为讲了一些不中听的话,"方今天下大势,如人极衰,腹心百骸,莫不受病"云云。杨爵不是图个口快,而是有五点论据作支撑。比如其一,"翊国公郭勋,中外皆知其恶",而"圣德优容,不止于微";其二,杨爵巡视南城,发现"两月中冻饿死者八十一人。此一城耳,五城不知有几也。千里之远,耳目所不及,又不知有几也",而这一切,在于陛下"浚民膏血而不知恤";等等。周天佐救杨爵,用的是"以子之矛,攻子之盾"法,"迩者九庙灾,陛下痛自修省,使诸臣实论时政,此治道更新、转灾为祥之机也",而"今陛下示人言耳。杨爵在狱,未见政也。承平日久,天子尊严,唯喏者多,忧危者少,不负此义,惟一杨爵。而圣怒之下,不名小人,则曰囚犯。夫纳忠而名小人,奉职而目囚犯,欲为君子端士易所处矣"。可惜,周天佐非但没有救成杨爵,反而被嘉靖"命廷杖,狱吏绝其伙食,三日死",后人只有哀之又鉴之了。

谁要是编纂一册中国漂亮话大全,必可洋洋大观。明太祖初置御史台,命汤和等为左御史大夫等官,其中说道:"盖己不正则不能正人,是故治人者必先自治,则人有所瞻仰。毋徒拥虚位,而漫不可否,毋委靡因循以纵奸长恶,毋假公济私以伤人害物。"他所重复的其实都是刘元城的道理。给人家讲道理很明白,但朱元璋自己的表现又如何呢?"己正"了吗?"自治"了吗?说到底还是个说了一丈却没行进一尺的角色。

《宋史》上有刘元城(安世)的传,足以印证他的"行一尺"。初除御史尚未领命时,他告白母亲"倘居其官,须明目张胆,以身任责,脱有触忤,祸谴立至",而当朝皇帝强调孝,"若以老母辞,当可免"。但母亲勉励他"捐身以报国恩",倘若"得罪流放,无问远近,吾当从汝所之",了了他的后顾之忧。因此,刘元城"在职累岁,正色立朝,扶持公道",尤其是他"面折廷争"之时,皇帝盛怒不要紧,他"执简却立",先不忙说,"伺怒稍解,复前抗辞",致使"旁侍者远观,蓄缩悚汗,目之曰'殿上虎',一时无不敬慑"。晚年时,大权在握、"能生死人"的梁师成派人前来请他重新出山,来人以"为子孙计"诱之,元城笑谢曰:"吾若为子孙计,不至是矣。"比较这种境界,今天的许多官员真该汗颜才是。

从同时代真山民的《读刘元城言行录》中,亦可知刘氏之风骨。诗曰:"一扫权奸九十章,七州不惮历炎荒。黄粱富贵百年短,青史是非千载长。丞相虽存心已死,先生既葬骨犹香。向令铁汉常留在,天下何缘有靖康。"高斯得更有《书室揭刘元城陈了斋像以自厉》:"我昔天台游,偶得陈公像。以公谪是邦,祠堂悬真相。寻执宪于衡,复得划元城。以公子孙寓,家传遗写真。揭之书室内,朝夕得晤对。焉能为之役,妄意他年配。刘公色贞坚,疾惇固宜然。陈公甚和易,排京乃敢言。惇京为腐草,二公长不老。汝其择于斯,庶以传不朽。"崇敬之情,溢于言表。

当下我们社会的一个现实是,对社会痼疾,人人可以揭批得唾沫横飞,连位高权重的官员也动辄要拍案怒斥一回、痛陈一番,但不知解决问题该交给谁人。倘若仅仅停留在"暴露"层面,除了"老鸦落在猪身上——光瞧见别人黑不知道自己也黑",则如朱委员之类发言所赢得的掌声数量无论多少,充其量也只是一时的快感。只有大家都来"行一尺",哪怕"行一寸",社会才有希望。

2010年3月11日

朝三暮四

报道说,广州地铁三号线将加长或曰补足"剩下"的三节车厢。说来好笑,自2006年底开通以来,三号线一直"短斤缺两",本来六节车厢的设计,一直用三节车厢将就,原因是车厢还没造出来。只能发挥一半的运力,三号线越来越拥挤,去年底五号线再一开通,因为接驳三号线,更雪上加霜,每每要来个进站人数控制。粗看那则报道,有关方面顺从了民意,然而细看之下,却是朝三暮四的"现实版"。三号线地铁列车原有40列三节车厢,加长或补足后变成20列六节车厢,列车间隔时间延长99秒。列车固然长了却车次少了,二合一而已。

朝三暮四,众所周知是《庄子·齐物论》里的一则寓言:狙公赋芧,曰:"朝三而暮四。"众狙皆怒。曰:"然则朝四而暮三。"众狙皆悦。狙,猕猴;芧,橡子。庄子说:"名实未亏而喜怒为用,亦因是也。"变换了一下手法,实质并没有改变,却收到了满意的效果。列子对此有差不多的发挥:"朝三暮四,朝四暮三,其于七数,并皆是一。名既不亏,实亦无损,而一喜一怒,为用愚迷。"大家就这么给糊弄了。而同样众所周知的是,朝三暮四后常用来指人的变化多端或反复无常。

《史记》中有好几例。其一见《孟尝君列传》,孟尝君太息曰

"文常好客,遇客无所敢失,食客三千有余人",然而,"客见文一日废,皆背文而去,莫顾文者。今赖先生(冯谖)得复其位,客亦有何面目复见文乎?如复见文者,必唾其面而大辱之"。但冯谖并不这么看,以为"富贵多士,贫贱寡友,事之固然也"。他举了上市场和上早朝的例子——这个类比实在有趣,"明旦,侧肩争门而入;日暮之后,过市朝者掉臂而不顾。非好朝而恶暮,所期物忘其中"。其二见《廉颇蔺相如列传》,"廉颇之免长平归也,失势之时,故客尽去。及复用为将,客又复至"。廉颇赶他们走,宾客恬不知耻地说:"吁!君何见之晚也?夫天下以市道交,君有势,我则从君,君无势则去,此固其理也,有何怨乎?"其三见《平津侯主父列传》,司马迁作结说:"主父偃当路,诸公皆誉之,及名败身诛,士争言其恶。悲夫!"其四见《汲郑列传》,太史公再次感慨:"夫以汲(黯)、郑(当时)之贤,有势则宾客十倍,无势则否,况众人乎!下邽翟公有言,始翟公为廷尉,宾客阗门;及废,门外可设雀罗。翟公复为廷尉,宾客欲往,翟公乃大署其门曰:'一死一生,乃知交情。一贫一富,乃知交态。一贵一贱,交情乃见。'汲、郑亦云,悲夫!"在翟公这里,没有冯谖打圆场就是。

这种朝三暮四在我们的文化传统里委实一以贯之,且看后来。《东轩笔录》云,李师中平日议论多与王安石违戾,"及荆公权盛,李欲合之,乃于舒州作傅岩亭,盖以公尝倅舒,而始封又在舒也"。王安石在舒州(今安徽潜山)工作过,离开之后,亦有"争垒新居惜旧殊,欲辞潜皖更踟蹰"的诗作,怀念得很,李师中就抓到了这个空隙。还有个吴孝宗,"方诋熙宁新法。既而复为《巷议》十篇,言间巷之间,皆议新法之善,写以投荆公",只是王安石"薄其翻覆,尤不礼之"。《万历野获编》云,刘瑾当道,吏科都给事李宪以同乡的名义搭上了车,"因凌忽同列"。他还玩儿个把戏,"每置金袖中,故遗于地",然后说是刘瑾赏给他的。刘瑾败,这家伙也"上疏劾瑾不法八事",至于刘瑾在狱中嘻叹曰:"如李宪者亦纠我乎?"御史杨四知站的本来是张居正的队伍,"江陵殁后,攻击四起",他也变风向了,"抗章力诋故相,其辞较诸言官更峻"。还有一个叫赵志皋的也曾愤愤地说:"同一阁臣也,往日势重而权有所归,则相率附之以谋进;今日势轻而权有所分,则相率击之以博名。"他针对的是魏忠贤败后,"廷臣交章聚讼其大奸大逆,一如前之称功颂德者也"。

明朝永乐十九年(1421),三殿刚建好,忽遭火灾,成祖乃诏求直言。邹缉上疏对"肇建北京"很不客气,举了不少"下失民心,上违天意"的实例,更把朝政狠狠贬损了一通:"贪官污吏,遍布内外,剥削及于骨髓。朝廷每遣一人,即是其人养活之计。虐取苛求,初无限量。有司承奉,惟恐不及。间有廉强自守、不事干媚者,辄肆谗毁,动得罪谴,无以自明。是以使者所至,有司公行货赂,剥下媚上,有同交易"。开头有人说说还行,说多了,永乐就受不了了,先是"不怿",再是"发怒",侍读李时勉、侍讲罗汝敬等因此下狱;御史郑维桓、何忠、罗通、徐瑢,给事中柯暹"俱左官交阯"。让人家提意见,意见来了,却残酷打击,这就是所谓本该一言九鼎的圣意的朝三暮四了。

任何寓言都旨在以假托故事来寄寓意味深长的道理。司马光《乞罢免役钱状》云:"夫差役出于民,钱亦出于民。今使民出钱雇役,何异割鼻饲口?朝三暮四,于民何所利哉!"一个显见的事实是,政令的朝三暮四,较之民生方面的,要有害得多。

2010 年 3 月 24 日

极度夸张

上世纪我们有个时期是极度夸张的时期。宣传画上,有爬着梯子摘棉花的,有儿童围着一颗白菜捉迷藏的,有一列火车只能运载一穗大玉米的,有一艘船只能装一个大西瓜的;宣传诗句,则有"肥猪赛大象,就是鼻子短,全社杀一口,足够吃半年",有"花生壳,圆又长,两头相隔十几丈,五百个人抬起来,我们坐上游东海",有"一朵棉花打个包,压得卡车头儿翘;头儿翘了三尺高,好像一门高射炮"之类。总之,在表现丰产丰收的作品中,无论农、林、牧、副、渔,莫不突出"巨大"二字。

古人也善于运用极度夸张的手法。《解愠编》里有个笑话,一个生意人回家后说起江湖风景:"过了黄牛硖,蚊虫大如鸭;过了铁牛河,蚊虫大如鹅。"老婆说,那么大个儿,怎么不带些回来煮了吃呢?他自我解嘲道:"得他不来吃我也勾了,我怎敢想去吃他?"后世宣传画有花生壳可以当船渡,《解愠编》里也有"藕如船",是说主人"以藕梢待客,却留大段在厨",客人知道主人的这点小心眼,笑曰:"常读诗云:'太华峰头玉井莲,开花十丈藕如船。'初疑无此,今乃信然。"主人一时没明白客人的讥讽,客人乃补充说:"藕梢已到此,藕头尚在厨房中。"

陶宗仪《南村辍耕录》云:"中统(元世祖忽必烈年号)初,燕市有一蝴蝶,其大异常。"王和卿即赋《醉中天》小令:"挣破庄周梦,两翅驾东风,三百处名园,一采一个空。难道风流种,唬杀寻芳蜜蜂。轻轻的飞动,卖花人搧过桥东。"庄周梦蝶,尽人皆知。风流种,指才华出众、举止潇洒的人物。王和卿与关汉卿是朋友,有人根据陶宗仪"王常以讥谑加之,关虽极意还答,终不能胜"的说法,认为这是王和卿对关汉卿寻花问柳生活的善意戏谑。且存一说吧。按照明人《徐氏笔精》的说法,那个巨大的蝴蝶飞过之时,王和卿与关汉卿都看到了,"和卿赋云云,汉卿遂罢咏",本来想写而不写了,显见是"眼前有景道不得,崔颢题诗在上头"的缘故了。《徐氏笔精》认为和卿小令"妙在结语",轻轻一飞,产生的风力也能把人从这头带到那头。不过他说这不是和卿的原创,写过三百多首蝴蝶诗至有"谢蝴蝶"之称的谢无逸,已有"江天春暖晚风细,相逐卖花人过桥"的句子,"和卿袭其意耳"。《岭南异物志》里也提到了大蝴蝶,又大到什么程度呢?《元曲纪事》转引道:"人于海中,见物如帆过海,将到舟,竞以物击,破碎坠下,乃蝴蝶也。去其翅足,称肉得八十斤,啖之极肥。"

  《庄子·逍遥游》里的鲲鹏,也是极度夸张的动物:"鲲之大,不知其几千里也。化而为鸟,其名为鹏。鹏之背,不知其几千里也。怒而飞,其翼若垂天之云。"《齐谐》更进一步夸张说:"鹏之徙于南冥也,水击三千里,抟扶摇而上者九万里,去以六月息者也。"毛泽东《念奴娇·鸟儿问答》词,开篇即借用了此说:"鲲鹏展翅,九万里。"《清稗类钞》里也有一则"扶摇直上",说的又是笑话了。某巡抚所以能得到某处官职,"实以八万金预为之地,复以一万金贿某督为之保举",一共花了九万金。某太史因而"祝贺"他:"老兄可谓扶摇直上。"巡抚"唯唯而已,不知中藏九万二字",草包一个,自然也就理会不到人家是在挖苦他。

《西游记》第三回"四海千山皆拱伏，九幽十类尽除名"中，荣归故里的美猴王要武装花果山，先到人家傲来国兵器馆武库中，嚼毫毛"变做千百个小猴"，把里面的"刀枪剑戟，斧钺毛镰，鞭钯挝简，弓弩叉矛……尽数搬个罄净"，然后自己又跑到东海龙王那里给自己找不那么"着实榔槺"的兵器。结果，三千六百斤的九股叉嫌轻，七千二百斤的画杆方天戟嫌轻，直到一万三千五百斤的如意金箍棒才觉得合手。一只猴子，可以轻舞一万多斤的玄铁铸造的铁棒？并且，悟空一个筋斗云也不得了，"把那万里之遥，只当庭闱之路，所谓点头径过三千里，扭腰八百有余程"。诸如此类，该是何等夸张的奇想？

极大往往对应极小。鲲鹏对应蜩、学鸠、斥鹖，倘都能"足于其性"，正是一种逍遥。悟空的金箍棒则对应自身，"斗来粗细，二丈有余长"的铁棒，叫一声"长"时，可以"上抵三十三天，下至十八层地狱"；而叫"小、小、小"时，又可以"即时就小做一个绣花针儿相似，揌在耳朵里面藏下"。《晏子春秋》云，景公问晏子"天下有极小乎"，对曰："有虫巢于蚊睫，再乳而飞蚊不为惊，名曰焦螟。"在蚊子的睫毛上做窝，飞来飞去蚊子不知道，多小的东西？《列子》也说："江浦之间，生么虫，名曰焦螟，群飞而集于蚊睫，弗相触也，栖宿去来，蚊弗觉也。"白居易亦有诗曰："蟭螟杀敌蚊巢上，蛮触交争蜗角中。应似诸天观下界，一微尘内斗英雄。"

古人的极度夸张，或是要聊博一笑，或是要借极小或极大之喻说明事理，增强了事物的形象性和情节的生动性。可怪的是，后世的人们当作实有其事，或可以成为实事，人人以一本正经的态度为之，至于科学家亦为亩产多少万斤擂鼓助威。这就是很难理解的了。

2010年3月26日

强拆

3月27日,为了抗议当地政府强拆自家的养猪场,92岁的连云港市东海县黄川镇村民陶兴瑶与其68岁的儿子陶惠西共同自焚,结果儿子死亡,老人重伤,为当下暴力拆迁再添血淋淋的案例。陶家的养猪场有80头生猪,是他们家的主要经济来源。

《宋史》里有好几则涉及强拆的事。如《柴成务传》载,成务知河中府,嫌"府城街陌颇隘狭",担心"国家承平已久,如车驾临幸,何以驻千乘万骑邪?"于是,"奏撤民庐以广之",把老百姓的房子拆了,扩道。后来宋太宗"祀汾阴,果留跸河中",这条不知宽到哪个分上的马路算是派了一下用场,但在大多数情况下,给皇帝或类似皇帝的人物准备的行宫之类,却只是建立在表功前提下的"防患于未然"。又如《周湛传》载,周湛"知襄州,襄人不善陶瓦,率为竹屋,岁久侵据官道,檐庑相逼,火数为害",就来了个强拆。那里占道到了什么程度?"道傍之井,反在民居之下"。周湛"度其所侵,悉毁撤之",但强拆普通老百姓的好办,动权势人物的利益,就麻烦了。李穆"奏湛扰人",朝廷也果真把周湛给调走了。吴及不平,上疏说"郡从事高直温,夏竦子婿也。竦邸店最广,故加谮于穆"。因此,他"望诏执政大臣辨正湛、穆是非,明垂奖黜",不要因为已行之命而"惮于追改",倘"国家举错有所未安,奉职者将何以劝邪？"再如《杨简传》载，杨简知温州，"势家第宅障官河，即日撤之，城中欢踊，名杨公河"。这个势家的势，虽然有，还不够大吧。

北宋有臭名昭著的"花石纲"，所谓纲，即成群结队运输的编制，一组叫一纲。花石纲，就是从全国各地尤其是江浙往都城开封运送花木和奇石。宋徽宗喜欢花石。《水浒传》里的青面兽杨志，本来是杨家将杨业的子孙，就是因为押运花石纲在黄河里遭风打翻了船，"不能回京赴任，逃去他处避难"。但这些花石，往往"豪夺渔取于民，毛发不少偿"，于是，"士民家一石一木稍堪玩"，简直是惹祸上身，搜求大员"即领健卒直入其家，用黄封表识，未即取，使护视之，微不谨，即被以大不恭罪"。运走的时候，如果东西大，"必撤屋抉墙以出"。干将之一的朱勔"尝得太湖石，高四丈，载以巨舰，役夫数千人，所经州县，有拆水门、桥梁、凿城垣以过者"，什么挡道拆什么。再加上篙工、柁师狐假虎威，"倚势贪横，陵轹州县，道路相视以目"，朝廷才"禁用粮纲船，戒伐冢藏、毁室庐，毋得加黄封帕蒙人园囿花石"。顺便说一句，花石纲之祸，并非宋朝独有。容斋主人洪迈说，白居易《宿紫阁山北村》诗已经道及："晨游紫阁峰，暮宿山下村。村老见予喜，为予开一罇。举杯未及饮，暴卒来入门。紫衣挟刀斧，草草十余人。夺我席上酒，掣我盘中飱。主人退后立，敛手反如宾。中庭有奇树，种来三十春。主人惜不得，持斧断其根。口称采造家，身属神策军。主人切勿语，中尉正承恩。"

《明史·邹缉传》讲到了成祖修建北京城时的强拆，"自营建以来，工匠小人假托威势，驱迫移徙，号令方施，庐舍已坏。孤儿寡妇哭泣叫号，仓皇暴露，莫知所适"，还没给人家安置好，房子就拆了，而"迁移甫定，又复驱令他徙，至有三四徙不得息者"，折腾来折腾去,但是"及其既去,而所空之地,经月逾时,工犹未及"。邹缉痛陈:"此陛下所不知,而人民疾怨者也。"

柯悟迟《漏网喁鱼集》则有洪秀全太平军的强拆。用点校者邵循正先生1959年写就的"一些说明"来说,由于作者是地主阶级中人,"他的记载就必然有许多严重的歪曲和污蔑"。但我们浏览之余,很难鉴别哪些是客观记述,哪些是歪曲和污蔑。比如这一段甚至还是颂扬,因为"我朝大小臣工,凌虐良善,欺罔君国实以至极",所以太平军处死的吊硝局的几个人,柯悟迟觉得很解恨。其中有曾仲才、丁芝亭,"数十年设局以来,所有损项,悉归彼手,开销支付,尽由彼出,而养尊处优,固不必问,其肥家润室,不可名言,皆民间之膏髓"。城破后,曾仲才被"开膛破肚",丁芝亭"身首异处",柯悟迟在调侃一句"试问金银何在耶"的同时,又提到"最快人心者"乃"欺侮农民"的漕总张康的下场,"被贼身手六处悬示,尤为平气"。强拆与吊硝局关联。吊硝,曾含章《避难记略》解释说:"取年久墙砖,令人敲细成末,吊出墙硝,以充火药之用。"柯悟迟描述:"支塘镇设吊硝局,专拆古庙,民房破旧者亦然。横泾镇东西筑城墙,开壕沟,附近十里庙宇,尽行拆毁。"不想祖产化作废墟,也有办法,"贿赂可免,又需各镇津贴,如不然,纵铜墙铁壁,画栋雕梁,亦能倾圮"。

强拆导致的悲剧近年来在我们的国土上屡屡发生。陶氏父子自焚后,并没有改变铲车将养猪场房屋推倒的命运。去年11月的四川女子唐福珍也是一样,为了抗拒暴力拆迁、保护自家三层楼房,也是在楼顶天台自焚,同样是付出生命的代价后仍然没有保护住自己的合法财产。这种"人民疾怨",不知高层知道与否。

2010年3月31日

作序

1993年,陕西作家陈忠实的小说《白鹿原》获得茅盾文学奖,当时他表示在酝酿再写一部长篇小说,然而至今未果。日前在重庆接受媒体采访时,陈先生说现在写不动了,主要忙的事情是给各种年龄档次的作家写序,要花很多时间去读他们的作品,"占据了我的大量时间"。换言之,作序成了累赘。

辞书上说,序乃文体的一种,由作者自陈作品主旨、著述经过,或由他人对著作进行介绍、评述等。现在的序在开篇,在后面的叫跋,汉代那会儿却是序在后面,典型的如《史记》最后一卷为《太史公自序》。清朝郑板桥"最不喜求人作序",他在《家书自序》中说之所以如此,因为"求之王公大人,既以借光为可耻,求之湖海名流,必至含讥带讪,遭其荼毒,无可如何,总不如不叙为得也"。因此,"几篇家信,原算不得文章。有些好处,大家看看。如无好处,糊窗糊壁,覆瓿覆盎而已。何以序为!"近人刘声木认为,这段话"可谓通论,实亦至论"。但他同时认为,序还是必要的,"撰述不求他人作序则可,若无自叙则不可。凡人自撰一书,其心思才力,必有专注独到之处,他人见之,未必遽识著书人苦心孤诣,必自作一序,详述授受源流,标明宗旨"。《太史公自序》即叙述了司马氏世系以及作《史记》的原由旨趣等。当然,刘声木讲的是传统意义上的著书,现在出版的很多书,大抵只关"心思",非涉"才力"。

而像"王公大人"和"湖海名流"那种主动或受邀作序,无论古今都堪称比较常见的事情。刘廷玑《在园杂志》讲了自己的一段经历:拜谒大学者王士禛,把自己的《葛庄诗集》奉上呈教,"先生一见,极口称赏,自许作序见贻"。这是人家主动作序。龚自珍《己亥六月重过扬州记》云:"郡之士皆知余至,则大欢。有以经义请质难者;有发史事见问者;有就询京师近事者;有呈所业若文、若诗、若笔、若长短言、若杂著、若丛书,乞为叙、为题辞者;有状其先世事行乞为铭者;有求书册子、书扇者:填委塞户牖,居然嘉庆中故态。"这是受邀亦即被动作序。被动作序,往往要牵涉润笔了,不能白作。清朝另一位学者方苞乃"桐城三祖"之一,"桐城三祖"的另一位姚鼐在给他人的信中曾经称赞"望溪侍郎(方苞)为人作文不受谢,鼐愧未能",自己的境界差点儿。不过又是刘声木说,读《昭代名人尺牍手迹》时看到方苞与老道丈的一封信,其中说道:"令亲处撰文润笔如已交,望为掷下,缘日来正觉拮据也。"因此,方苞也是收钱的,不收了,"大抵在德高文重之后"吧。有意思的是,王士禛为刘廷玑作的序,被王家人"匿为奇货",以期"横索多金"。一个月后刘廷玑去取,家人说还没写好呢,开始刘廷玑真以为老先生"奉命秩祀南海",忙得没工夫,后来才知道"其脱稿已久"。在刘廷玑看来,"予与先生文字交,若贿而得之,不几污先生之清白乎?"有天知道王士禛在家,"踵门往候",老先生"入座即道前序因行急殊觉草草",感到抱歉。刘廷玑说还没收到呢,先生乃"怒诘家人,随检前叙见付"。刘廷玑感慨地说,这种情况在官场上固然常见,"未闻于诗文投赠亦恣肆需索者"。

清朝文字狱之骇人听闻众所周知,其中也波及了作序者。

《蕉轩随录》云,康熙五十年(1711),戴名世《南山集》案发,方苞"以集序列名,牵连被逮,下江宁县狱。旋解至京师,下刑部狱"。不过,方浚师说:"其序文实非先生作也。"次年,刑部等衙门题:"察审戴名世《南山集·孑遗录》内有大逆语,应即行凌迟。已故方孝标所著《滇黔纪闻》亦有逆语,应剉尸。汪灏、方苞为名世作序,应立斩。方正玉、尤云鹗闻拿自首,应发宁古塔安插。编修刘岩虽不曾作序,然不将书出首,亦应革职。"许是康熙认为方苞"学问天下莫不闻"之故吧,方苞得以"免治出狱,隶籍汉军"。无论方苞有没有给戴名世作序,戴名世本人对作序其实也有一定看法的,《苌楚斋三笔》转引了一段,说"夫文者,必待王公大人而重,则是《孟子》七篇成,必请序于齐宣梁惠,司马迁《史记》成,而必请序于丞相公孙宏、大将军卫青也",而那些所谓序,"不待观其文,而已知其不足重矣"。

作序的事不可像郑板桥那样走极端,但序的功能已经渐渐扭曲,尤其是当下的很多现象不幸为老郑、老戴所言中,也是不争的事实。清朝还有一位龚炜在论及如何作诗时说:"须于吟诵时,得其真气味,然后下笔时可以发我真性情。何谓真气味?神在句外。何谓真性情?言出心坎。若意浅、神竭、韵粘、字呆,都不是真气味。热中人作高尚,富贵性谈场圃,伪君子讲节义,都不是真性情。"作序何尝不是如此?陈忠实先生想来是很负责任的,所以为了作序而"阅读量相当大",不问内容而但顺人情极尽吹捧之能事的不知凡几。香港梁文道先生不是被讥为"腰封小王子"吗?他写的推荐语或者署名推荐的书实在太多。这样的序或腰封,无论出自谁手,都全无积极意义可言了。

2010 年 4 月 10 日

放屁

香港歌星陈奕迅的红馆演唱会一连开了18场,"尾场首创红馆放屁壮举"。报道说,在演唱会开始不久,陈奕迅已在台上公然表示想放屁,后来果真"用咪放在臀部放了两次屁"。次日有人翻看香港报纸,娱乐版的头条"全部都是和'屁'有关的显赫标题"。屁,由肛门排出的臭气,陈奕迅不能例外。则陈奕迅的屁举与港媒之聒噪,可归入无聊作有趣之列吧。

衍伸出来,放屁是一种詈词,比喻说话没有根据或不合情理。毛主席《念奴娇·鸟儿问答》词有"不须放屁"语,虽然写于1965年,但记得是1976年元旦公诸于众的,喇叭里一遍又一遍广播,笔者尚为少年,对别的不明所以,唯此听得真切——不,也不能这么说,没看文字的时候,以为是"不许放屁"。很多人想是皆有同感。这石破天惊的四个字,据说纵贯古今皆无,同时也带来笑话成堆。民间的不用说了,中共党史出版社出版的《走进毛泽东的最后岁月》也有道及:老人家把《诗刊》要发表的那两首词的清样请陪伴他的孟锦云女士读来听听,小孟在读到"不须放屁"时扑哧一下笑出声来:"主席,您写不许放屁,可您今天放了28个屁。我都给您数着呢。"然"须"与"许",读音相近,外貌上却区别不小,要么孟女士文化着实不高,要么此段生动描述其实嫁接了民间笑话。

便是陈奕迅这种真来的,历史上也有许多笑话传下来。《时兴笑话·撒屁》说,有个官员坐堂时放了个屁,为了摆脱尴尬,故意问手下人是谁放的。结果有人拍错了马屁:"也不是老爷撒的,也不是小人撒的,是狗撒的。"《吴下谚联》云,有个以骗术致死人命的读书人给捉去冥界受审,阎王先是拍案大怒,问他用的什么招术,那人说我没骗人,"惟闭户攻书,常是吟诗作赋而已"。阎王看他相貌不恶,说得又动听,"一腔气忿,回至腹中,从丹田而下,直出大肠经,洩其一气"。这段话,其实就是说阎王放了个屁,如此曲折,有点儿像当下陷入"抄袭门"的汪晖先生的文风,批评者王彬彬先生说:"即便是一件很简单的事情,汪晖往往也要用十分复杂的句式来说明。"阎王放屁,读书人如获至宝,"跪上,掇而捧之",奉承道:"恭惟大王高耸金臀,洪宣宝屁。清音入耳,依稀短笛之声;香霭袭人,彷佛烧刀之味。"《扬州画舫录》里有两个能作诗的和尚,一个叫平山,一个叫牛山。平山和尚善做打油诗,其《咏猫》云:"春叫猫儿猫叫春,看他越叫越精神。老僧也有猫儿意,争敢人前叫一声?"牛山和尚则能作放屁诗,"刻有牛山四十放",大约四十首的意思吧。然从其例诗中的《湖上》看——"游春公子体面乎,者也之乎满口铺。行到马头齐上岸,开元八个跌成无。"——内容与放屁并无关联,"见者谓略具禅理",说明他是借题发挥,没有一味颂屁的秀才那么无聊。

《太平广记》卷二四六载,张融与谢宝积俱谒齐太祖萧道成,"融于御前放气"。宝积起谢曰:"臣兄触忤宸扆。"对不起,惹了您老人家了。太祖笑笑,没说什么。"须臾食至,融排宝积,不与同食"。皇帝问为什么呢?张融说:"臣不能与谢气之口同盘。"意谓不能跟为屁道歉的嘴一起吃饭。同书卷二五三载,陈朝尝令人聘隋,隋这边"不知其使机辨深浅",就密令侯白"变形貌,着故弊衣,为贱人供承"。来使因此没瞧得起,"乃傍卧放气与之言",一边跟侯白说话一边肆无忌惮地有屁就放,"白心颇不平"。来使询问马匹的贵贱时,侯白终于找到了发泄的机会:"马有数等,贵贱不同。若从伎俩筋脚好,形容不恶,堪得乘骑者,直二十千已上。若形容粗壮,虽无伎俩,堪驮物,直四五千已上。若弥尾燥蹄,绝无伎俩,傍卧放气,一钱不直。"末一句点睛之处,令使者大惊,"问其姓名,知是侯白,方始愧谢"。以上两则均说"放气",为什么不直接说"放屁"呢?有人研究说,"屁"可能是到了宋代才出现的新字,所以之前还要说成"放气"。再早呢?钱锺书先生说,汉朝叫"失气",且举《风俗通》佚文云:"宋迁母往阿奴家饮酒,坐上失气。"

成语里有"放屁添风",意思是从旁助威。《西游记》第七十五回,孙悟空回头去斗妖怪,要八戒跟着,八戒慌忙推脱:"哥哥没眼色!我又粗夯,无甚本事,走路扛风,跟你何益?"孙悟空说:"兄弟,你虽无甚本事,好道也是个人。俗云:'放屁添风。'你也可壮我些胆气。"第八十三回,这话从沙僧之口又说了一次,说八戒的同时也连带了自己。沙僧提议"且请师父自家坐着,我和你各持兵器,助助大哥,打倒妖精去来",八戒摆手道:"不,不,不!他有神通,我们不济。"沙僧道:"说那里话!都是大家有益之事,虽说不济,却也放屁添风。"唱了 18 场的陈奕迅,或许黔驴技穷了,只有靠放屁来"添风",无聊透顶。

2010 年 4 月 12 日

与其更于后,曷若慎于初

石家庄市团委原副书记王亚丽因骗官案近日由河北省纪委作出处理。对王亚丽的党员身份不予承认,给予其开除公职处分,其涉嫌犯罪问题移送司法机关处理。王亚丽案件之所以能够曝光,制度没有起到丝毫作用,全因王亚丽本人贪得无厌。她要不是冒充人家的女儿争遗产,就还安稳地当她的官,继续升迁也并非没有可能。正是这一曝光,使我们再一次见识了地方用人腐败严重到了何种程度。

每个时代都有每个时代的用人标准。《容斋随笔》云:"唐铨选择人之法有四,一曰身,谓体貌丰伟;二曰言,言辞辩正;三曰书,楷法遒美;四曰判,文理优长。"用人标准无疑具有很强的导向意味,还用洪迈的话说:"既以书为艺,故唐人无不工楷法,以判为贵,故无不习熟。而判语必骈俪。"唐朝的官员多是经历了科举考试的,文字是一项基本功,用人标准再一导向,"自朝廷至县邑,莫不皆然",至于"宰臣每启拟一事,亦必偶数十语",有"今郑畋敕语、堂判犹存"可资佐证。洪迈举唐朝的例子,旨在批评当下,"非若今人握笔据案,只署一字亦可。国初尚有唐余波,久而革去之"。但不知"只署"的那个字是什么字,今天每每是个"阅"字,当然还有更简单的,阿Q一样,就在自己的名姓上面画个圆圈,连字都省了。看得出,洪迈很欣赏唐朝用人标准,然而他对"体貌丰伟"这一条还是很有看法。

无论哪个朝代,标准归标准,执行归执行,执行的人如何拿捏,非常重要。《封氏闻见记》云,武则天时,"性公直"的顾琮管选人,"时多权倖,公行嘱托,琮不堪其弊"。有一次在寺庙里看到关于地狱的壁画,跟同僚说:"此亦至苦,何不画天官掌选乎?"但多数同样司职的人,却未必有他这么痛苦。《朝野佥载》云,唐中宗时的郑愔为吏部侍郎,"掌选,赃污狼籍"。有个候选人"系百钱于靴带上",郑愔问他什么意思,那人答曰:"当今之选,非钱不行。"乾隆时的进士邹炳泰,有一次干脆直接"于政事堂谓铨部诸君曰:'汝部中皆卖法之人,何面目入此堂也。'"一棍子抡去,悉数打倒,惹得大家"皆欲挂冠去",生气了。虽然都生气了,但性质应该不同:有的确生气的,有佯为生气的,更有不生气似乎默认也不能不跟着生气的。

沈德符《万历野获编》对吏部做法有一番议论,说其"堂属体貌"看起来和别的衙门不同,"软环境"其实区别很大。比如别的部门"有本司重大事,俱说堂贰卿,及同司官俱得商榷",大家可以各抒己见。吏部则不然,"遇升迁用人,选君独至太宰火房,面决可否,其门闩皆选郎手自启闭,即款语移日,无一人敢窥。至疏上而两侍郎尚不闻,同司员外主事亦不敢问",搞得神神秘秘。又比如私宅送客的待遇也不同,其他部门的"仅送之门而止,惟吏部则送其司官上马方别"。所以沈德符感叹说:"统均之地,先自炎凉,何以责人奔竞要地耶?"另外,吏部"虽握重权,其位不过郎吏耳",却着实牛气得很,"于朝房见客,与揆地同一尊严。而言路诸公,亦俯首候之,须其一面,即竟日不敢告疲。或退有后言,而再谒则仍坐以待矣"。沈德符认为,吏部"即以进贤退不肖为职,自应博采众论,前辈如严文靖之为太宰,陆庄简之为选郎,私宅皆无日不通宾客,未闻有讥评之者",况且,人家要是走门路、通关节,"岂朝房公署所能绝耶？其后抨击所及,亦不因此衰止也",太假惺惺了吧！

唐太宗时的唐皎,用人——不是选拔而是派任——之前先问人家去哪里好。人家说"家在蜀",他就注上可到吴地；人家说"亲老在江南",他就注上可到陇右。总之,欲西则派东,欲南则派北,专门反着来。后来大家知道他这个特点,以其人之道还治其人之身。有一信都（约今河北邢台）人本来想到河朔（约今黄河以北),偏说自己"愿得淮、沔",唐皎即注明"漳、淦间一尉",都这么往反里说,"取之往往有情愿者",所谓歪打正着。《吴下谚联》说,包拯庶出的儿子也是听反话的,"父命之东,偏适西。公辄反其谕,如招之使来,说不得来,须作去字说话,然后得来。终公之世,事事如此"。临死的时候,包拯对儿子说："吾死殡以石枕,勿用木也。"这也是反话,因为"相传人死,棺中枕烂,始转世而复为人",谁知这个惯听反话的儿子此时良心发现,说一辈子跟爸爸拧着来,"临终一嘱,必当顺之",来了个"枕公以石",倒是又逆了他爸爸的意思。唐皎与包拯儿子不谋而合,属于各自的"独立发明"还是"文化传播"？

"初唐四杰"之一的杨炯"恃才简倨",其为盈川令时,"每见朝官,目为麒麟楦许怨",也就是说人家徒有其表。人问其故,杨炯说："今铺乐假弄麒麟者,刻画头角,修饰皮毛,覆之驴上,巡场而走。及脱皮褐,还是驴马。无德而衣朱紫者,与驴覆麟皮何别矣！"杨炯是有一点儿极端的,但是明朝蒋德璟说得好："与其更于后,曷若慎于初。"王亚丽案中,虽然有牵连的10余名石家庄市官员也被给予了相应的处分,甚至如时任石家庄市市委副书记和时任市委宣传部部长也被问责,但这问责却是官越大的处理越轻,而事实证明,正是位高权重者在处理用人腐败与否上才有一锤定音之效。这就是公众对王案处理很有保留地拍手称快的一个重要原因了。

2010 年 4 月 16 日

饮茶

4月18日,广东举办了首届"全民饮茶日"。报道说,"全民饮茶日"的倡议是2006年提出来的,时间定在每年4月20日左右,倡导"茶为国饮",号召"全民饮茶"。国饮,和国球大概是同一性质的概念吧。苟如此,那就是要把饮茶的地位上升到国家尊崇的高度。

饮茶在咱们国度的历史的确非常悠久。上个月,陕西蓝田清理北宋吕大临家族墓园时,出土了一批铜、瓷、石等材质的茶具,个别茶具上还残存着数十枚绿茶,部分仍呈翠绿色。吕大临被誉为"中国考古学之父",此番属于被"考"。茶甚至曾经为中国传统婚礼中重要的聘礼,谓之"茶礼"。唐人封演《封氏闻见记》云,御史大夫李季卿宣慰江南,到临淮,有人说这里的常伯熊善茶道,李季卿请他表演。于是,"伯熊著黄被衫,乌纱帽,手执茶器,口通茶名,区分指点,左右刮目"。到江外,又慕名请陆鸿渐表演,"鸿渐身衣野服,随茶具而入,既坐,教摊如伯熊故事。李公心鄙之,命奴子取钱三十文酬煎茶博士"。陆鸿渐看出他小瞧了自己,先前因为写过一篇《茶论》,受此一辱,又写了一篇《毁茶论》,劝大家不要饮茶。这个陆鸿渐,就是后世鼎鼎大名的"茶圣""茶神"或"茶颠"陆羽。陆羽《茶经》是我国论茶最早的专著,而《毁茶论》是不是他写的还存在争议。其后世本家陆游就说过:"难从陆羽毁茶论,宁和陶潜止酒诗。"

封演说古人也喝茶,"但不如今人溺之甚。穷日尽夜,殆成风俗"。尤令他不能理解的是:"往年回鹘入朝,大驱名马市茶而归。"唐朝饮茶之盛可见一斑。斯时把小女孩干脆昵称为茶,金元好问《德华小女五岁能诵余诗数首以此诗为赠》,即有"牙牙娇语总堪夸,学念新诗似小茶"的句子。白居易名篇《琵琶行》中的琵琶女,就是跟着茶商沦落到此的京城倡女。陈寅恪先生告诉我们,读此篇有两件事可以注意,第一,"此茶商之娶此长安故倡,特不过一寻常之外妇。其关系本在可离可合之间,以今日通行语言之,直'同居'而已",没有明媒正娶。第二,"唐代自高宗武则天以来,由文词科举进身之新兴阶级,大抵放荡而不拘守礼法,与山东旧日士族甚异",所以乐天很自然地"移船相近邀相见",以及对之"千呼万唤"。诗中的"前月浮梁买茶去"之"浮梁",寅恪先生据《元和郡县图志》《国史补》考证出,那里"每岁出茶七百万驮,税十五余万贯",因而"浮梁之茶,虽非名品,而其产量极丰"。这是陈氏"以诗证史"的生动实例。

《东轩笔录》云,宋仁宗"尝春日步苑中,屡回顾",大家都没明白什么意思;"及还宫中,顾嫔御曰:'渴甚,可速进熟水。'嫔御进水,且曰:'大家何不外面取水而致久渴耶?'"仁宗说:"吾屡顾不见镣子,苟问之,即有抵罪者,故忍渴而归。"这里的"镣子",就是当时掌管茶水的人。从前对这类人还有一个雅称:茶博士。陆羽即被称为"煎茶博士",宋朝就更普遍了。《水浒传》第三回"史大郎夜走华阴县"说史进来到渭州,"只见一个小小茶坊,正在路口",便进来坐了,"茶博士问道:'客官吃甚茶?'史进道:'吃个泡茶。'茶博士点个泡茶,放在史进面前"。第十八回宋江出场,何涛请他"到茶坊里面吃茶说话",坐定之后,"宋江便叫:'茶博士,将两杯茶来。'"当然,这个博士不仅与今天的不可同日而语,便是与战国秦汉的,也完全是两个概念,倒与古人用于安慰名人后代的"五经博士"庶几近之。朱弁《曲洧旧闻》云,司马光和范景仁同游嵩山,"各携茶以行",茶具呢,司马光"以纸为贴",范景仁"用小黑木合子盛之"。然司马光看见而惊曰:"景仁乃有茶器也!"范景仁于是"留合与寺僧而去"。朱弁说,后来的士大夫"茶器精丽,极世间之工巧,而心犹未厌"。晁以道曾把司马光的故事讲给客人听,客人说:"使温公见今日茶器,不知云如何也。"彼时的"今日",茶具显然已经更加奢侈了。

唐朝綦毋旻著有《代茶饮序》,对茶的功效毁誉参半:"释滞消壅,一日之利暂佳;瘠气耗精,终身之害斯大。获益则归功茶力,贻害则不谓茶灾。"明朝李卓吾先生对此"读而笑曰",进行了反驳:"释滞消壅,清苦之益实多;瘠气耗精,情欲之害最大。获益则不谓茶力,自害则反谓茶殃。吁,是恕己责人之论也。乃铭曰:我老无朋,朝夕唯汝;世间清苦,谁能及子?逐日子饭,不辨几钟;每夕子酌,不问几许。夙兴夜寐,我愿与事终始。"俞正燮《癸巳类稿》云:"明人喜言'笑'者,由趋风气,伪言之。文集中曰'余笑而不言'者,必有二三处,非是不为尖新。"卓吾先生是笑,不知落此窠臼与否。

清朝冯正卿说,满足如下几种情况,饮茶最好:"一无事,二佳客,三幽坐,四吟咏,五挥翰,六徜徉,七睡起,八宿醒,九清供,十精舍,十一会心,十二赏鉴,十三文童。"倘若饮茶要如此讲究,则与时下提倡的全民饮茶,就恰似贾府烹饪茄子与刘姥姥煮食茄子之别了。

2010年4月23日

梁山泊

4月17日,济南举行山东省水浒文化座谈会,准备将民间流传的水浒故事申报国家级非物质文化遗产,而且梁山、郓城、东平、阳谷、高唐等五县联手出击。他们认为这几个地方是水浒传说故事的主要发生地。有记者为此专门去寻找了一下梁山泊,但在济南以西140公里外济宁市的梁山县发现,当年的水泊和连天芦苇,早已荡然无存。

其实,梁山泊的水倒不是今天才没有的。清康熙朝汪师韩说,他那个时候已经这样了。他援引《元史》河渠志、食货志"都不及梁山泺(泊),惟于决堤偶序及之",以及明洪武朝胡翰《夜过梁山泺》诗得出结论:"明时犹有水、有盗也。"这就表明,他说话的时候梁山泊已经没水、没盗了。汪师韩又说,明景泰年间,"河决沙湾,徐有贞请开广济河,谓'其外有八十里梁山泊,可恃以为泄'",呼应了前面的"惟于决堤偶序及之",然水泊的面积也缩小到了十分之一。我们都知道在《水浒传》里,梁山泊是气势恢宏的。准备上山落草的林冲,"见那八百里梁山水泊,果然是个陷人去处",施耐庵接着还以"山排巨浪,水接遥天""阻当官军,有无限断头港陌。遮拦盗贼,是许多绝径林峦"等华丽句子,很是铺排了一番,或许那时已是极尽想象的文学笔法了。

明朝袁无涯即认为,梁山泊"称八百里,张之也",夸大了,"然昔人欲平此泊,而难于储水,则亦不小矣"。这里的"昔人欲平此泊",可能是指宋人开的那个玩笑。司马光《涑水纪闻》云,集贤校理刘贡父有一次去拜访王安石,"值一客在坐",那人献策曰,把梁山泊的水给放了,"可得良田万余顷"。王安石沉思了一阵,表示认同,但他又关心"安得处所贮许多水",往哪儿排水呢?刘贡父在一旁搭腔了,没什么难的,"别穿一梁山泊,则足以贮此水矣"。安石"大笑,遂止"。刘贡父这个人"好滑稽",《曲洧旧闻》说,他请苏东坡吃皛饭,东坡来了才发现,原来就是盐、萝卜和米饭,"三白"也。他搭腔这件事恐怕也当不得真吧。

清人程穆衡对梁山泊的历史有比较系统的梳理。《五代史》(未知旧新)载:"晋开运元年(944),滑州河缺,浸汴、曹、濮、单、郓五州之境,环梁山,合于汶水,与南旺、蜀山湖连,弥漫数百里。"程氏又云,《宋史·河渠志》载:"天禧三年(1019),滑州河溢,历澶、濮、曹、郓,注梁山泺;熙宁十年(1077),河决澶州曹村,东汇于梁山泺;元丰五年(1082),河决郑州,溢入利津、阳武沟、刁马河,归纳梁山泺。数十年中,受河流者三焉,所以成巨浸也。"梁山泊就这么形成了,或许与此同时,"贼人"也出现了。《宋史·许几传》载,许几知郓州,"梁山泺多盗,皆渔者窟穴也。(许)几籍十人为保,使晨出夕归,否则以告,辄穷治,无脱者。"《宋史·蒲宗孟传》亦载:"梁山泺素多盗,宗孟痛治之,虽小偷微罪,亦断其足筋,盗虽为衰止,而所杀亦不可胜计矣。"所以蒲宗孟以惨酷被弹劾罢官,此人"性侈汰,藏帑丰",晚年跟苏东坡通信说自己"学道有所得",东坡回信不大客气:"闻所得甚高,然有二事相劝:一曰慈,二曰俭也。"这两点做不到,啥也别说了。程氏有个观点很有意思,梁山泊"向未尝无盗,而政治清明时,理之有方,乃不至为患。自徽宗愈昏失德，遂有王伦、宋江之辈出矣"。

金埴《巾箱说》有一段他读《水浒传》之后的体会："意梁山者，必峰峻壑深，过于孟门、剑阁，为天下之险，若辈方得凭恃为雄。及余亲履其境，……其山不过周遭五十里，耐庵乃云八百里，即宋江寨，山冈上一小垣耳。"因而他得出结论，《水浒传》"铺张其词，使天下后世愚民不至其地者，信以为然。长奸萌乱，莫此为甚。因拈出之，以告司治君子"；同时还要告诉那些读《水浒传》的人，其中所载"虽有其人，而其事则不可尽信也"。比照当代吴越先生的《真假梁山泊》一文，发现金埴的做法，似为时下人们正痛诟的汪晖先生的做法：明明是引文却不注出处，让人误以为就是他自己的。前面那一大段，《真假梁山泊》文转引的是康熙五十六年版《寿张县志》卷八"艺文志"所载寿张知县曹玉珂的《过梁山记》。曹玉珂为顺治己亥（1659）进士，金埴康熙二年（1663）才出生，时间关系明朗，该是金埴的移花接木了；结论那一段，《真假梁山泊》文转引出自卷一"方舆志"，不用说金埴又有此种嫌疑。

晚清丘炜萲也说："梁山泊不知在何处。谈者津津，坚称世间确有其地。及问其地之在何处，则又东称西指，莫定主名。大抵人情好怪，不稽事理，随声附和，往往而然，不为喝破，反增疑窦，使无识者日驰情于无何有之乡，则当世之惑，而人心之害大矣。"他甚至认为，这是"作者随手扭捏一梁山泊地名，亦犹《三国演义》之落凤坡，本无心于牵合，谈者求其地以实之，不得，或遂指梁山泺为梁山泊，如今时四川之有落凤坡者，究未可知。要为齐东野人之言，非大雅所宜出也"。今人不会仗着有两个钱，反宋人之道而行之，为了所谓旅游文化，干出"复原"个梁山泊的蠢事来吧？

2010年4月30日

赢得猫儿卖了牛

这两天读报,惊讶地知道罗彩霞被冒名顶替上学案已经立案近一年了,居然还没有开庭审理!罗彩霞显然气馁了。她说:"很多人问我怎样打官司,我的意见是'不鼓励',等的时间太长了,或许私下解决更好。"类似的声音,官方也曾发出过。今年全国"两会"期间,全国人大代表、最高人民法院副院长张军在回答网友提问时就说,普通老百姓生活中发生一些矛盾很正常的,能不打官司尽量不要打官司,更不要敢于打官司。罗彩霞不知看过这则新闻没有。

不打官司亦即息讼,是古人的一种追求。孔子任鲁国大司寇时非常明确地宣称:"听讼,吾犹人也,必也使无讼乎。"东汉王符在《潜夫论》中阐释道:"导之以德,齐之以礼,务厚其情而明则务义,民亲爱则无相害伤之意,动思义则无奸邪之心。夫若此者,非法律之所使也,非威刑之所强也,此乃教化之所致也。"瞿同祖先生说,后世真有奉孔子此言为圭臬而近于迂的,他举的是晋朝的一件事:贾混以讼事示邓攸,使攸决之。邓攸先背诵了孔子语录,然后对讼牍看也不看,于是,"混奇之,以女妻焉"。前人认为,"圣人不以听讼为难,而以使民无讼为贵",才是孔子此言的本意,哪里就是有讼而当没有?邓攸迂,贾混更迂!

诉讼的事情谁都知道是不可能没有的,邻里之间难免磕磕碰碰。《唐语林》云,有齿鞋匠(制作木屐的匠人)与乐工住隔壁,鞋匠的母亲去世,"未殓,乐工理声不辍",鞋匠很生气,"因相诉成讼"。乐工说,我就是靠这个吃饭的,"苟不为,衣与食且废"。执政的判决令人哭笑不得:"此本业,安可丧辍？他日乐工有丧事,亦任尔齿鞋不辍。"官司打了,也判了,问题依然是问题,鞋匠与乐工就此结下了积怨的种子也说不定。当然,有一种"渔利"型的互讼又当别论。如《清稗类钞》云,有两苏籍父子"各设市于天津,相距三里而近,有特制之品,颇为人所欢迎"。老子的店先开,儿子的店后开,但"其市招、其物品之名称悉同"。于是,两父子打起官司来了,"彼此互以冒牌相诋",至于"一时社会传达,报章登载"。大家都很奇怪,两个店卖的东西一样,店主又是父子,"何不合并而乃构讼乎？"有知道内情的人一语道破:"其讼之作用,将以扬名也,广告之新法也。"果然,"自是两肆之生涯皆聚盛,讼亦不休"。这种情况今天亦见,比如广州某品牌凉茶的商标之争,也是在亲属间热闹不已,未知是真的撕破了面皮,还是从前人的做法那里得到了启发。

强调教化确有其必要的一面,历史也刻意记载了很多以德化人的实例,然而一旦拿捏不好界限,同样"近于迂"。东汉吴祐"为胶东相,民有争讼者,必先闭合自责,然后断讼,以道譬之,或亲到闾里重相和解。自是争讼省息,吏人怀而不欺"。中牟令鲁恭呢,有一亭长借人家的牛不肯还,牛主来讼,"恭招亭长,勒令还牛者,再三劝令,犹不从",他没招儿了,叹曰:"是教化不行也。"然后"欲解印绶去",不干了。西汉还有一位韩延寿,"出行巡县至高陵,有兄弟因田争讼",他很伤心,说自己官儿当着,却"不能宣明教化,至令民有骨肉争讼",问题出在我这里呀。于是,"是日移病不听事,入卧传舍,闭合思过"。他这一检讨不要紧,"一县不知所为,令丞、啬夫、三老亦皆自系待罪",都跟着纷纷检讨。如此一来,"讼者宗族传相责让,兄弟深自悔,髡肉袒谢,愿以田相移,终死不敢复争"。扯淡归扯淡,毕竟有官员肯检讨自己,罗彩霞因为被冒名,迄今银行信息不能恢复,尚未有任何当事人流露些许歉意。

龚炜《巢林笔谈》里有一则"陆清献息讼示",说陆陇其"两治剧邑,几于无讼",他有什么办法呢?也是大讲道理,劝大家尽量不要打官司。他在灵寿时的告示是这么说的:"健讼之风,最为民间大患。欲争气,则讼之受气愈多;欲争财,则讼之耗财愈甚。即幸而胜,亦成一刻薄无行之人,况未必胜耶?且如有一事,我果无理,固当开心见诚,自认不是;我果有理,亦当退让一步,愈见高雅。与其争些些之气,何如享安静之福?"龚炜对此煞是推崇,以为"语既透彻,而一种慈祥恺悌之意,溢于言表。若作格言刊布,家悬一纸,苟有人心者,未始不可感格,亦拯溺之一助也"。然而他应该不知道,必欲息讼乃至社会和谐,其根本前提在于保证社会公平,保证社会公平的利器舍法律而别无其他。

范公偁《过庭录》云,范夼"貌古性直,君子人也",岁时"歌乐喧集,乡人竞观",他还是闭门读书。他的诗直白易懂,但道理深刻。比如邻有酒肆,他写道:"吃酒二升,籴麦一斗,磨面五斤,可饱十口。"其《戒讼》诗曰:"些小言辞莫若休,不须经县与经州。衙头府底陪茶酒,赢得猫儿卖了牛。"末句实乃百姓往往所以不愿意打官司的点睛之笔。今天的"执行难"众所周知,像罗彩霞这样等怕了的又有多少?张副院长把诉讼越来越少作为"社会越来越和谐的一个表征",但我们不能为"少"所迷惑,必须探究何以如此,倘若是百姓惧怕"赢得猫儿卖了牛",那就丝毫没有可以乐观的成分。

2010年5月7日

酷吏

因为"被害人"复活，河南农民赵作海在蒙冤入狱11年后被宣告无罪。明明没有杀人为什么自认杀人？赵作海讲述的细节真令人毛骨悚然："他们用擀面杖一样的小棍敲我的脑袋，一直敲一直敲，敲的头发晕。他们还在我头上放鞭炮。我被铐在板凳腿上，头晕乎乎的时候，他们就把一个一个的鞭炮放在我头上，点着了，炸我的头……挨打时生不如死，最后只能招供。"

赵作海遇到的这种办案人员，从前叫作酷吏。

据钱锺书先生考证，屈打成招、严刑逼供，在咱们历史记载上最早见于《史记·李斯列传》："赵高治斯，榜掠千余，不胜痛，自诬服。"钱先生同时举《张耳陈馀列传》中贯高的例子，"吏治榜笞数千，刺剟，身无可击者，终不复言"，亦即贯高始终不肯"作证"张敖谋反，但认为"盖非尽人所能"，意谓严刑之下不是谁都扛得住的。当然，李斯用的是缓兵之计，所以后来有机会就"上书自陈"，而且还差点儿让二世动心。赵高发现李斯上书后，先"使其客十余辈诈为御史、谒者、侍中，更往覆讯斯。斯更以其实对，辄使人复榜之"，这下把李斯彻底打怕了，"后二世使人验斯，斯以为如前，终不敢更言，辞服"。可叹秦二世还喜滋滋地以为"微赵君，几为丞相所卖"。于是，李斯以谋反罪被腰斩于咸阳。李卓吾先生认为，李斯杀人众多，应受此报，可惜的只是，"斯，龙也；高，蛆也。后人以两人同传，冤哉"。《史记》不仅最早记载屈打成招，也最早于正史中开辟《酷吏列传》，随后的《汉书》《后汉书》《魏书》《北史》《隋书》及新旧《唐书》等因袭之。

《太平广记》有"来俊臣"条。来俊臣审周兴众所周知，且用了周兴自家提供的"请君入瓮"法，实际上他审讯如今热播的电视剧《神探狄仁杰》的主人公狄仁杰也很值得一提。来俊臣自创的刑具有十余种，枷曰"突地吼"，棒名"见即承"，名堂上已现为酷之烈的影子。武则天把春官尚书狄仁杰交给他，他把"道理"先跟狄仁杰讲清楚，狄仁杰便爽快地承认了"反是实"。像李斯一样，狄仁杰也是在有司"不复严防"之际，"折被头帛书"冤情，让家人以天热去棉为由传递了出去。所幸武则天没有秦二世那么混蛋，狄仁杰才免于一死。当武则天问他为什么要承认时，仁杰说："向不承，已死于枷棒矣。"明朝江盈科《雪涛小说》之"慎狱"条，列举了其读史所见的三位"赵作海"，篇幅所限不行罗列。江氏"夫生杀所凭，必准于律""苟涉可疑，宁生毋杀"的见解，今天并未过时。

读过《水浒传》的人都知道，水泊梁山上的那些好汉，大抵也过不了屈打成招关。第五十二回之"柴进失陷高唐州"，李逵打死霸道的殷天锡，跑了，但柴进跑不了。殷天锡是知府高廉的舅子，高廉认为是柴进故意放跑了李逵："你这厮，不打如何肯招！"结果把柴进打得"皮开肉绽，鲜血迸流"，只得招做"使令庄客李大打死殷天锡"。第五十三回之"李逵斧劈罗真人"也是，李逵被罗真人使了法术，从半空中跌落下来，马知府把他视为妖人。李逵不承认，马知府就让牢子"与我加力打那厮！"在被"打得一佛出世，二佛涅槃"之后，李逵"只得招做'妖人李二'"。后来在梁山坐第二把交椅的卢俊义，当初被家丁算计后被捉到官府，也是被打得"昏厥了三四次"之后熬不过,仰天叹曰:"是我命中合当横死,我今屈招了吧。"清朝有人慨叹"今日方知狱吏之尊",因为"言及彼处(刑部),正当蹙额疾首,而反以此恐吓天下士大夫",可见当时司法之黑暗。

酷吏给人的印象往往与丑陋或丑恶为伍,刘鹗《老残游记》偏偏塑造了两个清官酷吏:玉贤和刚弼,其中刚弼还"清廉得格登登的"。玉贤惯用的刑具是站笼,他在山东曹州任上,"人是能干的,只嫌太残忍些,未到一年,站笼站死两千多人"。结果,"起初还办着几个强盗,后来强盗摸着他的脾气,这玉大人倒反做了强盗的兵器了"。至于为何,看官可自家浏览。老残恨恨地说:"这个玉贤真正是个死有余辜的人,怎样省城官声好到那步田地?煞是怪事!"刚弼呢,只因人家家人行贿,审案时就先有了成见,硬把一个无辜寡妇定了凌迟的罪名。他还告诉对寡妇用刑的衙役,"不许拶得他发昏,但看神色不好,就松刑,等他回过气来再拶,预备十天工夫,无论你什么好汉,也不怕你不招!"清朝鄂尔泰说过:"不以民事为事,不以民心为心……恐廉吏与贪吏罪同等。"在司法问题上,可以套用这一公式。

因《尉缭子》中有"笞人之背,灼人之胁,束人之指,而讯囚之情,虽国士有不胜其酷而自诬矣",钱锺书先生又说,"屈打成招"可能早于《史记》,然《尉缭子》作者和成书年代,历来就有各种不同的说法。无论起源何时吧,在日益强调法治的今天仍有此等悲剧接二连三地出现(前有湖北佘祥林、河北聂树斌等),不啻对法制的莫大嘲讽。赵作海案同时启动了责任追究机制,但愿这一追究真能为后来者戒,虽然佘祥林案之后我们曾经这样寄望过。

2010 年 5 月 14 日

讲史

昨天《南方周末》以头版与二版几乎两个整版的篇幅,报道了近期因被校方"警诫谈话"的"史上最牛历史老师"袁腾飞。袁腾飞在其任教的中学早已经很红了,火爆全国应该还是凭借央视《百家讲坛》的舞台。央视那个讲坛虽曰"百家",实则偏重讲史。或许,讲史的明星居多,让人产生了错觉吧,这一点说不清。讲史在今天登上了央视这样的大雅之堂,从前则主要是浪迹于勾栏瓦舍。最突出的,当推宋朝。程毅中先生认为,从宋元话本开始,出现了真正的市民文学。

《东京梦华录》有"京瓦伎艺"条,其中的一项即为讲史,所谓"孙宽、孙十五、曾无党、高恕、李孝祥,讲史",与玩木偶的、相扑的、表演皮影的以及小唱李师师等同列。今天《百家讲坛》上讲史的人除了袁腾飞,尽皆教授之类,从前也是一样,上面这些名字还比较"中性",看不出身份。周密《武林旧事》中开列了不少宋朝其他的讲史家,除了粥张三、酒李一郎、故衣毛三、枣儿徐荣、燻肝朱、掇绦张茂等显然出身小贩的下层市民之外,还有乔万卷、许贡士、张解元、武书生、刘进士等。程毅中先生说,他们虽然不一定有真功名,但显然也是具有较高文化修养的知识分子。我想,万卷、解元们讲出来的东西,也许比贩夫走卒的会让人相信一些吧。

宋朝因为在勾栏里开讲，就不用在《百家讲坛》里摆出庄重的架势，而是用打锣来号召听众。《水浒传》对此有生动描述：正月十五到了，"东京年例，大张灯火，庆赏元宵，诸路尽做灯火，于各衙门点放"，燕青被李逵缠住，只好带他进城。"来到瓦子前，听的勾栏内锣响，李逵定要入去，燕青只得和他挨在人丛里"，听上面讲关云长刮骨疗毒，李逵听得高兴，大叫起来："这个正是好男子！"结果"众人失惊，都看李逵"，吓得燕青慌忙拦道："李大哥，你怎的好村！勾栏瓦舍，如何使的大惊小怪这等叫！"李逵说："说到这里，不由人不喝彩。"《东坡志林》转引了王彭说过的一件事："涂巷中小儿薄劣，其家所厌苦，辄与钱，令聚坐听说古话。至说《三国》事，闻刘玄德败，频蹙眉，有出涕者；闻曹操败，即喜唱快。以是知君子小人之泽，百世不斩。"宋朝耐得翁《都城纪胜》明确"说话有四家"，其中之一就是"讲史书，讲说前代书史文传、兴废争战之事"。三国故事，该是当时的主要题材之一了。

清朝学者章学诚说《三国演义》"七分实事，三分虚构"，程毅中先生说，比较而言，宋人口中的《三国志平话》可称"七分虚构，三分实事"。如今袁腾飞们的讲史，"实事"与"虚构"如何分成，不得而知。从各种报道中分析，他们那些大抵说不上是虚构，但正史中可能只是片言只语的记载，被他们"发现"了，然后"发掘"了，进而当成历史的"真相"兜售。比方复旦大学钱文忠教授在解读《三字经》时讲到殷商文化："一提商纣王，老百姓第一反应就是荒淫、暴戾，但实际上商纣王是一位文武双全、功勋卓著的帝王。"他甚至认为商纣王被冠以"暴君"称号两千多年，是历史上最悠久的"冤案"。差不多4000年过去了，到钱教授这里才"发现冤情"，逻辑上说得通吗？我因此担心，宋高宗对秦桧有过"朴忠过人"的评价，哪天会不会成为他们为秦氏鸣冤的证据！

欧阳修《归田录》云:"仁宗退朝,常命侍臣讲读于迩英阁。"贾昌朝时为侍讲,在讲《春秋左氏传》时,每至诸侯淫乱事,则略而不说。仁宗说:"《六经》载此,所以为后王鉴戒,何必讳?"贾昌朝属于一本正经,还有一些讲史人则相反。魏泰《东轩笔录》云,胶东杨安国为天章阁侍讲,"每进讲则杂以俚下廛市之语,自宸坐至侍臣、中官见其举止,已先发笑"。有一天讲《论语》,讲到"一箪食,一瓢饮"的时候,杨安国"操东音"曰:"颜回甚穷,但有一箩粟米饭,一葫芦浆水。"瞎说一通。讲到"自行束脩以上,吾未尝无诲焉"时,杨安国更借题发挥:"官家,昔孔子教人也,须要钱。"仁宗因此很看不起他,"翌日,遍赐讲官,皆恳辞不拜,惟安国受之而已",这个嗜钱如命的家伙才不管那么多。

《宋史·孙甫传》载,孙甫著《唐史记》七十五卷,能写能说,讲史也十分了得,"每言唐君臣行事,以推见当时治乱,若身履期间,而听者晓然,如目见之"。所以当时人们说:"终日读史,不如一日听孙论也。"而如《金史》里的张仲轲则不然,"市井无赖,说传奇小说,杂以诙谐语为业"。看了一些袁腾飞讲史的段子,大体也是诙谐的套路。唐人说过:"人欲逸人,必择最耸听之言。"今天的一些讲史人为了吸引听众,亦有必择最插科打诨之语的嫌疑。《百家讲坛》迭出雷人之语,如大禹三过家门而不入源于其有婚外情之类,显然就没能逃脱前人的指摘。

2010年5月21日

官场送迎

4月12日,胡锦涛主席抵达美国参加核安全峰会。与以往不同的是,这次机场没有出现欢迎队伍和欢迎横幅。胡主席从走下舷梯到乘车离开机场,整个过程仅持续了5分钟。据悉,这是我国领导人出访礼宾改革的新举措,今后都将简化驻外使领馆组织迎送活动相关安排。国人对这则新闻抱有浓厚的兴趣,主要在于如今地方的迎来送往风大有愈演愈烈之势。这其中,除了官本位的观念作祟,也有承继传统余绪的因素。

宋人《燕翼贻谋录》云:"国初,士大夫往往久任,亦罕送迎,小官到罢,多芒履策杖以行,妇女乘驴已为过矣。不幸丁忧解官,多流落不能归。"因此,真宗时"诏川峡、广南、福建路官,丁忧不得离任",这是考虑到"从官远方者,不至于畏惮而不敢往"。私意度之,那应该只是小官、远官的状况。什么时候不罕送迎,不清楚,总之南宋宁宗嘉泰三年(1203)时,"上御笔严监司互送之禁"。这里的互送,包括迎来送往的送。当然,朝廷也知道,禁了白禁,"远方自如"毫不足奇,但态度总要表一个。禁令发出的次年,马使彭辂至成都,"制使谢源明、茶使赵善宣留连逾两月,自入境迎迓,以至折俎赠行,以楮币、锦采、书记、药物计之,所得几万缗,而谢、赵所得亦称是"。反正用的是公款,管他公事私事,皆大欢喜最好。

结果,"成都三司互送,则一饭之费,计三千四百余缗,建康六司乃倍之,而邻路监、帅司尚不与"。当时专门的招待费叫作"公使库钱酒",专馈"士大夫入京往来与之官、罢任旅费"。至于该送多少,"随其官品之高下、妻孥之多寡"。公使钱分为两种,一种是朝廷划拨的正赐钱,再一种由本地自筹,因为"正赐钱不多,而着令许收遗利,以此州郡得以自恣。若帅宪等司,则又有抚养、备边等库,开抵当、卖熟药,无所不为"。滕子京就是因肆意使用公使钱而被弹劾去谪守巴陵郡,不过歪打正着,因重修岳阳楼,更因好朋友范仲淹的楼记而留名后世。至于公使库酒也就是招待用酒,请客送礼可以,"苟私用之,则有刑矣"。英宗治平元年(1064),因此处理了凤翔知府陈希亮,"以邻州公使酒私用,贬太常少卿",同时又申禁令:公使酒相遗,不得私用,并入公帑。然而未几,"祖无择坐以公使酒三百小瓶遗亲"。

元代杨瑀《山居笔记》云:"江南有新官来任者,巨室须远接,以拜见钱与之。"把"迎来"的队伍扩大至富商大贾,当然,不是你站在那儿高呼"欢迎欢迎"就可以了事,还要送钱,"如江西、浙西数大郡,长官非千定不可,间有一二能者,诈及三千定者,佐贰各等第皆有定价"。杨瑀在"切恨赃污之徒要拜见钱"之余,认为这种做法正"所谓负国害民,以致于天下不宁,讵可言哉"。不仅扰官,而且扰民——虽然是富豪。《明史·山云传》载,山云镇广西,"初至,土官率馈献为故事",然"帅受之,即为所持",拿人家手短嘛。山云闻府吏郑牢刚直,召问之:"馈可受乎?"郑牢答:"洁衣被体,一污不可澣,将军新洁衣也。"云曰:"不受,彼且生疑,奈何?"牢曰:"黩货,法当死。将军不畏天子法,乃畏土夷乎?"山云乃"尽却馈献,严驭之。由是土官畏服,调发无敢后者"。无他,山云身上没有被人要挟的把柄。

《明史·循吏传》载,工部郎中徐九思"治张秋(今属山东阳谷)河道……工成,遂为水利",这时工部尚书赵文华视察东南路过这里,徐九思没有出迎,只是"遣一吏赍牒往谒",惹得"文华嫚骂而去"。等到徐九思拟升任高州知府的时候,赵文华报复了,"与吏部尚书吴鹏合谋构之,遂坐九思老,致仕",硬是给打发回家了。大学士张居正奉旨归葬,"所经由,藩臬守巡,迓而跪者,十之五六"。张居正还不满意,"檄使持庭参冢宰礼,遂无不长跪者。台使越界趋迎毕,身为前驱",上司这么喜欢摆谱,下属逢迎就是。《清稗类钞》云:"各省迎送官吏,例有一定之处,司道府县,均在某处照例迎接。"然如郑秦先生在《清代县制研究》中所云:"宴饮迎送,例有明文限制和禁止,但作为官场通病是无法克服的。接官本不许出城,但十里八里,三接五接习以为常。会议而宴饮,似是惯例,以至于终日,则不知公务作何处理,上班即是宴会,宴会即是上班。吃喝所费,公帑报销,自不待言。如有上司驾临,甚或只是上司的幕友、书差,支应接待也是头等大事,丝毫不敢怠慢。"余疑郑先生是在借清讽今。

《清稗类钞》"廉俭类"里还有好多居官廉俭的故事,其中一个讲到田雯。说"康熙己未开博学宏词科,一时名士率皆怀刺跨马,日夜诣司枋者之门,乞声誉以进",田雯"方以工部郎中膺荐辟,屏居萧寺,不见一客"。他督学江南也是静悄悄的,"舁以肩舆,从两驴,载衣裳一箱、《五经》子史两方厨,苍头奴二人,踽踽行道上,戒有司勿置邮传给供张,自市蔬菜十把、脱粟三斗,不为酒醪佳设,惟日矻矻以文章为事"。在制度三令五申实际也等于失效的前提下,官员的作为无疑全凭自律。所以,中央领导人虽然带头了,但地方是否效仿则取决于具体个人,哦,个官。

2010年5月23日

"神医"

"神医"张悟本一家伙从神坛栽入了凡间。或曰像孙悟空的金箍棒落下,被打者究竟是什么,虎豹熊罴还是其他,现出了本相。近1个多月来,随着张悟本的身份、学历、资质等接连被揭出造假,他所到处兜售的主要由绿豆、茄子构成的张氏养生法,也被一一拆穿。可叹的是,拆穿之并不是什么难事嘛,但为什么先前他到处风光的时候,卫生部怎么不知道召集包括院士在内的专家批驳每天一斤绿豆煮水喝能治近视、糖尿病、高血压,还能治肿瘤呢?

我们是个盛产神医的国度,正牌的即有扁鹊、华佗等。所谓正牌,就是上了史书的,千百年来得到一致认可的。神医之神,可为虚指,亦可为实指。扁鹊秦越人最有名的故事是他见到齐桓侯,一眼就看出桓侯有病,而且病到了什么程度,腠理、肌肤、肠胃,清清楚楚。扁鹊有这套本领,是因为长桑君悄悄向他传授了秘方,扁鹊"修炼"了一下,"以此视病,尽见五藏症结"。明传奇《醉乡记》里还有个扁又鹊,颇类今天的网名。扁又鹊仍是神医,白痴文人白一丁科试前不知所措,请扁又鹊来,扁又鹊要他"磨墨汁一斗饮下",或者"把《四书》烧灰服下",极具讽刺意义。《史记》中与扁鹊同传的太仓公淳于意也是神医,淳于意即著名的"缇萦救父"故事中的"父",因为缇萦,文帝"此岁中亦除肉刑法"。本传里,淳于意口述了自己治好的诸多疑难杂症,有点儿像今天的医疗广告。当然,淳于意的本领,也是来自类似神人秘传的仙方。

医圣张仲景在《伤寒杂病论》序文中,开列了他认为的神医:"上古有神农、黄帝、岐伯;中古有长桑、扁鹊;汉有公乘阳庆、仓公;下此以往,未之闻也。"他的卒年在华佗之后,未知彼时华佗并不知名,还是"医人"相轻。《太平广记》卷二百一十八至二百二十中,尽皆以稀奇古怪手法治疗稀奇古怪病症的"实例"。其中的华佗医郡守,采用大骂法。先让郡守的儿子把他爹"从来所为乖误者"都列出来,"佗留书责骂之"。郡守大怒,"发吏捕佗,佗不至,遂呕黑血升余,其疾乃平"。这该归入"社会学疗法"了。另如"陈琳檄愈头风,杜甫诗驱疟鬼",都可归入此列。李卓吾先生说:"夫文章可以起病,是天下之良药不从口入而从心授也。病即起于见文章,是天下之真药不可以形求,而但可以神领也。"但他同时指出:"不难于有陈琳,而独难于有魏武。设使呈陈琳之檄于凡有目者之前,未必不皆以为好,然未必遽皆能愈疾也。唯愈疾,然后见魏武之爱才最笃,契慕独深也。"所以,他"不喜陈琳之能文章,而喜陈琳之遇知己",如唐明皇也是文章高手,杜甫、孟浩然却都得不到赏识,更不要说那些"六朝之庸主"了!

《资治通鉴》载:"王玄策之破天竺也,得方士那罗迩娑婆寐以归,自言有长生之术。"唐太宗很相信,"深加礼敬,使合长生药",且"发使四方求奇药异石,又发使诣婆罗门诸国采药"。不过,因为"其言率皆迂诞无实,苟欲以延岁月,药竟不就,乃放还"。高宗即位,他回来了,"又遣归"。王玄策对此颇为遗憾,奏言曰:"此婆罗门实能合长年药,自诡必成,今遣归,可惜失之。"玄策退,高宗谓侍臣曰:"自古安有神仙!秦始皇、汉武帝求之,疲弊生民,卒无所成。果有不死之人,今皆安在!"唐太宗为一世英主,政治经济文化莫不留下为后人所称道之处,但在对待"长生"的问题上,这个英明的父亲不及儿子的识见了。

唐朝许胤宗医术高明,有人说:"公医术若神,何不著书以贻将来?"胤宗答道:"医者,意也,在人思虑。又脉候幽微,苦其难别,意之所解,口莫能宣。且古之名手,唯是别脉,脉既精别,然后识病。……脉之深趣,即不可言,虚设经方,岂加于旧。吾思之久矣,故不能著述耳。"许胤宗认为看病是经验积累,抛开"只可意会、不可言传"之类的话,至少他非常慎重。中医被国际生物医学界主流观点归为"另类医学",不属于医学科学,原因似正在于此,中医在逻辑的自洽性、可检验性、可证伪性、可测量性等方面还存缺陷。当然,也有中西文明冲突的因素,典型如电影《刮痧》中,孩子的爷爷用中国传统刮痧疗法为孙子治感冒,却被美国儿童权益保护机构横加了虐待儿童的罪名。然而,现在的"神医"豪气得多,挂张悟本名而炮制的《把吃出来的病吃回去》,半年的时间就发行了300万册,直到张氏败露才从书店下架。

清人周寿昌说,从前有不少人叫扁鹊,"盖必当时善医者皆以扁鹊相承为名,犹善工之名共工,善射之名羿"。他说宋朝还有个叫窦扁鹊的,写了本《扁鹊新书》。扁鹊虽曰神医,也很有自知之明,虢太子死而复生,他说:"越人非能生死人也。此自当生者,越人能使之起耳。"这些年来,中国的"神医"如雨后春笋,不仅大陆本土有不少,宝岛台湾也登陆了若干。曲黎敏、李培刚、马悦凌以及林光常、陈怡魁等,像胡万林看病抓芒硝一样,一抓一把。以经验及社会氛围来推断,"神医"不可能随着张悟本之流倒掉而灭绝,还会层出不穷。

2010年5月30日

抄写

四川彭山县要求副科级以上干部必须手抄《中国共产党党员领导干部廉洁从政若干守则》，还要签名承诺严格遵守。手抄本将存入个人廉政档案，与年终考核挂钩。消息传出，不少媒体质疑之，认为有行政摊派或哗众取宠之嫌。该县县委书记蔡刚认为，不敢说抄的效果有多好，但抄了总比不抄好，"眼过千遍不如手过一遍"。道理的确是这个道理。

但一般来讲，抄写是古人的"专利"，他们那个时候印刷业还不发达。当然，"文革"时因为有印能而不作为也催生了大量"手抄本"。《容斋随笔》云，唐太宗时，魏徵、虞世南、颜师古先后为秘书监，"请募天下书，选五品以上子孙工书者为书手缮写"。洪迈说他们家就有根据当时抄本印刷的《周礼》，其末云：大周广顺三年（953）癸丑五月，雕造《九经》书毕，前乡贡三礼郭嵸书。还有一本《经典释文》，末尾写道：显德六年（959）己未三月，太庙室长朱延熙书。洪迈说："此书字画端严有楷法，更无舛误。"看起来，其时雕版印刷的"母字"，用的也是抄写者的笔迹。

宋朝也是这种做法，太宗时裴愈寻访江南、两浙图书，"如愿进纳入官，优给价值；如不愿进纳者，就所在差能书吏借本抄写，即时给还"。结果裴愈"凡得古书六十余卷，名画四十五轴"，而且寻到了王羲之、怀素的墨迹。这些宝贝均"藏于祕阁"。有趣的是，仁宗时整理祕阁，发现好多书籍不知被哪个皇帝几时"宣取入内，多留禁中"了，参政知事欧阳修只好"请降旧本，令补写之"，追不回来就重新抄出一部。从完工后的"诏以所写黄本书一万六百五十九卷、黄本印书四千七百三十四卷悉送昭文馆，七史板本四百六十四卷送国子监"来看，这个"有借无回"的数量是相当惊人的。

清朝时还是这样。乾隆三年（1738）谕："武英殿录书需人，著国子监于肄业正途贡生内，则其年力少壮，字画端楷，情愿效力者，选十人送殿，以备誊录。其在监每月膏火之费，照旧给予。"三十八年（1773）又谕："《永乐大典》，其中每多世不经见之本，而外省奏进书目，亦颇裒括无遗，合之大内所储，朝绅所献，不下万余种，特诏词臣详为考核，厘其应刊、应钞、应存者，系以提要，辑成总目，依经、史、子、集部分类聚，命为《四库全书》。"

抄写可以强化记忆，已为古人所实践。《西塘集耆旧续闻》有"东坡钞《汉书》"故事，说苏东坡贬谪黄州时，司农朱载上去看他，好半天东坡不出来。"欲留，则伺候颇倦；欲去，则业已通名"，进退两难。好不容易东坡出来了，一边"愧谢久候之意"，一边说刚才"适了些日课"。这些日课就抄《汉书》。朱载上曰："以先生天才，开卷一览可终身不忘，何用手钞也？"东坡曰："不然。某读《汉书》至此凡三经手钞矣。"已经抄了三遍了，"初则一段事钞三字为题；次则两字；今则一字"。也就是说，东坡在抄写的同时还进行了凝练，达到了用一个字能浓缩一件事乃至一个段落的程度。朱载上就此离席请教，东坡命仆人就书几上取来一册给他；朱载上"视之，皆不解其意"。东坡云："足下试举题一字。"朱载上"如其言，东坡应声辄诵数百言，无一字差缺。凡数挑皆然"。

抄写　79

朱载上对此"降叹良久",日后他对自己的儿子说:"东坡尚如此,中人之性岂可不勤读书邪?"

清人徐云路"买书无钱而书贾频至",乃自嘲云:"生成书癖更成贫,贾客徒劳过我频。聊借读时佯问值,知非售处已回身。乞儿眼里来鸮炙,病叟床前对美人。始叹百城难坐拥,从今先要拜钱神。"袁枚说,他小的时候也有"家贫梦买书"之句,"今见徐生此诗,触起贫时心事,为之慨然"。从前的穷读书人,买不起书,也是抄。比如三国时的阚泽,"居贫无资,常为人佣书,以供纸笔,所写既毕,诵读亦遍",借给人家抄书之机而读书。明朝学者宋濂在名篇《送东阳马生序》中说道:"余幼时即嗜学。家贫,无从致书以观,每假借于藏书之家,手自笔录,计日以还",冬天的时候,"天大寒,砚冰坚,手指不可屈伸,弗之怠。录毕,走送之,不敢稍逾约。以是人多以书假余,余因得遍观群书"。他因而感叹当下太学诸生,"县官日有廪稍之供,父母岁有裘葛之遗,无冻馁之患矣;坐大厦之下而诵《诗》《书》,无奔走之劳矣;有司业、博士为之师,未有问而不告,求而不得者也;凡所宜有之书皆集于此,不必若余之手录,假诸人而后见也",什么条件都这么好,"其业有不精,德有不成者,非天质之卑,则心不若余之专耳,岂他人之过哉?"这话即使今天听来,似乎也没有过时。

彭山县要求抄写《廉政守则》的目的,显然是要达到东坡的那种效果,使抄写者对守则铭记于心,以此约束自己的行为。然倘若照猫画虎,为抄而抄,则无望达成设计者的初衷,当然,设计者有没有这样的初衷是另外一回事。

2010年6月2日

政坛诗词

这两天不少报道都说,如今的政坛诗词文化日益盛行。政坛诗词,就是政坛人物写的诗词了。依据呢,5月31日,中华诗词学会第三次全国会员代表大会在北京召开,其中有数十位量级比较重的政坛人物出席了大会。如果这就算依据的话,实在不足以佐证什么。在咱们中国,至少是时下吧,政坛比较大的人物不要说出席冠以"国"字号的会了,便是珠三角乡镇举办的一般活动,庆典、论坛什么的,也不难窥见他们的身影。

从前的政坛诗词是勃兴的,无他,作诗是科举出身的官员的一项基本功。甚至如梅尧臣这样并未高中而属于赐进士出身的,仍然在有宋一代的词坛占有重要地位。倘若某个要员有吟诗作赋的雅好,视其品位高低,更可见其成色。比如北宋钱惟演的身边,梅尧臣之外,还齐聚着谢绛、尹洙、欧阳修等后世响当当的人物,因此而推动了宋代诗文的革新。这种文人兼官员之间的雅集、唱和,直到清末还能窥见影子。光绪时,京都名流以张之洞为最盛,其在湖广,朝野人士"即已云集相从";到了朝里,"都人尤以一瞻风采为荣"。张之洞有个喜好,就是"退食之余,无日不有宴会;其宴会时,又无往而不分韵题诗",于是,"当日十刹海之会贤堂、宣武门外之畿辅先哲祠与松筠庵,皆为名流畅叙幽情之所"。

所不同的是,这时云集者的身份,像今天这样转化成官员兼文人了。

大贪官和珅被抓之后,在狱中作了不少诗,"夜色明如水,嗟余困不伸。百年原是梦,卅载枉劳神"云云,感叹人生。赐死之后,于其衣带间又发现一绝:"五十年前幻梦真,今朝撒手撇红尘。他时睢口安澜日,记取香烟是后身。"嘉庆皇帝批道:"小有才,未闻君子之大道也。"和珅在台上的时候也写诗,水平不高就是,何以见得?《清稗类钞》云,和珅"尝作七古一首,凡数十句,而实无一句押韵,用典纰缪处亦甚多"。他自己也意识到了,请董公诰帮他改,而公诰不知为何"不敢改也,乃以委王芑孙",踢了皮球。但和珅于作诗也有他的过人之处,乾隆某年会试,林溥胜出,其诗句有曰"从心应莫踰",阅卷大臣乃在卷上贴了张条子作评语:"踰字入七虞,从无仄用。"和珅看到后,把条子给揭了下来,"仍以进呈"。大家都不明白怎么回事,以为其中定有什么交易,后来才知道:乾隆诗有"从心不踰矩"之句,"已作仄声用矣"。大臣们都没察觉,和珅察觉了,那么,这条子一旦还在,就会变成与其说林溥不懂声韵,实际上是在嘲讽乾隆了,尽管言者实在无意。

官员如果一定要作诗,即在古代也是一样,很可能会出乖露丑。《萍洲可谈》云,青州王大夫"为诗极鄙俚",还老要拿出来显摆,因而"每投献当路,得之者留以为笑具"。《杨文公谈苑》说卢延让"诗浅近",也是"人多笑之",不过他的东西还有一点可取之处,"虽浅近亦自成一体",在杨亿这个大文豪眼里也能有几个好句子,如"饿猫临鼠穴,馋犬舔鱼砧""臂鹰健卒一毡帽,骑马佳人卷画衫"之类。北齐刘昼作《六合赋》,"自谓绝伦",特别高看自己,到处吹嘘:"我读儒书二十余年而答策不第,始学作文,便得如是。"然此赋拿给写《魏书》的魏收看过,魏收怎么评价呢?"赋名六合,其愚已甚,及见其赋,又愚于名。"贬得一钱不值。倘若如今的政坛人士别的没学去,作品的鄙俚、浅近尚在其次,把刘昼的自大学去,再利用权力制造并兜售出版垃圾,那还真的不如"藏拙"了。而从一些政坛人士公开出版的所谓文集来看,谁敢否认这种担心纯属多余?

宋朝有个人诗作得好,欧阳修推荐给了地方官王仲仪去谋职位,未几,其人以"赃败"。王仲仪回朝后和他聊起此人,欧阳修笑曰:"诗不可信也如此。"推测起来,那人的诗作与其为人一定是"两张皮",欧阳修认得了"文"却认不了"人"。过于沉迷作诗,还有一个副作用,比如唐朝以"三刀梦益州,一箭取辽城"闻名的杨巨源,"自旦至暮,吟咏不辍",年纪大了,致仕了,问题就来了:头老是摇晃。旁人说,那是"吟诗多所致",虽可聊供解颐,但也可能是纪实吧。清朝雍正时,鲍钦知长兴,"癖好诗",总督李卫不大看得惯,谓湖州守曰:"长兴令日赋诗,吾将劾之。"后来,李卫察其"不废吏事,百务修举,部民颂之,乃喜"。显然,李卫先前担心鲍钦因为"爱好"而耽误正事。这可能是今日官员在雅兴勃发之前,尤其需要注意的问题。

其实,如今"越来越多官员开始写诗"未必,官员诗作偶尔露一小脸倒是为真,就像古人所谐虐的"失猫诗"那样:"尽日觅不得,有时还自来。"如去年孟学农先生发表的《心在哪里安放》,就显得没头没脑,反而让大家引发了无数猜想。政坛诗词倘若要火热起来,还有个前提须是官员自己动手,"我手写我口"。而熟知咱们官场习气的人都知道,在通篇套话、空话的发言稿都由他人捉刀的背景下谈论政坛诗词文化,太奢侈了。

2010 年 6 月 10 日

《长恨歌》

6月15日第一次踏上西安的土地。对这个不知道该算作多少朝的古都神往已有多年。随身带了洪昇的《长生殿》,会议安排是去法门寺,自家与队伍分道扬镳,去了兵马俑和华清池,难免发些思古之幽情,虽然对复建于骊山脚下的"长生殿"并无感觉。按董每戡先生的研究,戏曲《长生殿》自第一出至三十八出打止,所敷演的故事情节几乎都来自白居易的长诗《长恨歌》;以下十一出,则悉系洪昇依据历来的传说和自己的想象构成,而"正在此处,使整个剧本的组织松散,显示了拼凑的痕迹,……生捏硬造出李、杨在天上重圆的结局,教完整的正剧变成不成其为喜剧的喜剧形式"。董先生寥寥数语,揭示了《长生殿》与《长恨歌》之间的相互关系。

李隆基和杨贵妃的那点儿事,显然经过了唐人的爆炒。陈寅恪先生指出,从唐人诗文集中不难发现,李、杨故事在当时"为一通常练习诗文之题目",大家都写,看谁的更出众。《长恨歌》问世后,旋即诵于"王公妾妇牛童马走之口",无疑拔了头筹。我们知道,不独唐代,此后千百年来,这道命题作文依然魅力不减。元朝白朴的《梧桐雨》、王伯成的《天宝遗事》,明朝吴世美的《惊鸿记》、屠隆的《纤毫记》,直到清初的《长生殿》,大可车载斗量。据洪昇自己说,他这部戏"经十余年中三易稿而成",先写的是李白之得遇唐玄宗,取名《沉香亭》;后去李白事,大书李泌辅佐肃宗中兴,易名《舞霓裳》;再后来又删杨贵妃秽事,增写"归蓬莱"及"玄宗游月宫",才定名《长生殿》。因为"圣祖览之称善",康熙皇帝叫了好,且"赐优人白金二十两",《长生殿》的风头也是一时无两。《柳南随笔》云:"于是诸亲王及阁部大臣,凡有宴会,必演此剧,而缠头之赏,其数悉如御赐,先后所获殆不赀。"不过,皇帝嘛,态度往往就此一时也,彼一时也。佟皇后去世,以国丧期间演剧为罪名,《长生殿》遭受重创,沾了边的,"凡士大夫及诸生,除名者几五十人"。

如何理解《长恨歌》? 陈寅恪先生在写作《元白诗笺证稿》时说,那么多诠释的文字,"以寅恪之浅陋,尚未见有切当之作"。在他看来,"欲了解此诗,第一,须知当时文体之关系。第二,须知当时文人之关系"。至于具体所指,陈著博大精深,转述不得,读者可自去浏览。《长恨歌》描述的是几十年前发生的事情,有历史的成分,但显然不是历史,却也与今日的影视戏说大别。陈先生说:"文人赋咏,本非史家记述,故有意无意间逐渐附会修饰,历时既久,益复曼衍滋繁,遂成极富兴趣之物语小说。"在他眼里,《长恨歌》的许多描写都是经不住推敲的,玄宗夏季从未到过华清池,且那里的长生殿是祀神之所不容男女私事等,拙文曾经提及(见《粗口教授·买椟还珠》)。这里,再补充殿里点灯还是点蜡的问题。《长恨歌》云:"夕殿萤飞思悄然,孤灯挑尽未成眠。"宋人邵博即笑乐天"书生之见",因为宫中没可能不点蜡,还什么皇帝自剪"西窗烛"。陈先生则不是嘲笑了事,他讲道理:"夫富贵人烧蜡烛而不点油灯,自昔已然。"然"考乐天之作长恨歌在其任翰林学士以前,宫禁夜间情状,自有所未悉,固不必为之讳辨"。有意思的是,乐天任翰林学士之后,禁中夜作书与元稹,仍说"心绪万端书两纸,欲封重读意迟迟。五声钟漏初鸣后,一点窗灯欲灭时",还是说点灯。陈先生推测:"殆文学侍从之臣止宿之室,亦稍从朴俭耶?"但不论怎样,"上皇夜起,独自挑灯,则玄宗虽幽禁极凄凉之景境,谅或不至于是。文人描写,每易过情,斯固无足怪也"。

李、杨故事如何写,属于技术层面的因素,而可以写,则属于"思想解放"程度的层面。唐人能够尽情评点当代,所谓"唐诗无讳避",宋人洪迈已经认识到了这一点,其《容斋续笔》云:"唐人歌诗,其于先世及当时事,直辞咏寄,略无避隐。至宫禁嬖昵,非外间所知者,皆反复极言,而上之人亦不以为罪。"《长恨歌》之外,他又举元稹的《连昌宫词》,还有杜甫的尤其如此,"三吏三别"和《兵车行》《前后出塞》《哀王孙》《哀江头》《丽人行》等"终篇皆是"。至于诗文中提到的就更多了,五言如"忆昨狼狈初,事与古先别""斗鸡初赐锦,舞马更登床";七言如"天子不在咸阳宫,得不哀痛尘再蒙"等,"不能悉书";以下还有张祜《赋连昌宫》《元日仗》《千秋乐》等三十篇,李商隐《华清宫》《马嵬》《骊山》等。洪迈尤其强调:"今之诗人不敢尔也。"也就是宋朝的诗人绝不敢染指宋朝帝王的私生活,更不可能借此抨击时政。洪迈是在慨叹自己时代的言论开放程度,还不及衰唐远甚!

回过头来说,李、杨故事既已演变成物语小说,自然也就无须"计较"其史料的一面,所以陈寅恪先生充分肯定《长恨歌》的艺术成就:"在白歌陈传(陈鸿《长恨传》)之前,故事大抵尚局限于人世,而不及于灵界,其畅述人天生死形魂离合之关系,似以长恨歌及传为创始。此故事既不限于现实人世,遂更延长而优美。"《长恨歌》赢得世人垂青,道理正在于此吧。

2010 年 6 月 20 日

桃花源

报道说,全国有30多个地方在争夺陶渊明笔下的"桃花源",湖南常德桃源县、湖北十堰竹山县、江苏连云港宿城乡、江西九江星子县、安徽黄山黟县等,都言之凿凿地声称自己那里是"桃花源故里"。名人"故里"之争于今已见怪不怪,毕竟名人的确有个降生之所在,可怪的是神话里、文学作品里原本属于虚拟的产物,也在现实中纷纷"对号入座"。山西娄烦新近就认定自己这里是"孙大圣故里",同样,不少省份在不认同的同时,也举出了自己这里才是的理由。

清人沈德潜《古诗源》在谈到《桃花源记》时早就指出,所谓桃花源,"即羲皇之想也",因而"必辨其有无,殊为多事"。羲皇,即神话传说中的伏羲,古人认为那个时代的人们生活得无忧无虑,恬静闲适,后来把追求这种生活的隐逸之士称作羲皇上人。陶渊明《与子俨等疏》中就说道:"开卷有得,便欣然忘食。见树木交阴,时鸟变声,亦复欢然有喜。常言:五六月中,北窗下卧,遇凉风暂至,自谓是羲皇上人。"读一读《桃花源记》不难发现,实际上陶渊明对生活的质量要求并不是很高,"土地平旷,屋舍俨然,有良田美池桑竹之属。阡陌交通,鸡犬相闻",这样的生活图景难道不可企及吗?这并不算高的生活要求,某种程度上折射的是当时社会的黑暗。并且,亲历了"灌畦鬻蔬,为供鱼菽之祭;织绚纬萧,以充粮粒之费"的陶渊明,不能不发出"田家岂不苦"的感叹,不能不神往"秋熟靡王税"的理想生活。

桃花源的"版权"并不归属陶渊明,三国、水浒一类是先有故事后有名著,换在这里,是先有故事后有名篇。民间流传的武陵故事触动了陶渊明,才有《桃花源记》的诞生。并且,桃花源既为羲皇之想,则有此想者就一定不只渊明一人,"桃花源"也不会为仅见,事实也正是如此。中华书局出版的《太平广记》第一册中就至少辑录了两例。

其一见于"文广通"条,说辰溪县滕村文广通,"见有野猪食其稼,因举弩射中之",野猪流血而走,文广通乃"寻血迹,越十余里,入一穴中。行三百许步,豁然明晓,忽见数百家居止,莫测其由来"。未几,一老翁呼之至厅上,但见十几个书生,"皆冠章甫之冠,服缝掖之衣,有博士,独一榻面南谈《老子》";西斋还有十人相对,"弹一弦琴,而五声自韵。有童子酌酒,呼令设客"。广通跟着喝了个半酣,"四体怡然,因尔辞退。观其墟陌人事,不异外间,觉其清虚独远,自是胜地,徘徊欲住。翁乃遣小儿送之,令坚关门,勿复令外人来也"。他悄悄问后才知,"彼诸贤避夏桀难来此,因学道得仙",那个谈《老子》的,就是从前大名鼎鼎的河上公——此公《神仙传》有之,但"莫知其姓名",其最主要的贡献是为老子《道德经》作注。广通回家之后,"明日,与村人寻其穴口,唯见巨石塞之,烧凿不可为攻焉"。

其二见于"采药民"条。说有蜀郡青城民,"尝采药于青城山下,遇一大薯药",想把它挖出来,结果挖到五六丈深的时候,地陷了,"此人堕中,无由而出"。绝望之际,"忽旁见一穴,既入,稍大,渐渐匍匐,可数十步,前视,如有明状。寻之而行,一里余,此穴渐高。绕穴行可一里许,乃出一洞口。洞上有水,阔数十步。岸上见有数十人家村落,桑柘花物草木,如二三月中"。采药民发现,这里的人"男女衣服,不似今人。耕夫钓童,往往相遇",奇的是,他们都像孙悟空一样,出行"或乘云气,或驾龙鹤",此人亦可"在云中徒步",甚至还能和玉皇大帝套上近乎。采药民觐见的时候,因为"贪顾左右玉女",还被玉皇教育了一通。

比照陶渊明笔下的桃花源,不难发现此类故事的相通之处。捕鱼、追野猪、采药,桃花源的发现者都是底层劳动者;发现的过程,都要经过洞穴;那里的生活都与世隔绝,都生活着不似今人的人;都去后不能复来。更重要的是,那里的人们幸福指数都极高,"黄发垂髫,并怡然自乐"。综合这些要素委实不难推断,此类故事的源头其实只有一个,经过不同的人进行了不同的加工而已。采药民事"发生"在唐高宗显庆年间,文广通事在宋元嘉二十六年,正版桃花源在"晋太元(一说太康)中",虽时间、地点言之凿凿,却终属虚构无疑,然却足以佐证不同时代的人们,有着相同的羲皇之想,无不神往丰衣足食的生活,无不神往欢欣祥和的乐土。但是,谁都知道,现成的桃花源不可能存在。今人与其必争古之桃花源所在,实不如使虚拟的真正演变成实在的。这当然不是呼些口号,或者单方面宣称就能够得到认可。打造现实版的桃花源,也许"初极狭",然而果有此心,终究会"豁然开朗"。

最后想说,前人云必辨桃花源有无已"殊为多事",今人更上层楼,必争亦即必辨其所在该怎样"定性"呢?借用数学术语来说,该是多事的平方,多事之上再加多事了。

2010 年 6 月 25 日

雅号

汶川地震之后,诞生了"余含泪""王幸福""范跑跑"一干"雅号"。

这倒不是今人的发明,而是传统文化的一种。不大一样的是,前人的此类名字往往真的属于雅号。既曰雅号,与《水浒传》里一百单八将中"一丈青""操刀鬼"之类的绰号就颇有一点儿区别,当然,"玉麒麟""圣手书生"等,似也可归入雅号之列。有一点一致的是,这种"号"都不是自称,而是他称,所以好汉们登场亮相时,"江湖上都唤作×××""江湖上人称×××",每每挂在嘴边。不独文学作品如此,宋朝的张勋"残忍好杀,每攻破城邑,但扬言曰'且斩'",百姓就叫他"张且斩"。王廷义喜欢吹嘘门第,动辄"我当代王景之子",大家就叫他"王当代"。王景是后周大将,降宋后封了王而已。明太祖叫学士罗复仁"老实罗"而不名,可见这种文化也影响了皇帝。

从前的人对文人更是这样,姓氏加上"特点",就构成了一个雅号。北宋诗人谢逸作了三百多首蝴蝶诗,因多佳句,人称"谢蝴蝶"。像这首就非常著名:"狂随柳絮有时见,舞入梨花何处寻。江天春晚暖风细,相逐卖花人过桥。"王和卿的元曲《醉中天》,妙处在于结句"轻轻的飞动,卖花人搧过桥东",而这妙句,正袭谢诗诗意。同时期的梅尧臣,有一首河豚诗非常著名,"春洲生荻芽,春岸飞杨花。河豚当是时,贵不数鱼虾"云云,因而被称为"梅河豚"。欧阳修极其推崇梅诗,认为"只破题两句,已道尽河豚好处。……此诗作于樽俎之间,笔力雄赡,顷刻而成,遂为绝唱"。对文学作品从来都是见仁见智的,比如林择之就说:"圣俞诗不好底多,如《河豚》诗,当时诸公说道恁地好,据某看来,只似个上门骂人底诗。"说到这里还觉得没说清楚,更形象地比喻为:"只似脱了衣裳,上门骂人父一般,初无深远底意思。"近人陈衍没这么极端:"此诗绝佳者实只首四句,余皆词费。然所谓探骊得珠,其余鳞爪之而,听之而已。"但金性尧先生指出,陈衍这些意思,前人翁方纲已经说过了:"宛陵以河豚诗得名,然此诗亦自起处有神耳。"钱锺书先生也认为,起首两句,"一时传诵",但不如《送欧阳秀才游江西》起语"客心如萌芽,忽与春风动。又随落花飞,去作江西梦",也不如《郭之美见过》起语"春风无行迹,似与草木期;高低新萌芽,闭户我未知",又不如《阻风秦淮》起语"春风不独开春木,能促浪花高于屋"。这里的三个"春风",胜于"春洲、春岸"之句也。

梅尧臣究竟写了些什么,令林择之如此反感?不妨把这首《范饶州坐中客语食河豚鱼》录下,范饶州就是范仲淹,当时他任饶州(今江西鄱阳)知州。"春洲生荻芽,春岸飞杨花。河豚当是时,贵不数鱼虾。其状已可怪,其毒亦莫加。忿腹若封豕,怒目犹吴蛙。庖煎苟失所,入喉为镆铘。若此丧躯体,何须资齿牙。持问南方人,党护复矜夸。皆言美无度,谁谓死如麻。我语不能屈,自思空咄嗟。退之来潮阳,始惮餐笼蛇。子厚居柳州,而甘食虾蟆。二物虽可憎,性命无舛差。斯味曾不比,中藏祸无涯。甚美恶亦称,此言诚可嘉。"诗句比较直白,不用注释也基本知道说了什么,这正是梅尧臣主张"平淡"的具体体现。钱锺书先生说,梅尧臣"要矫正华而不实、大而无当的习气",不过可惜,他"从坑里跳出来,不小心又恰恰掉在井里去了",因为他"一本正经的用些笨重干燥不很像诗的词句来写琐碎丑恶不大入诗的事物,例如聚餐后害霍乱、上茅房看见粪蛆、喝了茶肚子里打咕噜之类"。在这一首中,梅尧臣告诫大家"甚美恶亦称",不要为甚美的东西所迷惑,林择之如此指责,反倒让人有"上门骂人"之感。

呼梅尧臣为"梅河豚",源于刘原甫。尧臣转都官员外郎时,原甫戏之:"诗人有何水部,其后有张水部;有郑都官,复有梅都官。郑有鹧鸪诗,时呼郑鹧鸪;梅有河豚诗,当呼梅河豚耶?"这里又带出了"郑鹧鸪",亦即晚唐诗人郑谷,他有四百多首诗作,而以《鹧鸪》闻名。鹧鸪是一种鸟,古人谐其鸣声为"行不得也哥哥",因而借以表示思念故乡。中山大学旁边的菜市场即有鹧鸪摊档,本地人用鹧鸪煲汤喝,我却从未听到过鹧鸪鸣声,其本身退化,像菜市场里的鸽类虽有翅膀而不懂飞,沦为徒待宰杀的角色了吧。郑谷此诗曰:"暖戏平芜锦翼齐,品流应得近山鸡。雨昏青草湖边过,花落黄陵庙里啼。游子乍闻征袖湿,佳人才唱翠眉低。相呼相唤湘江阔,苦竹丛深春日西。"识者指出,郑谷咏鹧鸪不重形似,而着力表现其神韵,紧紧把握住人和鹧鸪在感情上的联系,使人和鹧鸪融为一体。

上述诸例中,谢逸以"量",郑谷、梅尧臣以"质"而赢得雅号。打个不恰当或甚不恰当的比喻,余、王之得号,正近似郑、梅。当然,尽管是说"形式上"近似,也有亵渎前人之嫌,还望读者海涵。但古今的这类雅号终究是有本质区别的,"谢蝴蝶""梅河豚""郑鹧鸪"等属于美谈,而"余含泪""王幸福""范跑跑"等近于"恶谥",至少颇含讥讽,避之唯恐不及。

2010 年 6 月 30 日

小蛮腰

广州新电视塔落成好久了——至少表面上看去吧,却迟迟没有名字。当然,这样说不十分准确。去年曾经热热闹闹地搞过一个全球征集,还花了10万大元,可惜悬赏出来的那名字连主办方自己后来也羞于提起。于是,赏金照给,"姥姥不亲,舅舅不爱"的名字就不要了。反正中国花钱买教训的事情数不胜数,添此一个实在不算什么。其实,悬赏还没开始的时候,民间对新电视塔已经约定俗成了"小蛮腰"。如果面对那个建筑,任何人都会觉得这个名字十分熨帖,都难免发出会心一笑。因而此名既出,不胫而走。

然而不知怎的,拍板的一方对"小蛮腰"却是横竖看不上眼。现成的为什么不可以"拿来"呢?他们觉得"小蛮腰"不那么正式吧,觉得俗吧,觉得那个"蛮"字非常碍眼吧,总之,不会是担心奖金不知给谁。重取的决定早就作出了,而广州亚运会也越来越近了,这个多少有些献礼成分的新电视塔,连名字还没结果,着实令笔者有杞忧心态。于是翻箱倒柜,爬梳史籍,力挺"小蛮腰",生怕他们弄出什么"珠水""云山"之类貌似高雅的字眼。此举的前提在于,"小蛮腰"这个称谓本身,也确实很有历史文化内涵。

"蛮"字就不说它了,从前的人把长江中游及其以南,包括或主要包括我们广东的地方称为蛮,的确有轻视的意思。韩愈《潮州谢上表》说,自己"虽在蛮荒,无不安泰",可为一证。但如果只盯住了"蛮"字的这一义项,等于无视汉字组合内涵的丰富。加一"小"字,小蛮,就不同了,那是唐朝诗人白居易小妾的名字。与白居易同时代的孟棨说:"白尚书姬人樊素善歌,妓人小蛮善舞;尝为诗曰:'樱桃樊素口,杨柳小蛮腰。'"这是说,白居易的两个小妾中,那个叫樊素的,嘴小;叫小蛮的,腰细。小蛮腰,加一"腰"字,更大不同了,虽香山居士为专指,但后人引申发挥来了个借指,借指为善舞女子的细腰。有一点遗憾的是,陈友琴先生说,乐天的这两句仅见于孟棨的《本事诗》,而不见于白氏原集。这就有一点儿像1957年"反右"时那个著名的"罗稷南问题":罗稷南问毛泽东如果鲁迅活着,他可能会怎么样?自周海婴披露以来,一直是个孤证,疑之者颇多,而黄宗英的"亲聆"问世,终于有了旁证。这似可说明,孤证未必不源于事实。

樊素、小蛮一定长得非常漂亮,因为过了两三百年,苏东坡提起来还艳羡不已。东坡十分景仰乐天,曾云"渊明形神似我,乐天心相似我"——应该颠倒过来,他似古人才对。在《次京师韵送表弟程懿叔赴夔州运判》中,东坡还写道:"我甚似乐天,但无素与蛮。"他应该是开玩笑吧。因为我们都知道,他有忠心耿耿的王朝云一直陪伴在身边,跟他一道贬谪惠州,并死在那里。惠州西湖边上至今还有朝云墓,是市级文保单位。据说,东坡的名句"欲把西湖比西子,浓装淡抹总相宜",就是形容朝云的。东坡更有《朝云诗》,序云:"予家有数妾,四五年间相继辞去,独朝云随予南迁,因读乐天诗,戏作此赠之。"其中的"不似杨枝别乐天,恰如通德伴伶玄",更每为后人拈出。杨枝就是樊素,她以唱《杨枝词》闻名,故称,乐天晚年时她离开了,东坡说是"乐天双鬓如霜莹,始知谢遣素与蛮",而乐天自嘲为"病与乐天相伴住,春随樊子一时归",

大概是自己跑的。通德是樊通德,汉朝名臣伶元的妾,伶元著有开启中国色情小说先河的《赵飞燕外传》。通德因为"能言飞燕子弟故事",对伶元成书很有帮助,并追随了伶元一生。明了典故,知东坡此句实对朝云赞誉有加。

今天包二奶、养情妇的官员,知道乐天、东坡他们可以那么公开,并不避讳且为后人津津乐道,一定会羡慕得哈喇子流得如庐山瀑布吧?其实古人对乐天的酒色行为也有并不认同的,比如宋朝叶梦得很推崇乐天的处世之道,说他"与杨虞卿为姻家,而不累于虞卿;与元稹、牛僧孺相厚善,而不党于元稹、僧孺;为裴晋公所爱重,而不因晋公以进;李文饶素不乐,而不为文饶所深害",所以能如此,在于他对往上爬毫不看重,相反,"志在于退"。然叶梦得又说自己"犹有微恨",正因为乐天"似未能全忘声色杯酒之类,赏物太深,若犹有待而后遣者,故小蛮、樊素每见于歌咏"。当然,也有人不这么看,比如还是宋人,洪迈就认为乐天"所遇必寄之吟咏,非有意于渔色",浔阳江上遇到琵琶女是这样,"夜泊鹦鹉洲,秋江月澄澈。邻船有歌者……寻声见其人"时也是这样,人家也是老公不在家,然"瓜田李下之疑,唐人不讥"。这多少表明,乐天的那些行为,远非今天台下开口讲话除了黄段子不知讲什么才好的龌龊官员所能类比!

越说越远了,还是回到"小蛮腰"。蛮腰作为词语,面世后即已流行开来。明人顾大典《青衫记》有"他有樱桃素口,杨柳蛮腰,抛闪得人牛马同槽";清人《金瓶梅词话》有"蛮腰细舞章台柳,檀口轻歌上苑春",如此等等。广州新电视塔不妨正式定名"小蛮腰"。你硬要认为它俗,它也是全民喜爱的"俗",远远胜过官员、士大夫猫在屋里认可的"雅"。

2010 年 7 月 8 日

眼泪

南非足球世界杯已经曲终人散。回放赛事期间的镜头,令人印象至深的莫过于朝鲜队第一次出场时,前锋郑大世在听到其国家国歌响起时的泪流满面。这个在世界杯前还默默无闻的在日本出生并成长的球员,就因为这一脸眼泪,一夜爆红。

我们历史上也有许多著名的眼泪。曹操出征,儿子曹丕、曹植"并送路侧"。曹植"称述功德,发言有章",尤其是达到了"左右属目,操亦悦焉"的效果,令曹丕"怅然自失"。这时,吴质对曹丕耳语曰:"王当行,流涕可也。"来它个无声胜有声。果然,当"丕涕泣而拜"之时,"操及左右咸歔欷",感动之余,反而"皆以植多华辞而诚心不及也"。《三国志》载:"植任性而行,不自雕励,饮酒不节。文帝御之以术,矫情自饰,宫人左右并为之说,故遂定为嗣。"就是说,王位继承权还是给曹丕赢去了,而曹丕的矫情之一,正该有那把眼泪。涕,可以是鼻涕,也可以是眼泪。王褒《僮约》里的"目泪下落,鼻涕长一尺",说的还是鼻子里分泌的液体,而《诗经·邶风》中的"瞻望弗及,泣涕如雨",指的就是眼泪无疑。

《世说新语》里"新亭对泣"故事非常著名。"过江诸人,每至美日,辄相邀新亭,藉卉饮宴",有一天,周𫖮感叹了:"风景不殊,正自有山河之异!"于是,一群爷们儿"皆相视流泪"。王导很看不惯,光在这儿痛心疾首有什么用,"当共戮力王室,克复神州,何至作楚囚相对?"向前追溯,还有《左传》里的蹇叔哭师,"孟子!吾见师之出而不见其入也!"

按照术语,眼泪是人在伤心难过或者过于激动高兴时从眼睛里流出的液体。朱熹去世后,陆游写了篇祭文:"某有捐百身起九原之心,有倾长河注东海之泪,路修齿髦,神往形留,公没不亡,尚其来飨。"虽只区区 35 个字,却凝聚了对亡友的无比痛惜之意。《清稗类钞》里,沈葆桢和朋友坐船,船上恰有妓女,"沈亦偶与调笑,同行者群病为佻达",一副正人君子的模样。但是没有多久,"则同舟诸人亦皆牵率为欢,莫能自禁,而沈独岸然不动"。第二天就要下船了,头天晚上"客与妓咸恋恋,或有涕泣相向者",而真的下船时,双方为了付钱而计较起来,"至出口相诟骂"。沈葆桢说:"吾之所以不动者,盖早知必有此。故既有今日之诟骂,则昨夕之眼泪为多事矣。"其时泣别情形,未知是否如冯梦龙所辑民歌《挂枝儿》——"汗巾儿止不住腮边泪/手挽手,我二人怎忍分离"?

因此,眼泪并不一定就是情感表达,在很多时候充当着一种工具,曹丕的"涕泣"已见端倪。孙权知道部下不服周泰,乃在与诸将"大为酣乐"时,"命泰解衣",然后问他身上那些伤疤是怎么来的,"泰辄记昔战斗处以对"。周泰穿好衣服,"权把其臂流涕"曰:"幼平,卿为孤兄弟,战如熊虎,不惜躯命,被创数十,肤如刻画,孤亦何心不待卿以骨肉之恩,委卿以兵马之重乎?"通过"把其臂流涕",对诸将鲜明地表达了自己对周泰的态度。诸葛亮《出师表》中的"临表涕零,不知所言";《太宗实录》修成,钱若水等奉上时,宋真宗"亲览涕泗,呜咽命坐"。诸如此类,未必就真的出于伤心或激动,而是姿态。

形容眼泪流得多,如陆游"倾长河注东海之泪"式的比喻屡见不鲜,钱锺书先生列举了数例。如寒山和尚诗有"积骨如毗富,别泪如海津";古乐府有"相送劳劳渚,长江不应满,是侬泪成许";唐李群玉《感兴》诗有"天边无书来,相思泪成海";聂夷中《劝酒》诗有"但恐别离泪,自成苦水河";贯休和尚诗有"只恐长江水,尽是儿女泪";韩师厚《御街行》词有"若将愁泪还做水,算几个黄天荡!"《红楼梦》里,宝玉和袭人扯到死时的"疯话"也说:"比如我此时若果有造化,该死于此时的,趁你们在,我就死了,再能够你们哭我的眼泪流成大河,把我的尸首漂起来。"钱先生说,这类语句属于"套语相沿,偶加渲染"。有意思的是,《太平广记·卢叔伦女》讲的故事,对流了多少眼泪颇有"实计"的意味。有父子三人贩羊而投宿一户农家,结果农家夫妻见财起意,杀害了父子三人,结果遭到了报应。村人卢叔伦女此前即托生即在那家,"与之作儿,聪黠胜人,渠甚爱念",然而却是"十五患病,二十方卒",导致那对夫妻"前后用医药,已过所劫数倍",并且,"夫妻涕泣,计其泪过两三石矣"。然这种对眼泪的计量,还是可归为调侃类的比喻吧。

《玉光剑气集》云,明朝正德皇帝时,金吾卫指挥张英"肉袒挟两囊土"拦路哭谏,"不允,即拔刀自刎,血流满地"。张英未即死,侍卫问他带着土袋干什么,张英道:"恐污帝廷,洒土掩血耳。"其实,张英若云"洒土掩泪",震撼效果当更胜于"掩血"。郑大世的眼泪既出,立刻被媒体和球迷进行了大量国家民族一类的诠释,而当我们知道郑大世看电视剧《蓝色生死恋》也会哭得稀里哗啦时,则他的泪不禁流,也可能出自泪窝先天较浅的缘故。

2010 年 7 月 13 日

鸟语

7月5日,广州市政协常委会以专题报告形式提交建议:"把广州电视台综合频道或新闻频道改为以普通话为基本播音用语的节目频道,或在其综合频道和新闻频道的主时段中用普通话播出。"这条建议只是他们提交的《关于进一步加强亚运会软环境建设的建议》35条中的一条,毫无要把粤语如何的意思,然而还是强烈触动了以粤语为母语的人们的敏感神经,一时间,"粤语沦陷""保卫粤语"的声音无端响起。

粤语是汉语八大方言的一种。毋庸讳言,从前的人对方言是有偏见的,往往称之为鸟语,听不懂转而瞧不起,是乃文化中心主义作祟。比如南朝顾欢《夷夏论》云:"夫蹲夷之仪,娄罗之辩,各出彼俗,自相聆解。犹虫嚯鸟聒,何足述效?"但同时期的朱广之即不同意他的看法,其《谘顾欢夷夏论》云:"想兹汉音,流入彼国,复受'虫喧'之尤,'鸟聒'之诮,'娄罗之辩'亦可知矣。"这就是说,顾欢说"夷"语非中"夏"所能"聆解",朱广之驳谓"汉音"易地亦然,"夷"耳闻之,同样属于虫鸟喧聒。你这么看人家,人家其实也这么看你,换位思考一下就明白了。不过,朱广之的观点占不到社会主流,钱锺书先生用各种典籍记载得出结论:"'鸟语'为化外野人标志。"

真正的鸟语——鸟叫的声音,人听了但觉悦耳,袁枚说他"爱雀言音节天然,有类古乐府"。当然也有些鸟中"异类",白居易赞秦吉了"耳聪心慧舌端巧,鸟语人言无不通",居然可以两栖。《戒庵老人漫笔》云池州九华山中有一种奇花,更奇的是还有护花鸟,"游人欲折者,鸟则盘旋其上,鸣声云:'莫损花,莫损花'。"再有咏鹧鸪为古人思乡指代,亦因鹧鸪鸣声似"行不得也哥哥"。"异类"们或长于模仿,或叫声被拟人化,所以人们能"听懂"。然而据说,也有能听懂真正鸟语的人。《太平广记》卷十三有成仙公,"尝与众共坐,闻群雀鸣而笑之",大家问他笑什么,他说鸟儿们嚷嚷着城东拉米的车翻了,正在"相呼往食"。派人去看,果然。卷四百六十二还有河内太守杨宣,"行县,有群雀鸣桑树上,宣谓吏曰:'前有覆车粟。'"最有名的,当然是孔子的弟子公冶长了。《论语·公冶上》云,孔子说公冶长"可妻也",然后就把女儿嫁给了他。公冶长的故事很神,皇侃《论语义疏》这么说的:公冶长从卫还鲁,见一个老太太当道哭,一问知道,"儿出未归"。公冶长说:"顷闻鸟相呼,往某村食肉:得毋儿已死耶?"老太太去看,果然"得儿尸"。这时某"村官"用了推理法:"冶长不杀人,何由知儿尸?"就把他抓了起来。公冶长遭此飞来横祸,因为他能听懂乌鸦说话,他人觉得荒谬无稽。两个月过去,公冶长在狱"闻雀鸣而大笑",狱卒问他怎么了,公冶长说那帮麻雀在议论"白莲水边,有车翻黍粟;牡牛折角,收敛不尽",大家快点儿去吃。狱卒去看,果然,"乃白村官而释之"。公冶长因为能听懂鸟语而蒙冤系狱,又因此而获释,可谓成败皆系于知鸟语了。

这种听起来神乎其神的事情,前人自然也有极不相信的。北宋邢昺云:"旧说冶长解禽语,故系之缧绁。以其不经,今不取也。"明朝杨慎云:"世传公冶长通鸟语,不见于书。惟沈佺期

《燕》诗云:'不如黄雀语,能免冶长灾。'白乐天《鸟雀赠答诗序》云:'余非冶长,不能通其意。'似实有其事。"当然,信的人也一大把,比如明朝的焦竑,其《焦氏笔乘》征引了《左传》之"介葛卢辨牛鸣",《史记》之"秦仲知百鸟之音,与之语,皆应",《论衡》之"广汉阳翁伟,能听百鸟音"等来推断:"世间自有此等奇,未可臆断其无也。"但同时期的谢肇淛反驳说:"介葛卢解牛语,公冶长、侯瑾解鸟语,阳翁仲、李南解马语,唐僧隆多罗、白龟年俱通鸟兽语,成子、杨宣皆解雀语。夫鸟兽之音,终身一律,果能语耶?左氏之诬,野史之谬,无论已。"他说真是可惜了公冶长,"圣门高第,乃受此秽名"。他进而指出,世传雀绕公冶长舍,叫什么"公冶长,南山虎驮羊。汝得其肉,我食其肠",鸟能说话已经够奇怪了,"春秋之雀,知用(南朝)沈约之韵,又可怪也"。

鸟语何时起讥指人言?不得而知。韩愈《送区册序》开篇即"阳山,天下之穷处也",然后"县廓无居民,官无丞尉,夹江荒茅篁竹之间",然后又"小吏十余家,皆鸟言夷面。始至,言语不通,画地为字",通篇牢骚满腹。唐朝方总官张萱好杀,"时有突厥投化,萱乃作檄文,骂默啜(可汗),言词甚不逊",他这篇檄文就写在降将背上,"凿共肌肤,涅之以墨,灸之以火",结果那人"不胜痛楚,日夜作虫鸟鸣"。汤显祖《牡丹亭》第四十七出《围释》,"溜金王麾下一名通事"开场白云:"好笑,好笑,俺大王助金围宋,攻打淮城。谁知北朝暗地差人去到南朝讲话!正是:'暂通禽兽语,终是犬羊心。'"我想,当下操粤语的人士反应如此激烈,某种程度上正有历史上这种被轻蔑的文化阴影残留的因素吧。

2010 年 7 月 18 日

焚作品

6月25日,画家吴冠中先生走完了91年的人生历程。报道说,吴先生是20世纪现代中国绘画代表画家。我们非业界的人也知道,吴先生对自己不满意的作品有焚毁的"习惯"。50年代他就焚过一组井冈山风景画;"文革"初期焚了几百张;到了他"身价"已经很高的1991年,仍然把自己在二十多年里不满意的作品集中起来,一次焚毁二百多张,自己焚不过来,还叫上儿媳和小孙孙一起帮忙。吴先生此举,用他自己的话说,是"不愿谬种流传"。

关于前人的焚作品,众所周知比较著名的有始皇焚书与黛玉焚稿。始皇坑儒,屡有人为之翻案,年初还有人撰文认为"此事疑窦丛生,恐属子虚乌有",但对焚书,基本并无疑义。始皇焚书是一种国家行为,焚的是人类智慧结晶,因而历来千夫所指。《史记》说那是李斯的主意,"臣请史官非秦记皆烧之。非博士官所职,天下敢有藏《诗》《书》、百家语者悉诣守、尉杂烧之。有敢偶语《诗》《书》者弃市"。而文学作品中的黛玉焚稿,属于一种个人行为。《红楼梦》第九十七回,"黛玉得知宝玉和宝钗定婚的消息后,一病不起,日重一日"。某一天,躺在床上的黛玉先叫雪雁拿来她的"诗本子",又叫紫鹃"笼上火盆",然后把没撕动的诗绢烧了,"回手又把那诗稿拿起来,瞧了瞧又撂下了。紫鹃怕他也要烧,连忙将身倚住黛玉,腾出手来拿时,黛玉又早拾起,摺在火上"。黛玉在生命终止的前夕,焚掉那些用身心写成的象征生命、青春和爱情的诗篇,一如其"焚稿断痴情"的回目,呼应其"质本洁来还洁去"的葬花之举。

就焚作品而言,前人还有一种是针对少作,自己早年的东西。刘声木《苌楚斋随笔》云,晚清大学者王柏心曾"撰《百柱堂全集》五十三卷,高可盈尺,可谓宏富矣",但在50岁时,"尽取其生平诗稿焚之"。为什么呢?他说自己50岁"始悟学诗之门径",从现在开始作的诗才能算作诗。刘声木赞赏说:"能尽焚往日之稿,可谓勇猛有决心,宜乎当日以文学为两湖大师。"王柏心是湖北洪湖人。少作在某种程度上呈现稚嫩的一面,因而前人即便不焚,有的也非常慎重。俞樾《九九消夏录》引高斯得跋云:"刘禹锡编《柳子厚集》,断自永州以后,少作不录一篇。南轩先生永州所题《三亭》《陆山》诸诗,时方二十余岁,兴寄已落落穆穆如此。然求之集中,则咸无焉。岂编次者以柳集之法裁之乎?"俞樾认为,此乃"古人编集不登少作"所致。当然,凡事没有那么绝对。还按俞樾的整理和考证,李白作《大猎赋序》,"总在十三岁以后,二十三岁以前";作《明堂赋》,"必在开元四年丙辰之前",则李白只十五六岁;白居易编自己的诗集,从15岁时的作品开始收录。

周密《浩然斋雅谈》里有一桩宋朝词人周邦彦的风流韵事。说徽宗的时候,太学生周邦彦常常光顾京城名妓李师师的家,有一天正好碰上徽宗也来了,遂"仓促隐去"。——读过《水浒传》的人都知道,梁山好汉浪子燕青在李师师家也有"月夜遇道君"的经历,从那段描写上看,燕青身上该有周邦彦的影子。未几,李师师"被宣唤,遂歌于上前",徽宗问谁写的词,答曰周邦彦,邦彦"自此通显"。既而朝廷大宴,"师师又歌《大酺》《六丑》二解",徽宗又问教坊使袁綯这是谁写的,答曰周邦彦;又问《六丑》是什么意思,答不上来,乃"急召邦彦问之",邦彦说:"此犯六调,皆声之美者,然绝难歌。昔高阳氏有子六人,才而丑,故以比之。"徽宗很高兴,"意将留行",派蔡京去探口风,不料邦彦说:"某老矣,颇悔少作。"这该是前人对少作的另一种态度了。然当代罗忼烈先生考证说,北宋只有一个李师师,大约生于宋仁宗嘉祐七年(1062),据此推算,她比周邦彦小6岁,比徽宗大20岁。崇宁、大观年间,李师师曾"雄踞瓦肆歌坛",徽宗肯定听过她歌唱,但由于年龄悬殊,不可能"幸"她。

要说焚毁自己的作品,明末清初的周亮工干得更绝。在他去世的前一年,把自己的《赖古堂文集》《印人传》《读画录》《书影》等百余种著作的书版,"悉行自毁"。这件事,是雍正三年重刊《书影》时他儿子在序中向外人道及的。对周亮工之举,刘声木很不以为然,他说:"若以为可传耶,则不当毁;若以为不可传耶,则不当刊。岂撰述百余种中,竟无一二可以传世之书,必欲毁之而后快,此意何也?"声木之言是矣,于今则未必然。今天的大量出版物,不是既不可传、亦不当刊,而照样公帑刊之而又公帑化之吗?再者,历经过各种政治运动的老一辈学者,尤其是染上了浓厚政治色彩的人士,都有检讨自家作品的必要。去岁余于旧书店中淘得胡绳先生的《枣下论丛》,其中对胡适、胡风的批判,对社会学的偏狭,可堪卒读?当然,这是时代的悲剧,但那一辈人不妨学一学吴先生,自己放它一把火,以免"谬种流传"。

2010年7月25日

毁庄稼

不久前,河南南阳发生了"毁麦种树"事件。据新华社报道,眼看离麦子成熟仅剩了不到一个月的时间,宛城区新店乡乡政府却强行将上百亩即将收获的麦田推平,种上了各种各样的苗木,引发村民的强烈不满。新华社记者追踪采访发现,此事无独有偶,另一个红泥湾镇也有上千亩小麦被毁,被当地政府改种树苗。为什么要如此痛下"杀手"呢?因为南阳后年也就是2012年,要举办第七届全国农运会。

东汉崔寔有一篇《政论》,其中说道:"今典州郡者,自违诏书,纵意出入。每诏书所欲禁绝,虽重恳恻,骂詈极笔,由复废舍,终无悛意。"这句话用在今天同样毫不过时。根据当下的法律法规,我国基本农田受到严格保护,在未经审批的情况下不能变更用途,也不能种植林木苗圃。国务院三令五申实行最严格的耕地保护制度,但到社会生活当中,如崔寔记录的民谣:"州县符,如霹雳;得诏书,但挂壁。"钱锺书先生的《管锥编》就《政论》所论翻了翻历史,让我们见识了历史上的不少阳奉阴违。

唐太宗贞观十一年(637),马周上疏:"今百姓承丧乱之后,(人数)比于隋时才十分之一。而供官徭役,道路相继,兄去弟还,首尾不绝。远者往来五六千里,春秋冬夏,略无休时。陛下虽每有恩诏令其减省,而有司作既不废,自然须人,徒行文书,役之如故。臣每访问,四五年来,百姓颇有嗟怨之言,以为陛下不存养之。"这里的"徒行文书,役之如故",用今天的话说就是"政策截留"。白居易的纪实作品《杜陵叟》道得真切:"不知何人奏皇帝,帝心恻隐知人弊,白麻纸上书德音:'京畿尽放(免)今年税'",然而,"昨日里胥方到门,手持尺牒榜乡村。十家租税九家毕,虚受吾君蠲免恩"。宋朝也是这样,苏东坡还隐讳地说"四方皆有'黄纸放而白纸收'之语",苏辙就直截了当了:"贪刻之吏,习以成风。上有毫发之意,则下有邱山之取,上有滂沛之泽,则下有涓滴之施。"南宋黄震更感叹:"呜呼!自昔士大夫建明多灿然于高文大册之间,而至今小民疾苦终蹙然于穷檐败壁之下!"嘴上说的和实际做的,否泰如天地。

《唐语林》云,玄宗在东都洛阳,因为"宫中有怪"而"欲西幸"。裴耀卿、张九龄谏曰,百姓的庄稼还没收,等到冬天再动身吧。而李林甫知道玄宗现在就想走,退朝时就假装腿瘸了落在后面。玄宗问他脚怎么了?他说没毛病,这样做是为了走慢点儿,"独奏事"。然后他侃侃而谈:"二京,陛下东、西宫也。将欲驾幸,焉用选时?"自己的地方想去就去,有什么好等的?如果路上影响了百姓收割庄稼,或者祸害了庄稼,把沿路的租税免了不就成了?别理张九龄他们,"臣请宣示有司,即日西幸"。玄宗大悦。没几天,"耀卿、九龄俱罢,而牛仙客进",当然,是李林甫力挺的结果。

有意思的是,有一种毁庄稼还真的是为百姓着想。《菽园杂记》云,常熟知县郭南,上虞人,"虞山出软粟,民有献南者",让他品尝一下。郭南赶快叫种软粟的人"悉拔去"。他说:"异日必有以此殃害常熟之民者。"郭南绝不是杞人忧天,某个地方的"特产",有时确可成为祸害。拈《清稗类钞》二例。其一,广东番禺、花县、阳春出产的米好,明朝起即以此"贡王府之用",于是"民以为大累",贡就贡了,"收时挑剔殊甚"。其二,长江渔民"向有贡献鲥鱼之例",康熙时奉谕不贡了,却被"地方有司改为折价,向网户征收,解充公用"——这又是"诏书挂壁"的典型情景,而"胥吏因缘苛索",于是"沿江居民捕鱼为业者苦之",直到乾隆时再"特旨豁免"。所以,一个地方有自己的特色之产,在某种情况下反而可能成为带来灾难的诱因。明确了这一点,即可理解郭南的未雨绸缪。

马周的上疏还说:"临天下者,以人为本。欲令百姓安乐,唯在刺史、县令。县令既众,不能皆贤,若每州得良刺史,则合境苏息。天下刺史悉称圣意,则陛下端拱岩廊之上,百姓不虑不安。"现在,国家土地总督察办等单位声色俱厉,而细瞧之下,不过是给个小喽啰不痛不痒的纪律处分之类而已。这些年来,我们的竞技体育"上"去了,是大家都能看到的,北京奥运会不是金牌总数第一吗?但我们的群众体育糟糕到了什么程度,也有目共睹。从国外延揽来的各种大型运动会之外,我们自己的也 super 多,全运会、省运会、市运会、城运会、农运会……门类齐全得很,而体育场馆的大量闲置,与大众体育场地的捉襟见肘,又成形影不离的"双胞胎"。南阳的"毁麦种树"更表明,为了面子上热热闹闹的这点儿事,我们一些大权在握的人已经到了不管不顾、没有理智可言的地步了。

2010 年 7 月 31 日

美女

8月1日,2010香港小姐决赛结果揭晓。虽然有"美貌与智慧并重"的口号,也有"素质考试"环节,但此类比赛主要偏重"美貌"是可以肯定的。所以每年选毕,无论无线电视选出的港姐还是亚洲电视选出的亚姐,冠军的长相都会成为焦点话题。2004年港姐冠军徐子珊从拿到奖杯的那一刻起,即被民间"封"为最丑港姐。今年的评选刚结束,"史上最丑"的桂冠又颁给了新晋港姐陈庭欣。

最早的选美,该是皇宫遴选后妃吧。东汉时每年秋季八月开始,"遣中大夫与掖庭丞及相工,于洛阳乡中阅视良家童女,年十三以上,二十以下,姿色端丽,合法相者,载还后宫,择视可否,乃用登御"。所谓"合法相",就是光漂亮不行,还要由相工相面,看看有没有富贵的"基因"。《万历野获编》有"帝王娶外国女"条,说朱元璋次子"以洪武四年娶故元太传中书右丞相河南王扩廓帖木儿女王氏为正妃";又,成祖"纳高丽所献女数人,其中一人为贤妃权氏,侍上北征,回师薨于峄县,遂槁葬焉"。这些外国的贤妃、正妃漂亮与否没有交代,答案必然为肯定。《续资治通鉴》卷二百十四载,元顺帝"尝为近幸臣建宅,亲画屋样",皇后则"多畜高丽美人,大臣有权者,辄以此遗之",至于"京师达官贵人,必得高丽女然后为名家"。正德年间回回人于永说得更明白:"高丽女白皙而美,大胜中国。"当下韩剧引发的"韩流"每每袭来,明星都很养眼,倘若真的是因为韩国美容业最发达,则要愧对他们天生丽质的前人了。

《管锥编》在论及"全三国文"时说,张飞文仅存《八濛摩崖》22字、《铁刀铭》3字及《刁斗铭》题目而已。不过,近人但焘《书画鉴》说:"画史言关、张能画。贵人家藏画一幅,张飞画美人,关羽补竹,飞题云:'大哥在军中郁郁不乐,二哥与余作此,为之解闷。'"苟如是,这20来字该属于重要发现了。同理,关羽文"无只字存者",清人周亮工却"看到"了云长《三上张翼德书》,"操之诡计百端,非羽智缚,安有今日"云云。但钱先生认为,此一题一书"为近世庸劣人伪托,与汉魏手笔悬绝,稍解文词风格者到眼即辨,无俟考据,亦不屑刺讯"。而前人为何又能咏出"古人作画铁笔强,汉有关羽晋长康"之类的句子?钱先生辛辣地调侃:"不读书之黠子作伪,而多读书之痴汉为圆谎耳。"张飞画过美女,倘给吴宇森先生知道,其电影《赤壁》上映时影院中本已充斥的笑声,又要多引爆一回了。

讲到唐朝的美女,似非杨贵妃莫属,其实天宝年间还有一个叫达奚盈盈的,"姿艳冠绝一时"。晏殊家藏有唐人撰写的《达奚盈盈传》,他还手书了一遍。盈盈的身份低贱,"贵人之妾"。该贵人生病,同官之子被父亲"遣往视之",结果被盈盈迷上了,"遂匿于其室甚久"。老子丢了儿子,"索之甚急",惊动了玄宗,"诏大索京师,无所不至,而莫见其迹"。了解了失踪经过,乃"诏且索贵人之室",才算找到,"既出,明皇大怒"。怒从何来?玄宗亦与盈盈有染,或有"贼心"吧。小说《围城》中,高松年、汪处厚"抓到"黑夜散步谈心的汪太太和赵辛楣,高松年气急败坏,汪太太讥讽地说:"高校长,你又何必来助兴呢?吃醋没有你的份儿呀。"其实高氏正有。玄宗之怒,想来与之相类。黄永年先生考证说,白居易《长恨歌》只是用诗歌体裁写的小说,并非纪实文学,什么"君王掩面救不得,回看血泪相和流"都是虚构,马嵬坡的真实情况正如《旧唐书·玄宗纪》的史官直笔:"上即命力士赐贵妃自尽。"黄先生认为,玄宗此举,"正和当年为了满足个人私欲,把这位杨氏儿媳妇从儿子寿王李瑁身边抢夺过来是同样地不讲什么情义"。

对于美女,从来没有一定之规,"环肥燕瘦"。《淮南子》说得好:"佳人不同体,美人不同貌,而皆悦于目;梨橘枣栗不同味,而皆调于口。"东汉王充则把美色列为四毒之一,说了不少"妖气生美好,故美好之人多邪恶",以及"美色之人,怀毒螫也"之类为"美女祸水论"作伥的话。然爱美(女)之心,毕竟人皆有之。明朝王翱和一个大臣一起走路,看到一个美女。大臣"既去复回顾",王翱调侃他,美女一定很有力气。大臣奇怪,王翱说:"不然,公之头如何牵得转去?"清初计东感叹曰:"予本热中人,十年遭弃置。譬之太史公,一朝割其势;岂不爱妇人,事已无可觊!"俞樾《湖楼笔谈》云:"古人言妇女,不讳言容貌之美。"他举了大量例证,如《诗经》之《硕人》(手如柔荑,肤如凝脂,领如蝤蛴,齿如瓠犀,螓首蛾眉,巧笑倩兮!美目盼兮!)"几于《神女》《洛神》之赋矣",那是因为古人没什么邪念,而"后世于妇人讳言其美,正由风俗媮薄,心术不端"。

今日"美女"之称为大众挂在嘴边,像从前称男人为"师傅"。而今日之情势该如何判断,见仁见智了。

2010年8月6日

修史

8月9日《新京报》有一篇《新中国二次大修"国史"修什么?》的文章。咋看标题,还以为是重修新中国史,原来是《围城》里王尔恺"为(苏)文纨小姐录旧作"一类的笔意,方鸿渐以为录的是王的旧作,然则是苏的。看报道的内容,那是要修订点校本"二十四史"和《清史稿》。方鸿渐讥王尔恺"文理不通",此处同样适用。修史与修订史籍,显然不是同一个概念,不要说连"国史"的指向还糊里糊涂。

修史是给前朝进行盖棺定论。当下有一种说法叫"盛世修史",而一部经得起后世检验的史书,与时代的盛衰应该没什么干系,取决于如何落笔。宋太宗说:"史臣之职,固在善恶必书,无所隐讳。昔唐玄宗欲焚武后史,左右以为不可,欲后代闻之为鉴戒耳。"但是,做到善恶必书,实际上无比艰难。《贞观政要》云,有人提出要给唐太宗编文集,太宗没有同意,说自己那些东西,"有益于人者,史则书之,足为不朽";反之,"虽有词藻,终贻后代笑,非所须也"。他说陈后主、隋炀帝"亦大有文集",江山还不是丢了?但有一回,他按捺不住好奇,对褚遂良说想看看起居注里都写了些什么,没别的意思,"将却观所为得失以自警戒耳"。理由虽很堂皇,褚遂良还是没给他看,并告诉他,那东西就跟以前的左、右史一样,"善恶毕书",什么都有,"不闻帝王躬自观史"。太宗担心了:"朕有不善,卿必记耶?"遂良答曰:"臣职当载笔,何不书之?"这后面四个字在《资治通鉴》里是"不敢不记",更显掷地有声。黄门侍郎刘洎补充得更直接:"人君有过失,如日月之蚀,人皆见之。设令遂良不记,天下人皆记之矣。"

但能记与否,要取决于君王开明与否。明朝陈子经尝作《通鉴续论》,写到宋太祖陈桥兵变,用的是"匡胤自立而还"。这是说,赵匡胤黄袍加身,不是石守信他们硬给他披上的,而是其本人自导自演的一出戏码。《庚巳编》云,陈子经"方属笔之顷,雷忽震其几",老天爷先不高兴了,然"子经色不变",还高声喝道:"老天虽击陈子经之臂,亦不改矣。"过了三天,"子经昼寝,梦为人召去",见到了赵匡胤,"冕旒黄袍,面色紫黑",问他:"朕何负于卿,乃比朕于篡耶?"陈子经说:"死罪,臣诚知以此触忤陛下,然史贵直笔,陛下虽杀我,不可易也。"这些荒诞之事,肯定是用以告诫后人的。洪武年间,"子经为起居注",大概既师法褚遂良,又秉承自家的优良传统,结果"坐法死"。所以这样猜测,盖因临刑之时,朱元璋说了句"吾特为宋祖雪愤矣",他肯定是把秉笔直书视为以下犯上的一种了。

《资治通鉴》写到诸葛亮攻魏,以"寇"名之,元人杨奂气坏了:"欲起温公问书法,武侯入寇寇谁家?"清人王士禛读到后唐庄宗讨梁,亦以"谋入寇"书,至于"不禁发指"。他也写了一首诗:"一代清流尽丧亡,纥干山雀可怜伤。温公书法凭谁问,又说河东欲寇梁。"涉及国事尚且如此,涉及家事自然更加有人在意。

《曲洧旧闻》云,曾肇修史,写到颇有争议的吕夷简时,"不少假借",该写什么写什么。元祐时吕夷简的儿子公著当国,有人讲起这件事,显然是挑那些不好听的东西来借机拍马屁,然公著没有理睬,"待子开(肇字)如初"。又有人不肯善罢甘休,公著说:"肇所职,万世之公也。人所言,吾家之私也。使肇所书非耶,天下自有公议;所书是耶,吾行其私,岂能使后世必信哉!"晁以道就此种度量佩服吕公著为"真宰相"。当然,能做到这点的前提须有唐太宗一样的胸襟,而多数人像的是明太祖,诸多有能耐的后人也欠缺吕公著的雅量。晋袁宏撰《东征赋》,"赋末列称过江诸名德,而独不载桓彝"。大司马桓温有天出去玩儿把他叫上了,氛围肯定紧张,至于"众为之惧",但桓温还好,只是问了句"何故不及家君"。《世载堂杂忆》云,《清史稿》印成之后还没发行就被国民军接收了,谭延闿发现没有他爸爸谭钟麟的传,"深以为异,谓修史诸人,故意罢除",加上书中"于反清称谓,尤多污蔑,乃通令禁止流传",利用权力把书给查封了。刘禺生说:"实则《清史稿》中,列传人物脱漏甚多,如朱筠、翁方纲等,皆未立传,不仅谭钟麟一人也。修史诸人,有意无意,不敢断定。"《玉堂丛语》云,吴希贤"预修英庙实录",有个寇姓的贵家子找上门来,"密以贿丐希贤致口词于其父"。希贤拒之,曰:"苟为此,他日何以见董狐于地下?"《巢林笔谈》干脆认定,修史"狥情黩货"的始作俑者是陈寿,他的《三国志》"非独大指纰缪,即隶事亦多失实。其论武侯将略非长,无应敌之才,修父怨也。索千斛米不与,不为二丁作传,鄙极矣"。狥情黩货,自然是修史的另一歧途。

便是修订而不是修史吧,二十四史点校本出齐,不过刚刚过去三十年,现在又修订,重复与否又当别论。当年的点校,集史学界一时俊杰,大名个个如雷贯耳,如今又有多少人能胜任呢?并且,不要像众多的科研项目一样,把经费弄到手后像个包工头一样去"发包"吧。耳闻目睹的学术界现状,令人不能不产生这种担心。

2010年8月13日

修史（续）

前文说了，修史还有"狥情黩货"一途。最负"臭"名的当推魏收了，他的《魏书》被称为"秽史"嘛。二十四史中，名声最差的就是这部，虽然它是关于北魏历史的最重要著作，其参考价值为其他任何相关著作所不能比拟。当然，文而秽，不止《魏书》。南唐韩熙载受命以其"冠绝当时"的"八分书"为宋齐丘《化书》书碑碣，有天忽地"以纸实其鼻"，人家问他怎么回事，答曰："其文秽且臭。"当下也有论文说，所谓"秽史"，是北齐少数门阀子弟喧嚷的结果，归为魏晋南北朝门阀制度对史书编撰的影响。然魏收那句"何物小子，敢共魏收作色，举之则使上天，按之则使入地"的名言，未知是否亦属于他人栽赃陷害。

类似魏收这样的人物还有很多，比如唐朝的许敬宗。《旧唐书》载："敬宗自掌知国事，记事阿曲。"虞世基与敬宗的爸爸许善心同为宇文化及所害，封德彝看得清楚，他跟别人说："世基被诛，世南匍匐而请代；善心之死，敬宗舞蹈以求生。"这话给许敬宗知道了，恨得够呛。等到给封德彝立传，他找到报复的机会了，"盛加其罪恶"。此外，许敬宗因为"贪财"把女儿嫁给了钱九陇，于是这个原本的"皇家隶人"，被敬宗"曲叙门阀，妄加功绩，并升为与刘文静、长孙顺德同卷"。为子娶妇也是这样，娶的是尉迟宝琳的孙女,因为"多得赂遗",在给宝琳父亲敬德立传的时候,敬宗便"悉为隐诸过咎",唐太宗的《威凤赋》明明是赐给长孙无忌的,他这里也移花接木安到敬德头上。庞孝泰从征高丽,明明被人家打败了,许敬宗"纳其宝货"之后便颠倒黑白,"称孝泰频破贼徒,斩获数万。汉将骁健者,唯苏定方与庞孝泰耳,曹继叔、刘伯英皆出其下"。敬播所修的太祖、太宗两朝实录,本来"颇多详直",到了许敬宗这里,"又辄以己爱憎曲事删改",至于"论者尤之"。吊诡的是,就是这么个"虚美隐恶如此"的人,"自贞观已来,朝廷所修《五代史》及《晋书》、《东殿新书》、《西域图志》"等,他都能拉到项目,"皆总知其事",且因此"前后赏赉,不可胜纪"。今后看许敬宗挂名的东西,真的要小心谨慎了。

《渑水燕谈录》云,宋太祖诏卢多逊、扈蒙、李昉、张澹、刘兼、李穆、李九龄修《五代史》,"而蒙、九龄实专笔削",不仅"史笔无法,拙于叙事",五代十四帝不过53年,他们光纪就写出六十卷,"其繁如此"不说,纪里面还把该传里面的事提前,"传止次履历";而且,整部书"先后无序,美恶失实,殊无足取"。仁宗时重修之,欧阳修与尹洙"议分撰",结果尹洙"别为《五代春秋》,止四千余言,简有史法";欧阳修重修的《五代史》,"文约而事详,褒贬去取,得《春秋》之法,迁、固之流"。今天我们读到的《新五代史》,正是文忠公的手笔。他在动手时给尹洙的信中谈到,"史者国家之典法也",史书记载"君臣善恶,与其百事之废置",不是要跟谁过不去,而是要"垂劝戒,示后世"。但是,官修史书不仅取决于个人史学素养、人品正邪,还要取决于当时的意识形态,在很多时候,所谓史书的修纂实际上为形势所左右。

宋哲宗元祐初年,"更先朝法度,去安石之党,士多讳变所从",而弟子陆佃在安石去世后,仍"率诸生供佛,哭而祭之,识者嘉其无向背"。此时陆佃正"以修撰《神宗实录》徙礼部"。在如何评价熙宁、元丰这段历史时,陆佃"数与史官范祖禹、黄庭坚争辩"。在陆佃看来,安石下台了,但并非一无是处,因而"为之晦隐"。黄庭坚说,像你这么写下去,就是"佞史"了。陆佃则反驳道:"尽用君意,岂非谤书乎!"曾经"受经于王安石"的陆佃其实并非阿谀之徒,他应举入京时安石已当国,"首问新政",当然是期望听到好话,但陆佃说:"法非不善,但恐推行不能如初意,还为扰民,如青苗是也。"安石很吃惊,说跟我了解到的情况不同啊?我也是"与吕惠卿议之,又访外议"的呀?陆佃不客气地指出:"公乐闻善,古所未有,然外间颇以为拒谏。"就是因为诸如此类的事情,安石"以佃不附己,专付之经术,不复咨以政",叫他专门去钻故纸堆了。有意思的是,《神宗实录》成,陆佃"加直学士";绍圣初治《神宗实录》罪,陆佃"坐落职"。陆佃的境遇更折射出,国人对修史一向没有客观标准,不要说后代谤议前朝,就是同代而不同时期,对同一事件的说法、对同一人物的评价,也是此一时也彼一时也,颠来倒去,近乎儿戏。

唐穆宗问侍臣,他想学学经史,先学哪种呢,经还是史?薛放回答说,肯定是先学经,"经者,先圣之至言,仲尼之所发明,皆天人之极致,诚万代不刊之典也"。史就差一层了,虽然记的是"前代成败得失之迹,亦足鉴其兴亡,然得失相参,是非无准的"。薛放对经史的褒与贬,走了一点极端,但这一句"是非无准的",却正是包括当代史在内的史书的一个"硬伤"。

2010 年 8 月 16 日

相术

黄光裕如何从中国首富到沦陷牢狱？今日国美电器管理层又如何酣战？8月17日读到一篇"视角独特"的文章，叫作《黄光裕陈晓之争的面相探析》。作者通过黄、陈的面相来解析，诸如"黄光裕眉如剑锋，三角眼目光如电，似项羽般霸气十足，不懂韬光养晦。而陈晓内紧外松，眼光精悍，像刘备般和善，又像刘邦一样大方"之类。大抵今日之结局已由两人的长相先天而定。这番宏论，属于古人相术的现实运用吧。

相术是通过观察人的相貌，以预测吉凶祸福的一种方术。用班固的话说，就是根据"骨法之度数，器物之形容，以求其声气贵贱吉凶"。《东坡志林》云，欧阳修小的时候，有相士说他"耳白于面，朝野闻名，唇不盖齿，无事招嫌"，日后"果然"。这就是相术。古人认为："物无不可相。"黄庭坚善相马，留长孺善相猪，荥阳褚氏善相牛，等等，都有种种理论。淮南八公有《相鹄经》《相鸭经》《相鸡经》《相鹅经》，甚至还有《相筇经》《相手板经》。实例就更多了。清朝广东人相猫，普遍"以提其耳而四脚与尾即缩上者为优"。嘉应州（今梅州）的张七则认为："黑猫眼须青，黄猫眼须赤，花白猫眼须白，若眼底老裂有冰纹者，威严必重，盖其神定耳。"他还说："猫重颈骨，若宽至三指者，能捕鼠不倦，且长寿，其眼有青光爪有腥气者尤良。"至于湘潭张以文"掷猫于墙壁",以"猫之四爪能坚握墙壁而不脱者,为最上品",不是相术,而是见之于实践进行检验了。

相术主要用途当然还是相人。宋朝彭渊材的观点是:有奇德者必有奇形。但是显然,他的"奇形"是根据"奇德"逆推而来。他认为范仲淹有奇德,所以外表一定会不同寻常。他是真正的"烟(淹)丝",刚见到文正公画像时,"惊喜再拜前,磐折",口称"新昌布衣彭几幸获拜谒",然后"引镜自照",看看自己是否具有这种奇形,结果捋着胡子满意地说:"大略似之矣,但只无耳毫数茎耳,年大当十相具足也。"于狄仁杰,他也是如此,先对画像"又前再拜",赞曰:"有宋进士彭几谨拜谒。"端详既久,"呼刀镊者使剃其眉尾,令作卓枝入鬓之状",一定要使自己在外形上靠近心仪的古人。家人看见了都笑他,渊材怒曰:笑什么,"吾前见范文正公,恨无耳毫,今见狄梁公,不敢不剃眉,何笑之乎!"他认为自己没长耳毫,是先天不足,但剃眉,却事在人为,"君子修人事以应天,奈何儿女子以为笑乎!"说着说着他还上纲上线了:"吾每欲行古道而不见知于人,所谓伤古人之不见,嗟吾道之难行也!"

彭渊材这种相术,先肯定奇德,再寻找不同寻常之处,近乎归纳法;而纯粹的相术就是从五官形状来得出各种结论,近乎演绎法。比方蜂目,就是眼睛好像要凸出眼眶的样子,乃大奸大恶之相。《左传正义》中子上论商臣曰:"蜂目而豺声,忍人也。"《儒林外史》里严贡生出场,"方巾阔服,粉底皂靴,蜜蜂眼,高鼻梁,络腮胡子",钱锺书先生说,这里的"蜜蜂眼"就是蜂目。因此,但凡眼睛突出,声似"野狼嗥"的人,古人就认为是残忍的人。《史记》说"秦王为人,蜂准长目",不是眼睛而是鼻子像蜜蜂,为忍人又添了一个"标准"。又比方重瞳,就是一只眼睛里有两个瞳仁,乃大圣大贵之相。不过,前人对此持不同意见。《史记·项羽本纪》载:"吾闻之周生曰:'舜目盖重瞳子,又闻项羽亦重瞳子'。羽岂其苗裔耶?何兴之暴耶!"金人王若虚就很不客气地指出:"陋哉此论!人之容貌,偶有相似。商均,舜之亲子,不闻其亦重瞳,而千余年之远裔,乃必重瞳耶?周生何人,所据何书,而上知古帝王之形貌,正复有据,亦非学者之所宜讲也。"如此落笔,他认为是司马迁"轻信爱奇"之故,"后世状人君之相者,类以舜重瞳为美谈,皆史迁之所启",并且还误导了后梁朱友敬,其人"自恃重瞳当为天子",终于"作乱伏诛"。明人谢肇淛也说:"舜重瞳子,盖偶然尔,未必便为圣人之表也。后世君则项羽、王莽、吕光、李煜,臣则沈约、鱼俱罗、萧友孜,皆云重瞳,而不克终者过半,相何足据哉?"这种识见要令今之聒噪者汗颜才是!

曾国藩很喜欢相术,他还自做了一套口诀:"邪正看眼鼻,真假看嘴唇。功名看气概,富贵看精神。主意看指爪,风波看脚筋。若要看条理,全在语言中。"此外,"端庄厚重是贵相,谦卑涵容是贵相。事有归着是富相,心存济物是富相。"则曾氏的"相术"超脱了传统,而具有一定的社会学意义了。孟子说:"存乎人者,莫良于眸子。眸子不能掩其恶。胸中正,则眸子瞭焉,胸中不正,则眸子眊(不明)焉。听其言也,观其眸子,人焉廋(隐匿)哉!"或者可以认为,曾国藩得到了孟夫子的真传。如今大街小巷,相面算卦之人虽然几乎无处不在,然堂而皇之地见诸媒体,就结果而溯既往,却言之凿凿面相注定,也算奇事一桩了。

2010年8月21日

人事

一则题为《江南小县一个教育局的超额人事任免》的网帖写道:据不完全统计,浙江省金华市浦江县教育局在2010年2月到7月期间,竟然进行了84人次的人事任免。为什么会这样呢?据知情人士透露,该教育局局长已从2003年任职至今,因为明年肯定要换届,于是赶在换届前进行洗牌,从中捞取好处。发帖者甚至声称,局长从突击提拔的70余人次中,每人次收取了2万—10万元不等的钱物,累计收受贿赂在150万元以上。

今天的人事,主要是指人员的录用、培养、调配等等,人事部门为各单位所必有,国家机关层面曾经设有人事部,现在与劳动和社会保障部合并成为人力资源和社会保障部。从前的人事,则没有这层意思,指人世上的各种事情。《归潜志》云,李长源"虽才高,然不通世事,傲岸多怒,交游多畏之"。李钦叔评价他:"长源上颇通天文,下粗知地理,中间全不晓人事也。"李长源听到后大笑,认为说得正是。李长源非等闲之辈,元好问有《过诗人李长源故居》存世,"千丈豪气天也妒,七言诗好世空传"云云。

但从前的人事,主要还是指说情、请托,或者赠送的礼品。《后汉书·黄琬传》载,时光禄举三署郎,"以高功久次才德尤异者为茂才四行",但这是理论上,实际上"权富子弟多以人事得举,而贫约守志者以穷退见遗",所以京师谣曰:"欲得不能,光禄茂才。"黄琬于是联合陈蕃等,力图扭转这种状况,结果得罪了既得利益集团,"为权富郎所中伤",最后"俱禁锢"。

《西游记》里的人事故事也很有名。唐僧师徒历尽千辛万苦到得西天,如来吩咐阿傩、伽叶:"你两个引他四众,到珍楼之下,先将斋食待他。斋罢,开了宝阁,将我那三藏经中,三十五部之内,各检几卷与他,教他传流东土。"交代得这么具体,阿傩、伽叶还是拨弄自己的算盘,在"引唐僧看遍经名"之后,问他:"圣僧东土到此,有些什么人事送我们?快拿出来,好传经与你去。"唐僧说不曾备得,两个家伙笑了:"好,好,好!白手传经继世,后人当饿死矣!"结果,"白手"传"白经",所谓经书,"原来雪白,并无半点字迹"。师徒四人到如来那儿告状,如来为下属辩护还振振有词,"经不可以空传,亦不可以空取"之类讲了一大套。阿傩、伽叶奉命到珍楼宝阁再检几卷"有字的真经"时,"仍问唐僧要些人事",唐僧没办法,只有把化缘的饭碗——"唐王亲手所赐"的紫金钵盂"双手奉上"。阿傩接了,"但微微而笑",勉强受用,而那些管珍楼的力士、管香积的庖丁、看阁的尊者,"你抹他脸,我扑他背,弹指的、扭唇的,一个个笑道:'不羞!不羞!需索取经的人事!'"

当官而索取人事,历来都招致痛恨,但历来也都习以为常。《解愠编》里有则笑话。新官赴任,问胥吏曰:"做官事体当如何?"吏曰:"一年要清,二年半清,三年便混。"官叹曰:"教我如何熬得到第三年?"《啸亭杂录》说和珅当道的时候,王杰似有先见之明,"绝不与之交,除议政外,默然独坐,距和相位甚远,和相就与之言,亦漫应之"。一天和珅来套近乎,执王杰手笑曰:"何其柔荑若尔?"不料马上被王杰噎了一句:"手虽好,但不会要钱耳!"同样的故事,在《清稗类钞》里主人公变成了清末未发迹时的袁昶和某相国总管,此番"正色"的自然是袁昶,且与和珅的"绝然退"不同,总管"面红耳赤者有顷"。无论王杰还是袁昶,自然都是在讥讽对方只知道要"人事"。

明朝焦竑非常推崇汉代大司徒王良的清廉,自己"布被瓦器",妻子每"布裙曳柴从田中归"。焦竑发问:"今之人有官清要而蒲席布被褥者乎?其妻有操井臼以养者乎?第施施然藉其权力,渔猎小人,为肥家饱妻子之计而已。"春秋时"楚之乐人"优孟编了首贪廉关系歌:"贪吏而可为而不可为,廉吏而可为而不可为。贪吏而不可为者,当时有污名;而可为者,子孙以家成。廉吏而可为者,当时有清名;而不可为者,子孙因穷,被褐而卖薪。贪吏常苦富,廉吏常苦贫。"这种歌谣倒是劝人向贪了,而要说教育僚属,还是康熙时的云贵总督巴锡说得最好:"天生我为人,又与知觉,此恩不可负的。皇上赏与官服,把地方付托了,若不实心为百姓,把地方弄得不像样,便负朝廷的恩了。父母生儿子一场,好容易得他做官,若儿子贪赃枉法,百姓那些人定要骂到他父母上去,这就是大逆不孝了。"

就县教育局长涉及的人事问题,浦江官方的回应予以否认,他们说今年总共进行了两次人事任免,涉及 46 人,所有的都是照章办事。而涉事局长本人也早知此事,但并不在意,只是说"随他们说,干好自己的工作"。不过,这个问题还是搞清楚得好,造谣抑或事实,实不难调查清楚,别放过坏的,也别冤枉了好的。这些年来,借人事来索取"人事",我们都耳闻目睹得多,否则,民间何来"不跑不送,原地不动"之类的民谚?

2010 年 8 月 29 日

强盗

不久前,一名因为抢银行而被称为"强盗爷爷"的美国男子终被抓获。被抢银行的监控录像显示,这名男子面容慈祥,略有些秃顶,看起来就像一位普通的邻家爷爷。而从2008年12月到今年8月10日不到两年的时间里,他一共抢劫了26家银行,抢劫范围遍及美国14个州。强盗,是用暴力夺取别人财物的人。这样的人,哪里都有,古今皆然。

在咱们这里,盗与贼往往形影不离。《清稗类钞》辟有"盗贼类",对二者进行了辨析:"凡财物所有权之在人者而我取之也,以强力行之者为盗,其得之也曰抢。以诡计行之者为贼,其得之也曰窃。"当然,这只是一个粗略的划分,"亦有谓盗为贼者,马贼是也。亦有谓贼为盗者,盗犹言取也"。强盗有个众所周知的雅称叫绿林好汉,来自《后汉书·刘玄传》:"王莽末,南方饥馑,人庶群入野泽,掘凫茈而食之,更相侵夺。新市人王匡、王凤为平理争讼,遂推为渠帅,众数百人。……藏于绿林中,数月间至七八千人。"强盗的另一个雅称则不大常见,那就是"夜客",源于唐朝才子李涉的遇盗诗:春雨潇潇江上村,绿林豪客夜知闻。他时不用相回避,世上如今半是君。《全唐诗》收录此诗时题作《井栏砂宿遇夜客》,因有此名。

历史上有不少读书人遭遇过强盗,李卓吾感叹宋时"强盗直恁地多",当然非独于宋。《累瓦编》里,吴中老儒沈文卿读书读到半夜,发现家里来了小偷,因为什么也没偷到,迂夫子竟然自生愧疚,问"赠汝以诗如何?"不待回应,乃长吟道:"风寒月黑夜迢迢,孤负君来此一遭。只有古书三四束,也堪将去教儿曹。"吟罢,"盗亦含笑去"。不过,这里的盗显然属于贼类。明朝大儒陈献章的遭遇与李涉相近。《玉光剑气集》云,陈献章自京师还,与族弟同舟,到阳江时被劫,"舟人财物尽失"。陈献章坐在舟尾,呼曰:"我有行李在此,宁取我物耳。"强盗问你是谁呀?答曰陈献章。强盗听罢,举手作礼:"我小人不知,惊动君子,幸勿怪。舟中之人,皆先生之友也,忍利其财乎!"然后把刚刚抢到的东西又送还了。此类感召故事的真假无从考证,然像贪官可划分俗雅,强盗中亦可划分文武吧。这样打量,李涉们碰到的其实都是文盗。清朝陆陇其当地方官的时候作过一篇《劝盗文》,让人拿到狱中诵读,"一念之差,不安生理,遂做出此等事来,受尽苦楚。然人心无定,只将这心改正,痛悔向日的不是,如今若得出头,从新做个好人,依旧可以成家立业"云云,据说"一时狱中痛哭失声"。假如《郎潜纪闻初笔》里的这段记载属实的话,痛哭的恐怕也只是文盗。

武盗是不会听什么"道理"的。咸丰年间,曾国藩为赐"御用黄里貂马褂",第二天,"有盗以小舟夜劫文正座船",别的不要,单要那件褂子,吓得曾国藩"噤不敢言"。康熙年间,池州太守郭某领凭赴任,中途给打劫了,"眷六十余皆歼焉,惟妻及幼子得生"。强盗胆子大到了什么程度?把人家的妻、子当成自己的,委任状拿着,"即扬扬至任,谒上台"。诡异的是,这个人还"为政精明,人咸爱重之"。强盗诚然可以当官,像"做贼还做官"的郑广那样,但毕竟要招安在先啊。还是康熙时候,福建龙溪县有家富户老是失窃,案子也破不了,"官严比",有一天大家终于蹲坑把贼蹲到了,跟踪他,竟"从漳州守郡廨后垣跃入",捕快"飞一刀击之,不中,掷一砖,中额",但谁也不敢过去。一直守到天亮,反正这个过程中没人出去,就来个"胥徒杂役——点名",看谁额头受伤了,结果倒是漳州知府"以乌纱帕裹额,微有血痕"。原来,这个人是以巨金买官买上来的,但人们不解的是,都当上官了,怎么还干这种事呢?他说:"故智复萌,情不自禁,所谓经营长物无餍足也。"跟贪官捞钱一样,未必用得了多少,习惯了。郑广是先做贼后做官,如知府这样,就是郑广所嘲的做官还做贼了,当然,这种贼从事的勾当没有知府那么直接。

李卓吾在评点《水浒传》时多次言及强盗,并且把矛头直指那些没有冠以强盗名号的强盗。比如评点第二十二回"阎婆大闹郓城县　朱仝义释宋公明"时说:"朱仝、雷横、柴进不顾王法,只顾人情,所以到底做了强盗。若张文远倒是执法的,还是个良民。或曰:知县相公也做人情,如何不做强盗?曰:你道知县相公不是强盗么!"评点第五十七回"徐宁教使钩镰枪　宋江大破连环马"时又说:"一僧读到此处,见桃花山、二龙山、白虎山都是强盗,叹曰:当时强盗直恁地多!余曰:当时在朝强盗还多些!"评点第六十四回"呼延灼月夜赚关胜　宋公明雪天擒索超"时说:"宋公明只是一个黄老之杰,以退为进,以舍为取。可笑关胜、宣赞、郝思文那厮,都被圈套,尽为出力,人品何在,真强盗也。"李先生此论,足以让人眼界大开。

《清稗类钞》评价时局,说"盗贼横行,明火执仗之徒,鼠窃狗偷之辈,几已所在皆是矣"。放在当下,倘若把"盗贼"置换为"贪官",看来看去,都觉熨帖得很。

2010 年 9 月 3 日

跳槽

粤方言里有"跳槽"一词,如今用得十分普遍。艺人跳槽、上班族跳槽,几乎每天都有这样的新闻,这种"你方唱罢我登场",动机、目的不同,但早已成为社会流动的一种正常现象,"乱哄哄"与否,要具体问题具体分析。跳槽在今天的意思是离开原来的单位,另谋高就,从前则完全与之无关。

冯梦龙编纂之民歌集《挂枝儿》里收了两首《跳槽》,就是青楼女子的哀怨。之一:"你风流,我俊雅,和你同年少/两情深,罚下愿,再不去跳槽/恨冤家瞒了我,去偷情别调/一般滋味有什么好/新相交难道便胜了旧相交/匾(扁)担儿的塌来也/只教你两头都脱了。"之二:"记当初发个狠,不许冤家来到/姊妹们苦劝我,权饶你这遭/谁想你到如今,又把槽跳/明知我爱你/故意来放刁/我与别人调来也/你心中恼不恼?"刘瑞明先生在注解中这样释义"跳槽":"牲畜拣槽而食,妓院中指嫖客另投好他妓。"然徐珂《清稗类钞》对"跳槽"还有一种解释:"原指妓女而言,谓其琵琶别抱也,譬以马之就饮食,移就别槽耳。"也就是说,无论嫖客还是妓女,一旦"移情别恋",都可以称作跳槽。《挂枝儿》流传于苏州地区,因而今天粤方言里的"跳槽",很可能是从吴方言中"引进"的。

杨慎《升庵诗话》溯及了跳槽的词源,认为"元人传奇以(魏)

明帝为跳槽,俗语本此"。魏明帝就是三国时的曹叡,文帝曹丕的儿子。用东晋史学家孙盛"闻之长老"的话说,"魏明帝天资秀出,立发垂地,口吃少言,而沉毅好断"。曹操很喜欢这个孙子,"常令在左右"。曹丕登基后,"以其母诛,故未建为嗣",随着一次打猎,情况发生了根本变化。那是途中"见子母鹿",曹丕射杀了鹿母,再叫曹叡射鹿子,曹叡不干:"陛下已杀其母,臣不忍复杀其子。"很有些一语双关,说完还哭了。于是,"文帝即放弓箭,以此深奇之,而树立之意定矣"。曹叡"自在东宫,不交朝臣,不问政事,唯潜思书籍而已",他对诸葛亮"外慕立孤之名,而内贪专擅之权"的评价,表明他确有自己的独立思考。这是他"工作"时的一面,而他生活的另一面,杨慎从《三国志》之外的典籍中看到了,那就是:"魏明帝初为王时,纳虞氏为妃,及继位,毛氏有宠,而黜虞氏……其后郭夫人有宠,毛氏爱弛,亦赐死。"因此,虞氏从"曹氏自好立贱,未有能以令终"中看出,曹魏"殆必由此亡国矣"。她说的自然是气话,但杨慎却认为"虞氏亡国之言良是"。皇帝老换老婆,正是"跳槽"。而跳了几跳就成亡国之征,虞氏之说可解,杨慎认同则殊不可解。

"跳槽"一旦进入市井,便得到广泛应用,明清小说中屡见"跳槽"字眼。沈复自传体随笔《浮生六记》中有一记叫《浪游记快》,其中讲到表妹夫徐秀峰邀他到岭南走走,更主要是"芸亦劝",两个人就出发了。一路上饱览滕王阁、大庾岭风光,过南雄、佛山,抵省城广州。广州的"花艇"(妓船)一直到新中国成立前都是很有名的,珠江两岸,一字排开,遑论彼时?沈复等二人与"署中同乡"先还是"游河观妓",继而做东的便请他们实践实践,结果沈复看中了一个叫作喜儿的"雏年者",按他自己的说法是因为她"身材状貌有类余妇芸娘",表妹夫则"唤一妓名翠姑",其余诸人"皆各有旧交",于是"放艇中流,开怀畅饮"。20世纪90年代初,余自省政协机关被抽调随省委检查团检查两个地级市的党风廉政建设,在其中一市所遇颇与之相类。当时到的是一家歌厅,门口坐着一堆"小姐",当地纪委书记、办公室主任正"皆各有旧交",毫不避讳。花艇上的人们"有卧而吃鸦片烟者,有拥妓而调笑者",最后,"伻头各送衾枕至,行将连床开铺"……在广州的日子里,沈复对喜儿用情"始终如一",而"秀峰今翠明红,俗谓之跳槽,甚至一招两妓"。

《浮生六记》主要描述作者和妻子陈芸之间如何情投意合,然钱锺书先生说那是"一部我不很喜欢的书",未明原因。余之不喜,在于沈复"浪游"之"快"的那种得意,与喜儿的调笑、喜儿后来因其不往"几寻短见",与其"闺房"之"乐"似无区别,则后人渲染的夫妻二人"伉俪情深、至死不变"能不疑窦丛生?陈寅恪先生说:"吾国文学,自来以礼法顾忌之故,不敢多言男女间关系,而于正式男女关系如夫妇者,尤少涉及。盖闺房燕昵之情意,家庭迷盐之琐屑,大抵不列于篇章,惟以笼统之词,概括言之而已。此后来沈三白《浮生六记》之《闺房记乐》,所以为例外创作。"《浮生六记》的意义,或仅在于此吧。

话说回来,"跳槽"从青楼进入职场,全无色情印痕,词义的变迁就是这样有趣。此外,"乌龟""绿帽子"等,变成了骂人,"同志"之类的境遇不尴不尬,"驴友"等却又成了昵称……在历史中追根溯源,都会不失为很有意思的事情。

2010年9月10日

官帽子

来自深圳大学的消息说,自本月起,深圳大学实行全员聘任制,改革后全校都将"无官",校长相当于 CEO,不再是正厅级干部。他们是把人事体制作为改革的突破口,即所谓摘掉"官帽子",推行起来未必顺利。

提起官帽子,人们马上会想到乌纱帽。薛天纬先生考证说,"乌纱帽"这个词虽古已有之,但指代官帽还是后来的事。如李白《答友人赠乌纱帽》中,"领得乌纱帽……山人不照镜,稚子道相宜",这里的乌纱帽,就是一种日常的便帽。唐初,皇太子的衣服分为五等,其中第四等是"乌纱帽,白裙襦,白袜,乌皮履,视事及宴见宾客则服之"。后来降等了,"书算学生、州县学生,则乌纱帽,白裙襦,青领"。苏东坡赴凤翔任,与弟弟依依惜别,有"登高回首坡垅隔,惟见乌帽出复没"句,则苏辙所戴乌纱帽,应该还是便帽。薛先生说,乌纱帽与官帽画上等号,最早见于《明史·舆服志》:"洪武三年(1370)定,凡常朝视事,以乌纱帽、团领衫、束带为公服。"

在官本位的社会,官帽子颇有含金量,所以很多人为了得到而不择手段。崇祯皇帝刚继位的时候很想有一番作为,户科给事中韩一良痛陈时弊:"陛下平台召对,有'文官不爱钱'语,而今何处非用钱之地？何官非爱钱之人？"他一针见血地指出："向以钱进，安得不以钱偿。"也就是说，官帽子是用钱买来的，怎么可能不捞回去？韩一良还直截了当地指出："以官言之，则县官为行贿之首，给事为纳贿之尤。今言者俱咎守令不廉，然守令亦安得廉？俸薪几何，上司督取，过客有书仪，考满、朝觐之费，无虑数千金。此金非从天降，非从地出，而欲守令之廉，得乎？"他举了自己的例子，"两月来，辞却书帕五百金，臣寡交犹然，余可推矣"。崇祯听得很高兴，要提拔他。然吏部尚书王永光出来说话了，他请韩一良说具体一点，谁行贿，谁受贿。这一军把韩一良将住了，举不出来，反而丢了官。当下也是这样，人们痛恨无官不贪，但要举证，绝大多数人恐怕要像韩一良那样"唯唯"了。然而，国家层面是不可以就此漠视民愤的。

明朝太监汪直当道的时候，"每差出，所历郡县，令长皆膝行"。但有不满，他就问人家："尔头上纱帽谁家的？"这一问，威胁的意味很浓，他的潜台词是：小心点，我说摘就能给你摘了。然而到了沛，不知是沛令无知还是别的什么，慢悠悠地回答说："某纱帽用白银三钱在铁匠胡同买的。"汪直被逗乐了，"不复计"。同样的故事，清朝重演了一回，问话人换成了光绪时的江苏巡抚恩寿。《清稗类钞》说他"甚风厉，司道以下，莫不受其斥辱"。每见僚属，他都首先发问："君之顶戴自何处来？"这一问与汪直的性质或不相同，大概认为是他罩着人家吧。有一次问到"发审局委员陈季生大令"头上，"陈茫然，不能对，而汗如雨下矣"，然而，他又想起了什么，大声说："卑职之顶，在玄妙观旧货摊中，出钱八十文所买。"恩寿也是没生气，"大笑而罢"，谁都知道草包官员就是这副德性。然史上说恩寿"剥削民脂，克扣军饷，政以贿成"，坐实的话，可见其也是摆出假惺惺的一面了。

官帽子是买来的，在沛令和陈季生那里都是一种实指，人们见得最多的是另一种实指。明朝成化年间的王瑞："祖宗设官有定员，初无悻进之路，近始有纳粟冠带之制，然止荣其身，不任以职。今悻门大开，鬻贩如市。恩典内降，遍及吏胥。武阶荫袭，下逮白丁。或选期未至，超越官资；或外任杂流，骤迁京职。以至厮养贱夫、市井童稚，皆得攀援。妄窃名器，逾滥至此，有识寒心。"御史张稷等亦言："比来末流贱伎妄厕公卿，屠狗贩缯滥居清要。文职有未识一丁，武阶亦未挟一矢。白徒骤贵，间岁频迁，或父子并坐一堂，或兄弟分踞各署。甚有军匠逃匿，易姓进身；官吏犯赃，隐罪希宠。一日而数十人得官，一署而数百人寄俸。自古以来，有如是之政令否也？"张稷说的是气话，这种现象在他之前早有大把实例，而且延续到了当今，"批发官员"的新闻，隔三差五不是总要出现一回吗？地域、领域不同而已。同时期的李俊也说："今之大臣，其未进也，非夤缘内臣则不得进；其既进也，非依凭内臣则不得安。此以财贸官，彼以官鬻财，无怪其渔猎四方，而转输权贵也。"此中的"转输"一词，用得极妙。官员上下级之间的关系，全靠金钱维系。

官帽子含金量这样大，戴上了的，自然没有轻易摘下来的道理。深圳大学酝酿这一轮人事管理体制改革，去年就传出了风声，现在终于见之于行动。我们当然冀望他们能够取得成效，能够突破的话，意义非同小可。但在官本位意识日益强烈的社会大背景下，他们的"一意孤行"能否行得通，只有让时间来检验和证明了。

2010年9月19日

中秋月

昨天是中秋节,早晨到了中山大学珠海校区,在那里应节。受台风"凡亚比"的影响,下午开始下雨,时骤时疏,傍晚止歇。"九霄中,千里外,无片云遮映。是谁家妆罢娉婷,挂长空不收冰镜?"这是元杂剧《云窗梦》中,郑月莲中秋夜凭窗倚栏感叹的一幕。此前几天气象部门就告诉我们对中秋月不可奢望,但夜深之后,倒是月亮抑制不住好奇,时隐时现,虽然是以朦胧的面目。

中秋节在今天也是一个很重要的节日,前两年开始还有了一天的法定假期,从前就更不用说了。"中春迎暑,中秋迎寒",先秦就有的习俗。随着物质的"圆月"被赋予了精神的"团圆"内涵并得到公众的普遍认同,这一重要传统节日便日渐勃兴,在唐玄宗时达到高潮。他不是在某年中秋之夜还梦到自己飞入月宫,进了"广寒清虚之府"并受到嫦娥的热情款待吗?玄宗算高雅之人,因而在梦醒之后,如痴如醉之余,创作了享誉后世的《霓裳羽衣曲》;而像猪八戒那样的俗人,同样的美事就导致了性质问题。按《西游记》里他自己的道白,他本是天上的天蓬水神,一次去参加王母娘娘的蟠桃会——比孙悟空还高的待遇,喝醉了,"东倒西歪乱撒泼",借着酒胆,"逞雄撞入广寒宫"。彼时其尚未错投猪胎,模样肯定不是后世定型的肥头大耳,所以才会有"风流仙子来相接"。

但水神很把持不住,"见他容貌挟人魂,旧日凡心难得灭。全无上下失尊卑,扯住嫦娥要陪歇。再三再四不依从,东躲西藏心不悦";于是,"色胆如天叫似雷",惹了事。

《东京梦华录》有当时人们过中秋的记载,说"中秋节前,诸店皆卖新酒,重新结络门面彩楼,花头画竿,醉仙锦斾。市人争饮",至于"家家无酒,拽下望子",只好把酒招摘下来,关门了。"是时螯蟹新出,石榴、榅勃、梨、枣、栗、孛萄、弄色枨橘,皆新上市",这么多吃的东西而未及月饼,也许月饼在宋朝时还没有成为节日食品的主角。到了中秋夜,则"贵家结饰台榭,民间争占酒楼玩月。丝篁鼎沸,近内庭居民,夜深遥闻笙竽之声,宛若云外。闾里儿童,连宵嬉戏。夜市骈阗,至于通晓",中秋在古人生活中的地位可见一斑。

正如面对嫦娥能够考量出"雅俗"一样,面对中秋月亮,也能见出品位高下。"满月飞明镜,归心折大刀"(杜甫)、"但愿人长久,千里共婵娟"(苏轼),属于一种;《杨文公谈苑》所载朱贞白诗,属于另一种。朱贞白什么都能入诗,《咏刺猬》《题棺木》,甚至还有一首《题狗蚤》。其人既"善嘲咏",自然离不开谐谑,《咏月》正是如此:"当涂当涂见,芜湖芜湖见。八月十五夜,一似没柄扇。"但他的《题棺木》则要"端庄"得多:"久久终须要,而今未要君。有时闲忆著,大是要知闻。"《围城》里曹元朗的十四行诗《拼盘姘伴》,还可再辟一种。"昨夜星辰今夜摇漾于飘至明夜之风中/圆满肥白的孕妇肚子颤巍巍贴在天上/这守活寡的逃妇几时有了个新老公?"小说中写道,亏他辅以大量的"自注",方鸿渐才知道"孕妇肚子"就是指满月,而"逃妇"指嫦娥。然鸿渐心里明明鄙视,嘴上却是恭维:"真是无字无来历,跟做旧诗的人所谓'学人之诗'差不多了。这作风是不是新古典主义?"

《宋稗类钞》云，某年"中秋有月"，王珪在翰林当值，为神宗"召来赐酒"。宣学士就坐之后，王珪不敢，说故事无君臣对坐之礼，"乞正其席"。神宗说："月色清美，与其醉声色，何如与学士论文？若要正席，则外廷赐宴。正欲略去苛礼，放怀饮酒。"要他暂抛君臣礼数，当作知心朋友聚会，王珪还是不大习惯，固请不许才"再拜就坐"。两个人谈得很投机，神宗"引谢庄赋、李白诗，称美其才"，又拿出自己的诗作示之；王珪则又是"叹仰圣学高妙"，又是每欲起身表达恭敬，害得神宗不得不"敕内侍挟掖，不令下拜"。夜漏三鼓，神宗悦甚，"令左右宫嫔各取领巾、裙带，或团扇、手帕求诗"，内侍在旁边摆好家伙，"举牙床，以金相水晶砚、珊瑚笔格、玉管笔，皆上所用者"。王珪来者不拒，略不停辍，"都不蹈袭前人，尽出一时新意，仍称其所长。如美貌者，必及其容色，人人得其欢心，悉以呈上"。神宗又发话了，你们不能让学士白劳动吧，"须与学士润笔"。于是，大家"各取头上珠花簪公，幞头戴不尽者，置公袖内"，怕掉出来，"宫人旋取针线，缝公袖口"……

中秋月之外，古人的月亮情结同样深厚。宋代诗人杨万里有一首《月下传杯》，自谓"仿佛李太白"，其中的"老夫渴急月更急，酒落杯中月先入；领取青天并入来，和月和天都蘸湿"，以及"一杯未尽诗已成，诵诗向天天亦惊。焉知万古一骸骨，酌酒更吞一团月！"气势的确不让太白。《焦氏笔乘》云，王元顺"潜心力学"，曾经端坐房间内，月余不出。他说："当其静极时，心如皎月当空。平生所疑，触处皆悟。"谁人都知，如今浮躁之辈怎多，闻此倒是不妨一试。

2010 年 9 月 23 日

只叉双手揖三公

都说如今各级领导干部缺乏监督,实则纸面上的禁令早就多如牛毛。然而,不要说被约束者早就充耳不闻,对于公众,连一笑置之的效果也很难见到了。不少干部,究竟给公众印刻了怎样的形象呢?用北宋杨亿的诗句来描述,叫作"不把一言裨万乘,只叉双手揖三公"。这是杨亿嘲笑时臣种放之作,形象至极,不曾亲眼目睹彼情彼景的人,也委实不难想象。

耳闻目睹,"不把一言裨万乘,只叉双手揖三公"确是古往今来一种比较常见的现象。《荀子》就曾如此厚古薄今:"古之所谓仕士者,厚敦者也,合群者也,乐富贵者也,乐分施者也,远罪过者也,务事理者也,羞独富者也。"今天的就不同了,"污漫者也,贼乱者也,恣睢者也,贪利者也,触抵者也,无礼义而唯权势之嗜者也。"这里的"乐富贵"句不能望文生义,参沈啸寰诸先生《荀子集解》,此句"今虽不知何字之误,大要是不慕富贵之意";而"触抵者",即"恃权势而忤人"。当然,荀子的这种"划分",也许是精辟地概括事实,也许应了刘禹锡的"忽近贵远,古今常情"。在荀子,还有关于处士——有德才而隐居不愿做官的人——的论断:"古之所谓处士者,德盛者也,能静者也,修正者也,知命者也,著是者也。今之所谓处士者,无能而云能者也,无知而云知者也,利心无足,而佯无欲者也,行伪险秽,而彊高言谨悫者也,以不俗为俗,离纵而跂訾者也。"应当说,他所概括的这两种仕士者、两种处士,在任何时候都是并存的,如此"咬牙切齿",显示出荀子对当时官场上十足的互媚、媚上之态,对所谓高参的道貌岸然极端厌恶罢了。

《水东日记》收录了南宋虞允文的一篇《奏议序》,其中说道:"士不观其常,观夫处其变而不失其常者,斯可以为士矣。……当平居无事时,孰不陈大经,明大义,别大分,语大计,昌言放论,若不可以斯须忘。及一朝遇其变,而忽然忘之,视古今之常道,万世之正理,乃安其所甚屈而莫之恤,曾匹夫之勇不若也,可胜叹哉!"此一番话,异常形象地刻画了"只叉双手揖三公"的那类人在关键时刻的表现:不可能有任何寄望。《宋史·虞允文传》载,金军兵临采石,虞允文正在此犒军,斯时旧帅被罢,新帅未至,宋朝败兵"三五星散,解鞍束甲坐道旁"。虞允文乃挺身而出,"谓坐待显忠则误国事,遂立招诸将,勉以忠义",曰:"金帛、告命皆在此,待有功。"众曰:"今既有主,请死战。"有人从旁劝道:"公受命犒师,不受命督战,他人坏之,公任其咎乎?"允文叱之曰:"危及社稷,吾将安避?"毛泽东在读这篇传记时有个批注:"伟哉虞公,千古一人。"只是不知,他看中的是虞允文的哪一点特质。

不过,杨亿那样说种放,于种放却有欠公允,宋人笔记《湘山野录》已经交代了事情原委。真宗初,隐居中的种放被诏至阙,"敷对称旨",皇帝很满意。到晌午了,"中人送中书膳,诸相皆盛服俟其来",种放大约不熟悉官场的规矩,"止长揖而已",让大家很不高兴。杨亿"闻之"——并不在场,"颇不平",乃有此诗。这件事在当时可能影响很大,真宗也知道了,专门把杨亿找来说:"知卿有诗戏种某。"杨亿很害怕,"汗浃股栗,不敢匿避"。真宗又问他:"卿安知无一言裨朕乎?"随后"出一皂囊,内有十轴,乃放所奏之书也",每轴一议,共《十议》。《宋史》则云,共有十三篇,篇目也不大一致,分别是:《议道》《议德》《议刑》《议器》《议文武》《议制度》《议教化》《议贪罚》《议官司》《议军政》《议狱讼》《议征赋》和《议邪正》。从篇目上也不难看出,这些内容都可归入"裨万乘"之列。杨亿知道自己莽撞了,表示要学廉颇,"翊日负荆谢之"。推断起来,种放或正有蔺相如之风,此前曾"引车避匿"吧。

杨亿是个神童,11岁即为"建州送入阙下,太宗亲试一赋一诗,顷刻而就",(太宗)很满意,(杨亿)然后就踏入了仕途。种放比杨亿大了整整30岁,"真宗初",杨亿也就20来岁,少年新贵,血气方刚。而种放的"裨万乘"也并不止这一时一事,著名的还有"三不便",也就是真宗西祀回跸,欲幸长安,征求种放的意见,他提出了三条反对的理由。具体说了什么,此处不罗列,然而真宗的感慨叫人感慨,道是:"臣僚无一语及此者。"这等于是说,那些先前表态的大臣才真正是"不把一言裨万乘"。种放一针见血地指出:"近臣但愿扈清跸、行旷典、文颂声以邀己名,此陛下当自瘝于清衷也。"当然,也正是因为"三不便",使种放更令大臣们"深忌之"。他们"先布所陷之基",让他的同乡雷有终出面劝他权且归隐,然后在真宗面前离间,终于联手把种放打发回家。

世易时移,今日重温"不把一言裨万乘,只叉双手揖三公",明知杨亿覆辙在先,此处仍愿一意孤行,掷给从中央到地方各级大大小小的官员。从各地此起彼伏的恶性事件来推断,即便如杨亿一般错怪,也未必能错怪了多少。

2010年9月30日

利玛窦

今年是利玛窦逝世400周年,"标准时刻"是5月11日。

对这个最早进入中国内地传教的耶稣教士的名字,国人现在大抵家喻户晓。有人誉之为中西文化交流第一人,得当与否未知,然中西文化交流的确从此进入了一个主要以传教士为主的新时期,且利玛窦对我们也实有"开化"之功。自鸣钟、三棱镜,等等,这个"远夷"当年所带来的"奇器",下迄寻常百姓,上至九五至尊,无不为之吸引,万历皇帝因此还同意他居留北京,视之为"门客"。尤其是他绘制的《万国舆图》,使咱们天朝的人才知道地球是圆的,世界上还有五大洲。同样,利玛窦对我们的方块汉字也崇拜得很,甚至连"利玛窦"这个名字本身,也是他主动"汉化"的一个标志。他名字的音译,本来是马太·利奇。不仅汉化了名字,他还给自己取了个汉化的号:西泰。

因为对世界没什么明确的概念,所以时人连利玛窦从哪儿来的也只知道大概,李贽说他是"大西域人",顾起元说他是"西洋欧罗巴国人"。那么,利玛窦干什么来了,就更是一笔糊涂账了。李贽《续焚书·与友人书》中写道:"但不知(利玛窦)到此何为,我已三度相会,毕竟不知到此何干也。"他揣摩利玛窦,"意其欲以所学易吾周、孔之学",但以为苟如此,"则又太愚,恐非是尔",自己马上又否定了。这是李贽文化自信的一种表现,但他没有估摸到人家采取"润物细无声"的渗透方式,并无立刻全面取代的意图。利玛窦等人在很短的时间内就打开了局面,发展了信众不说,还在肇庆成功修建了教堂,并得到官方的正式文书,确认教堂为教会的产业。

李贽说利玛窦"凡我国书籍无不读,请先辈与订音释,请明于《四书》性理者解其大义,又请明于《六经》疏义者通其解说,今尽能言我此间之言,作此间之文字,行此间之礼仪",因此他得出利玛窦"中极玲珑,外极朴实"的结论。这个"极玲珑",聪慧之外,该是利玛窦号准了中华文化的脉门。他绘制的世界全图有意把中国放在正中,以满足天朝人士的虚荣之心。他知道,在封闭的地方传教,必须迎合中国官员和士大夫们的心理。并且,他的前辈已经明了:"归根到底,在中国送礼、花钱就好办事。"法国人裴化行(即亨利·贝尔纳)《利玛窦神父传》记述到:利玛窦去南京,从南雄翻越梅关,在江西要走水路,便给当地一个叫石爷的军事大员送去"一只沙漏计和两把做工精细的扇子",石爷"从未见过这种沙漏计,他把它放在桌上欣赏";因为在吉安的急流中遇险,溺死了利玛窦的一个同伴,石爷不想再走,利玛窦则"装神弄鬼似的拿出一架威尼斯的水晶三棱镜给主簿看,这玩意可以分解太阳光,看风景如游仙境",说:"您的主人如继续照顾我,把我一直带到北京,我就把这个送给他",果然,"这个'价值连城的宝石'百发百中"。(引文均据管震湖译本)

利玛窦等稳扎稳打,将自身形象、传教方式、教义教理儒化,以我们能接受的面目出现;而与之接触的国人每每流露出居高临下的不屑。叶权《贤博编》讲到他在濠镜澳(澳门)所见,说夷人们"事佛尤谨,番书旁行,卷舌鸟语,三五日一至礼拜寺,番僧为说因果,或坐或起,或立或倚,移时,有垂涕叹息者"。人家的圣像,我们怎么看?"中悬一檀香雕赤身男子,长六七寸,撑挂四肢,钉著手足,云是其先祖为恶而遭此苦,此必其上世假是以化愚俗而遏其凶暴之气者也",完全是胡乱猜想。此既不明,圣母像变成"一美妇人俯抱裸男子不知何谓",诚不足奇了。叶权万历六年(1578)去世,八年后利玛窦才登陆澳门,这样说话尚可理解;而生于嘉靖、卒于崇祯年间的顾起元,在《客座赘语》中专有一个条目叫"利玛窦",见识没有长进多少,说其人"面晳,虬髯,深目而睛黄如猫……自言其国以崇奉天主为道,天主者,制匠天地万物者也",但天主是什么呢?"乃一小儿,一妇人抱之"……

李贽《赠利西泰》诗曰:"逍遥下北溟,迤逦向南征。刹利标名姓,仙山纪水程。回头十万里,举目九重城。观国之光未?中天日正明。"在他看来,利玛窦不远万里前来,似乎只是一个"人过留名"的旅游者。万历年间"中天日正明",真不敢相信出自以愤世嫉俗名世的李卓吾先生之口。自信的"度"若无从把握,往往会演变为盲目自大。利玛窦在16世纪走了进来,作为中国第一位真正意义上的外交家,郭嵩焘在19世纪终于走了出去,然而,他出使欧洲因为"驰书亲友,称许西国文明",至于"为世大诟"。也就是说,刚刚经历了太平军重创的天朝,摆出的仍然是一种高高在上的姿态。当然,我们都看到了这种自大的后果,就是二十余年后,"英夷"借坚船利炮洞开了我们的国门,拉开了中国近代史屈辱的大幕。

2010年10月4日

数字游戏

国家统计局局长马建堂日前在接受联合国亚太经社会秘书处统计司《统计通讯季刊》采访时说："当前中国统计改革发展建设进入关键时期,为应对新的挑战,我们提出进一步提高统计能力,提高统计数据质量,提高统计公信力的总体目标,各项工作都朝着这个总体目标去努力。"这个表述,等于间接道出了中国统计数据的尴尬现状。民间流传的一副对联描绘得最形象:上联"上级压下级,层层加码,马到成功",下联"下级骗上级,层层掺水,水到渠成",横批"数字出官,官出数字"。概言之,当下的统计数据近似数字游戏。

数字游戏不是不可以有,但应该停留在谐谑层面。《太平广记》卷二百四十七"石动筩"条,动筩问国学博士,孔子弟子"达者七十二人,几人已着冠?几人未着冠?"博士答不上来,说书上没写。动筩挖苦他:"先生读书,岂合不解。孔子弟子,已著冠有三十人,未著冠有四十二人。"博士问根据什么这么说呢?动筩答,"《论语》云,'冠者五六人',五六三十人也;'童子六七人',六七四十二人也",加起来,不是七十二人吗?"坐中皆大悦,博士无以复之。"这段故事,被金庸撰写《射雕英雄传》时移植了去,他又没注明出处,不明就里的读者还以为是他的巧思。第三十回,郭靖和黄蓉求见一灯大师,不料其书生徒弟占住了冲要,摇头晃脑在读《论语》,充耳不闻。黄蓉心想:"要他开口,只有出言相激。"于是冷笑一声说:"《论语》纵然读了千遍,不明夫子微言大义,也是枉然。"书生果然"愕然止读"。黄蓉便问他,孔门弟子七十二人中,"有老有少,你可知其中冠者几人,少年几人?"书生也是说书上没写,黄蓉就把五六三十、六七四十二重复了一遍。"那书生听她这般牵强附会的胡解经书,不禁哑然失笑,可是心中也暗服她的聪明机智"。

清朝有个叫何梅谷的,"以儒学闻于时",他老婆信佛,每天"必口诵观世音菩萨千遍"。梅谷不让她这样,不听;让呢,又"恐贻士林笑",于是想了个办法。有一天,他不断地叫老婆,"随应随呼",叫个不停。老婆恼了,叫什么叫!梅谷徐徐答曰,才叫你几遍,你就恼了,可是你每天叫观世音千遍,她不恼你吗?"夫人顿时大悟"。何梅谷玩儿了个小小的数字游戏,即令老婆心悦诚服。清朝还有个叫黄漱兰的督学江苏,发现算学考试中有个廪生"用数目处,以亚拉伯字书之",很生气,给人家上纲上线:"某生以外国字入试卷,用夷变夏,心术殊不可问。"然后,"着即停止其廪饩",还断掉了人家的膳食津贴。有趣的是,黄漱兰后来按试别府,又看到一张真正让他哭笑不得的卷子,该卷"自始至终,皆书'之'字"。当时正是端午节,他和幕客饮酒,把卷子拿出来行令,说如果谁看了会笑,"罚一巨觥"。结果,"无不大笑,无不大醉"。

还是那个石动筩,数字游戏当真被他玩儿得淋漓尽致。高欢尝令人读《文选》,读到郭璞游仙诗时,"嗟叹称善"。学士们也赶快附和:"此诗极工,诚如圣旨。"石动筩站起来说,这诗算什么呀,我要做的话,"即胜伊一倍"。高欢很不高兴,良久语云:"汝是何人,自言作诗胜郭璞一倍,岂不合死?"石动筩讲话时自然已胸有成竹,拍胸脯说:"大家即令臣作,若不胜一倍,甘心合死。"高欢就让他来一首,动箭怎么应对?"郭璞《游仙诗》云:'青溪千余仞,中有一道士',臣作云'青溪二千仞,中有两道士',岂不胜伊一倍。"高欢这才给他逗乐了。

清朝有人以十字令概括门下食客的"特点",《归田琐记》《清稗类钞》里都有,叫作"一笔好字,二等才情,三斤酒量,四季衣服,五子围棋,六出昆曲,七字歪诗,八张马钓(麻将),九品头衔,十分和气"。后来,有人进一步阐释道:"一笔好字,不错;二等才情,不露;三斤酒量,不吐;四季衣服,不当;五子围棋,不悔;六出昆曲,不推;七字歪诗,不迟;八张马钓,不查;九品头衔,不选;十分和气,不俗。"今天有人撰文说那是概括清朝官员的,似则似矣,然而不是,《归》《清》都已言明,说的是清客,亦即"主人之待遇次于幕"的那种帮闲文人吧。《红楼梦》第十七回至十八回"大观园试才题对额"中,清客们有精彩的帮闲表演。当然,以十字令形式概括历朝官员的品性,早有"汗牛充栋"的意味了,"一表人才,两把刷子⋯⋯欺(七)上瞒下,八面玲珑"云云,数不胜数。

石动箭者,北齐俳优也,讲笑话是他的职业,看家本领。可笑及堪忧的是,现实中的许多官员,把关系国计民生的统计数据硬生生弄成数字游戏。识者指出,我们的政治体制决定了政府官员只需要对上级负责,所以,各级地方政府官员千方百计地揣摩上级官员的意思,然后根据需要选择统计方法,制造不同的统计数据。方方面面的迹象显示,政治体制改革到了迫在眉睫的地步。

2010 年 10 月 6 日

重阳

今天是农历九月九日,重阳节,重要的传统岁时节日之一。古人以九为阳数之极,乃称九月九日为"重九"或"重阳"。按曹丕的说法,这一天"日月并应,俗嘉其名,以为宜于长久,故以享宴高会"。这就像刚过去的10月10日,各地结婚者众,取其"十全十美"的寓意。重阳成为节日,也有数字吉祥的因素。这一天,广州市民向来有上白云山登高揽胜的习俗。因为登山的人太多,前两天本地警方就开始通告,白云山届时不接待团体客,不准放孔明灯。同时,广州市物价局还把门票价格提高了一倍,登高者要比平时多掏5元钱。

重阳文化的一个重要特质正是登高。南宋陈元靓《岁时广记》引南朝《续齐谐记》云,"汝南桓景,随费长房游学累年",因为有了些交情,长房向他透露了一则天机:"九月九日汝家中当有灾厄,宜急去,令家人各作绛囊,盛茱萸以系臂,登高饮菊花酒,祸乃可消。"桓景如其言,"举家登山,夕还,见鸡犬牛羊一时暴死"。陈元靓认为:"今世人九日登高饮酒,妇人带茱萸囊,盖始于此。"当然,这种传说像众多的节日起源传说一样,属于"齐东野语"。费长房在《后汉书》里隶属《方术列传》,神道中人。然传说也从侧面告诉我们,重阳至少在东汉时已经出现。北宋吕原明《岁时杂记》载:"重九日天欲明时,以片糕搭小儿头上,乳保祝祷云:百事皆高。"在朝廷,要"赐臣下糕酒",这该是步步高升的希冀了。九既喻久,糕则喻高,顺理成章。

重阳的另一个文化特质为赏菊,传说和"采菊东篱下,悠然见南山"的菊痴陶渊明有关。与五柳先生同时代的檀道鸾在《续晋阳秋》中说道:"王弘为江州刺史,陶潜九月九日无酒,于宅边菊丛中,摘盈把,坐其侧,望见一白衣人至,乃刺史王弘送酒也,即便就酌而后归。"于是,"菊花如我心,九月九日开,客人知我意,重阳一同来",便成了陶渊明生活中追求的一大志趣。

《东京梦华录》记载了北宋重阳的盛况,届时"都下赏菊有数种,其黄白色蕊若莲房曰'万龄菊',粉红色曰'桃花菊',白而檀心曰'木香菊',黄色而圆者曰'金铃菊',纯白而大者曰'喜容菊',无处无之。酒家皆以菊花缚成洞户"。《水浒传》里的梁山好汉在这一天也不例外。他们排定座次之后险些祸起萧墙,就是因为重阳宋江赏菊而起。宋江叫宋清安排大筵席,搞个菊花之会,"但有下山的兄弟们,不拘远近,都要招回寨来赴筵"。到了重阳那天,"肉山酒海",忠义堂上遍插菊花,"堂前两边筛锣击鼓,大吹大擂,语笑喧哗,觥筹交错,众头领开怀痛饮"。大醉后的宋江填了一阕《满江红》,令乐和单唱:"喜遇重阳,更佳酿今朝新熟。见碧水丹山,黄芦苦竹。头上尽教添白发,鬓边不可无黄菊。愿樽前长叙弟兄情,如金玉。　　统豺虎,御边幅。号令明,军威肃。中心愿平虏,保民安国。日月常悬忠烈胆,风尘障却奸邪目。望天王降诏,早招安,心方足。"乐和正唱到"望天王降诏,早招安",武松说话了:"今日也要招安,明日也要招安去,冷了弟兄们的心!"黑旋风便睁圆怪眼,大叫道:"招安,招安!招甚鸟安!"只一脚,把桌子踢起,撷做粉碎。

在重阳文化要素中,有名的还有茱萸。茱萸是一种常绿带香的植物,可入药,佩茱萸具备杀虫消毒、逐寒祛风的功能,所以民间有菊花乃"延寿客"、茱萸乃"避邪翁"之谓。刘禹锡甚至数过,唐诗中"用茱萸字者凡三人。杜甫云'醉把茱萸子细看',王维云'插遍茱萸少一人',朱放云'学他年少插茱萸'",在他看来,"三君所用,杜公为优"。不过宋朝洪迈告诉我们,刘禹锡数得太马虎,"唐人七言中用茱萸的至少还有十余家",如王昌龄"茱萸插鬓花宜寿"、戴叔伦"插鬓茱萸来未尽"、卢纶"茱萸一朵映华簪"、权德舆"酒泛茱萸晚易曛"、白居易"舞鬟摆落茱萸房""茱萸色浅未经霜"、杨衡"强插茱萸随众人"、张谔"茱萸凡作几年新"、耿沣"发稀那敢插茱萸"、刘商"邮筒不解献茱萸"、崔橹"茱萸冷吹溪口香"、周贺"茱萸城里一尊前"等等,且认为"比之杜句,真不侔矣"。诗句意境的高低见仁见智,然在人家罗列的事实面前,刘禹锡确实有点"粗心"。

宋真宗咸平三年(1000),27岁的杨亿赴阙途中正值重阳,留下《旅中重阳有怀乡国》并《重阳日忆远》,前诗曰:"嘉节临重九,羁游托异乡。萸房谁系臂,菊蕊懒浮觞。野渡宾鸿急,村田晚稻黄。悲秋更怀土,只恐鬓成霜。"后诗曰:"逆旅重阳节,穷秋万里身。金英浮酒盏,珠泪湿衣巾。为客飘蓬远,思家落叶频。只应蝴蝶梦,夜夜得相亲。"有趣的是,杨亿还为妻子拟了一首《代答》,也就是答《重阳日忆远》:"征车苦迢递,节物感愁辛。已入授衣月,那经落帽辰。金樽难独酌,宝瑟任生尘。把菊流双泪,谁知忆远人。"从前但逢佳节,游子莫不赋予乡愁因子,并不独与重阳为伍。至于高适的"纵使登高只断肠,不如独坐空搔首",借题发挥,更属另外的范畴了。

2010 年 10 月 16 日

长寿

2010年度上海市十大寿星日前揭晓,去年"第一寿星"李素清老人以111岁的高龄蝉联寿星榜冠军。此外,今年还诞生了沪上唯一一对百岁夫妇,婚龄亦长达80年,为全国最长。随后,中国老年学学会在广西东兴举办的第三届中国十大寿星、首届中国十大百岁夫妻排行榜揭榜:广西巴马罗美珍以125岁高龄居全国寿星之首,新疆新源维吾尔族老寿星阿西马洪·肉孜和妻子海德恰汗·依拉洪夫妇以212岁年龄总和居十大百岁夫妻榜首。这类新闻这两天还有很多,显然都是伴随着10月16日重阳节而来的。重阳节今日被赋予了敬老节、老人节的内涵。

长寿是人的本能希冀和追求,所谓"彭祖之知不出尧、舜之上,而寿八百;颜渊之才不出众人之下,而寿十八。士固有不朽者,修短何足论也?"修短,就是寿命不长。当代一个被钱锺书先生"惜忘其名"的"法国文家"说过,有史以来,人就有三种梦想:飞行、预知未来、长生不死。《西游记》里的众多妖怪也不例外,吃一口可以长生的唐僧肉,就是他们妖生孜孜矻矻的追求。而像李卓吾那样的"等死"、林黛玉那样的"只要速死",自然都别有因由。李卓吾在《与周友山》中不是说了嘛,"今年不死,明年不死,年年等死,等不出死,反等出祸。然祸来又不即来,等死又不即死,真令人叹尘世苦海之难逃也。可如何?"他那是借"死"发挥。林黛玉"索性不要人探望,也不肯吃药",是因为无意中听到了宝玉就要相亲;后来又听到那是要"亲上做亲",料想非自己莫属,便"自然不是先前寻死之意了"。

谢肇淛《五杂组》云:"人寿不过百岁,数之终也,故过百二十不死,谓之失归之妖。"这是古人的"人生观"。彼时虽然"人生七十古来稀",但超越此"限"的实不乏见。陆粲《庚巳编》云,山东济宁州民王士能,"生元至正甲辰(1364),至国朝成化癸卯(1483),已一百二十岁,行止如常,后不知所终,今其子孙、住宅、坊额尚在也";而可恨的是永乐年间,"楚一盗魁,年一百二十五岁"。谢肇淛自己也从正史中钩沉出不少,"汉窦公,年一百八十。晋赵逸,二百岁。元魏罗结,一百七岁,总三十六曹事,精爽不衰,至一百二十乃死。洛阳李元爽,年百三十六岁。钟离人顾思远,年一百十二岁,食兼于人,头有肉角。穰城有人二百四十岁,不复食谷,惟饮曾孙妇乳。荆州上津乡人张元始,一百一十六岁,膂力过人,进食不异。范明友鲜卑奴,二百五十岁。梁鄱阳忠烈王友僧惠照,至唐元和中犹存,年二百九十岁。日本纪武内,年三百七年。金完颜氏医姥,年二百许岁"。就像古人身高、酒量的数字往往要吓我们一跳一样,在长寿上也就不必惊讶,太悬的,姑妄听之吧。

陆粲还说他有个邻居,种菜的,107岁,"婿亦七十余岁,又二岁乃死,彼固无养生之术者也",完全是自然而然。不过,多数长寿的人们都有自己或别人代为总结的长寿"秘诀"。上海102岁的寿星秦万巨就表示,自己的生活很有规律,按时作息,不饮酒、不吸烟,注重饮食清淡不过量。可以说,这是最人人皆知的长寿之道了。古人还有"偏方",比如"服药百过,不如独卧"之类。陆游诗曰:"九十老农缘底健,一生强半是单栖。"《管锥编》引《三朝野史》贾似道请包恢传授延年益寿方,恢亦曰:"恢吃五十年独睡丸。"又引魏应璩《三叟》:"古有行道人,陌上见三叟。年各百余岁,相互锄禾莠",当"住车问三叟:何以得此寿"时,其中一位说了,"内中妪貌丑",言外之意,自己正是"独卧""单栖"。这类的长寿秘诀,大概是今天以包二奶、三奶为能事的腐败官员最不爱听的了。

清人认为,长寿可以分为形式上的和实质上的等两种,所谓形式上的,"必曰达若干岁方为长寿,务以年龄之多为优,此世人所通称者也",就是活得年头长。而所谓实质上的长寿,"乃就活动时刻之久长而言",考量的是在有限的生命中究竟干了些什么,给当时、为后世留下了些什么。也就是说,对一个人的寿命长短不可一概而论。"周公恐惧流言日,王莽谦恭下士时,假使当时身便死,一生真伪有谁知!"白居易的诗,表达的就是这层意思。谢肇淛对此更有进一步的发挥:"颜回不死,可以圣矣;诸葛亮不死,可以王矣。此不幸而死者也。贾生志大才疏,言非实用;长吉蛇神牛鬼,将堕恶道。天假之年,反露其短,此幸而死者也。至于范云、沈约、褚渊、夏贵之辈,又不幸而不死者也。"自然,这些幸与非幸,并非生物学意义,概属社会学范畴。

周作人晚年一方面以庄子"寿则多辱"自况,一方面希望"能忍辱负重再多译出几部书来,那么生日还是可祝,即长生亦所希冀者也"。这是相当矛盾且又符合人性的心理。不过,在旁观者看来,苦雨斋主人早为香山居士所言中,在谢肇淛的划分中更可觅到影子。

2010 年 10 月 18 日

我爸是……

当官员的雷人言语令人目不暇接之余,"官二代"开始不遑多让。10月16日晚,河北大学新区一个超市门口,两名正在玩轮滑的大一女生被一辆汽车撞倒,一死一伤。撞了人,肇事车并没有停住,而是继续前行。被拦下后,肇事司机李启铭不仅没有丝毫歉意,反而口出狂言:"你知道我爸是谁吗?我爸是李刚!"李刚,真名实姓,保定市公安局北市区分局副局长。霎时间,这句"我爸是李刚"热遍神州,网络上甚至掀起了以之为主题的造句大赛。

"我爸是……",一个宣告权力骄横的句式。由庇权力余荫因而同样骄横的"官二代"总结定格,有偶然的成分,但却有必然的现实基础。先前只做未说,或者说了但没有这句言简意赅令人过耳难忘,概历史上早已不乏其人。《旧唐书》载,狄仁杰尝为魏州刺史,因为得民心,"人吏为立生祠",当成神祇崇拜起来。他调职后,儿子狄景晖还在这儿,是个司功参军,"颇贪暴,为人所恶"。结果,大家把狄仁杰的生祠给砸了,这个公子哥"恶"到了什么程度不难想象。而倘若没有"我爸是狄仁杰"作底气,狄景晖恐怕也不至于猖狂至此。狄仁杰的大儿子狄光嗣也是这样,先被老爹举荐为官,武则天还赞了句"祁奚内举,果得其人"。然而,却终于坐赃贬官。狄光嗣有没有亮过老爹的招牌不得而知,但狄仁杰至少有瓜田李下之嫌。

《邵氏闻见录》云,王安石的儿子王雱跋扈得很。有一次安石和程颢聊天,"雱者囚首跣足,手携妇人冠以出",一点儿待客的礼貌和规矩都没有。他问他爸爸在聊什么,安石说,聊新法呢,总是有人反对,"与程君议"。这时,"箕踞以坐"的王雱高声说道:"枭韩琦、富弼之头于市,则新法行矣。"须知韩琦、富弼均一时重臣。范仲淹说:"必求国士,无如富某者。"韩琦更被后世评为"重厚比周勃,政事比姚崇"。因为"我爸是王安石",王雱就连这等人物也丝毫不放在眼里。当然,宋史专家邓广铭先生认为《邵氏闻见录》可称为一部谤书,尤其是有关安石的记事。这一段诽谤与否,要留待识者见教了。

《明史》记载的杨士奇儿子杨稷"傲很,尝侵暴杀人",大抵偏差不了多少。人家的状告上来了,"朝议不即加法,封其状示士奇",打算就这么大事化小了。偏偏"复有人发稷横虐数十事",实在偏袒不住,"遂下之理"。但是也没有马上"理",时"士奇以老疾在告。天子恐伤士奇意,降诏慰勉"。瞧,还生怕得罪他老人家呢。直到杨士奇去世后,"有司乃论杀稷"。杨稷行凶的时候,逃得脱"我爸是杨士奇"的干系吗?杨士奇乃一代名臣,当过21年首辅,与同时期辅政的杨荣、杨溥并称"三杨",而"明称贤相,必首三杨"。杨士奇也很善于发现人才,享誉后世的于谦、周忱、况锺都是他推荐上来的。"三杨"中,杨士奇以"学行"见长,但显然没教育好自己的儿子。《万历野获编》更告诉我们,另两杨的子孙也没好到哪里去。杨荣的儿子杨恭,"以尚宝司丞居家与人争产,法司论杖为民,遇赦求复职,而英宗不许";他的孙子杨泰为建宁卫指挥,"与子华杀人,为西厂汪直所发,坐斩籍没"。杨溥的孙子杨寿,"殴死家奴",这个老奴跟杨溥很有感情,所以刑部尚书俞士悦主张对杨寿罪加一等:"寿罪虽律当徒,然奴由恩赐,又祖所爱,今寿杀之,有亏忠孝,请勿以常律论。"

"我爸是……",有时是不用喊出来的,《水浒传》里林冲的遭遇可为一例。他的娘子光天化日之下被人调戏,林冲"恰待下拳打时,认的是本管高太尉螟蛉之子高衙内",于是"先自手软了"。这个时候,"我爸是高俅"就显得很多余。高衙内也认得林冲,因此虽然要流氓了,反而高叫:"林冲,干你甚事,你来多管?"如今,只有李启铭这种属于萝卜头层次的"官二代"的恶劣行径惹得我们义愤填膺,那些已知身份的各种"衙内"的为非作歹,早就被有意忽略了,正有"先自手软"的因素。得,这里也还是撇开这个话题。

《清稗类钞》"教育类"里面有不少名人教子的故事。比如郑板桥告诫其子,不可"一捧书本,便想中举、中进士作官,如何攫取金钱,造大房屋,置多田产。其不能发达者,乡里作恶,小头锐面,更不可当"。又说:"一夫受田百亩,若再求多,便是占人产业,穷民将何所措手足乎?"再比如阮元,儿子在粤督署出生,"一时僚属馈献悉令却去",还写了首绝句:"翡翠珊瑚列满盘,不教尔手一相拈。男儿立志初生日,乳饱饴甘便要廉。"度其诗意,那是在抓周的时候。这些教子之方未必奏效,但是无论公开喊出还是暗地潜藏借"我爸是……"为非作歹的,概属"父之过"无疑。

网友对"我爸是李刚"的肆意调侃,寄托着他们对权力的批判,同时也寄托着对司法公正的期许。保定市司法部门有关人士表示,鉴于李刚系肇事地点所在区公安局领导,李启铭案将采取异地审判的方式,算是给了公众一个初步交代。

2010 年 10 月 26 日

作序(续)

"官场小说"作家王跃文日前在博客中来了个"特作如下声明":一、不再替人出书作序;二、不再替人出书写推荐语;三、不再署名推荐作品。并且他"实话实说",自己"过去干过这些事,都是不得已的"。王作家大抵也是不堪其扰了。没名的人千方百计地要附庸名人,以期为自己的出版物增加附加值,古往今来都是一种普遍现象,这是可以理解的,关键是名人自己如何拿捏。当下出版物似乎必有、充斥溢美之词的腰封被讥为"妖封",大抵都是名人在"作祟",非名人没有那个"资格"嘛。

王作家不堪其扰,应该是亲自动笔、又不想言语违心之故,此乃负责任的态度。我们知道还有一种序就是由作者自己写就,但请名人过目一下得到认可而已。尤其是重量级的领导人物,如今作序到了满天飞的地步,谁都知道那绝不可能是他们自己动手的,出版物要这个名,图的是生些"底气"。此时如此,彼时不知如何。比如《麟台故事》载,宋真宗大中祥符六年(1013),王钦若、杨亿等领衔,穷九年之功,编成了北宋四大部书的最后一部,总计一千卷,"上览久之,赐名《册府元龟》"。这时,王钦若等请求皇帝作序,"上谦挹再三,辅臣继请,从之"。宋真宗留下了不少序,《天童护命经序》《翊圣保德真君传序》《注四十二章经序》等。非但宋真宗,不少皇帝以及重量级人物都有大量的序文存世。很难知道,那些序文是不是真的御笔。倘以所见知所不见,再以"小人之心"前溯,应该也是由他人捉刀吧。乾隆皇帝写就的数万多首诗词,由大臣代笔的就很有一些。《满清外史》云,沈德潜"微时即名满大江南北",乾隆"礼遇之隆,一时无两"。然沈去世后,乾隆"命搜其遗诗读之,则己平时所乞捉刀者咸录焉,心窃恶之"。

序文往往为读者所不屑,在于它的一味溢美。李贽读《杨升庵集》,想了解一下杨慎生卒年月,然"遍阅诸序文,而序文又不载",因而发了一通议论:"此盖以为序人之文,只宜称赞其文云耳,亦犹序学道者必大其道,叙功业者必大其功,叙人品者必表扬其梗概,而岂知其不然乎?"又因而对一切序文表示了不屑:"盖所谓文集者,谓其人之文的然必可传于后世,然后集而传之也。则其人之文当皎然如日星之炳焕,凡有目者能睹之矣,而又何籍于叙赞乎?彼叙赞不已赘乎?"况且,倘"其人或未必能文,则又何以知其文之必可传,面遂赞而序之以传也?"所以,李贽得出一个刻薄的结论:"世之叙(序)文者多,其无识孙子欲借他人位望以光显其父祖耳。不然,则其势之不容以不请,而又不容以不文辞者也。夫文而待人以传,则其文可知也,将谁传之也? 若其不敢不请,又不敢辞,则叙(序)文者亦只宜直述其生卒之日,与生平之次第,使读者有考焉斯善矣。"

但李贽撰罢《藏书》《焚书》,却也曾向焦竑求序。他在信中说:"诸传皆以妥当,但以其是非堪为前人出气而已,断断然不宜使俗士见之。望兄细阅一过,如以为无害,则题数句于前,发出编次本意可矣。"他"不愿他人作半句文字于其间",因为是把焦竑当成知己,认为"今世想未有知卓吾子者也。然此亦惟兄斟酌行之。弟既处远,势难遥度,但不至取怒于人,又不至污辱此书,即为爱我"。但他又叮嘱焦竑:"中间差讹甚多,须细细一番乃可。若论著则不可改易,此吾精神心术所系,法家传爱之书,未易言也。"焦竑乃欣然命笔,分别作了两篇短序,干净利落。其《藏书》序云:"或谓先生之为人,与其所为书,疑信者往往相伴,何居?余谓此两者皆遥闻声而相思,未见形而吠影者耳。先生高迈肃洁,如泰华崇严,不可昵近,听其言泠泠然,尘土俱尽,而实本人情,切物理,一一当实不虚,盖一被容接,未有不爽然自失者。"焦竑尤其指出,李贽之书必能传诸后世,"学者复耳熟于先生之书,且以为衡鉴,且以为蓍龟。余又知后之学者当无疑。虽然,此非先生之欲也,有能抉肠剔肾,尽翻窠臼,举先生所是非者而非是之,斯先生忻然以为旦暮遇之矣"。其《焚书》序中说道,卓吾"快口直肠,目空一世,愤激过甚,不顾人有忤者;然犹虑人必忤,而托言于焚,亦可悲矣!乃卒以笔舌杀身,诛求者竟以其所著付之烈焰,抑何虐也!岂遂成其谶乎?"两篇短序,卓吾先生棱角分明的形象跃然纸上,对其著作价值的概括也有画龙点睛之效,则卓吾先生前论,有点自打耳光了。

因此,名人究竟该不该作序,不可一概而论。倘若是相互间稔熟的师友,借此阐发自己对师友的认识和理解,序之何妨?而像蔡邕、韩愈那样,收了人家的钱就写东西,导致墓志铭写得太多,落得"谀墓"之讥,才需要引起警惕。像王作家等这样一棍子抢去,全部拒绝,怕也值得商榷。序文无辜,可检讨的是求序人、作序人的动机和态度。

2010 年 11 月 3 日

东倒西歆

中国社会科学院农村发展研究所教授于建嵘日前在江西万载县给基层干部讲课,号召大家不要去拆老百姓的房子,惹出了县委书记一句注定会载入史册的名言。书记说:"如果没有我们这些县委书记这样干,你们这些知识分子吃什么?"这是于建嵘在微博中透露的,因为对话发生在宴会上,相信当时的气氛也绝对不会是随后各种评论渲染的那种剑拔弩张,虽然于教授说自己当场拂袖而去。

像于教授这样"话不投机半句多"的知识分子,在当下凤毛麟角了,他人大抵如钱锺书先生所云,酒醉之后,"不东倒则西歆"。东倒西歆,说白了就是东倒西歪。元无名氏杂剧《狄青复夺衣袄车》第三折,一场厮杀过后,正末唱道:"行不动山岩下歇息,立不住东倒西歆。"那是打仗累的,而对古今诸多"砖家"而言,根本没有自己的独立人格,但为"利益"说话而已。《颜氏家训》云:"陈孔璋居袁裁书,则呼操为豺狼;在魏制檄,则目绍为蛇虺。"这里说的陈琳,就属于这一类。陈琳在袁绍那边的时候,写下了著名的《讨贼檄文》,这个"贼"是曹操。在名句"赘阉遗丑,本无懿德"之外,还有"操豺狼野心,潜包祸谋,乃欲摧挠栋梁,孤弱汉室,除灭忠正,专为枭雄"等等。后来,陈琳被曹操抓住了,问他"卿昔为本初(绍字)移书,但可罪状孤而已,恶恶止其身,何乃上及父祖邪?"陈琳羞愧得无话可说,唯有"谢罪"。而当陈琳转变立场,代曹操大骂袁绍时,袁绍又成了他笔下的"蛇虺"。不难设想,倘若袁绍把陈琳再捉回去,不知道再来一篇更精彩的讨贼檄文有无可能。所以《颜氏家训》说:"在时君所命,不得自专,然亦文人之巨患也。"陈琳归顺曹操之后,更有"檄愈头风"之功,所谓"琳作诸书及檄,草成呈太祖。太祖先苦头风,是日疾发,卧读琳所作,翕然而起曰:'此愈我病。'"有没有此种奇效,姑妄听之,然陈琳站在哪边则对哪边不遗余力是不难窥见的。

用李贽的说法,陈琳碰到的是曹操,算他走运,所谓"不难于有陈琳,而独难于有魏武"。其实唐朝也有一位这样大度的人物,就是武则天。骆宾王随徐敬业起兵,"敬业军中书檄,皆宾王之词也",其中最著名的是《讨武氏檄》。"伪临朝武氏者,人非温顺,地实寒微。昔充太宗下陈,尝以更衣入侍,洎乎晚节,秽乱春宫。密隐先帝之私,阴图后庭之嬖",以及"狐媚偏能惑主""豺狼成性,近狎邪僻,残害忠良,杀姐屠兄,弑君鸩母。神人之所共嫉,天地之所不容"云云,当真叫作骂得狗血淋头。然《新唐书·骆宾王传》载:"(武)后读,但嬉笑。"读到"一抔之土未干,六尺之孤安在",更矍然曰:"谁为之?"有人回答是骆宾王,武则天甚至责备说:"宰相安得失此人!"《资治通鉴》中说得更详细:"宰相之过也。人有如此才,而使之流落不偶乎!"清朝光绪皇帝大概知道这个典故,他在阅读朝考卷子时,"见其语多颂扬,意皆从同",乃掩卷叹曰:"以此甄录人才,奚怪所学之非所用也。"骆宾王没有东倒西歪,当然,他没有被武则天抓到过,无从检验——恕笔者的小人之心吧。

西晋潘岳(字安仁)不仅是个文学家,同时也是个美男子,《晋书·潘岳传》载,他"少时常挟弹出洛阳道,妇人遇之者,皆连手萦绕,投之以果,遂满车而归",而"貌甚丑"的张载待遇正相反,"每行,小儿以瓦石掷之,委顿而反"。民间因而一向有"貌若潘安"的说法,把他作为评价男子外貌的最高标准。他有一篇著名的《闲居赋》存世,"于是览止足之分,庶浮云之志,筑室种树,逍遥自得。池沼足以渔钓,春税足以代耕。灌园鬻蔬,供朝夕之膳;牧羊酤酪,俟伏腊之费"云云,一副"采菊东篱下,悠然见南山"式的生活追求。然《晋书》还说,潘岳"性轻躁,趋世利,与石崇等谄事贾谧,每候其出,与崇辄望尘而拜",至于贾谧二十四友中,"岳为其首"。潘岳的妈妈甚至都看不惯儿子的作为:"尔当知足,而乾没不已乎?"所以,金人元好问评《闲居赋》曰:"心画心声总失真,文章宁复见后人。高情千古《闲居赋》,争信安仁拜路尘。"这个"总失真",揭示出潘岳东倒西歆的程度。据说,"貌若潘安"中略去了"仁"字,不是像今天编的各种"新三字经"之类把好端端的句子切胳膊锯腿凑字数,而是因为他实在当不起那个字。

五代时的王章说文臣:"此等若与一把算子,未知颠倒,何益于事!"清朝阮元堪称一代大家,然"当其进身之始,亦阿附权门也",被时议很看不起。方苞年轻的时候,万季野很欣赏他,告诫他"勿读无益之书,勿为无益之文"。书之益处有无,不读不知,而文之有益无益,落笔之时自家其实心知肚明。胡应麟《少室山房笔丛》云:"汉以前其人、其学实,唐以后其人、其学虚;汉以前学者务博之实而忘其名,唐以后学者先博之名而后其实。此古今之大较也,至瑰伟绝特不群之士则代各有之矣。"今天的这种"虚实"界限,不知该从哪个大概的时间节点来划分了。

2010年11月9日

日记

继广西烟草局局长韩峰"香艳日记"曝光后,广州、茂名先后出现了"情妇日记",分别出自广州市某处长、茂名市副市长陈亚春。这两天,又有一篇"腐败书记日记"在网上流传甚广,以恩施市现任政法委书记、公安局局长谭志国口吻落笔。这些"日记"都是在网上"首发",甫一亮相,无不招来可观的点击量。就在去今不远的"传统"上,流行的日记的主人公往往要么是英雄、要么是模范,日记的内容莫不"积极向上",与之相比,日记似乎正在以一种崭新的姿态呈现。

西汉刘向《新序》讲了个故事,说从前周舍欲事赵简子,立其门"三日三夜"。简子问他:"夫子将何以令我?"周舍曰:"愿为谔谔之臣,墨笔操牍,随君之后,司君之过而书之,日有记也,月有效也,岁有得也。"按照《辞源》的说法,这就是"日记"一词的最早出处。那么,原初的日记由别人来写,功能是专挑毛病。但开明的赵简子很高兴,因此接纳了周舍,"居无几何而周舍死,简子厚葬之"。三年之后,赵简子对这一诤友仍然不能忘怀,某天"与大夫饮,酒酣,简子泣"。诸大夫见状,赶快自我检讨:"臣有死罪而不自知也。"赵简子说了句享誉后世的名言:"众人之唯唯,不如周舍之谔谔。"等于对周舍的日记予以全面肯定。在他看来,"昔纣昏昏而亡,武王谔谔而昌。自周舍之死后,吾未尝闻吾过也,故人君不闻其非,及闻而不改者亡,吾国其几于亡矣,是以泣也"。

周舍执笔的"日记"恐怕也是后来"起居注"的起源,然起居注"君举必记",不是专门挑不好的,相应地就比"日记"更加全面,虽然也是别人来记。唐太宗对起居注很好奇,前文用《贞观政要》及《资治通鉴》所载曾经提及,此番捉《大唐新语》所云赘言。太宗问褚遂良起居注上都记些什么,能不能看看。褚遂良告诉他不能看,"今之起居,古之左右史,书人君言事,且记善恶,以为检戒,庶乎人主不为非法"。当然,起居注不仅记言,同时记行。明朝万历皇帝长子朱常洛是宫女生的,但万历日后不想认账,然而"起居注"一搬来,没话可说,"宠幸"的时间、地点、宫女身份、所赏赐物件都一一记录在案,想赖也赖不了。也正是因为起居注的"实录"性质,今日所见不少属于篡改过的,沦为"伪实录",后世需要甄别。

陆游《老学庵笔记》云,黄庭坚"有日记,谓之《家乘》,至宜州犹不辍书"。今天读过这本日记的人说,大部分记载都是日常琐事,然"高宗得此书真本,大爱之,日置御案"。后来,黄庭坚的外甥徐俯被召用为翰林学士,高宗问他日记里提到好几次的"信中"究竟是谁,徐俯答不上来,胡乱猜测:"岭外荒陋无士人,不知何人。或恐是僧耳。"这个信中其实是范廖的字,范廖"时为福建兵钤",一个临时委任的军区统兵官。宜州在今天的广西,范廖不远千里而来,追随左右,对黄庭坚显然崇拜至极。罗大经《鹤林玉露》提到的则是另外一个人,"永州有唐生者从之游,为之经纪后事,收拾遗文"。不管这个人究竟是谁吧,黄庭坚谪死宜州之后,日记不见了,罗大经说"仓忙间为人窃去,寻访了不可得"。其后百余年,史弥远当国时,"乃有得之以献者"。黄庭坚是一代书法大家,在宋代"苏黄米蔡"中坐第二把交椅,因而当时偷走这册日记的人,大抵看中其书法的价值。以此推论,高宗恐怕也是如此。陆游还记载了范廖描述的黄庭坚生活窘境:"鲁直至宜州,州无亭驿,又无民居可僦,止一僧舍可寓,而适为崇宁万寿寺,法所不许,乃居一城楼上,亦极湫隘,秋暑方炽,几不可过。"然而,就是在这样的窘境下,黄庭坚依然保持着达观的生活态度,"一日忽小雨,鲁直饮薄醉,坐胡床,自栏楯间伸足出外以受雨",回头对范廖说:"信中,吾平生无此快也。"

古人日记的内容实在包罗万象,或言及土地、生产以及财政赋税等社会经济,或言及政治制度、吏治、政治斗争,或言及对内对外的军事行动,或言及学术文化思想,或言及地方的民俗风情,很多都具有史料的功能,成为考订史实、补正历史的重要依据,兼为历史提供了丰富多彩的细节。近代的许多重要官员、学者、文人那些内容十分丰富的日记,如《赵烈文日记》《曾国藩日记》《翁同龢日记》《越缦堂日记》《湘绮楼日记》等,为晚清社会文化史研究提供了绝好素材。俱往矣。如今,"香艳日记"已经证实确为韩峰所为,让我们见识了官场生活的原生态。"情妇日记""腐败书记日记"等尚待证实,当事人无不声称自己遭到了恶意炒作。同时,公开的消息说,广东省纪委已经受理了陈亚春被举报案。如此看来,"日记门"层出不穷,倒是为反腐败开创了一条新门径。只是这种属于"意外或偶然"的暴露方式,进一步折射出当下众多监察机构的形同虚设。

2010年11月16日

段子

前几天去给广东移动公司"红段子"大赛评选当评委。"红段子"是广东移动公司的首创,旨在通过互联网,在电脑、手机等媒介传播内容积极健康向上的信息,举凡励志短句、哲理箴言、管理格言、警句良言、真情祝福、幽默小品等等。从名目上的"红",再到内容上的"积极健康"定位,它的目标指向显然是大行其道的"黄段子"。

编段子一向是国人的文化传统,从前不用这个名词就是,用"诗"或"谣"之类。彼时编段子的目的,同样是为了传播。必欲其不胫而走,除了内容的贴切、推广的力度,段子本身还要短小精悍,朗朗上口。《孔丛子》云:"古者天子命史采诗谣,以观民风。"这里的史,是采诗之官;诗谣,就是诗歌民谣。这是说,从前对那些传播甚广的段子,官方要加以留意,从中把握"动向"。东汉吏政中更有"举谣言"一项,"每岁,州郡听采长吏臧否,人所疾苦,还条奏之"。所以如此,概古人即有"心之忧矣,我歌且谣"之举,借助之,可以了解民间对政事得失的申诉,以及折射出的喜怒哀乐。如光武帝时渔阳太守张堪惠民,百姓歌曰"桑无附枝,麦穗两歧。张君为政,乐不可支",就是可以归为"红段子"之列的吧。

任何"百姓歌曰",其实都是某个具体个人的创作。除了

"红""黄"两类,涉及的领域还有方方面面。《晋书·潘岳传》载,潘岳"负其才而郁郁不得志",而尚书仆射山涛、领吏部王济、裴楷等"并为帝所亲遇",他很不满,"乃题阁道为谣"——自己编个段子说:"阁道东,有大牛。王济鞅,裴楷鞘,和峤刺促不得休。"鞅,是去了毛的兽皮,就是指套在马颈或马腹上的皮带,泛指牲口拉车时的器具。鞘,套车时络在牲口股后尾间的皮带。潘岳是说,用的两个"牲口"不得力,和峤你就拼命地吆喝吧,累死你。

《朝野佥载》云:"裴炎为中书令,时徐敬业欲反,令骆宾王画计,取裴炎同起事。"骆宾王先想到的是编段子,制造舆论。他"足踏壁,静思食顷",编了一段:"一片火,两片火,绯衣小儿当殿坐。"然后"教炎庄上小儿诵之,并都下童子皆唱"。裴炎听到了,不知怎么回事,"乃访学者令解之"。找到骆宾王,老骆还拿一把,"数唉以宝物锦绮,皆不言,又赂以音乐妓女骏马,亦不语",直到"将古忠臣烈士图共观之",看到司马懿时,宾王说话了:"此英雄丈夫也。"然后给裴炎讲了一通"自古大臣执政,多移社稷"的道理,鼓动他造反,取而代之,结果"炎大喜"。骆宾王又装糊涂地问,不知民间有什么说法呢?裴炎说小儿都唱什么"片片火绯衣",意思是我能成功。于是,宰相裴炎"遂与敬业等合谋,扬州兵起,炎从内应",糊里糊涂地给人家拉下了水。裴炎在伏诛的那一刻,不知对自己当时"北面而拜"骆宾王,至于把他当作"真人",有无后悔万分。

所谓的段子,正有这种大造舆论的功能。《明季北略》载,李自成攻下黄陂,"李岩复私作民谣,令党诵之",道是:"穿他娘,吃他娘,开了大门迎闯王,闯王来时不纳粮。"李自成大军"所至风靡",这个段子起了很大作用。而"复私作民谣"中的这个"复"字,说明李岩深谙此道,的确如此。"朝求升,暮求合,近来贫汉难存活。早早开门拜闯王,管教大小都欢悦"等,都出自他的手笔。此前,崇祯八年(1635),他还作过《劝赈歌》,"年来蝗旱苦频仍,嚼齿禾苗岁不登。米价升腾无数倍,黎民处处不聊生",加上"官府征粮纵虎差,豪家索债如狼豺。可怜残喘存呼吸,魂魄先归泉壤埋"云云。李自成攻克北京,自己当了皇帝之后,仍然很受用此道。有一天,"宫中忽搜出渗金铜炉及漆盒各一,上刻'永昌元年三月之吉',人人惊骇",概因自成国号大顺,年号永昌。惊骇的其实是那些不知内情的人,用洞察者的话说,"贼伪制一盒,密置大内,令人简(捡)得,诈称符命"。这还不够,忽果将军入朝报云:"四夷馆有西域番僧十余人,言语侏㑊",根本听不懂,但他们"具表文一道,译出是西天竺国王弥离哆斯满来宾,闻中国有新天子登位,差来入贺者"。当然,前人也早就知道,此乃"诈饰番僧"。李自成弄的这一套,就是元末韩山童、刘福通们"莫道石人一只眼,挑动黄河天下反"的翻版,那一件,历史记载详尽,今人能得其详。《侯鲭录》云,南京有人家挖出一块石头,上面写着"猪拾柴,狗烧火,野狐扫地请客坐",没人明白是什么意思。推断开来,这该是什么人为了什么目的在制造种舆论了,因为没有哪怕短暂的成功,段子也就变成了后世不解的"谜语"。

今天的段子往往侧重于"归类""总结",但"正面"新闻报道中在佐证自己的做法得民心时,同样每每耳闻"百姓歌曰"——即"百姓高兴地说"。究竟是哪个百姓说的呢?亦并不可考。其实,说了什么,可视为撰稿人自己编的"段子",跟骆宾王、李岩他们的做法没什么两样。

2010 年 11 月 24 日

一鸟不鸣山更幽

广州亚运会圆满落幕之后,方方面面在总结时莫不认为,与举办北京奥运会和上海世博会听不到一个"不"字的最大区别是,广州一路上基本上伴随着批评之声走来。从申办成功为迎接亚运进行各项市政工程开始,直到开幕之前,虽然上峰也一再下令舆论要对广州"手下留情",不要报"负面"的东西,广州仍然屡屡背负着一身的"不是"。但也正是因此,广州收获的如潮掌声成色更加十足。

蓦地想起王安石的一句诗,就是他所"修改"王籍名句"蝉噪林愈静,鸟鸣山更幽"中的后半句:一鸟不鸣山更幽。按照《泊宅编》中苏东坡的说法,"王介甫初行新法,异论者哓哓不已",因有此诗。全诗曰:"涧水无声绕竹流,竹西花草弄春柔。茅檐相对坐终日,一鸟不鸣山更幽。"而诗名《钟山即事》,显见是安石罢相之后退居金陵,日游钟山的触景生情,字里行间透露着政治上的失意以及伴随而来的生活上的孤寂。在此诗之前,安石在位上时,还有一首《崇政殿后春晴即事》:"悠悠独梦水西轩,百舌枯头语更繁。山鸟不应知地禁,亦逢春暖即啾啾。"两相对照,再佐之以东坡的话,则"一鸟不鸣山更幽"中的"鸟鸣",大抵可以理解为"谏言"。

从前是有职业谏官的,"为人君而无谏臣则失正",专门对君主的过失直言规劝,说错了也不要紧,所谓"谏言不咎,谏官不罪"。当然,这只是理论上,因为以谏诤而贬窜不毛之地的,数不胜数。所以宋光宗时的杨大全说得好,自己"不以言而获罪为耻,而以言而不听从为耻"。他知道"自古谏之不效,其大者身膏斧锧,其次亦流窜四裔,其小者犹罢免终身",今天的情形更糟糕,"不勉于听从,亦不加于黜逐,徒饵之以无所遣何之恩,使皆餍富贵,甘豢养,以消靡其风节",纯粹就养起来。于是他得出一个结论:"平居皆贪禄怀奸之士,则临难必无仗节死义之人"。400多年后明朝崇祯皇帝的遭遇,似有意为之诠释。计六奇《明季北略》载,甲申(1644)三月十七,李自成围困北京,崇祯"俛首书御案十二大字",道是:"文武官个个可杀,百姓不可杀。"愤恨真是到了极点。煤山自尽前夕,崇祯亦曾"手自鸣钟集百官",然而却是"无一至者",绝了最后一丝希望。而到了三月二十一,李自成着令明朝百官向新政权报到,大家则唯恐来迟,至于"以拥挤故,被守门长班用棍打逐";又因为来得太早,"承天门不开,露作以俟,贼卒竞辱之"。这一天,他们虽然"竟日无食",竟然恬不知耻地以所谓"肚虽饥饿,心甚安乐"来自我宽慰。

南宋黄裳认为,自古以来人君不能接受批评意见,乃是出于私心、胜心、忿心等"三心"之故。他是这么阐述的:"事苟不出于公,而以己见执之,谓之私心;私心生,则以谏者为病,而求以胜之;胜心生,则以谏者为仇,而求以逐之。因私而生胜,因胜而生忿,忿心生,则事有不得其理者焉。"这是说,凡事如果只认为自己做得对,就不仅听不得不同意见,还会捉住人家的细枝末节以证自己高明,进而就会把那些讲真话的人当成"敌人"。忿心一生,任何事情就都谈不上正确处理了。不是君的人其实也是如此。

安石以"三不畏"的勇气推行新法以期改变"积贫积弱"的社会现实,但在执行上是有需要检讨之处的,可惜他嘴里说"山鸟不应知地禁",实际上听不得半点对新法的反对意见。司马光说:"安石诚贤,但性不晓事而愎,此其短也。"如果说这是政敌的评价,算不得数,那么当时的重臣同样这样认为,就值得考虑了。比方程颢就当面说过他:"天下事非一家私议,愿平气以听。"又如神宗要曾巩评价安石,曾巩说:"安石文学行义,不减扬雄,以吝故不及。"神宗感到奇怪:"安石轻富贵,何吝也?"曾巩答,我说的是他"吝于改过"。则安石后来的"一鸟不鸣山更幽",敢是意识到了先前自己的失策?

唐初,苏世长谏阻高祖畋猎,高祖先是"色变",继而笑曰:"狂态发耶?"苏世长答:"为臣私计则狂,为陛下国计则忠矣。"武则天也曾问新晋进士什么是忠,郑惟忠回答:"外扬君之美,内匡君之恶。"扬美归扬美,总要可以"匡恶"。武则天表示认同,当即授之以官。好多年之后,武则天幸长安,郑惟忠待制引见,武则天说我记得你,你那些扬美匡恶的话,我"至今不忘"。宋朝黄洽说:"谏臣非具员,职在谏争,朝政有阙,所当尽言。"今天已经没有专职的谏臣了,理论上被代之以舆论监督,以媒体为主要工具。因而,倘若媒体对社会问题熟视无睹,"一鸟不鸣",则"山幽"程度尚在其次,这种典型的掩耳盗铃就很像杨大全说的:"盗满山东而高、斯弄权,二世不知也。蛮寇成都而更奏捷,明皇不知也。此犹左右聋瞽尔。今在朝之士沥忠以告,而陛下不听,是陛下自壅蔽其聪明也。"这里的"陛下"换成各级"一把手",怕也适用。

2010 年 11 月 28 日

乡饮酒礼

11月29日,佛山祖庙经过历时3年的大修之后正式告竣。值此,祖庙的修缮史又增添了浓墨重彩的一笔。资料说,自北宋元丰年间建庙至今,算上这次,祖庙总共经过了23次修缮,而上一次还是在1899年,已然逾越了百年。

在竣工大庆的那一天,祖庙进行了秋祭、酬神戏、乡饮酒礼等传统民俗活动,其中秋祭和酬神戏具有浓郁的佛山地方色彩。秋祭,祭北帝。千百年来,北帝信仰渗透于佛山社会生活的各个领域、各个阶层,谣曰"行祖庙,拜北帝"。北帝,北方真武玄天上帝,本是统管北方的神明,但它属于水神,位于水源之上,依海生存的广东人因而膜拜之,祈求其控制水源多寡,使之安好流向南方。屈大均《广东新语》云:"吾粤多真武宫,以南海佛山镇之祠为大,称曰祖庙。其像被发不冠,服帝服而建玄旗,一金剑竖前,一龟一蛇,蟠结左右。"可见祖庙在北帝信仰中占有重要地位。演戏酬神,主要也是酬谢北帝的保护和庇佑。而乡饮酒礼则是昔时非常普遍的文化现象。如果祖庙把乡饮酒礼作为文化品牌打造的话,在传承传统的基础上如何创新值得关注。因为在历史上不同的时代,乡饮酒礼都有不同的内涵。

《五代会要》之"乡饮"条说,后唐清泰(末帝李从珂)二年

(935),"中书门下帖太常以长兴(后唐明宗李亶)三年(932)敕诸举人常年荐送,先令行乡饮酒之礼",因而"宜令太常草定仪注,班下诸州,预前肄习,解送举人之时,便行此礼"。就是说,地方向中央举荐人才之后,出发之前,由乡大夫作主人,为人才设宴送行。李从珂想延续这一模式,而一切饮酒酬酢需要尽快制订划一的仪式。

《宋史·礼志》援引《周礼》认为"乡饮之礼有三"——这一下把乡饮酒礼的历史至少上溯到了西周时代。第一,正是后唐所承继的做法,"乡大夫,三年大比,兴贤者、能者、乡老及乡大夫帅其吏,与其众寡,以礼宾之"。第二,说的是一党之长(乡以下行政区依次为州、党、族、闾、比)党正,"国索鬼神而祭祀,则礼属民而饮酒于序,以正齿位"。就是尊老,按年龄排定席次,"六十者坐,五十者立侍"。第三,说的是一州之长州长,"春秋习射于序,先行乡饮礼"。这里的"射"是射箭,这是前人的一项基本功,孔夫子"射于矍相之圃",曾导致"观者如墙堵焉"。宋太宗时群臣元旦朝谒,酒过三巡,有司就要"请赐王、公以下射"。届时,皇帝也"改服武弁",王公依次射箭,还要"开乐县东西厢,设熊虎等侯。陈赏物于东阶,以赉能者;设丰爵于西阶,以罚否者"。习射之前乡饮,该是隆而重之的表现了。

《明会要》之"乡饮酒礼"条则说,朱元璋刚登基的时候,"诏中书省详定乡饮酒礼,使民岁时宴会,习礼读律",目的呢,"期于申朝廷之法,敦叙长幼之节",与五代时的选送人才就有很大区别了。此后,朱元璋又多次明令天下行乡饮酒礼,内容也在不断变化。洪武五年(1372)规定:"每岁孟春孟冬,有司与学官率士大夫之老者,行于学校。民间里社以百家为一会,或粮长里长主之。年最长者为正宾,余以齿序。每季行之。读律令,则以刑部所编申明戒谕书兼读之。"洪武十八年(1385)规定:乡饮酒礼旨在"叙长幼、论贤良、别奸顽、异罪人",落座的时候,"高年有德者居于上,高年纯笃者居于次,余以序齿",则此时的乡饮酒礼更有了尊崇德高望重者的一面。那年同时还规定,"其有曾犯违条犯令之人,列于外坐,同类者成席,不许杂于善良之中",则此时的乡饮酒礼还有通过"羞辱"以对来者以警示的另外一面。洪武二十二年(1389)又规定,"以善恶分列三等为坐次,不许混淆。如有不遵序坐及有过之人不赴饮者,以违制论"。也就是说,被"羞辱"者是必须到场,回避不得的。

  清朝乡饮酒礼则纯粹承继了尊老的功能。每年由各州县遴访年高有声望的士绅,"一人为宾,次为介,又次为众宾,详报督抚",举行乡饮酒礼。这些宾介的姓名籍贯,都要造册报部,称为乡饮耆宾。倘乡饮过后,名单上的人"间有过犯",还要"详报褫革,咨部除名,并将原举之官议处"。有人把这种上榜当成了待遇,刘声木《苌楚斋续笔》云,乡饮正宾、乡饮介宾之类的叫法,只是"一时权宜之用,未便永远视为职官,公然刊登"。他看见管世铭文集里有一篇《岁贡生乡饮正宾黎君墓表》,其中写道"前刺史举乡饮礼,黎为正宾,邑里翕然,以为无愧",认为"此等事不足叙,此等字亦不宜入文",叙了,入了,全是虚荣心作祟。

  世易时移。今天的祖庙乡饮酒礼据说要形成制度,每年都搞,然其设想如何不得其详。但是显然,无论弘扬哪一种民俗事项,在内涵上都未必泥古,前人就是根据时代需要而赋予相应色彩,这一点清清楚楚。

2010年12月3日

打×

昨天看到一则报道,说是广东人时下喜欢蜂拥到香港打酱油、买厕纸。广州、深圳等地流传这样的笑话,家庭主妇见面第一句话:"今天你到香港打酱油了么?"打酱油,曾经是2008年度十大网络流行语之一,众所周知那并非传统意义上的打酱油。传统的,"80前"的人恐怕都不陌生:酱油用完了,拎着瓶子去商店买;倘买一斤,营业员先给瓶子口装上漏斗,然后拿一斤的提溜——那是个标准容器——舀大缸里的酱油,装满提溜正好一斤。成为网络用语之后,打酱油的原本意思完全颠覆了,变成与自己无关、自己什么都不知道,相当于"路过"的代名词。当然,这个转换源于人们耳熟能详的一个事件,此不赘述。

老广们不辞舟车劳顿,奔赴有"购物天堂"之称的香港打的酱油,是"传统"概念的"回归"。因为他们拎回来的大包小包里已经不再是新潮的电子数码产品,而就是平常的洗涤用品、酱油、蚝油、双蒸酒等。这是物价飞涨之际,精明百姓的应对招数,简言之,是去扫货"捡便宜"。细思之,酱油即便是真"打",也是"买"的意思,何以称"打"?浏览发现,宋代文豪欧阳修已经认识到了这个问题。他在《归田录》中说:"今世俗言语之讹,而举世君子小人皆同其谬者,惟'打'字尔。"就是说,当时的"打"跟今天读音相同,用反切注音的话是丁雅切,但欧阳修认为大家都读错了,"打"的本意是"考击",因为"人相殴,以物相击,皆谓之打。而工造金银器,亦谓之打可矣,盖有槌击之义也",所以"打"应该读 děng,所谓滴耿切。宋朝的"打×"已经很常用了,"造舟车者曰'打船''打车',网鱼曰'打鱼',汲水曰'打水',役夫饷饭曰'打饭',兵士给衣粮曰'打衣粮',从者执伞曰'打伞',以糊黏纸曰'打黏',以丈尺量地曰'打量',举手试眼之昏明曰'打试'",但永叔先生力图正本清源,以为虽然"名儒硕学,语皆如此,触事皆谓之打。而遍检字书,了无此字"。为此他很是学究了一番,"以字学言之,打字从手从丁,丁又击物之声,故音作谪(当作滴)耿。不知因何转为丁雅也"。其实,他的"了无此字",是说理论上没有依据罢了。

永叔先生不解的问题,当代有学者举敦煌文献《燕子赋》进行了阐释:"但雀儿□缘脑子避难,暂时留连燕舍。既见空闲,暂歇解卸。燕子到来,即欲向前词谢。不悉事由,望风恶骂。父子团头,牵及上下。忿不思难,便即相打。"认为这里的"打"作为韵脚字,显然就切作丁雅,如此才能与上下文相押。《燕子赋》标题下有"咸通八年"的题署,而咸通八年是唐懿宗李漼的年号,相当于公元 867 年。也就是说,今天普通话"打"的读音,早在唐代已然如此,然只限于民间使用,正规的韵书并不承认而已。由此想到自己在富拉尔基第一重型机器厂当工人时的一件往事。金属热处理有一道工艺叫"淬火",就是将金属工件加热到一定温度,随即浸入淬冷介质(盐水、水、矿物油、空气等)中快速冷却,以期提高工件硬度及耐磨性的工艺。淬,字典的标准读音是 cuì,而如果你在任何一位师傅面前说 cuì 火,人家都会笑你是个外行,盖因为在工厂里,淬字读 zhàn。由"打"的"经历"作为标本来个武断推定,将来必然是字典自我"更正"以适应民间。倘若字典坚持"正确"而不屑民间的话,那就等于把自己当成了摆设。

南宋刘昌诗《芦浦笔记》接过欧阳修的话题,罗列了更多的"打×",诸如"诸库支酒谓之打发,诸军请粮谓之打请,印文书谓之打印,结算谓之打算,贸易谓之打博,装饰谓之打扮,请酒醋谓之打醋、打酒",并且"行路有打火、打包、打轿。负钱于身为打腰。饮席有打马、打令、打杂剧、打诨。僧道有打化,设斋有打供。荷胡床为打交椅,舞傩为打驱傩",以及"打睡、打喷嚏、打话、打闹、打斗、打点、打合、打过、打勾、打了,至于打糊、打面、打饼、打线、打百索、打绦、打帘、打荐、打席、打篱笆"等等。明朝顾起元《客座赘语》有"辨讹"条,认为"里中有相沿而呼,而与本音谬,相习而用,而与本义乖者,或亦通诸海内,而竟不知所从始"。他举了许多实例,其中也谈到了"打×",如"预事曰'打叠',探事探人曰'打听',先计较曰'打量',卧曰'打睡',买物曰'打米'、曰'打肉',治食具曰'打餅',张盖曰'打伞',属文起草曰'打稿'"。点校者说,《客座赘语》所记内容"皆为南京故实及诸杂事",则"里中"所指即金陵百姓了,未知"打米""打肉"之类,是否今日依然见存于那里的方言之中。

今天的"打×"更加数不胜数了,在不少传统的得到沿用的同时,也发展了时代特色的,如坐出租车成了"打的"等等。人们司空见惯乃至不以为意的词汇,探究一下,往往蕴藏着相当深厚的历史内涵。

2010 年 12 月 8 日

王朝云

中国作协副主席蒋子龙先生前几天在惠州一个叫作"文化惠州"的论坛上说,惠州文化有四宝,其中的第二宝是王朝云。王朝云是谁,被蒋先生排在葛洪之后、廖氏家族及叶挺之前?是苏东坡的侍妾。蒋先生"老早就知道惠州,就是因为一出关于王朝云与苏东坡的戏",所以他觉得对这一文化宝贝就要"充分挖掘,把这种资源转成文化生产力"。然惠州市委书记黄业斌对宣传、推广王朝云显然不知如何下手,蒋先生献计说,苏东坡的知名度高,但已经被杭州注册,而王朝云没有被注册,王朝云身上有一些品质,如忠诚、智慧是现代社会所缺乏的,没有王朝云23年的照料,苏东坡的成就会"缩水",精神上也不会像今天这样。此番说法倘若没有史料佐证,大抵可归为奇谈怪论范畴,且不理他。蒋先生实际上仍然没有回答如何操作的问题。

"注册"王朝云,终究要有事迹支撑才行,不能但取名号而已吧,苟如此,就要像安阳的"曹操墓"那样备受质疑与诟病了。朝云的事迹零星见诸前人记载,"忠诚"大抵是可以认为的。与东坡同时期的释惠洪说:"东坡南迁,侍儿王朝云者请从行,东坡佳之,作诗"。而东坡所以佳之,诗序里道得分明:"予家有数妾,四五年相继辞去,独朝云者,随予南迁。"因此,"平日最爱乐天之为人"的东坡,想到了白居易的诗——"病与乐天相共住,春同樊素一时归",自家老了、病了,曾经那么宠爱的小妾樊素就跑了。想到这里,东坡对没有趁机溜号的朝云非常感动,于是就有了"因读乐天诗,戏作以赠之",诗云:"不学杨枝别乐天,且同通德伴伶玄。伯仁络秀不同老,天女维摩总解禅。经卷药炉新活计,舞裙歌板旧因缘。丹成逐我三山去,不作巫阳云雨仙。"比对其前言艳羡"我甚似乐天,但无素与蛮"之时,已然大异其趣。

朝云外表应该比较漂亮。严有翼《艺苑雌黄》说,东坡尝令朝云向秦少游乞词,少游即赋《南歌子》赠之:"霭霭迷春态,溶溶媚晓光。不应容易下巫阳。只恐翰林前世是襄王。 暂为清歌驻,还因暮雨忙。瞥然飞去断人肠。空使兰台公子赋高唐。"这是用了宋玉《高唐赋》中楚襄王梦会巫山神女的典故,那里面正嵌着"朝云"的名字。神女说:"妾在巫山之阳,高丘之阻,旦为朝云,暮为行雨,朝朝暮暮,阳台之下。"东坡前诗,亦正用此典。而朝云"智慧"说,大抵可依据周紫芝的《竹坡诗话》吧。亲家黄师是到浙江任职,东坡"置酒饯其行,使朝云相侍饮",席间朝云问师是:"他人皆进用,而君数补外,何也?"黄师是在史书中的记载更加零星,因何"数外补",不得其详,而朝云以"他人皆进用"发问,显有双关语意。惠州倘若注册王朝云,就用诸如此类的这些材料,还是另起炉灶,尽情发挥今人的想象力?

朝云在苏家未必有多高的地位,苏辙先后有两篇《祭亡嫂王氏文》,元祐八年(1093)一次,崇宁元年(1102)又一次,"兄坐语言,收畀丛棘,窜逐邦城,无以自食。赐环而来,岁未及期。飞集西垣,遂入北扉。贫富戚忻,观者尽惊。嫂居其间,不改色声。冠服肴蔬,率从其先。性固有之,非学而然"云云,表达对嫂子的钦佩。但这个亡嫂虽然姓王,却不是朝云,而是"同安郡君王氏"。

东坡两娶，两任夫人是堂姐妹，都姓王，苏辙祭的显然是哥哥的继室，东坡结发妻子治平二年（1065）就去世了，继室正卒于元祐八年。嫂子赢得小叔子如此之高的评价，不会是空穴来风，则蒋先生朝云成就东坡说，就不免让人存疑。

朝云的生命只有34岁，她是怎么死的？"七月朝云卒，先生有诗悼之，及作墓志。又于惠州栖禅寺大圣塔葬处作亭覆之，名之六如亭"（宋王宗稷编《东坡先生年谱》）；也有人点明确切日期是"七月五日，朝云亡"（宋傅藻编《东坡纪年录》），然均无死因，因此朱彧在《萍洲可谈》里讲到"南北食异"时八的一卦，便要姑妄听之了。朱彧这么说的："广南食蛇，市中鬻蛇羹。东坡妾朝云随谪惠州，尝遣老兵买食之，意谓海鲜，问其名，乃蛇也，哇之。病数月，竟死。"按这种说法，朝云是因为误吃了蛇羹吓死或恶心死的。惠州要依蒋计而行的话，还要注意"回护"自己才行。

《侯鲭录》云，惠州有个69岁的老举人添了儿子，请东坡去喝喜酒，"酒酣乞诗"。得知那是一对老夫少妻，东坡乃顷刻戏就一联："令阁方当而立岁，贤夫已近古稀年。"东坡和朝云在年岁上实则也是如此。东坡贬惠州时59岁，朝云32岁，跟他所谐谑的对象属于"五十步笑百步"。蒋子龙先生说，当前山楂文化节、白菜文化节、萝卜文化节、土豆文化节等稀奇古怪活动遍地开花，显露出许多地方的文化焦灼和焦虑。他在说别人的时候，同样没有照镜子看看自己。王朝云没有被注册，显见大家还没有意识到"侍妾文化"也是一个抓手，倘若各地在"文化资源"方面抓瞎之际由此捞到了救命稻草，竞相开辟这个"弘扬"传统的新品种，蒋先生不是难辞其咎吗？

2010年12月17日

官冗

网民在评点2010年地方新政时,把苏州对干部的"聘任制"当作一个热点,认为"聘任制"挑战了"选任、委任制",能够打破干部"能上不能下,能进不能出"的旧框框,有利于催生一种新的"官念"。老实说,我是没有这么乐观的,干部不是因为犯了事而正常地"能下""能出",在官本位观念和行动都日益根深蒂固的时代,岂有被一个小小的"聘任制"就给扳倒的道理?

当下我们的官僚机构巨大到了什么程度?中央党校周天勇教授去年给出过一个数字,中国实际由国家财政供养的公务员和准公务员性质的人员超过7000万人,官民比例高达1∶18,有人认为超过了以官冗闻名的宋朝。当然,宋朝的官冗也不是"一天形成的",较真的话得看哪一段。拈《容斋随笔》二例。其一,北宋神宗元丰年间曾巩上疏,"国朝景德(真宗)垦田百七十万顷,官万员。皇祐(仁宗)二百二十五万顷,官二万员。治平(英宗)四百三十万顷,官二万四千员"。50多年的工夫,"田日加辟"不假,"官日加多"亦真,且"后之郊费视前一倍",花销也更厉害了。其原因主要就是能进不能出,"以三班三年之籍较之,其入籍者几七百人,而死亡免退不能二百",那些出的,也是犯了事或者死掉的。所以曾巩建议:"当令有司讲求其故,使天下之入如治平,而财之用官之数同景德。"按他这个建议,要把官员削掉一大半以上,行得通与否又当别论,起码他认为削掉这么多,社会仍然能够正常运转。其二,宋徽宗宣和元年(1119)蔡京将去相位,群臣方疏官僚冗滥之敝,这回追溯的不是过往,而就属眼前之事:"自去岁七月至今年三月,迁官论赏者五千余人。如辰州招弓弩手,而枢密院支差房推恩者八十四人,兖州升为府,而三省兵房推恩者三百三十六人。至有入仕才二年而转十官者。"逮着机会就提拔了,致使吏部两选朝奉大夫至朝请大夫、横行右武大夫至通侍、修武郎至武功大夫、小使臣、选人多如牛毛,最关键的是"吏员猥冗,差注不行",吏部对地方官吏的选派任命不灵了,全给关系户包了。有意思的是,宋朝医职也冗得一塌糊涂。神宗时立医官,"额止于四员";到徽宗时就不得了了,"自和安大夫至翰林医官,凡一百十七人,直局至祗候,凡九百七十九人,冗滥如此"。

众所周知,宋朝官冗只是"过"了,其他朝代与之只是五十步与百步之别,如果笑的话。明代宗景泰四年(1453),左鼎说过:"国初建官有常,近始因事增设。"于是,"主事每司二人,今有增至十人者矣。御史六十人,今则百余人矣。甚至一部有两尚书,侍郎亦倍常额,都御史以数十计,此京官之冗也。外则增设抚民、管屯官。如河南参议,益二而为四,佥事益三而为七,此外官之冗也"。这且不算,"天下布、按二司各十余人,乃岁遣御史巡视,复遣大臣巡抚镇守",而"今之巡抚镇守,即曩之方面御史也。为方面御史,则合众人之长而不足;为巡抚镇守,则任一人之智而有余。有是理邪?"左鼎还谈到了任期太短的问题:"御史迁转太骤,当以六年为率。令其通达政事,然后可以治人。巡按所系尤重,毋使初任之员,漫然尝试。其余百执事,皆当慎择而久任之。"然左鼎的这一番痛陈,也就是赢得了"帝颇嘉纳"而已,并没有采取任何相应的措施。

宋孝宗上台之后,很想有一番裁汰的动作,但大臣们赶快晓之以理,"陛下即位未久,恩泽未遍",这种事情"关于士大夫者甚众,愿少宽之"。清朝昭梿的爸爸对此种事情说得更直接:"朝廷减一官职,则里巷多一苦人。"所以,类似元朝王恽《玉堂嘉话》里的《减江南冗员诏草》,说什么"今者上自行省、宣慰司,下及总府、州、县等官,酌量轻重去处,其一切冗滥,凡有扰于民者,尽行革去",大抵可归入色厉内荏的一类了。但官冗之害,尽人皆知,洪迈以宋朝王元之所论"最为切当"。其一云:"诚能省官三千员,减俸数千万,以供边备,宽民赋,亦大利也。"其二云:"开宝(太祖)中,设官至少,臣占籍济上,未及第时,止有刺史一人,李谦溥是也,司户一人,孙贲是也。近及一年,朝廷别不除吏。自后有团练推官一人,毕士安是也。(太宗)太平兴国中,臣及第归乡,有刺史、通判、副使、判官、推官、监军,监酒榷税算又增四员,曹官之外更益司理。问其租税,减于曩日也,问其人民,逃于昔时也,一州既尔,天下可知。冗兵耗于上,冗吏耗于下,此所以尽取山泽之利而不能足也。"洪迈说:"以今言之,何止于可为长太息哉!"真正"以今言之"呢?

唐朝赵憬对官冗现象还有一种见解,认为"当今要官多阙,闲官十无一二",别看官多,缺能干的,二者区别在于"要官本以材行,闲官多由恩泽"。这种情况今天大概也差不多,重要岗位必须得要干事的人,那些有"苦劳"的、会逢迎的还要给颗甜枣,因而国家的机构改革几次三番也走不出"精简—膨胀—精简"的怪圈。苏州行吗?不能说不行,权且拭目以待吧。

2010年12月24日

单个汉字

今年的年度汉字又出炉了,还是2007年的那个"涨"字。说来惭愧,汉字是我们的"母字",评选年度汉字却始自日本。从1995年开始,日本每临岁暮都评选他们的年度汉字,我们好像就从前度的那个"涨"字时才开始。其实,用单个汉字提纲挈领或曰"以偏概全"的做法,早就屡见于前人,是我们的一项文化传统。

《论语·卫灵公下》篇,子贡问孔子:"有一言而可以终身行之者乎?"古人每称一个字为一言,诗之五言七言、洋洋数万言皆是。因而子贡想问的是有没有一个字可以作为终身奉行的信条,孔子说有,是"恕"字。紧接着,他又用了"己所不欲,勿施于人"八个字作为诠释,要义在于"推己及物"。《韩诗外传》对此阐释得更具体:"己恶饥寒焉,则知天下之欲衣食也。己恶劳苦焉,则知天下之欲安佚也。己恶衰乏焉,则知天下之欲富足也。知此三者,圣王所以不降而匡天下。"当然,一言也可以是一句话。再捉《论语》为例,《子路》篇中定公问:"一言而可以兴邦,有诸?"孔子说,一句话不一定有那么大的魔力,但可以起到相应的功效,比方"为君难,为臣不易"这句,"如知为君之难也,不几乎一言而兴邦乎?"元人《四书辨疑》解说道:"人君果能因此言而推知为君之难,不敢自逸自恣,知所自勉,则人之此言,岂不近于一言而兴邦乎?"定公饶有兴趣地接着问:"一言而丧邦,有诸?"孔子用同样的语式作答:"言不可以若是其几也。人之言曰:'予无乐乎为君,唯其言而莫予违也。'如其善而莫之违也,不亦善乎? 如不善而莫之违也,不几乎一言而丧邦乎?"这里我们再听听范祖禹怎么解说:"如不善而莫之违,则忠言不至于耳。君日骄而臣日谄,未有不丧邦者也。"

就做人而言,孔子推崇"恕",司马光则强调"诚"。他说:"其诚乎,吾平生力行之,未尝须臾离也,故立朝行己,俯仰无愧耳!"他的这一自我鉴定毫无夸饰成分,司马光如何诚,事例不胜枚举。《萍洲可谈》云,司马光居西京,"一日令老兵卖马",叮嘱说:"此马夏月有肺病,若售者,先语之。"人家卖东西都把东西说得天花乱坠,司马光却要告诉人家缺陷在哪儿,可见其恪守"诚"的程度。正是圣贤教导的美德每每停留于文字间,鲜有人当真并见之于行动吧,所以那老兵还"窃笑其拙",但在司马光看来:"欺人者不旋踵,人必知之,感人者益久,人益信之。"他就是要身体力行,证明"君子所以感人者,其为诚乎"。

从前的皇帝或重臣死了,根据其生平往往要给予一个谥字,既是死者用以讳代生名的称号,也是一种"盖棺论定",美恶咸备。现在的美谥往往以"伟大的"等字眼开头,后面跟着一串,字数越多,显示出生前的身份地位越重要,从前也差不多。天宝八载(749),唐玄宗用"大圣大×孝"的程式,追谥高祖、太宗、中宗、睿宗等五帝,一概使其先帝享有前所未有的 7 个字,如太宗谥为"文物大圣大广孝";后来的肃宗更加至 9 个字。当然,加得越多,虚词愈多,以至于颜真卿上疏请复诸帝初谥,以为"少不以为贬,多不以为褒,虽众美所归,可一言而尽矣"。这里的"一言",又是单个汉字,在颜真卿看来,一个字就足够了。而恶谥以隋炀帝之

"炀"最为典型,今之恶者当推"野心家、阴谋家"一类。大臣的谥字一般为两个,司马光为谥"文正",这是作为臣子的最高定论了,所谓"谥之美者,极于文正"。

即便是单个汉字,因《谥法》约定俗成的"微言大义",亦可窥被谥者之一斑。如"好内远礼曰炀""逆天虐民曰炀",杨广把这一恶谥先送给陈朝皇帝陈叔宝时,断不会想到后人也同样拿来评价他。皇帝的庙号基本上也是这样。明朝的崇祯自缢之后,南明小朝廷先是谥之为"思",《小腆纪年附考》载,次年他们又改谥之为"毅",所以崇祯既有明思宗亦有明毅宗之称。记得在《老照片》上看到从前景山公园的那棵歪脖树下,还有"明思宗殉难处"的牌子,当代编的历代年号之类的书,则一会儿毅宗(《中国历史年代简表》,文物出版社,1973),一会儿思宗(李崇智《中国历代年号考》,2001)。为什么要改谥呢?礼部余煜依据《谥法》说,"道德纯一曰思,追悔前过曰思"。他觉得崇祯"忧勤十七年,念念欲为尧、舜者也,遭家不造,乱阶频起,而所用之人,又皆忍于欺君,率致误国,于先帝何咎焉?道德纯一则似泛,追悔前过则似讥,于觐扬无当也。"所以应据"有功安民曰烈"来定谥。清朝定鼎之后,自然又有他们的看法,谥之庄烈愍皇帝亦即明愍帝。这一点,杨广得谥的经历倒是差不多:盘踞东都洛阳的王世充谥之为"明",割据河北打着为隋报仇旗号的窦建德谥之为"闵",李渊建立唐朝之后谥之为"炀"。因为前两个政权的昙花一现,"隋炀帝"的称呼遂流传后世。

单个汉字的魅力就是如此,可惜我们评选年度汉字以为纯粹是"拿来",浑然不知祖宗已然如此,这算"礼失而求诸野"吗?

2010 年 12 月 30 日

删书

山东省教育厅日前下发了《关于规范中小学传统文化课程实施和专题教育活动内容的通知》,其中提到,一些中小学开展经典诵读活动时出现了一些问题,比如对诵读活动的内容研究不深,分析不透,甄别不够,致使一些带有糟粕性的内容扭曲了学生的价值观念,腐蚀了中小学生的心灵,造成了很坏的负面影响,引起社会和家长的强烈关注。为此,他们要求中小学要认真甄别和筛选优秀传统文化,不可不加选择地全文推荐如《弟子规》《三字经》《神童诗》等内容。换言之,该删则删。

此则消息形成舆论热点之后,基本上一片"弹"声。然众多论者无不以为此乃山东方面的发明,却不知古人早已行此能事。

比如我们今天读到的《诗经》,就是孔夫子删节的产物,此说源自司马迁。《史记·孔子世家》云:"古者《诗》三千余篇,及至孔子,去其重,取可施于礼义",删剩下的三百零五篇,"孔子皆弦歌之,以求合韶武雅颂之音"。三千取三百,十里挑一,有去粗取精的意味,但恐怕也有后世山东方面的忧虑成分。孔子"作《春秋》而乱臣贼子惧",删《诗》主要是从"礼义"着眼,用朱熹的话说,"去其重复,正其纷乱,而其善之不足以为法,恶之不足以为戒者,则亦刊而去之,以从简约,示久远,使夫学者即是而有以考其得失,善者师之而恶者改焉",目的是"以《诗》为教"。山东是孔夫子的家乡,其教育厅承继的正是夫子的这一传统,怕把孩子教坏了。删《诗》之后,夫子满意地说:"《诗》三百,一言以蔽之,曰'思无邪'。"但他老人家又有"放郑声""郑声淫"(朱熹说这三个字意谓"郑诗多是淫佚之辞",当然还有观点认为郑声指郑国之俗)之类的言论,也许他还有进一步"净化"的打算。苟如是,则幸而他老人家手下留情,否则,《郑风》里的"风雨如晦,鸡鸣不已。既见君子,云胡不喜",以及脍炙人口的"手如柔荑,肤如凝脂,领如蝤蛴,齿如瓠犀。螓首蛾眉,巧笑倩兮,美目盼兮"等等,也许要和我们缘悭一面。

删《诗》之外,历史上比较著名的删书,还有金圣叹的"腰斩"《水浒传》以及不知该归功于谁的"洁本"《金瓶梅》。金圣叹大刀阔斧,硬是把百回本的《水浒传》删掉了后三十回,梁山好汉排完座次,他就通通不要了。金圣叹为什么要这么干,众说纷纭,各种研究成果令人眼花缭乱,不去理他。晚清中兴名臣之一胡林翼的见解,虽与之无关,但显然也属于先期表达了今日山东方面的担忧:"一部《水浒》,教坏天下强有力而思不逞之民;一部《红楼梦》,教坏天下之堂官掌印司官、督抚司道首府及一切红人,专意揣摩迎合,吃醋捣鬼。当痛除此习,独行其志。"

清朝有位燕南尚生,不知为何许人也,但他有很深的爱国情结,且对《水浒传》推崇备至。他在《新评水浒传》序中说道:"小说为输入文明利器之一,此五洲万国所公认,无庸喋喋者也。乃自译本小说行,而人之蔑视祖国小说也益甚。甲曰:'中国无好小说。'乙曰:'中国无好小说。'曰:'如《红楼梦》之诲淫;《水浒传》之诲盗。'吠影吠声,千篇一律。呜呼!何其蔑视祖国之甚也。"在他眼里,"《水浒传》者,祖国之第一小说也;施耐庵者,世界小说家之鼻祖也"。因而他对金圣叹于《水浒传》头上动土非常愤怒,认为他"奴隶根性太深之人也,而又小有才焉。负一时之人望,且好弄文墨,阅书籍",《三国演义》《西厢记》都评点过了,"《水浒》为卓荦不群之作,使不批之,恐贻笑大方"。无疑,燕先生意气用事了些。梁启超则正相反,他对金圣叹有三大遗憾,其一,遗憾金圣叹"不生于今日,俾得读西哲诸书,得见近时世界之现状,则不知圣叹又作何感想";其二,遗憾金圣叹"未曾自著一小说,倘有之,必能与《水浒》《西厢》相埒";其三,遗憾"《红楼梦》《茶花女》二书,出现太迟,未能得圣叹之批评"。任公很有兴趣知道,但鲁迅先生没有兴趣,他在《谈金圣叹》一文中说,金圣叹"单是截去《水浒》的后小半,梦想有一个'嵇叔夜'来杀尽宋江们,也就昏庸得可以"。今日舆论对山东做法的口诛笔伐,未知有否上升到"昏庸"的高度,没大留意。

有20多年教龄的湖北黄冈市高中语文教师周洁认为,对孩子价值观的影响关键不在于所读的文本本身,而是外界的引导。她说她教了20多年书,没见过学生因为学了《孔雀东南飞》就自杀殉情,也没见过学生学孔乙己去图书馆偷书的,"学生易受不良思想影响,更应该追问社会环境和我们的教育方式,而不是教材本身"。此话有理。那么,以为读了《弟子规》的学生,就"父母呼,应勿缓;父母命,行勿懒",就"见人善,即思齐""见人恶,即内省",未免失之于滑稽。即便是面对经典,正面的教化作用或负面的引诱作用也都不宜夸大。如此看来,山东教育厅方面实在是多虑了。

2011年1月3日

亲亲容隐

最高法近日发布了《关于处理自首和立功若干具体问题的意见》,其中,关于"犯罪嫌疑人被亲友采用捆绑等手段送到司法机关",不算自首,但在量刑时"可以参照法律对自首的有关规定酌情从轻处罚"的认定,引起了不小的争论。"采用捆绑等手段"云云,与我们耳熟能详的"大义灭亲"庶几近之,但与传统提倡的"亲亲容隐"又庶几悖之。

历代的法律似乎都承认亲属相容隐的原则,这在瞿同祖先生名著《中国法律与中国社会》中勾勒了一条比较清晰的追溯路径。瞿先生从《论语》说起。《子路》章,叶公问孔子,他们乡党中有个直躬,"其父攘羊,而子证之"——爸爸偷了羊,儿子作证了,这种现象该怎么看。孔子明确表示不赞同直躬的行为:"吾党之直者异于是,父为子隐,子为父隐。直在其中矣。"在孔子看来,父子间亲亲相隐,才是"直"。这里的直躬,未必是人的名字,前人认为当时楚中习语即称直者为躬,即其人姓名不传,后人援引此事,遂即误为姓名。又如楚狂接舆,本是接孔子之舆,因不知其名,后人遂以接舆为姓名者。其实,不独孔子不欣赏直躬,《韩非子》《吕氏春秋》等都是这种态度。《韩非子》叙述这个故事时说,令尹甚至要杀掉作证的儿子,以为儿子的行为"直于君而屈于父",当"执而罪之"。《吕氏春秋》则云,直躬作证之后,又代父亲受死,他说:"父窃羊而谒之,不亦信乎? 父诛而代之,不亦孝乎?"以为自己如此可以忠孝两全。

在《孟子·尽心上》里,弟子桃应假设了瞽叟(舜的父亲)杀人的故事请教孟子,在舜为天子、皋陶为法官的时代,发生这种事情该怎么办。在桃应看来,舜虽爱父,而不可以私害公,皋陶虽执法,而不可以刑天子之父。事情如此棘手,老师该怎么处理呢? 孟子答,"执之而已矣",皋陶肯定要把瞽叟捉起来。桃应又问,那么舜不出面去干涉吗? 孟子答:"夫舜恶得而禁之? 夫有所受之也。"皋陶是按律行事,虽天子之命亦不得废之啊。桃应再问,那么舜该怎么办呢,撒手不管? 孟子也没好办法,便给舜设计了一条要老父而不要江山的路径,"窃负而逃,遵海滨而处,终身䜣然,乐而忘天下",因为"舜视弃天下犹弃敝蹝"。从这则假设的故事中,我们窥见了孟子对法律的尊重,舜是政治公共领域的最高代表,皋陶是法律的化身,二者针锋相对之时,他旗帜鲜明地反对以公权力干预司法,更不能徇情枉法,以权压法。桃应的这一设想令人拍案叫绝,而孟子既表明了他的法律立场,同时表明了在"情"与"法"的剧烈冲突中,他仍然选择家庭亲情。不过,那些对权位看得比命还重的人,孟子设计的"逃法"路径恐怕就行不通了。瞿同祖先生指出,中国的立法既大受儒家影响,政治上又标榜以孝治天下,宁可为孝而屈法,所以历代法律实际上都推崇亲亲容隐。

亲亲容隐正式成为中国封建法律原则和制度,识者以为始自汉宣帝地节四年(前66)的一道诏书,其中说到:"父子之亲,夫妇之道,天性也。虽有患祸,犹蒙死而存之。诚爱结于心,仁厚之至也,岂能违之哉! 自今子首匿父母、妻匿夫、孙匿大父母,皆勿坐。

其父母匿子、夫匿妻、大父母匿孙,罪殊死,皆上请廷尉以闻。"首匿,颜师古注曰"言为谋首而藏匿罪人"。《晋书·刑法志》载有卫展上书,对当时"考子正父死刑,或鞭父母问子所在"的做法表示坚决反对,认为"相隐之道离,则君臣之义废;君臣之义废,则犯上之奸生"。《宋书·蔡廓传》载有蔡廓一个建议:"鞫狱不宜令子孙下辞明言父祖之罪,亏教伤情,莫此为大。自今但令家人与囚相见,无乞鞫之诉,使足以明伏罪,不须责家人下辞。"从"朝议咸以为允,从之"来看,亲亲容隐得到了延续。《隋书·刑法志》也有个案例,梁武帝时,"建康女子任提女",因为拐骗人口被判死罪。她的儿子景慈作证说"母实行此",法官虞僧虬有了看法:"案子之事亲,有隐无犯,直躬证父,仲尼为非。景慈素无防闲之道,死有明目之据,陷亲极刑,伤和损俗。凡乞鞫不审,降罪一等,岂得避五岁之刑,忽死母之命!景慈宜加罪辟。"与亲亲容隐背道而驰,结果景慈被"流于交州"。

唐以后的法律,容隐的范围更为扩大,明清时扩大及于妻亲,连岳父母和女婿也一并列入。于是,不但谋匿犯罪的亲属,便是漏泄其事或通报消息与罪人,使之逃匿也是无罪的。并且,明文规定于律得相容隐的亲属,皆不得令其为证人,违者则反而官吏有罪,屁股上要挨板子,唐宋打八十大板,明清打五十大板。明朝还规定,原告不得指被告的子孙、弟、妻及奴婢为证,违者治罪。如此等等,瞿先生考证相当细致,还有许多。但所有这一切,均以犯罪并非谋反、谋大逆为前提,倘若惦记着推翻政权,又当别论。种种案例表明,在家国冲突不能两全时,从前的社会以国、君为重,忠重于孝,而他们也刻意维护亲亲容隐这一基本的人性与伦理。

据说西方不少国家的法律中,亲属都享有拒绝作证的权利。

因此,无论古为今用还是洋为中用,亲亲容隐原则都不必一抛了之,还是应该引起今天的重视。

2011 年 1 月 7 日

赵氏孤儿

2010年12月4日,陈凯歌导演的新作《赵氏孤儿》公映。电影讲的是一个很老的故事,满门抄斩→孤儿幸存→报仇雪恨,也就是"以血洗血"。这类叙事结构本身我们都非常稔熟,与公子落难→美人相助→状元荣归之类,基本上都是古代戏剧的一个套路。但"赵氏孤儿"故事的与众不同之处,在于不知为何得到了法国大文豪伏尔泰的青睐,改编成《中国孤儿》流传了出去,遂为西方观众所熟知,甚至被称为中国版的"哈姆雷特",所以在21世纪如何再创作就值得期待。

很遗憾,看了电影之后,觉得基本上就是元杂剧《赵氏孤儿大报仇》的银幕版,一些情节改编得甚至远不如原剧震撼。比如原剧中面对屠岸贾要屠戮晋国新添婴儿,程婴要公孙杵臼去告发他,假装自己藏着赵氏孤儿,而公孙杵臼的想法则正相反,要程婴去告发他。他是这样算的账:赵氏孤儿20年后才能报仇,"你再着二十年,也只是六十五岁,我再着二十年呵,可不九十岁了?其时存亡未知,怎么还与赵家报的仇?"必死的结局,双方都大义凛然。反观电影之中,搜孤的时候,程婴妻子却先将赵氏孤儿主动交了出去,尔后公孙杵臼收留程婴妻、子,被屠岸贾搜了出去,误把程家的孩子当作赵氏孤儿给摔死了。程婴、公孙杵臼他们的义无反顾,变成了程妻的弄巧成拙!当然,陈导演有他的逻辑:"觉得如果让程婴真的主动去献出孩子,这个有点反人类,人家会说你忽悠。"现在这个情节是否就"正人类"了不得而知,可知的则是对那出元杂剧的忽悠,因为这样一来,程婴、公孙杵臼的高大伟岸以及满腔的忠义感,打了不少折扣。

纪君祥创作的这出元杂剧故事,显然脱胎于《史记·赵世家》。《史记》说,屠岸贾族灭赵氏,打的是追究"赵盾弑君"的旗号,赵盾虽然没有直接参与弑君,然"犹为贼首",而"以臣弑君,子孙在朝,何以惩罪?"于是,"不请而擅与诸将攻赵氏于下宫,杀赵朔、赵同、赵括、赵婴齐,皆灭其族",然后是"赵朔妻成公姊,有遗腹,走公宫匿",最后是韩厥"与程婴、赵武攻屠岸贾,灭其族"。《史记》是我国历史上第一部纪传体通史,但据沈长云等先生考证:"《史记》所述(赵氏孤儿故事)属于非信史性质,乃采集战国杂谈而成,对此,前贤及当代学者已有不少考证,可以确认。"确认的史实就是:赵氏灭门的时候,赵朔已经去世,赵武也非为遗腹子,正随其母孟姬畜养于晋景公宫中,且已八岁。因而《史记》之所谓"下宫之难",无论事变的原因、性质及时间、过程等,均与《左传》《国语》有所不同,称不上信史。按照《左传》的记载,赵氏族灭的原因,在于赵朔的父亲赵盾开创基业之后赵氏势力膨胀,在强势的赵盾去世之后渐为其他诸卿所侧目,其中以郤、栾二氏为代表;另一方面,赵氏内讧,"赵氏孤儿"的母亲与其夫叔赵婴齐通奸,导致"孟姬之谗"……总之,原因是非常复杂的。而我们在电影中看到的,却只是出自屠岸贾的嫉贤妒能,某次领兵打仗没有如愿。何其轻飘!

《史记·赵世家》可归为文学创作,那出元杂剧以及电影《赵氏孤儿》就更不用说了,既曰创作,当然就要有自己的东西,这都不错，但在 21 世纪的今天对传统故事进行再创作，不应该仍然刻意渲染"以血洗血"的俗套故事，抱守千百年来惨祸冤案一概奸臣作祟的残缺，不应该仍然刻意强化"斩草要除根"的陈腐理念。关于后一点，他们虽然没有明说，但是不难推导：倘若将赵氏孤儿扼杀于襁褓之中，倘若在"程勃"深陷重围的时候没有动一点儿恻隐之心，屠岸贾不是完全没有后来的性命之虞？电影《赵氏孤儿》何妨摒弃文学描写而采用史家观点，须知后者的精彩与惊心动魄同样不输前者，且对来者更具启迪意义。与此同时，陈凯歌导演应知道传统文化中还有"以血洗血"不如"以水洗血"的理念。《旧唐书·源休传》载，唐朝边将张光晟杀了"自京师还国"的回纥突董等，德宗令源休把他们的尸体送回去，结果"供饩甚薄，留之五十余日"，才给放回来。临走，回纥可汗使对源休说："我国人皆欲杀汝，唯我不然。汝国已杀突董等，吾又杀汝，犹以血洗血，污益甚尔。吾今以水洗血，不亦善乎！"如果陈导演脑袋里有不"反人类"的意识，这不是一个很好的切入点吗？

至于伏尔泰先生为什么青睐"赵氏孤儿"，看了若干相关介绍文章，觉得都没什么信服力。我还有兴趣知道的是，伏尔泰之推崇"赵氏孤儿"，是从有关中国的文学作品中遴选出来，还是仅仅接触到此篇而已。我疑心属于后者，倘若坐实的话，虽则其推崇并不能表明此篇便是精品。改革开放之初，日本电影《生死恋》在中国的反响何其强烈？然前两年崔永元《电影传奇》告诉我们，他们去日本采访，导演中村登甚至不记得自己有过这么一部作品，可见那是他的一件"大路货"作品，只是被我们当年职司引进的人看中罢了。这个事例似可作为旁证。

2011 年 1 月 14 日

晒收入

岁末年终的时候,网友又开始照惯例"晒年收入"。在一众帖子中,上海一名网友的"脱颖而出"。他说,除去开销,自己一年能有存款54000元,而今年年末上海房屋均价已经冲破每平方米24000元大关,因此折合成房子,就是"约两平方米"。这一现实面前的"头破血流",触到了大家的痛处,因而引发共鸣。晒收入,原本是网友公布自己的工资收入。晒者,把东西放在太阳光下使之干燥也。那么晒收入这个"晒"字,或是以官员为参照而言的,概因为官员财产公开已经呼吁了好多年,除了阿勒泰等地先行尝试但也"声渐杳"之外,从来没有形成气候。于是,越来越多的网友在调侃自己的同时,也在试图给官员做个榜样。

古代官员中也有主动晒收入的,洪迈《容斋随笔》云,白居易"从壮至老,凡俸禄多寡之数,悉载于诗,虽波及他人亦然"。白居易又是怎么晒的呢?当到什么官,就把那个岗位上的薪酬揉进诗句里。比如为校书郎,"茅屋四五间,一马二仆夫。俸钱万六千,月给亦有余";为左拾遗,"月惭谏纸二千张,岁愧俸钱三十万";贬江州司马,"散员足庇身,薄俸可资家";罢杭州刺史,"三年请俸禄,颇有余衣食";为太子少傅,"月俸百千官二品,朝廷雇我作闲人"等等,或直接,或间接,流露出达观、知足的心态。但我们也不难发现,白居易晒的都是国家给的那份儿,显性的部分。有趣的是,不仅晒收入,白居易从不到30岁开始,自己每年添了一岁如何,也都写进诗中,一直到70多岁,年谱一样,乐此不疲。则他的"晒收入",跟今天的"微博控"差不多吧,自己芝麻点儿的事情都忍不住想和公众"分享"。

因为国家从来没有官员财产公开的要求,所以即便有官员主动晒收入,也是各种各样的前提因素使然,白居易是喜欢这种玩儿法,诸葛亮则是要表忠心。《三国志·蜀书》载,在著名的《出师表》之外,诸葛亮还有过一次"自表后主",其中说道:"成都有桑八百株,薄田十五顷,子弟衣食,自有余饶。至于臣在外任,无别调度,随身衣食,悉仰于官,不别治生,以长尺寸。若臣死之日,不使内有馀帛,外有赢财,以负陛下。"这种晒,未知其前因,然显见是在佐证其"鞠躬尽瘁,死而后已"的诺言。不过这个晒,也充其量只是半晒,晒了不动产,动产则只字未提。当然,今人半晒尚且不得,更不能苛求古人,愚意旨在认为,这种晒与财产公开还不可等而论之。诸葛亮死后,人们发现他的动产"如其所言",表明他说的是实话。

而历史上间接被"晒收入"的官员是很多的,正反皆数不胜数。正面的如西汉张汤。《汉书·张汤传》载,张汤被朱买臣他们逼得自杀,"家产直不过五百金,皆所得奉赐,无它赢"。家人想给他来个风光大葬,一来财产不多,二来汤母有气:"汤为天子大臣,被恶言而死,何厚葬为!"乃"载以牛车,有棺而无椁"。汉武帝听说了,感叹"非此母不生此子"。五百金,就是张汤的全部财产。又如霍光,"所食凡二万户",这是工资收入,此外,"赏赐前后黄金七千斤,钱六千万,杂缯三万匹,奴婢百七十人,马二千匹,甲第一区",统统加起来,才是他遗留的全部。反面的如唐朝元载、宋朝朱勔、明朝严嵩、清朝和珅等等,被查抄的财产有多少,都有比较明晰的账目。今天也是这样,贪官等反面人物的财产"被晒",倒是基本做到了。

前面说了,白居易的晒收入,跟今天打算推进的官员财产公开还根本不是一回事,只是无意中为后世保留了一份史料而已,虽然也有"立身廉清,家无余积,可以概见"的效果,虽然洪迈甚至认为:"后之君子试一味其言,虽曰饮贪泉,亦知斟酌矣。"因为即使他不晒,今人根据史料也能确定那些职位的俸禄究竟几何,就像今天哪个级别的人物工资单上该拿多少钱大抵清楚,公务员统一工资了嘛,窥一斑可见全豹。而财产公开是看你究竟有多少,倘若与俸禄不相匹配,就要说清来源,否则就要关联腐败什么的了。西汉时"掌论议"的太中大夫陆贾,不过"秩比千石",但他"常安车驷马,从歌舞鼓琴瑟侍者十人,宝剑直百金",过着大家眼热兼眼红的生活。他的财产就能说清来源:出使南越,一番话把赵佗说得肃然起敬,"留与饮数月",临走的时候,"赐陆生橐中装直千金,他送亦千金";刘邦身后,陈平欲铲除诸吕,找陆贾出主意,采纳了,"陈平乃以奴婢百人,车马五十乘,钱五百万,遗陆生为饮食费"。

邝飚先生有一幅漫画《脱吧!到你了!》令人过目难忘。画面上,屏幕前的一个百姓脱得只剩下了一条带补丁的裤衩,屏幕里同样脱光的若干百姓在争先恐后地呐喊,而系着领带的"高大"官员,仍然不动声色地坐在显然是装钱的保险箱上,且用大衣紧紧地捂着露有几条穿着高跟鞋的大腿……今天呼吁官员财产公开,正因为公众觉得官员的收入与其消费行为完全不相匹配,隐性的或曰灰色的东西太多。然而,令自己难堪的事情孰愿为之?这是这项制度推行得异常艰难的根本原因吧。

2011年1月23日

文章大抵多相犯

1月12日晚,复旦大学学术规范委员会公布了对知名学者朱学勤博士论文涉嫌抄袭的调查结论,认为朱文中涉嫌抄袭而被举报的部分内容,在学术规范方面存在一些问题,但"对其剽窃抄袭的指控不能成立"。继清华大学教授汪晖"抄袭门"之后,朱学勤博士论文及若干著作又一次引发了网友对学术诚信的大讨论。不同的是,汪晖直到现在也还消极地保持沉默,朱学勤则在第一时间回应,并主动申请调查,选择让学术委员会来"还我清白"。

抄袭,著名学者抄袭,不是个新鲜话题。在学术更加不规范、信息更加不对称的古代,抄袭简直是自然而然。刘声木《苌楚斋续笔》云,高士奇所撰之《春秋地名考略》,"实为秀水徐善所撰";任大椿所撰之《字林考逸》,"实为归安丁杰所撰";秦嘉谟所撰之《辑补世本》,"实为阳湖洪饴孙所撰";马国翰所辑之《玉函山房辑佚书》,"实为会稽章宗源所编";傅洪泽所撰之《行水金鉴》,"实为休南戴震所撰"。每一指摘,刘声木都给出了出处,因而他很不客气地说:"五人皆盗窃他人撰述,以为己书,真撰述中之盗贼也。"这里的高士奇、任大椿就都可归入清朝著名学者之列。被傅洪泽剽窃的著名学者戴震,很清楚自己文字的命运:"吾所著书,强半为人窃取。"有意思的是,陈康祺《郎潜纪闻四笔》指出,戴震的《畿辅水利志》正"窃之赵氏东潜",他的《水经注》"窃之全氏谢山"。这两点,"张石洲抉发无遗,已成定谳",因而陈康祺也很不客气说戴震"窃人反咎人窃",不是"穿窬之家屡失藏金耶?"

最低级的抄袭,是把人家的东西原封不动地拿来,换上自己的名字。唐朝有个进士,就这么自己撞到了枪口上。《唐语林》云司空卢钧守衢州,进士带了十几篇文章来拜见他。卢钧翻了一下,发现都是自己的作品,就不动声色地问他:"君何许得此文?"那进士大言不惭地回答:"某苦心夏课所为。"卢钧这才拆穿他:"此文乃某所为,尚能自诵。"进士这回也说实话了:"某得此文,不知姓名,不悟员外撰述者。"这种剽窃过于下作,更多的还是改头换面,加加工。《朝野佥载》云,唐朝冀州枣强尉张狗儿(大名怀庆)"爱偷人文章",时人有"活剥张(一曰王)昌龄,生吞郭正一"之谓。他的手法是"才士制述,多翻用之",改改头换换面,变成自己的。《唐诗纪事》举了个实例,李义府有诗曰"镂月为歌扇,裁云作舞衣。自怜回雪影,好取洛川归",狗儿在每句前头各添了两个字:"生情镂月为歌扇,出性裁云作舞衣。照鉴自怜回雪影,来时好取洛川归。"张(或王)昌龄、郭正一都是唐朝著名诗人,诗句为狗儿剽窃最多,才有那句俗语问世吧。这句俗语最后转化成了今天我们熟知的成语:生吞活剥。这该是狗儿对社会的一大贡献了,虽然他自己做梦也不会想到。

饶是抄袭,古人的自辩和"他解"亦比今天有趣得多。后者有"不是师兄偷古句,古人诗句犯师兄",拙文曾经道及,此不赘述。自辩之趣甚者当推宋朝魏周辅了。他对人家指他抄袭十分不服,向陈亚诉委屈:"文章大抵多相犯,刚被人言爱窃诗。"陈亚即用"古人诗句犯师兄"的笔意调侃了一下他:"昔贤自是堪加罪,非敢言君爱窃诗。叵耐古人多意智,预先偷了一联诗。"魏周辅还有一次自辩更觉得自己委屈:"文章大都相抄袭,我被人说是偷诗。"大家都是这么干的,怎么就逮着我不放呢?清初文字狱中以《南山集》案被诛杀的学者戴名世说过:"为文之道,割爱而已。……见其词采工丽可爱也,议论激越可爱也,才气驰骤可爱也,皆可爱也,则皆可割也。"皆可割也,就是说好听一点是给人家拿去借用,说不好听一点是给人家拿去抄袭吧。戴名世在调侃吗?还有意思的是,前人对那些出自名人而面貌相近句子的解释,如古乐府有"鸡鸣高树巅,狗吠深宫中",陶渊明有"犬吠深巷中,鸡鸣桑树巅";李白有"心与浮云间",王士禛有"心与孤云间"。王世贞说,那是因为名家读书太多,"古语出口吻间,若不自觉";李安溪说:"意之所至,岂必词自己出?"或有道理,但王应奎的说法更有道理:"两先生之论,皆学问已成者言之,若初学亦以此藉口,则偷句为钝贼。"王应奎等于是说,那两位先生运用的纯粹是"双重标准",著名人物的同样行为就网开一面了。

复旦大学学术规范委员会的调查结果,反而引来更多网友议论。以打假闻名的方舟子甚至认为,朱著《姊妹革命:美国革命与法国革命启示录》与原著的中译本,雷同段落一目了然,连小学生都知道抄没抄。对此,朱学勤表示"这件事到此结束了",而领衔复旦大学学术规范委员会的葛剑雄教授回应说,究竟会不会重新调查,不是由他个人可以决定。倘若事件到此糊里糊涂地作结,大家也不必垂头丧气,就用古人的"文章大抵多相犯"来聊以自慰吧。但是,正如论者指出,如果每一次公共事件发生之后,都不了了之,结果就是社会公信不断恶化,社会风气不断下滑,是非不分,伤害的是一个民族的灵魂。

2011年1月30日

兔子

农历辛卯年到了。子鼠丑牛，寅虎卯兔，通俗地说就是兔年到了。年前，兔子就成了香饽饽。一时间，"兔"飞猛进、"兔"气扬眉、大展宏"兔"的用法不断扑面而来，突、吐、图全部以谐音替代，变成与兔有染。甚至 Happy new year to you 的 to 也置换成了"兔"，倒有浑然天成的味道。国人近年来特别喜欢做生肖文章，余亦属兔，记得上一轮兔年来临时，虽不至静悄悄，但绝没有现在这么热闹。

兔，是代表十二地支的12种动物之一。有人考证，这种生肖相配的观念至少在汉代已经形成。生肖为什么如此相配？前人多有阐释，五花八门。比如《广阳杂记》引李长卿《松霞馆赘言》云："子何以属鼠也？曰：天开于子，不耗则其气不开。鼠，耗虫也。于是夜尚未央，正鼠得令之候，故子属鼠。"牛呢，"地辟于丑，而牛则开地之物也，故丑属牛。"虎呢，"人生于寅，有生则有杀。杀人者，虎也，又寅者，畏也。可畏莫若虎，故寅属虎。"至于兔子，"卯者，日出之候。日本离体，而中含太阴玉兔之精，故卯属兔。"无论什么样的阐释，实际上都与古人的认识论相关。生肖的产生，更是这种认识论所决定的世界观直接作用的结果。

《周书》卷十一载，宇文护发迹之后，开始寻找失散30多年的母亲阎姬,后来收到别人代母亲写的一封信,其中说道:"汝与吾别之时,年尚幼小,以前家事,或不委曲。昔在武川镇生汝兄弟,大者属鼠,次者属兔,汝身属蛇。"这里用道出宇文护三兄弟的属相,来佐证自己的如假包换。当然,唯此分量是不够的,所以还有离散之际,"汝时着绯绫袍,银装带"等大量细节,且"今又寄汝小时所著锦袍表一领至,宜检看"等等。宇文护的回信饱含深情,"区宇分崩,遭遇灾祸,违离膝下,三十五年",以及"蒙寄萨保(护别名)别时所留锦袍表,年岁虽久,宛然犹识,抱此悲泣"云云,被后人认为是"北朝第一篇文字,足与李密《陈情表》并垂千古"。

兔子是草食性脊椎动物,虽然温顺可爱,但词语构成上颇有些毁誉参半,感觉上甚至还以贬义的居多,如兔崽子、狡兔三窟、兔死狗烹、兔丝燕麦、兔子不吃窝边草、兔子尾巴长不了等等,而像兔起鹘落、动如脱兔之类可归入褒义的,很少,甚者从前竟然以兔子来指代同性恋者。有人说,这种指代源自《木兰辞》中的结句:"雄兔脚扑朔,雌兔眼迷离。双兔傍地走,安能辨我是雌雄。"无论起源如何吧,众所周知,"同性恋"这个词在国人眼里也一直是带有贬义色彩的,这几年情形才随着"国际大势"稍稍好转一些。温顺的兔子得到的这种待遇,跟忠诚的狗差不多,其品质优良与赢得的人类好感不成正比,不知该怎样解释这一现象。

古人很喜欢拿兔子来借喻什么。比如,反映好德而贤人众多。这有《诗·周南》之《兔罝》章为代表:"肃肃兔罝,椓之丁丁。赳赳武夫,公侯干城。"兔罝,捕兔的网。郑玄笺得很明白:"罝兔之人,鄙贱之事,犹能恭敬,则是贤者众多也。"周振甫先生译前两句为"严肃认真结兔网,柱子敲打响丁当",我倒觉得不如像郑玄那样把兔罝直接理解为做卑贱之事的人,亦即普通猎人或一般村民。王安石也是这么理解的,其有诗句曰:"兔罝尚好德,况乃公与卿。"又比如,比喻死守狭隘经验,不知变通。这有《韩非子·五蠹篇》之"守株待兔"为代表,"宋人有耕者。田中有株,兔走触株,折颈而死。因释其耒而守株,冀复得兔"云云。再比如,比喻统治者杀掉功臣,有"兔死狗烹",话是由刘邦大将韩信普及开来的,而"版权"要属于春秋时期的范蠡。《史记·越王勾践世家》载,范蠡自齐遗大夫种书曰:"蜚鸟尽,良弓藏;狡兔死,走狗烹。越王为人长颈鸟喙,可与共患难,不可与共乐。子何不去?"众所周知,寻常得不能再寻常的兔子,还上达天界,跻身嫦娥、吴刚等神仙之列成为月宫里的重要角色!传统文化中的兔子情结深厚,或类先秦寓言中愚人形象以宋人居多,有没有人探究因由呢?

生肖的历史那么悠久,任何属相自然都会拥有一批名人,就属兔的来说,粗略点点,即有东汉光武帝刘秀、魏文帝曹丕、后蜀末代皇帝孟昶,以及东汉三国时的名人嵇康、周瑜、杨修等;清朝的三个强势皇帝中,康熙和雍正属马,乾隆属兔。属什么,全是"自然而然"之事,但皇帝属什么,弄不好会干预公众生活。朱弁《曲洧旧闻》卷七云,宋徽宗属狗,天下禁止杀狗。概因当时有个叫范致虚的大拍马屁:"十二宫神,狗居戌位,为陛下本命",而今京师居然"有以屠狗为业者",大不敬。元仁宗属鸡,天下不准倒提鸡,"犯者有罪"。元人杨瑀《山居新话》云:"盖因仁皇乙酉景命也。"

兔走乌飞,光阴流逝。在传统纪年的一年之始,吉祥祝福诚不可少,但生命的价值如何,还需要自己把握生活的节奏。

2011年2月5日

人日

今天是农历正月初七,传统习俗里,这一天是人日。人日今天在各地状况如何,式微与否,须待民俗界人士田野调查才能得知了。但人日曾经流行于全国各地,是不争的事实。按洪迈《容斋随笔》里的说法,汉朝东方朔在《占书》里就提到了人日:"岁后八日,一为鸡,二为犬,三为豕,四为羊,五为牛,六为马,七为人,八为谷。"为什么这样排列呢?这要追溯到神话时代的伏羲、女娲了。相传两兄妹开天辟地造万物,第一天造鸡司晨,第二天造犬看门,第三第四天造猪羊供食,第五第六天造牛马拉车,第七天造人使主宰六畜。人诞生于"初"之第七天,所以成为人的"生日"。

这种说法的起源或许更早,但到南北朝之东魏时,显然还未成为大众的共识。《北齐书·魏收传》载,东魏孝静帝元善见宴百僚,问大家人日的来历,"皆莫能知"。这时魏收站出来,根据"晋议郎董勋《答问礼俗》"说了一套类似东方朔的话,"正月一日为鸡……七日为人"云云。当时邢邵"亦在侧,甚恶焉"。邢邵惭愧什么呢?因为"邢魏"如后世"李杜"一样并称一时,魏收能答出皇帝的问题而自己却不能。邢邵是个文学家,其"雕虫之美,独步当时,每一文初出,京师为之纸贵,读诵俄遍远近"。邢邵自恃才高,因此也有了骄傲的资本吧。他"有书甚多,而不甚雠校",自己读书不那么认真,还嘲笑人家"何愚之甚,天下书至死不可读遍,焉能始复校此",很是缺一点儿较真精神。那次当堂应对之时,不知邢劭又该作何感想。不过,魏收是历史学家,今天二十四史中的《魏书》就出自他的手笔,可见彼时人日的概念,尚要从典籍中钩沉。而南朝梁之宗懔有一部《荆楚岁时记》,其中说道:"正月七日为人日,以七种菜为羹,剪彩为人或镂金箔为人,以贴屏风,亦戴之头发。又造华胜(古代妇女的一种花形首饰)以相遗,登高赋诗。"也就是说,人们在这一天,或者剪彩纸,或者镂金箔,都弄成人的形状,贴在屏风上、帐上,戴在头上,还相互赠送,大作"人"的文章。宗懔与魏收的生活年代相当,南面热热闹闹而北面寂寂无闻,敢是北方战乱频仍、传统中断的缘故?

"春度春归无限春,今朝方始觉成人。从今克己应犹及,颜与梅花俱自新。"(唐卢仝《人日立春》)人日从什么时代起进入了千家万户,须待专业人士考证。武则天的儿子唐中宗李显很看重这个节日,人日那天每每大宴群臣,"赐王公以下彩缕人胜"。彩缕人胜,业界人士说就是用彩帛或金箔剪制镂刻的人物,大约有"以人厌胜"的意思,包含了法术诅咒或祈祷的成分,所以人日又名人胜节。宋计有功《唐诗记事》里有不少中宗时的大臣人日那天于大明宫或清晖阁的"应制"诗,李适的、宗楚客的、刘宪的、赵彦昭的、沈佺期的,等等。温庭筠《菩萨蛮》词——"水精帘里玻璃枕,暖香惹梦鸳鸯锦。江上柳如烟,雁飞残月天。藕丝秋色浅,人胜参差剪,双鬓隔香红,玉钗头上风",描绘的也是人日时"人胜"的盛况。

人日的习俗丰富多彩,从前人留下的文字中,至少可以窥见其三个特质。其一祈寿。如李适《人日大明宫应制》——"林香近接宜春苑,山翠遥添献寿杯。向夕凭高风日丽,天文垂耀象昭回";赵彦昭《人日清晖阁应制》"幸承今日宴,长奉万年春"云云。今天香港还有人日"食寿包"的习俗。其二怀人,怀念友人,思念家乡。隋薛道衡《人日思归》诗云:"入春才七日,离家已二年。人归落雁后,思发在花前。"大雁飞回来了,而人不及候鸟,思乡之情跃然纸上。唐高适《人日寄杜二拾遗》诗云:"人日题诗寄草堂,遥怜故人思故乡。柳条弄色不忍看,梅花满枝空断肠。身在南蕃无所遇,心怀百忧复千虑。今年人日空相忆,明年人日知何处?"这种表达就更直接了。按照叶嘉莹先生的解读,温词中"人胜参差剪"一句,透露出的也是怀人情感。其三登高。唐中宗景龙三年(709)人日,大家的诗作就是围绕"清晖阁登高遇雪"。此外,唐朝诗人中,乔侃有《人日登高》、宋之问有《军中人日登高赠房明府》、韩愈有《人日城南登高》,诗题都开宗明义。"遥知兄弟登高处,遍插茱萸少一人",登高与怀人,从来就是一对孪生兄弟吧。

宋朝张耒说:"岁后七日,其名曰人;爱此嘉名,酌酒欢欣。岂竹木之始和,生庶汇而施仁。"在东方朔的说法里,正月初七这天的天气阴晴非常重要,能够预测当年的世道以及作物的丰歉。如果天气晴朗,政事方面则"民安,君臣和";农业方面,则"所主之物育,阴则灾"。所以杜甫诗曰:"元日到人日,未有不阴时。"洪迈说:"八日为谷,所系尤重,而人罕知者,故书之。"在洪迈看来,人吃什么比人生哪天要重要得多。今天,当各地胡乱寻找文化"抓手"之际,倒不妨考虑人日的振兴。

2011 年 2 月 9 日

愁

几年前有则消息印象至深。说英国一家叫作"真的发愁"网站（www.reallyworried.com）公布的2007年国民发愁指数显示，英国人平均一生至少有5年时间在发愁，身体健康是英国人最大的担忧，然后是对个人财务状况和犯罪问题的焦虑。位列发愁榜第四到第十位的分别是：生活费用、恐怖主义、子女前途、医疗保险制度、允许持有枪支和刀具引发的犯罪、全球气候变暖以及养老金问题。

一生至少有5年时间在发愁，不知他们是怎么计算出来的，撇开不理。愁是什么？咱们的前人有过不少阐释。三国曹植有《释愁文》，写的是自己在"所病愁也"之际与玄灵先生的答问。玄灵先生问："愁是何物，而能病子乎？"曹植答："愁之为物，惟惚惟恍，不召自来，推之弗往。寻之不知其际，握之不盈一掌。寂寂长夜，或群或党。去来无方，乱我精爽。"并且，愁这玩意，"其来也，难退；其去也，易追"。南朝庾信则有一篇《愁赋》，讲的也是这层道理："闭户欲推愁，愁终不肯去；深藏欲避愁，愁已知人处。"隋朝释真观亦有《愁赋》，基本上翻用前人的语意，诸如"尔乃过违道理，殊乖法度，不遣唤而自来，未相留而却住；虽割截而不断，乃驱逐而不去，讨之不见其踪，寻之靡知其处。而能夺人精爽，罢人欢趣,减人肌容,损人心虑",等等。给三位这么一阐释,可以说愁的精髓已经跃然纸上。

在历代文人骚客的文字中,都少不了愁的出现,可谓永恒的主题之一。西汉扬雄《逐贫赋》有"舍汝远窜,昆仑之巅;尔复我随,翰飞戾天"句,这里的"汝""尔",自然都是在说"穷"。钱锺书先生《管锥编》在论及于此时,认为后人的诸多"愁"句,皆本于此,"与古为新,以扬雄言'贫'者施移于愁"。这样的句子有:徐俯"门外重重叠叠山,遮不断,愁来路";辛弃疾"欲上高楼本避愁,愁还随我上高楼";龚自珍"故物人寰少,犹蒙忧患俱。春深恒作伴,宵梦亦先驱。不逐年华改,难同逝水徂。多情谁似汝,未忍托禳巫"等等。依照这个"尺度"来度量,前面曹植等三人的释愁或愁赋,也有似曾相识之感了。当然,那都是论及愁的本质,此外是可以尽显神通的。如南朝"当世颜回"徐陵的《长相思》:"愁来瘦转剧,衣带自然宽,念君今不见,谁为抱腰看?"杨万里之"遣愁聊觅句,得句却愁生"。陆游偷偷包养的驿卒女,"方余半载,夫人逐之"时赋的《生查子》"只知眉上愁,不识愁来路。窗外有芭蕉,阵阵黄昏雨。晓起理残妆,整顿教愁去。不合画春山,依旧留愁住"。诸如此类,汗牛充栋,俯拾皆是。在李清照那里,愁更是其作品的主旨,贯穿其词,既有国愁、家愁,也有情愁,那句"怎一个愁字了得",戛然而止,留给人无穷的回味空间。

东晋王嘉志怪小说集《拾遗记》云,孙权宠妃潘夫人,正是靠愁貌引起了孙权的注意。之前,"(潘)父坐法,夫人输入织室,容态少俦,为江东绝色。同幽者百余人,谓夫人为神女,敬而远之"。孙权听说了,让人"图其容貌"。当时"夫人忧戚不食,减瘦改形",一副愁态,孙权"见而喜悦",至于"以虎魄如意抚按即折",且感叹道:"此神女也,愁貌尚能惑人,况在欢乐!"于是,"命雕轮就织室,纳于后宫,果以姿色见宠"。《三国志》对此有简略记载。孙权共有四位夫人,原配是步夫人,还有两个王夫人,再就是潘夫人。潘夫人生了孙亮,孙亮还曾继位,当了六年皇帝,但因为被废而没得到帝谥,历史上只混了个"会稽王"的名号。潘夫人很不简单,孙权病重,她"使问中书令孙弘吕后专制故事",擅权的意图非常明显,结果为"诸宫人伺其昏卧,共缢杀之"。《拾遗记》描写了其平时跋扈的一面,孙权"每以夫人游昭宣之台,志意幸惬,既尽酣醉,唾于玉壶中,使侍婢泻于台下……"

但我们都知道,愁这种东西不独林黛玉们、不独骚客文人的"专利",与英雄好汉亦关联密切。《水浒传》第十一回林冲被逼上梁山后,王伦一定要他"把一个投名状来"——他要下山去杀一个人,将头献纳。林冲说"这事也不难",他是八十万禁军枪棒教头,杀个人有何难哉?只是他不大想得通罢了,所以"回到房中宿歇,闷闷不已",先有一"愁",道是:"愁怀郁郁苦难开,可恨王伦忒弄乖。明日早寻山路去,不知那个送头来?"等了两天,"并无一个孤单客人过往",下不了手,林冲更"端的是心内好闷",这回有一阕《临江仙》描绘:"闷似蛟龙离海岛,愁如猛虎困荒田,悲秋宋玉泪涟涟。江淹初去笔,霸王恨无船。高祖荥阳遭困危,昭关伍相受忧煎,曹公赤壁火连天。李陵台上望,苏武陷居延。"前两句之外,每句一个历史上著名的"愁"的典故,林冲成了"集大成者",可见斯时之"愁"到了何种程度。

细细看去,英国的国民发愁指数,实际上尽是咱们的或年度或各级"两会"时罗列的百姓最关注的问题。惜乎没有检索出咱们2007年的那"十大"是什么,否则,比对一下,在见识文化差异的同时,一定还能发现对社会治理冀望的差异。

2011年2月15日

有来头

前两天,广州交警开展第二次酒驾综合整治行动,查到了一名"醉猫"。一测试,这个声称"没喝酒"的司机,体内酒精含量高达163mg/100ml,超过了醉酒驾驶标准的两倍。交警要求其出示相关证件,但该司机拒不配合,还一直念叨着:"我不能给你看证件,我是有来头的。"其后还拒签罚单。

有来头,是说自己有身份或有背景。元人施惠之《幽闺怨佳人拜月亭》讲的是青年男女在患难中建立爱情,其第二十二出"招商谐偶"中,生与旦有番对话。生问:"韩景阳(未详何人)大来头。你却是何等人家?愿闻。"旦答:"奴家祖公是王和。父亲见任兵部王镇尚书。母亲是王太国夫人。"显示出自己的来头也很不一般。《官场现形记》第四十三回中,随凤占"因为同武昌府有些渊源,便天天到府里禀见。头一次首府还单请他进去,谈了两句,答应他吹嘘,以后就随着大众站班见了"。有天见完藩台,首府回来"看见站班的那些佐杂当中,随凤占也在其内,进了宅门,就叫号房请随太爷进来。号房传话出去,随凤占马上满面春风,赛如脸上装金的一样,一手整帽子,一手提衣服,跟了号房进去"。但终因"无甚说得,(首府)也只好照例送客"。但随凤占出来吹牛说:"太尊叫我保举几个人,我一时肚皮里没有人,答应明天给他回音。"结果那些站班的,"便认定了随凤占一定有什么大来头了,一齐围住了他,请问'贵姓、台甫'"。

有来头往往意味着好办事。明朝权臣焦芳的儿子焦黄中"傲狠不学",但"廷试必欲得第一"。李东阳、王鏊录之为二甲第一名,焦芳都很不高兴,"时时詈东阳",至于连刘瑾都看不过眼:"黄中昨日在我家试石榴诗甚拙,顾恨李耶?"前人从《西游记》中也早就发现,同样是作恶多端的妖怪,被孙悟空打死的,都是没来头的,有来头的,在性命堪虞之际,都被"来头"接走了。如虎先锋、白骨精、九尾狐、狐阿七、蝎子精、玉面公主、碧波潭老龙等,无不命丧金箍棒下,而黄风怪露出本相,"行者赶上,举棒就打"时,就被灵吉菩萨拦住,说要"拿他去见如来";金角大王和银角大王被悟空收进葫芦和净瓶后,一旁马上闪出太上李老君,连同悟空收缴的宝贝一并索要了回去;还有灵感大王,本是观音菩萨"莲花池里养大的金鱼",人家要接回去继续观赏……前人冥飞《古今小说评林》云:《西游记》"行文之乐,则纵绝古今,横绝世界,未有如作者之开拓心胸者",说得不错,而所谓"此等无情无理之小说,作者随手写之,阅者只当随意翻之,实无研究之价值也",则显然差矣。

好办事的那种来头需要人家承认,反之要成笑柄。《淡墨录》云,乾隆时吴县陈初哲中了状元,"给假南归",途经一个村庄,一女子"倚扉斜立,捉柳花搓弄,嗤嗤憨笑。陈见之,魂飞色夺",于是觍着脸上前黏糊,还跟女孩的妈妈自夸"我状元也",以示自己来头不小。老太太不知真不知道还是假不知道,噎了他一句:"状元是何物?"送人家金子,老太太又抢白他:"嗅之不香,握之则冰,是为何物?"陈状元讨了老大没趣,"痴立半晌,嗟叹而回"。宋朝王廷义有句话挂在嘴边:"我当代王景之子。"听起来,该是"我爸是李刚"的滥觞了。今天舆论口诛笔伐"我爸是……",昔日差不多,人皆笑之。王景是什么人呢？始而奔后晋,继而归后周,最后"来朝"北宋。人还是不错的,虽"起身行伍,素无智略,然临政不尚刻削,民有讼必面诘之,不至大过即谕而释去,不为胥吏所摇,由是部民便之"。为官如此,也是非常难得了。他奔后晋的时候,"妻坐戮,二子逃获免",后晋高祖石敬瑭在"赏赐万计"之余,问他还想要什么,他说来了就挺满足了,"诚无所欲"。石敬瑭"固问之",王景说实话了,很不好意思,"稽颡再拜"曰:"臣昔为卒,尝负胡床从队长出入,屡过官妓侯小师家,意甚慕之。今妻被诛,诚得小师为妻足矣。"石敬瑭闻罢大笑,"即以小师赐景"。不过,王景虽然"甚宠嬖"侯氏,侯氏惦记的却是相好,"尝盗景金数百两,私遗旧人",王景知而不责。在为人上,王景与儿子完全相反,极其低调,"性谦退,折节下士,每朝廷使至,虽卑位必降阶送迎,周旋尽礼",至于左右都看不过眼,告诉他"王位尊崇,无自谦抑"。但与儿子自夸的最大不同是,"周祖(郭威)微时与景善",却没见王景挂在嘴边。

《宋史》载,徐鹿卿"言罢浮盐经界硗地,先撤相家所筑",执行的时候,对方告诉他:"我相府人。"言外之意自己是有来头的。然鹿卿曰:"行法必自贵近始。"就是要从你们这些权贵开始,"卒论如法"。然如此大快人心的实例,历朝历代都属凤毛麟角,因为谈不上制度的产物。广州这个"有来头"的醉猫,不过是南沙区出租屋管理办公室负责人,但他显然深谙"有来头"之道,试图先发制人。实际上他还是"虎先锋"一类,那些真有来头的,即便声张了,媒体也根本曝不了光。

2011 年 2 月 19 日

值夜班

汕头市中医院爆出"冷血门"。该院女医生李某针对自己负责的病人的病情发了三条微博,"在我下班的时候她开始吐血,估计也就是这几个小时的事了,反正不关我事了,我下班了,噢耶耶耶""测试人品的时刻到了,有个病人的血氧在往下跌,半夜极有可能要起床收尸……这大冷天的,我暖个被窝也不容易,您就等我下班再死,好不?""今晚来上班收到的最好消息!亮点在最后2行,病人2:10PM宣布临床死亡~今晚可以睡个好觉!明天可以出游了!"这医生的血冷在哪里,根本无须阐释。

三条微博中的两条,涉及到值夜班。行业不同,或者工作的性质不同,需要值夜班,从前也是这样,叫作宿直。《南齐书·周颙传》载:"宋明帝颇好言理,以颙有辞义,引入殿内,亲近宿直。"那是一种姿态,要人随时指出他的不当之处,然"帝所为惨毒之事,颙不敢显谏"。怎么办呢?周颙有办法,"辄诵经中因缘罪福事,帝亦为之小止"。唐宋诗词中,有大量关于"宿直""夜直"的内容,如白居易有《冬夜与钱员外同直禁中》《中书夜直梦忠州》等,前诗云"夜深草诏罢,霜月凄凛凛。欲卧暖残杯,灯前相对饮。连铺青缣被,封置通中枕。仿佛百余宵,与君同此寝",表明当时值夜班是可以名正言顺地睡觉的。尽管如此,还是有人不愿意值夜班,著名的边塞诗人岑参即为其一。《封氏闻见记》云:"舍人岑参初掌纶诰,屡称疾不宿直承旨,人情所惮。"常衮为他打圆场:"此子羸疾日久,诸贤岂不能容之。"崔祐甫不客气地说:"相公若知岑久抱疾,本不当迁授。今既居此地,安可以疾辞王事乎!"

不知道是不是有岑参之类的教训在先,宋朝"馆阁每夜轮校官一人直宿,如有故不宿则虚其夜,谓之'豁宿'"。沈括《梦溪笔谈》云:"故事,豁宿不得过四,至第五日即须入宿。"豁宿的理由,往往就是拿生病说事,但时人脑袋一根筋,"例于宿历名位下书'腹肚不安,免宿'",只有闹肚子一个借口。所以馆阁的值班日志,被称为"害肚历"。南宋陈鹄在《西塘集耆旧续闻》中接过沈括的话头说道,时太学诸生"请假出宿"——倒不是值夜班,"前廊置一簿",也要填写理由,他的理由是"感风",且美滋滋地以为"害肚历"与"感风簿"堪称绝对。有人认为,陈鹄这样写,因为与他同时期有个史称"永嘉医派"的中医学派,其创始人陈无择写了一部医书《三因方》,将复杂的疾病按照病源分为内因、外因和不内外因三种:外因称"六淫",即风、寒、暑、湿、燥、火;内因称"七情",即喜、怒、忧、思、悲、恐、惊;不内外因指虎、狼、毒虫等意外疾病。陈鹄借用了外因之首的"风",并且扩大了"感风"的外延,因为在唐朝,"感风"还是指"中风",《新唐书·李德裕传》载"帝暴感风,害语言",就是说唐文宗李昂中风了。有趣的是,清代学者俞樾再接过了陈鹄的话头,他在《茶香室丛钞》一书中说:"按今制官员请假,辄以感冒为辞,当即宋时'感风簿'之遗意。"感风,最后衍生出了今天常说的感冒。

大家找生病的理由不值夜班,因为值夜班不是个好滋味。我在1980年冬天当工厂门卫的时候,每天夜班不过3小时,却也觉得漫长得很。轮到值守围墙边的岗楼,独守火炉,一秒一秒地计算时间,与白居易《同钱(徽)员外禁中夜直》诗的意境很相近:"宫漏三声知半夜,好风凉月满松筠。此时闲坐寂无语,药树影中唯两人。"区别只在于他那里是宫中、两人,我这里是旷野、独自而已。另有子兰《夜直》诗云:"大内隔重墙,多闻乐未央。灯明宫树色,茶煮禁泉香。"人家那里热闹,自己这里寂寞,只有品茗打发时光。《枢垣记略》里有不少清朝大臣值夜班的诗,如汪由敦《春晓入直》、赵翼《军机夜直》、王昶《直庐晓坐》《常山峪晚直》、冯培《晚直》等等,岗位虽然重要,值夜班也很无聊,冯培《直次无事戏作》道得分明:"直庐阒静似茅庵,坐卧何殊弥勒龛。帘影欲摇云满屋,鸟声疑对客清谈。"唐人李肇早就说过:"学士下直出门,相谑谓之小三昧;出银台乘马,谓之大三昧。"三昧,佛家用语,"言其去缠缚而自在也"。把下夜班回家,比作了笼鸟放飞。《枢垣记略》还说,乾隆末年,阿桂与和珅"不相能"。阿桂年纪大、资格老,领班军机大臣时,耻与和珅同列,这种情况下"凡朝夕同直军机"就很尴尬。阿桂"必离立十数步外",和珅则"故就公语",试图借此改善关系,但"公亦泛答之,然未尝移立一步",完全公事公办。

《清稗类钞》又讲到,慈禧晚上睡觉,都要有百把人值夜班,各有分工。"两首领太监侍坐床前,名曰押风;小太监百余人,侍立回廊,名曰坐更,天明始散。并有宫女为之捶腿,至睡熟乃已"。当慈禧"离床盥漱",内监把窗帘拉开,还要有人在窗外大声呼曰:"老佛爷醒了!"于是,"内监辈乃鱼贯入寝宫,趋跄伺候"。这种生活看似奢侈,倒也不是慈禧的发明,《辽史·百官志》里就有"宿直司"机构,职责是"掌轮值官员宿直之事",并特别强调:"皇太后宫有宿直官。"

值夜班的李某,的确通过这三条微博测出了自己的人品。虽然有关方面一再声称这是个人行为,但这一行为对已然很不乐观的医患矛盾雪上加霜,应该是确凿无疑的。

2011年2月26日

狐狸

英国《每日电讯报》2月25日报道,欧洲在建最高大厦"碎片大厦"里近期突然来了个不速之客——一只好奇心很强的狐狸。"碎片大厦"位于伦敦,有72层,高约310米,工作人员月初就是在72层楼上发现了这只狐狸,还给它起了个有趣的外号,叫作"罗密欧"。他们推断,狐狸应该是通过楼梯进入大厦的,以工人留下的食物垃圾为食。

狐狸属食肉目犬科,原本分为狐和狸,两种动物,后来合指为狐。狐狸在前人的价值观里形象颇为负面,与之相关联的成语,如狐兔之悲、狐假虎威、狐假鸱张等等,比喻的都不是什么好的事情或做法,而如狐死首丘之类比较正面的,要在词汇的海洋中用放大镜去寻找才行。狐狸本身,更常用来借喻奸佞狡猾的坏人。《后汉书·张纲传》载,顺帝汉安元年(142),"选遣八使徇行风俗",八人中的七人"皆耆儒知名,多历显位",只有张纲"年少,官次最微"。然而,也就是个不知名的小人物,才真正忧国忧民,令人刮目相看。"余人受命之部,而纲独埋其车轮于洛阳都亭",并且道出一句千古名言:"豺狼当路,安问狐狸!"在张纲眼里,把持朝政的大将军梁冀等人明明都是"豺狼",放任不理,拿底下那些"狐狸"开什么刀呢?他"谨条其无君之心十五事,斯皆臣子所切齿者也",致"京师震竦"的同时,也践行了自己先前的诺言:"秽恶满朝,不能奋身出命扫国家之难,虽生吾不愿也。"

狐狸尾巴也是用来借喻坏人的本来面目。《洛阳珈蓝记》"法云寺"条:"孙岩娶妻三年,(妻)不脱衣而卧。岩私怪之,伺其睡,阴解其衣,有尾长三尺似狐尾。"发现老婆原来是狐狸变的,"岩惧而出之"。这肯定是个传说了,传说中狐能够成仙,变成人形来迷惑人,但它的尾巴却始终改变不了。不过,即便在传说中,这一点也显然不独狐狸。孙悟空七十二变的时候,尾巴怎么处理往往就令他头痛。《西游记》中,孙悟空大战二郎神,几番变化之后,变成了一座土地庙,"大张着口,似个庙门;牙齿变作门扇,舌头变作菩萨,眼睛变作窗棂",一切都很完美,"只有尾巴不好收拾,竖在后面,变做一根旗竿",结果弄巧成拙。众所周知,二郎神一见就笑了:"我也曾见庙宇,更不曾见一个旗竿竖在后面的。"据说,刚拍竣的张纪中版《西游记》,悟空干脆没有尾巴,但不知如何演绎前面这则妙趣横生的故事。

狐狸的声名,或许到了蒲松龄那里才有了根本性的改变。在他的笔下,狐狸尽皆良善之辈,把"狐狸精"这个恶名颠覆成为女性聪明、智慧的化身,展示着人性的尤其是女性的真善美。如《聊斋志异·红玉》之红玉,被棒打鸳鸯,却能成爱人之美;爱人落难,能抚养其孤;终于共同生活后,虽"袅娜如随风欲飘去,而操作过农家妇"。此外在《封三娘》《娇娜》《辛十四娘》《秦生》《武孝廉》《阿绣》《小翠》《小梅》等篇中,也都有狐狸精变幻善良女子助人的故事。但在狐狸精们与"如意郎君"卿卿我我之际,尾巴问题显然被蒲先生有意无意地忽略了,使我们在欣赏其借神仙世界讽喻现实生活的同时,于好奇之心方面留下了一丝缺憾。

狐狸非常聪明,在古人眼里它的行为可以和人以假乱真。

《太平广记》卷四四七云,张简"曾为乡学讲《文选》,有野狐假简形,讲一纸书而去"。钱锺书先生就此议论道:"古来以狐为兽中黠而淫之尤,传虚成实,已如铁案。然兽之好讲学而爱读书者,似亦推狐,小说中屡道不一道。"同样在《太平广记》里,还有《李参军》(遇老人读《汉书》,狐也)、《崔昌》("本好读书"的小儿"常问文义",亦狐也)、《孙甑生》(入一窟,见狐数十枚读书,有一老狐当中坐,迭以传授),如此等等。但钱先生奇怪的是,《全梁文》中庾元威《论书》,自负"书十牒屏风,作百体",有"鬼书""胡书""天竺书""鼠书""牛书""马书""羊书""虎书""兔书""鸡书""犬书""豕书",偏偏却无"狐书"。钱先生认为,"百体书"虽然大家没看过,"而顾名思义,殊嫌拉杂凑数,不论乖类",也就是"图案与美术字"罢了,然为何摒狐书于百体之外,确实是个值得探究的问题。当然,别种意义上的狐书是有的。《太平御览》引伏滔《北征记》云:"皇天坞北,古时陶穴。晋时有人逐狐入穴,行十里许,得书两千余卷。"逐狐得书,后因以喻那些古奥稀罕书籍。陆游诗曰:"不读狐书真僻学,未登鬼箓且闲游。"僻学,就是说未能博学,见闻寡陋。

狐狸再狡猾,也斗不过好猎手。这是我们从前在影视中常常能够听到的一句话,用之于坏人与好人之间的较量。回到其原初意义上,也的确如此。在"碎片大厦"那里,病虫害防治人员在笼子里装只鸡,就把"罗密欧"给诱捕逮到了。他们把它带到动物收养站,后来在伦敦桥附近放生。大都市中能够跑出野生的狐狸,同时也表明人家城市的生态与我们的显然不同吧。

2011年3月2日

本命年

今年是农历辛卯年,属兔人的本命年。辛卯这种表述,叫作干支纪年。甲乙丙丁等"十天干",与子丑寅卯等"十二地支"依次相配,组成六十个基本单位,周而复始。

所谓本命,就是人的生年的干支。这种说法很早就有了,《三国志·魏书·方技传》载,管辂会算命,他过魏郡,与太守钟毓谈《易》,管辂说他能算出"君生死之日"。算生,果真"如言无蹉跌",也正因为分毫不差的前提,把钟毓吓得够呛,赶快说:"君可畏也。死以付天,不以付君。"甭给我算了,听天由命吧。医者不自医,算者则不然,管辂就能算自己。弟弟问他,大将军待你不错,"冀当富贵乎?"管辂长叹自己没那个命了:"天与我才明,不与我年寿,恐四十七八间,不见女嫁儿娶妇也。"弟弟问怎么回事,管辂列举了自己一堆短寿的特征,并说:"吾本命在寅。"果然,第二年,管辂48岁时就去世了。

所谓本命年,指人的生年干支相值之年,严格地说是60年一遇,但传统上以生年分为十二属,如生于寅年属虎、生于卯年属兔等,这样一来,本命年就每12年得一遇。从前,像管辂那样,民间普遍认为本命年为凶年,犯太岁,有一套"太岁当头坐,无喜必有祸"的说法,因而把本命年视为人生中的一道"坎",催生了穿红内衣、系红腰带等凭借"红色崇拜"以驱邪护身的民俗。本命的禁忌还有很多。《新唐书·李泌传》载："代宗将葬,帝(德宗)号送承天门,而辒车行不中道,问其故,有司曰：'陛下本命在午,故避之。'"德宗属马,午在方位上为南,与承天门在同一个方向,所以灵车要避开正道。但德宗没听："安有枉灵驾以谋身利？"乃"命直午而行"。《续资治通鉴·宋仁宗皇祐元年》也有类似的故事,正月庚戌(干支也用于纪日、纪时)张士逊丧,仁宗"车驾临奠",第二天他对辅臣说："昨有言庚戌是朕本命,不宜临丧,朕以师臣之旧,故不避。"仁宗属狗,在平常年份每遇庚戌之日,就都属于本命禁忌,但他觉得君臣情感可以超越之。

洪迈《容斋随笔》云,白居易"作诗述怀,好纪年岁",从没到30岁时开始直到75岁,差不多每年都有。"此生知负少年心,不展愁眉欲三十""莫言三十是年少,百岁三分已一分""寿及七十五,俸霑五十千"之类,是两头的,中间的有："四十九年身老日,一百五夜月明天""青山举眼三千里,白发平头五十人""长庆二年秋,我年五十一""二月五日花如雪,五十二人头似霜"等等。其中自然也少不了关于本命年的,"我年三十六,冉冉昏复旦""明朝四十九,应转悟前非"云云,而以甲子之年写得最多,"火销灯尽天明后,便见平头六十人""六十河南尹,前途皆可知""不准拟身年六十,上山仍未要人扶""不准拟身年六十,游春犹自有心情"云云。那首"我今悟已晚,六十方退闲",算是呼应了上一个本命年的"应悟"。应悟时而未悟,老来方悟,往往悟之已晚,该是人生的一条普遍规律了。白诗中直接提到本命年的则有《七年元日对酒》："今朝吴与洛,相忆一欣然。梦得君知否,俱过本命年。(自注曰：余与苏州刘郎中同壬子岁,今年六十二。)同岁崔何在,同年杜又无。(自注曰：余与吏部崔相公甲子同岁,与循州杜相公及第同年。秋冬二人俱逝。)应无藏避处,只有且欢娱。"自觉"我甚似乐天"的苏东坡,自然把这手也学了去,"龙钟三十九,劳生已强半""五十之年初过二,衰颜记我今如此""先生年来六十化,道眼已入不二门""我年六十一,颓景薄西山"云云。两人的"年龄诗",在洪迈看来,"玩味庄诵,便如阅年谱也"。

皇帝过本命年时的荒唐事,如徽宗属狗,汴京城内乃禁止屠狗,元仁宗属鸡,天下乃不准倒提鸡之类,拙文曾有道及,此处不赘。辽代的本命年极有特色,又称再生礼或覆诞礼。《辽史》载,此礼"每十二年一次,行始生之礼,名曰再生",但是,"惟帝与太后、太子及夷离堇得行之"。夷离堇,"统军马大官"也,就是说,寻常人物不能过。过的时候仪式非常繁琐,而且不是到了本命年,更不是在生日的那一天才过,就皇帝来说,是"本命前一年季冬之月,择吉日"。前期,先要在"禁门北除地置再生室、母后室、先帝神主舆",还要"在再生室东南,倒植三岐木"。到吉日那天,"以童子及产医妪置室中。一妇人执酒,一叟持矢箙(箭袋),立于室外"。然后,"皇帝出寝殿,诣再生室。群臣奉迎,再拜。皇帝入室,释服、跣。以童子从,三过岐木之下。每过,产医妪致词,拂拭帝躬。童子过岐木七,皇帝卧木侧,叟击箙曰:'生男矣。'"等于把皇帝降生的情景重新模拟一遍,且主演者就是皇帝本人。大家过足了戏瘾之后,皇帝还要大赦、宴群臣。

本命年的习俗丰富多彩,即便从今天看来属于糟粕的成分中,也能一窥传统世界观之端倪。因此我们要以敬重的心态对待它们,不能轻易地嗤之以鼻就是。

2011 年 3 月 10 日

高考移民·户贯

教育部部长袁贵仁在列席十一届全国人大四次会议时透露,教育部正在研究异地高考问题,因为涉及的人比较多,所以该问题比较复杂,北京、上海都在研究办法,教育部则主要和接收这些学生比较多的地方逐步共同推进异地高考。这消息至少表明,与现行的完全禁止异地高考相比,原本坚如磐石的问题有了松动的余地。

古代更面临这样的问题。方勺《泊宅编》有一段自白:"元祐中,东坡帅杭,予自江西来应举。引试有日矣,忽同保进士讼予户贯不明,赖公照怜,得就试,因欲荐送,遂获游公门。"这就是说,人家把方勺的籍贯给告了,因为东坡斡旋才过关。户贯即乡贯,就是户籍、祖籍。今人耳熟能详的"籍贯"一词,王曾瑜先生认为大致始于元明。方勺是婺州金华(今浙江金华)人,一说严濑(今浙江桐庐)人,无论哪个都跟江西不搭界,这就难怪"同学"要举报他。古人很重户贯,《三国演义》第十二回,典韦计擒一壮士,捆来见曹操,"操下帐叱退军士,亲解其缚,急取衣衣之,命坐,问其乡贯姓名。壮士曰:'我乃谯国谯县人也,姓许名褚,字仲康。'"《水浒传》第三十回,武松大闹飞云浦之后,"知府押了文书,委官下该管地面,各乡、各保、各都、各村,尽要排家搜捉,缉捕凶首。写了武松乡贯、年甲、貌相、模样,画影图形,出三千贯信赏钱"。东坡如何摆平方勺的户贯问题我们不知,但参诸当下高考,这是完全可以操作的,叫作高考移民罢了。

洪迈《容斋续笔》说他家藏有宋真宗咸平元年(998)的登科进士名册,用的尚是唐制,"以素绫为轴,贴以金花,先列主司四人衔",名姓官职之外,并有"四人甲子,年若干,某月某日生,祖讳某,父讳某,私忌某日"等。一番啰嗦,才到那一科的"状元孙仅"。洪迈从中惊奇地发现,这一榜共有50人,除了第9名的刘烨,"余皆贯开封府"。他奇怪的是:"不应都人士中选者若是之多,疑亦外方人寄名托籍,以为进取之便耳。"他的推测不错,赵翼《陔馀丛考》给出了答案:"此盖因籍贯严而皆寄籍京尹也。"这些寄籍的学子,就是彼时的科举移民了。《元史·胡长孺传》亦有一例:"长孺本永康人,宋咸淳中从外舅徐道隆入蜀,铨试第一。则宋乡试又有不拘本籍者,盖仍用本籍乡贯而就试于他府耳。"当然,作为元朝第一等级的蒙古人是享有特权的,"月鲁不花本蒙古逊都思氏,随其父任就试江浙,乡闱中右榜第一,则元制蒙古人亦可就试各省矣"。赵翼还说,白居易守杭州,江东进士多奔杭取解,希望以杭籍得到解送——取得参加考试的资格。其中张祜负时名,以首冠为己任,既而徐凝至,两人因此还先有一番较量。

《陔馀丛考》另引《闲居诗话》云:"福州人周总,(宋仁宗)天禧二年(1018)值诏下,赴乡荐不及,有故人为谯郡守,往投之。而国家申严条约,不许寄籍,遂认其郡吏周吉为父,三代名讳亦从之,果预荐。"为了录取取个巧,给人家当儿子,还要波及祖宗三代,这该是没办法的办法了。周总的父亲当然很不高兴,寄诗曰:"文章不及林洪范,德行全亏李坦然。若拜他人为父母,直须焚却蓼莪篇。"周总的下策也说明,宋时对举子籍贯的控制是非常严格的,不得寄籍之令,不是三令五申吗?《宋会要辑稿》载,太祖开宝五年(972)十一月十四日诏"应贡举人,自今并于本贯取解,不得寄籍",太宗淳化三年(992)三月二十一日诏"应举人今后并须本贯文解,不得伪书乡贯,发解州府仔细辨认,如不是本贯……并不在解送之限",至道三年(997)五月九日诏"令今年秋赋举人并于本贯州府取解,不得寄应",等等,每每伴以严厉惩处。但如当时及后世所见,总能给人找到突破的办法,开封府地位特殊,比其他州府更易得解,也可能最易突破,因而寄籍开封府的最多也就不足为奇了。这种情况下,使政令还能发挥一点作用,全凭"能人"的自觉了。吴曾《能改斋漫录》中陈君行教育子弟:"汝处州人,而户贯开封,欲求事君,而先欺君乎?宁迟数年,不可行也。"

晚清李汝珍小说《镜花缘》第一次提出了女子在受教育方面应与男子享有平等的权利。按照李氏设想,女子可以参加科举考试而进入政权机构,与男子一样分享权力。在第六三回"论科场众女谈果报"里讲到了户贯问题:"若花趁大家谈论,将闺臣拉在一旁道:'阿妹可记得去年缁氏伯母要去赴考,我们商量要在县里捏报假名?……那时恐岭南籍贯过多,把他填了剑南。谁知刚才秀英阿姐所说之人,恰与这个姓名、乡贯相对,年岁又一样'。"户贯问题,当真有一以贯之的意味了。何以至此?再用《元史·胡长孺传》中的话说:"今江南人多有寄籍顺天,屡禁不止,盖时际升平,士皆自奋于功名之路,固非条教所能尽绝也。"

全国人大代表、上海市委副秘书长李逸平此番认为,要真正实现异地高考的话,还要和户籍制度改革联系起来。信然。杜绝制度导致的起点不公,户籍改革是本,其余都是末。

2011年3月15日

盐

日本大地震导致核电站泄漏事故后,我们的舆论异口同声地赞赏他们的镇定,然而自己这里倒好像慌了神,全国多地忽地出现了食盐抢购潮。原本一块多钱一包,居然卖到10多、20多块钱,很多地方还无"盐"以对。广东省内3月17、18两日的盐销量,与平时一个月相当。何以抢盐?概因为不知哪里的消息称,食用碘盐可以防核辐射,还有人担心日本核事故把海水弄脏,没法再提炼海盐。

食盐,看起来都是白色晶体,按来源细分起来其实有好多种,海盐、池盐、井盐、岩盐等,而倘若从社会学视角出发,还可析出若干。比如《周礼·盐人》云:"(盐人)掌盐之政令,以共(供)百事之盐。祭祀共其苦盐、散盐,宾客共其形盐、散盐,王之膳羞共饴盐。"这是说,针对不同的事情,或者不同身份的人,用的或吃的盐都是不同的。盐人,职能即掌供应盐的事务。郑玄注《周礼》曰:"形盐,盐之(特制成)似虎形;饴盐,盐之恬(带甜味)者。"苦盐,是粒状盐,就是粗盐;而散盐,是一种用海水煮成的散状盐。《广志绎》云:"浙盐取暑天海涂晒裂咸土而扫归之,用海水洒汁煎成。"但海盐只是食盐来源的一种,从前如此,现在还是这样,公众大可不必恐慌,当然了,他们不知海盐所占今日食盐的比重如何吧。所以,有关方面平复市民心态以及辟谣的时候,光是一味强调库存充足还不够全面。

食盐一向实行专卖制度,据说春秋时期的管仲是这一政策的创始人,所谓"唯官山海为可耳",这是他向齐桓公提出的富国之策。其中的官海,就包括规定食盐的生产、流通属于国有。《旧唐书·食货志》载:"(代宗)大历末,通天下之财而计其所入,总一千二百万贯,而盐利过半。"《新唐书·食货志》更给出了精确数字:"(刘)晏之始至也,盐利岁才四十万缗,至大历末,六百余万缗。天下之赋,盐利居半,宫闱服御、军镶、百官禄俸皆仰给焉。"在盐利的这一增长过程中,刘晏起了决定性作用,时"天下财赋,皆以晏掌之"。唐代宗立,刘晏"为京兆尹、户部侍郎,领度之(唐有盐池十八,井六百四十,皆隶度之)、盐铁、转运、铸钱、租庸使";不久又提任吏部尚书,同中书门下平章事,身居宰相地位,仍领使职。刘晏这个人不仅经济头脑了得,而且很会当官,"当时权势,或以亲戚为托,晏亦应之,俸给之多少,命官之迟速,必如其志,然未尝得亲职事",惹不起,养起来,而真正选拔到重要岗位上的,"皆一时之选"。因此,刘晏虽为宰相杨炎谗言而被赐自尽,但经他手提拔起来的人并没有受到冲击,其后二十年间,"韩洄、元琇、裴腆、包佶、卢徵、李衡继掌财赋,皆晏故吏"。这里面,刘晏的选拔公正以及"故吏"的能力实绩显然是重要因素。

唐朝政府从食盐中获取了巨大利益,不过,按照范文澜先生的观点,其政权的倾覆也与之密切相关。比如一度攻入长安的农民起义领袖黄巢,"世鬻盐,富于赀",祖孙几代都是以贩卖私盐为业,赚得盆满钵满。唐末一些割据政权的建立者,如前蜀的王建、吴越的钱镠、吴国的权臣徐温,以及黄巢及其追随的王仙芝,也都是贩卖私盐出身。当然,黄巢也是称了帝的,881年1月,他即位于长安含元殿,建立大齐政权,年号金统。只是他的黄家王朝过于短暂,在正史那里彼时虽有"十国"之多,也没有挂上一号。唐朝政权倾覆又是如何与盐利挂上钩的呢?是官盐与私盐对峙而引发的社会问题。范先生说,唐德宗时官盐价格过高,贫民只好淡食,为了抑制私盐,朝廷规定凡卖一石以上,处以死刑,一斗以上,处以杖刑,而"朝廷出卖官盐,豪强出卖私盐,都是大利所在,双方斗争非常剧烈。凡是贩卖私盐的人,必须结交一批伙伴,合力行动,又必须有计谋和勇力,足以对抗盐官。贩私盐的规模愈大,这些条件也愈益具备。黄巢就是这样的一个贩私盐者,一旦与起义民众结合,就成为有能力的首领"。这一点,汉朝人早就意识到了,《后汉书·朱晖传》载,尚书张林谏言:"盐,食之急者,虽贵,人不得不须,官可自鬻。"朱晖则反驳道:"今均输之法与贾贩无异,盐利归官,则下人穷怨,布帛为租,则吏多奸盗。"因为东汉不是被盐贩子推翻的,唐朝没有吸取教训就是。

明朝法律规定:"凡贩私盐者,杖一百,徒三年。"然法律如此规定而已。接着《广志绎》的那则记载说,打击私盐,"只绳其小者",执法者"偷觑小民之肩挑背负者执而上首功",如果是"乡村巨姓,合百余人,执铁担为兵,买百余挑,白日鱼贯而荷归之,捕兵不惟袖手不敢问,且远避匿"。为什么呢?"盖此辈专觅捕兵棰之,以泄平日之忿,棰死则弃之,官府且不敢发也"。官盐既然专卖,保证合理的价格就是社会稳定的前提。宋朝监察御史赵至道说过:"夫产盐固藉于盐户,鬻盐实赖于盐商。"在今天,卖盐自然实赖于商家。所以,"谣盐"风波过后,全国及广东相继查处了一批哄抬盐价的商家,有的 1 元加碘盐卖 2.5 元即被罚款 5 万元,重拳出击,非常必要。

2011 年 3 月 20 日

搔痒

成语"隔靴搔痒"比喻说话做事不中肯、不贴切,没有抓住要害;亦比喻做事不切实际,徒劳无功。浏览当下新闻,该成语出现频率颇高:说人行加息、说火车票实名制、说打击非法盐商、说车船税法按排量征收、说我国电视剧产量虽世界第一但题材受限等等,但凡出台什么,举手投足,舆论莫不讥之以隔靴搔痒。这种"否定一切"的思维固然有失公允,但令人们如此"偏激"也是太多的现象所导致。

搔痒,爬抓痒处。明朝耿定向《天台先生全书》记载了一则灯谜:"左边左边,右边右边,上些上些,下些下些,不是不是,正是正是,重些重些,轻些轻些。"谜底就是搔痒。"正是正是"引发的快感,想必人人都有体会。前些年热播的电视剧《还珠格格》中,小燕子边看焰火边跟大家玩儿猜谜,拾人牙慧,略微改造了这则记载,添了"中间中间",去了"不是不是"及其后面。但琼瑶并未交代出处,不明就里的人们还会以为此谜出自小燕子的聪明顽皮呢。当代"美女诗人"尹丽川也是这样,在她的名诗《更舒服一些》中写道:"哎/再往上一点再往下一点再往左一点再往右一点/这不是做爱/这是钉钉子……为什么不再舒服一些呢/嗯/再舒服一些嘛。"这首诗的原型,应该也是脱胎于这则谜语吧,"挠痒痒"

换成"钉钉子"罢了。倘耿定向在世,未知是否会向当下50位作家联名声讨百度文库一样,声讨琼瑶以及尹诗人侵权。开个玩笑。

《寓林折枝·搔痒》云:"昔人有痒,令其子索之,三索而三勿中,其妻五索而五勿中也。其人怒,乃自引手,一搔而痒绝。"前人阐释过这则寓言寓在何处:"痒者,人之所自知也。自知而搔,宁弗中乎?"既然这么简洁了事,为什么不开始就自己搔呢?钱锺书先生谈到一种状况:"痒而在背,'引手'或尚难及。"因此,"'爪杖''阿那律'等物,应需而制",而这种搔痒的东西人们都很熟悉,"长柄曲颈,枝杈其端,尤便于自执搔背;古号'如意',后称'不求人',俗呼'痒痒挠'"。在当代郭颂先生的民歌《新货郎》里,"痒痒挠"又叫"老头乐"。"一搔而痒绝",大抵正是用了痒痒挠。南宋状元王十朋对痒痒挠赞美有加,赋诗曰:"牙为指爪木为身,挠痒工夫似有神。"

《太平广记》卷六十有"麻姑"条,说东汉桓帝时,有个神仙叫王远(字方平),"降于蔡经家",叫人去请麻姑,彼此五百多年没见面了,聊聊天。蔡经见到麻姑,为靓女所倾倒,但见其"年十八九许,于顶中做髻,余发垂至腰。其衣有文章,而非锦绮。光彩耀目,不可名状"。蔡经尤其注意到麻姑的手指纤细,好像鸟爪,心里想:"背大痒时,得此爪以爬背,当佳。"这该是凡夫俗子的本能联想,虽然有点儿歪,却也是生活的一种真实写照。光武帝刘秀《原丁邯诏》就说过:"汉中太守妻乃系南郑狱,谁当搔其背垢者?"汉中太守即丁邯。这等于是说,不仅赦免丁邯,还要捎上他老婆。在《赐侯将军诏》里又说:"卿归田里,曷不令妻子从?将军老矣,夜卧谁为搔背痒也!"然而,就是蔡经并没说出口的这点儿"歪念",也还是被神仙明察秋毫。王方平让人用鞭子抽蔡经,正告他:"麻姑神人也,汝何思谓爪可以爬背耶?"神仙嘛,那是不容亵渎的。有意思的是,蔡经挨了一顿揍,王方平说还得感谢他,因为"吾鞭不可妄得也",一般人还不抽呢,抽你是你的荣幸。后来,苏辙《赠吴子野道人》有专门告诫:"道成若见王方平,背痒莫念麻姑爪。"当然,苏辙肯定也是在拿典故来开吴子野的玩笑。

搔痒,正是先有生活中的种种实指,才有社会生活中的种种借指。比方读书,"杜诗韩笔愁来读,似倩麻姑痒处搔。"杜牧的这两句诗,用形象的比喻、生动的语言评价了杜(甫)诗韩(愈)文的"功效"。又比方做学问,"学道如同痒处搔",焦竑这一句讲的该是治学的目的,不是把文字堆在那里就了事。一代心学大师王阳明对上面那则灯谜更是深有感触,语弟子曰:"状吾致知之旨,莫精切若此。"再比方官场中,搔痒的应用就多了,其与马屁、诡谀自然有本质区别,颠覆前面寓言的话说,叫作"痒者,他人之所知也"。举例来说,李清在《三垣笔记》里讲到他对孙慎行特别看重郑鄤感到不解,王章讲了一件事:孙慎行喜欢读书,郑鄤乃把他身边的人买通,孙读什么书,"必驰报"。隔几天去拜访,因为事前"阴习"的结果,郑鄤"皆口诵如流",最关键的是句句都能说到孙的心坎上,孙"因大服"。

早些年前,厦门海关副关长接培勇对赖昌星一直保持戒心和距离,但赖昌星发现他偏爱字画,喜欢书法,便弄来绝版的《毛泽东评点二十四史》一套、一幅由9位当今知名画家合作的牡丹图和一些当今名家的书法作品奉上。结果一搔而中,接培勇就这样被"摆平"了。

2011年3月28日

赏花

武汉大学校园内的樱花每到开放时节,几乎都会产生全国关注的新闻。早几年,围绕的纷争是樱花算"耻"还是算"花",前年是母女穿和服在樱花树下拍照,今年则是"武大樱花卖门票"该不该。网友质疑武大靠樱花敛财,对此,武汉大学校办负责人回应说:"尽管每年进武大赏樱的游人达百万人次,但真正买门票的只是其中很少一部分。武大每年樱花门票的收入并没有(网友所说的)800万元,去年门票收入达到100万元。"也是转型期的缘故吗?连赏花这样的雅事,都异化到了如此严重的地步。

赏花,隋唐时代已经是人们游玩的一个主要项目,对文人雅士来说还构成文化符号。《开元天宝遗事》云:"长安侠少,每至春时结朋连党,各置矮马,饰以锦鞯金络,并辔于花树下往来,使仆从执酒皿而从之,遇好圃则驻马而饮。"贵族人家赏花就更讲究了,"杨国忠子弟,每春至之时,求名花异木植于槛中,以板为底,以木为轮,使人牵之自转。所至之处,槛在目前,而便即观赏,目之为移春槛"。南宋的杰出皇帝孝宗赵昚,日理万机也不忘赏花,有次他指殿东桥对丞相等人说:"此去禁园无数十步,朕遇花时亦未常往,间遣人折数枝来观尔。"没工夫过去,就让人干脆折来看。不过,横竖看去,这样一来都有点儿糟蹋东西了。北宋洛阳赏花盛况,余在《花市》文中曾经道及,不赘;《梦粱录》有南宋时杭州人赏花描写:"仲春十五日为花朝节,浙间风俗,以为春序正中,百花争放之时,最堪游赏。都人皆往钱塘门外玉壶、古柳林、扬府、云洞,钱湖门外庆乐、小湖等园,嘉会门外包家山王保生、张太尉等园,玩赏奇花异木。"

纪晓岚《阅微草堂笔记》云,狐也赏花。他姥爷张雪峰家曾经"牡丹盛开",家仆李桂"夜见二女凭阑立",一个说今晚的月色真好,正适合赏花,另一个品评道:"此间绝少此花,惟佟氏园与此数株耳。"李桂明白这两个女子其实是狐,乃"掷片瓦击之",二女"忽不见"。但是没过多会儿,轮到自家被"砖石乱飞,窗棂皆损",狐来以牙还牙了。结果姥爷不得不"自往视之",拱手曰:"赏花韵事,步月雅人,奈何与小人较量,致杀风景?"二女即二狐才不闹了。姥爷因此叹曰:"此狐不俗。"在纪晓岚笔下,不要说赏花的狐了,满腹经纶的也比比皆是。而蒲松龄笔下的狐,往往是"乐于主动帮助别人战胜困难"(张友鹤先生语)的一类。

不过,像武大去年樱花节第一天就涌进30万游客,把校园围得水泄不通,对学生的正常上课都造成了影响一样,赏花也可以成害。南朝宋虞通之《妒女记》云:"武历阳女嫁阮宣武,绝忌。家有一桃树,花叶灼耀,宣叹美之,即便大怒,使婢取刀斫树,摧折其花。"这还只是家庭范围内的事,更有严重危害社会的。张邦基《墨庄漫录》云:"西京牡丹,闻于天下,花盛时,太守作万花会,宴集之所,以花为屏帐,至于梁、栋、柱、拱,悉心竹筒贮水簪花钉挂,举目皆花也。"这种做法给蔡京学了去,其"知维扬日,亦效洛阳,亦作万花会。其后岁岁循习而为,人颇病之"。赏花这样的美事,"病"什么呢,还"颇"?大约有强行摊派而营造出所谓文化节的前提,经手官吏还每每自肥一回的因素,像西门豹时为河伯娶妇的那些巫祝、三老、廷掾、豪长者借此"岁敛百姓"吧。元祐七年（1092），东坡知扬州，"正遇花时，吏白旧例，公判罢之，人皆鼓舞欣悦"。在东坡看来，此举"虽杀风景，免造业也"，可见此害不轻。张邦基说："公为政之惠利于民，率皆类此，民到于今称之。"东坡自己在《志林》中也提到过这件事："扬州芍药为天下冠，蔡繁卿为守，始作万花会，用花十余万枝，既残诸园，又吏因缘为奸，民大病之。"

王士禛《居易录》就升迁与赏花有个借题发挥。康熙年间，他和田子湄先后擢迁，翰林掌院学士库勒纳觉得他们两个属于"春花"，相对而言还有"冬花"。冬花开放，须"留之密室，凿池作坎，缠竹其下，溉以牛溲，培以硫黄，笕引沸汤，扇以微风，盎然春温"，因此"经宿而花放"，完全要凭借人工的力量催生。尽管如此，"及二三月，众花应候而发，而冬花已憔悴。视其根，则已腐败久矣"。春花就不同了，"知命而待时者也"，符合自然规律，生命力也就长久。库勒纳感慨地说："仕宦亦然，吾见夫冬花之荣落亦多矣。"但库勒纳忽略了一点，在自然界，"人定胜天"已成笑柄，但在由人主宰的社会领域，没有对权力的约束，权势者是没有办不到的事情的。因而"春花"虽已应候而发，"冬花"也可以照常不败。这几年来，先后宣称"治庸"的地方不少，刚刚还有武汉，实际上也就是抓抓劳动纪律、工作作风而已。真正意义上的治庸，是把根已腐败的"冬花"拔掉，别在那里占着茅坑不拉屎或者胡乱作为。

两宋都城都有一种传统：每逢节日，公私园林向百姓开放，并以游人多寡为荣辱。武大要收门票，首先让赏花的人们觉得不爽，凭什么？樱花又不是你们种的。关键在于，收门票究竟达到了管理的目的没有？如果没有，只是埋头在收，那就难免让人往借机敛财的方面联想了。

2011 年 4 月 4 日

誉人过实

一首名为《县委书记》的MV(Music Video)正在网络热传,那是歌颂张家口市张北县委书记李雪荣的。画面选取了李书记工作或开会的若干场面,歌中唱道:"县委书记,胶鞋布衣,田间地头拉家常,像咱农民的亲兄弟;县委书记,你扎根在泥土里,你的皱纹刻下了党员的公仆意识……"不过,热传不是因为歌中的好干部形象打动了全国人民的心,恍若焦裕禄在世,而是因为嘲讽、鄙夷,网友将该MV毫不吝惜地赠予了"太肉麻""拍马屁""马屁神曲"等词语。

舆论如此强烈反感,或许不在于此MV的表达形式拙劣与否,而在于衡诸今天的社会现实,大家无论怎么都不相信那是真的。这种不吝的赞美,用古人的话说叫作"誉人过实",不是过于实在,而是如刘备评价马谡:言过其实。柳宗元对誉人过实也发表过见解,当然,他针对的是文人间的"马屁""神曲",事见洪迈《容斋四笔》。那是杜温夫三次致书柳宗元,希望借助其声名能使自己得到延誉。柳宗元复信云:"书皆逾千言,意若相望仆以不对答引誉者。……抵吾必曰周、孔,周、孔安可当也!"显然,杜温夫深谙"将欲取之必先与之"之道,先掷给柳宗元一顶高帽子,把他比成儒学奠基人周公以及圣人孔子,然柳宗元非但自己不接受,还连带讥讽了此一类现象:"生来柳州,见一刺史即周、孔之,今而去我,道连(州)而谒于潮(州),又得二周、孔。去之京师,京师显人为文词立声名以千数,又宜得周、孔千百。何吾生胸中扰扰焉多周、孔哉!"在柳宗元眼里,不要说京师千数的"显人"了,连被贬连州的刘禹锡、被贬潮州的韩愈这种响当当的人物,同样不宜比拟"周、孔"。洪迈说,"此文人人能诵",而他在随笔中辑录此文的目的,"以为子孙戒",因为"今之好为谀者,固自若也",高帽子仍然来回乱飞。

晚清名臣张之洞表达过类似柳宗元的意思。他说:"古今体诗,忌好自誉誉人。如酬应诗,誉公卿必曰韩范(韩琦、范仲淹),守令必曰龚黄(龚遂、黄霸),将帅必曰卫霍(卫青、霍去病),诗则李杜(李白、杜甫),文则韩苏(韩愈、苏轼)之类,受者滋愧,作者失言。至于述怀,藉口杜诗自比稷契之语,信口夸诞,尤为恶习。"感觉上,文化口于今这种誉人过实更盛行于书法、绘画领域,介绍寻常人物,动辄用笔"上追魏晋、下取诸家",动辄"师法八大、博采众长",不绝于目。曾国藩在谈及对人"贬尤加慎"的同时,认为"称人庸德,不可愈量"。庸德,就是常德,一般的道德规范。曾国藩显然跳出"文人"范畴来针砭誉人过实了,事实上这种做法也在政界更加盛行,且危害尤剧,至少开谄谀取幸之一途。

沈德符《万历野获编》云,张居正七十大寿的时候,学者文人如王世贞、汪道昆等"俱有幛词",然而"谀语太过,不无陈咸之憾"。陈咸之憾,即谄谀奉承,《汉书》有陈咸的传,交代了典故的来历。后来,王世贞还把该文收进了自己的文集,没几年张居正倒台了,又"削去此文"。自家来了个掩耳盗铃,但是"已家传户颂矣"。这该像后世历次政治运动中学界名流的表现吧,然而无论何时,那些白纸黑字都不会因为自家"削去"而淡出历史的视野,诚然在政治高压下有迫不得已的成分,但当事人倘若以为一句

"毕竟是书生"便可以了事,就显得轻描淡写了,如邵燕祥先生坦承"人生败笔",才是直面问题的态度。对待张居正大寿时的谀辞,倒是汪道昆晚年自刻的全集,"全载此文,亦不窜易一字",被沈德符认为"稍存雅道",也就是尚存一点儿"知耻"意识吧。今天的学界大家编纂全集的时候何妨仿效汪道昆之举?

刘声木《苌楚斋续笔》录有刘坤一怀曾国藩诗:"事事不能及古人,立身窃与古人类,事事无殊于今人,居心却与今人异。画鹄画虎在我为,呼牛呼马凭人戏。卓哉惟有湘乡翁,纷纷诸子谁能媲。"刘声木认为,刘坤一虽不以诗词见长,然"此诗虽寥寥数语,颇能尽文正之生平"。但刘声木掌握着誉人的度,他在"论曾国藩文"时说,曾国藩"工古文学,在国朝人中,自不能不算一家。无奈后人尊之者太过,尤以湘人及其门生故吏为尤甚,言过其实,迹近标榜。……实则曾文正公古文,气势有余,酝酿不足,未能成为大家。亦以夺于兵事吏事,不能专心一志致力于文,亦势所必至,理有固然,亦不必曲为之讳也"。他还说,《曾文正公奏议》"颇为外间所称诵,并非名不副实,实论者言过其实。每谓之可追迹古人,为数百年来所仅见,窃恐未必然也"。并且,书中文字"实多系幕僚代拟之稿,曾文正公所亲为裁定者甚少,然则所誉者,并非曾文正公本人,实誉其当日之幕僚"。这就是说,誉人者自己别有用心,拉大旗作虎皮罢了,与杜温夫庶几近之。

报道说,《县委书记》MV 的制作人是个 1986 年出生、刚大学毕业的年轻人。他觉得张北县的"三年大变样"和新来的县委书记有关,这个书记唯才是举,让他这样一个没有背景的大学生考上了社区副书记。或许如此。但是,一个刚走上社会的学子先学会了誉人过实这一套,令人难免生出忧心忡忡的理由。

2011 年 4 月 10 日

岭南佳果

《南方农村报》在搞"岭南十大佳果"评选活动。报道说,岭南水果现有40个科、77个属、132个种及变种、500多个品种,大家可凭借网络投票和手机投票两种参与方式,最后选出排在前面的10个。

古人眼里的岭南佳果又如何呢?不同的人,心仪的品种自然不同。比如清人姚元之《竹叶亭杂记》云:"岭南果品其类甚多,新会橙为最佳,荔支次之,黄皮果又次之。"这是姚元之的"投票"结果。对新会橙之美味,这个安徽人原本只是听说,"余至广时已中夏,尚有藏新会橙者,食之果佳",终于得到了印证。但姚元之对荔枝的见解,则与今日的看法全然颠之倒之,他认为"以挂绿者为尤美。闻有名糯米瓷(糍)者,更美,未之食也。此外,余遍尝之,味皆不善"。不用说别的,如果现在谁说糯米糍比挂绿"更美",增城人民可能先不干了,挂绿是他们的镇市之宝,前几年甚至拍卖出55.5万元一颗的"天价"挂绿,糯米糍焉能望其项背?

众多岭南佳果中,古人比较集中推崇的又是什么呢?综合起来看,还是荔枝。"果之美者,厥有荔枝",唐代名相张九龄在他的《荔枝赋》中,起首便对家乡的荔枝如此定位。在赋序中,也是开头便道:"南海郡出荔枝焉,每至季夏,其实乃熟,状甚瑰诡,味特甘滋,百果之中,无一可比。"饶是如此不吝赞美之词,宋徽宗宣和二年(1120),后来的抗金名臣李纲谪居福建沙县并在那里第一次吃到"旨如琼醴"的荔枝时,仍然感慨九龄的《荔枝赋》"美则美矣,然未尽善也",认为说得还不够,于是自己也作了一篇,可惜不传,未知他"尽善"到什么程度。顺便说一句,明代书法家祝允明曾草书九龄的《荔枝赋》,后为古文字学家商承祚先生所藏,捐献给了深圳博物馆。再闲扯一句,余在中山大学读书时,本系所在与商老宅邸一箭之遥,常见商老一袭白布衣褂,在附近的小径上漫步。

荔枝非为岭南所独有,一种观点——如范成大、苏东坡等——认为杨贵妃吃的荔枝即为四川涪州所贡,但无疑以岭南的最为著名。不过,范成大那时不这么认为,他觉得"今天下荔枝,当以闽中为第一,闽中又以莆田陈家紫为最"。他这么说,想来有他的依据,广州的白云山海拔不过300多米,也不知被谁大书了"天南第一峰"呢,且不理他。荔枝何以得此名,亦即为什么要叫荔枝?司马相如《上林赋》里称之为"离支",李时珍《本草纲目》考证了一下来历,认为"白居易云:若离本枝,一日色变,三日味变。则离支之名,又或取此义也"。屈大均《广东新语》以"人类学方法"印证了李时珍的考证:"今琼州人当荔枝熟,率以刀连枝斫取,使明岁嫩枝复生,其(果)实益美。故汉时皆以为离支,言离其树之支,子离其枝,枝复离其支也。"至于屈大均用阴阳五行来阐释荔枝的得名,听得倒是玄之又玄了。屈大均还说:"广州凡矶围堤岸,皆种荔枝、龙眼,或有弃稻田以种者。田每亩,荔枝可二十余本,龙眼倍之。"乃至"问园亭之美,则举荔枝以对。家有荔枝千株,其人与万户侯等"。这该是他这个本土人的耳闻目见了,我们由此不难想见,倘若当初广州评"市果",定非荔枝莫属。

提起荔枝,很容易联想到两个人,一个是杨贵妃,一个是苏东坡。两个人与荔枝的故事,基本上尽人皆知。《云麓漫钞》云,东坡自注《四月十一日食荔枝》——海中仙人降罗襦,红绡中单白玉肤——云:"予尝食荔枝,厚味高格两绝,果子无比,惟江珧柱、河豚近之。"又说了个笑话,其仆把他的话当成了金科玉律,问人家:荔枝味道像什么?人家说跟龙眼差不多,仆曰"荔枝似江珧柱",结果把人家逗笑了。东坡说的是美味的"性质",仆人却当成了实指。但我们都知道,杨贵妃嗜食荔枝的背后折射着驿递的惨烈和朝政的不堪一面,苏东坡嗜食的背后则透露着贬谪瘴疠之地的无奈与凄凉。

荔枝之外,龙眼在岭南佳果中也有赫赫声名。有趣的是,前人称龙眼为荔枝奴。为什么这么叫呢?一种说法是,"八九月间,荔枝已尽,圆眼(龙眼)始熟",只是因为熟在后面,则龙眼的别名够冤。《粤剑编》云:"圆眼,在在可植,城中夹道而实累累者,皆圆眼也。以潮产为最。"但是,"福兮祸所伏",潮州"一富民之家,其种尤美。有宦于潮者索之,其家恐恐需求无已,遂不应命。富民以此受责,恨而伐之,其种遂绝。今民间列植者皆凡种也"。这就是东坡所感慨的"我愿天公怜赤子,莫生尤物为疮痏"了。特产在很多时候,的确是一种祸患。"武夷溪边栗粒芽,前丁后蔡相笼加。争新买宠各出意,今年斗品充官茶",这是说丁谓、蔡襄他们把特产变成了自己邀功取宠或者向上爬的媒介。又或者,"洛阳相君忠孝家,可怜亦进姚黄花",这是说钱惟演了。在东坡看来,这几个当时的名臣,跟唐朝贡荔枝的权奸李林甫没什么两样。

以提出"师夷长技以制夷"而闻名后世的清朝思想家魏源,不知为何丝毫看不起荔枝,视之为"果娼"。他有两首《诮荔枝》诗:"万里南来为荔枝,百闻一见负相思,同心幸有庄兼阮,不受英雄耳食欺。"品尝了荔枝之后,认为不过尔尔。"文非甜俗不名彰,果谏居然逊果娟。北地葡萄南桔柚,何曾万里贡沈香。"在这首诗前,他特地作题记,贬荔枝为"果之下品者"。愚意揣之,这里大约不是其生理上的口味因素,不似赵翼《啖荔戏书》诗云"端阳才过初尝新,酸涩犹教舌本缩",或者时令尚早,或者品种太差,而是社会"口味"使然,有东坡《荔枝叹》中"吾君所乏岂此物?致养口体何陋耶"之意。

2011年4月13日

非典,牛顿,冰壶

在 2 月底温哥华冬奥会冰壶铜牌大战中,中国女队提前两局以 12∶6 大胜上届冬奥会银牌得主瑞士队,首次涉足冬奥会,胸前就挂上了一面铜牌。此前,2009 年,中国女子冰壶即以世锦赛冠军的骄人战绩,使国人认识了冰壶这一运动项目。余标题中的非典、牛顿、冰壶,三者看上去很不搭干,拢在一起,意在把古今相关"概念"品味一下,不失趣味所在。

2003 年"非典"肆虐的时候流传过一个段子,说曹操已经预言了"非典"的到来,他有一句"非典,吾命休矣"一类的话,本意其实是说,如果没有典韦,今天就完了。许是读书不细的缘故,余在《三国志》《三国演义》中均没有发现这类的话。典韦救曹操脱险,《三国志》有两处记载。一次是遭遇吕布,典韦与应募的数十人,"皆重衣两铠,弃楯,但持长矛撩戟"。典韦告诉手下:"虏来十步,乃白之。"十步了,他又说"五步乃白"。等到手下疾言"虏至矣"的时候,典韦乃"手持十余戟,大呼起,所抵无不应手倒者",十足的英雄气概。另一次是张绣降而复叛,曹操"出战不利,轻骑引去",留下典韦断后,力战之后,典韦"瞋目大骂而死"。曹操闻之,"为流涕,募间取其丧,亲自临哭之"。两次都没有说过"非典"如何,甚至编造出张绣降而复叛是因为曹操强行占有了他"生得十分美丽"的婶子的《三国演义》,也是曹操顾谓诸将曰:"吾折长子、爱侄,俱无深痛,独号泣典韦也!"

倒是东汉马融为《论语·季氏》作注的时候,"涉及"了"非典"。鲁国大夫季康子恐小国颛臾为患,欲攻打之,孔子认为不对,颛臾"社稷之臣也,何以伐为?"其弟子冉有、子路都是季氏的家臣,跟老师解释说季康子要打,"吾二臣者皆不欲也",劝不住他。然孔子不理会这种辩解,责备他们"危而不持,颠而不扶,则将焉用彼相矣?"并且孔子反问:"虎兕出于柙,龟玉毁于椟中,是谁之过与?"马融正是在这里注道:"柙,槛也。椟,匮也。失虎毁玉,岂非典守者之过耶!"典守,主管、保管的意思。把猛兽放跑了,把龟玉弄坏了,不是保管者的责任吗?"非典"从史书中被发掘出来,我猜未必是哪位读书仔细,而是网络"搜索"功能的展现,非与典,虽然并没有构成一个名词,只是误打误撞到了一起。

与非典类似,曹操却说过"牛顿"。其《秋胡行》之一云:"晨上散关山,此道当何难! 晨上散关山,此道当何难! 牛顿不起,车堕谷间。坐磐石之上,弹五弦之琴。作为清角韵,意中迷烦。歌以言志,晨上散关山。"因为上山太难,"牛顿不起"里的"牛顿",无疑是牛很疲劳、乏力的意思。元稹《望云骓马歌序》云:"德宗皇帝以八马幸蜀,七马道毙,唯望云骓来往不顿。贞元中老死天厩。"那七匹马何以倒在路上呢? 正有路险而身体不支的因素,"肉绽筋挛四蹄脱",而不"顿"的望云骓则扮演了顶天立地的角色。倘若由曹操的"牛顿"而联想到看到苹果坠落而悟出万有引力定律的英国大科学家伊萨克·牛顿,同样是只有解颐之效了。

冰壶一词的构成不是如"非典""牛顿"般属于"巧合",而是直接就有,当然了,词义不可能相同。这一点,又像曹操笔下"烈士暮年,壮心不已"的"烈士",今天说烈士是指那些为正义事业而牺牲了的人，从前则是指重义轻生或积极于建功立业的人。中国冰壶女队迭创佳绩后，王昌龄的千古名句"一片冰心在玉壶"乃被大量使用，然前人亦解王诗中的玉壶为酒壶，苟如是，至少在此处便大煞风景了。从前确有冰壶，是盛冰的玉壶，用来比喻人的品德清白廉洁。南朝"元嘉三大家"之一的鲍照有《代白头吟》诗："直如朱丝绳，清如玉壶冰。"未知是否他自己的写照。《南史·刘义庆传》附有鲍照的履历，说鲍照"始尝谒义庆未见知，欲贡诗言志"，别人知道他要说不好听的，止之曰："卿位尚卑，不可轻忤大王。"鲍照怒了："千载上有英才异士沈没而不闻者，安可数哉。大丈夫岂可遂蕴智慧，使兰艾不辨，终日碌碌，与燕雀相随乎。"鲍照也由是"甚见（义庆）知赏"。文帝刘义隆"好为文章，自谓人莫能及"，从鲍照见用，"悟其旨，为文章多鄙言累句"来判断，鲍照是很能揣摩圣上意思的，这又与他的冰壶品格多少矛盾了些。而鲍照诗题中有大量的"代"字，《代挽歌》《代东门行》《代陈思王京洛篇》等，似乎又充当过枪手，未知是否包括文帝？

唐朝姚崇有《冰壶诫序》，其中说道："冰壶者，清洁之至也。君子对之，示不忘乎清也。"因此，"内怀冰清，外涵玉韵，此君子冰壶之德也"。宋文莹在《玉壶清话》自序说，他撰此书的目的就是要让"君臣行事之迹，礼乐宪章之范"能够传诸后世。今天我们品味姚崇、元稹他们壶、顿一类的话，似能咀嚼出弦外之音。比方姚崇说："夫洞澈无瑕，澄空见底，当官明白者，有类是乎？"完全适用于对还在位上的各级官员的告诫。又比方元稹说："功成事遂身退天之道，何必随群逐队到死踏红尘？望云雅，用与不用各有时，尔勿悲。"则比较适用无意继续混迹官场，或被官场抛弃，或到了年纪已经退下来却老是想发挥余热实则添乱的各级前官员。

2011年4月24日

恐怖分子

北京时间5月2日,美国总统奥巴马宣布,美国中央情报局特工已于当天在巴基斯坦将本·拉登绳之以法。他说:"击毙本·拉登是美国反恐行动上的重大成就。"众所周知,自2001年9月11日之后,本·拉登就是美国眼里的"头号恐怖分子"。那一天,本·拉登策划劫持4架民航客机分别撞击了美国纽约世界贸易中心和华盛顿五角大楼,结果,包括世贸中心双塔在内的6座建筑完全被摧毁,其他23座高层建筑遭到破坏,3000人失去生命。自"二战"日本偷袭珍珠港以来,这是美国遭遇的第二次外部势力在本土造成惨重伤亡的事件。

大约正是从本·拉登开始吧,恐怖分子、恐怖主义成了人们耳熟能详的热词,至少,本·拉登起了强化作用。还是在911事件刚刚发生时,北京大学李零教授即认为恐怖主义"不过是一个老掉牙的普通词汇",且将历史上著名的六大刺客"命名"为六大恐怖分子,即曹刿、专诸、豫让、聂政、荆轲和要离。对恐怖主义的概念,李教授引经据典,晕晕乎乎之余也大致能够度其语意,刺杀和劫持就是恐怖主义,"凡是蓄意使用恐怖手段或令人莫测的暴力的一切人,都可能是恐怖分子"。当然,李教授借《不列颠百科全书》的话说:"恐怖只是一种手段,而不是价值判断。"这就是说,

"恐怖"并不是专用于"坏人"身上的贬义词。

从历史上的刺杀来看,的确如此。司马迁《史记·刺客列传》给六大刺客中的前五大立了传,最后的总结即带有推崇的口吻:"自曹沫(刿)至荆轲五人,此其义或成或不成,然其立意较然,不欺其志,名垂后世,岂妄也哉!"刺客中除了这些名人,"非著名"的实际上也比比皆是。比如钼麂,《左传·宣公二年》载有晋灵公遇弑始末,其中说到"晋灵公不君"的种种恶行,"厚敛以雕墙;从台上弹人,而观其辟丸也;宰夫胹熊蹯不熟,杀之,置诸畚,使妇人载以过朝"等等。赵盾、士季谏了几次,灵公的回话很漂亮,但是"犹不改"。说得多了,灵公还烦了,就让钼麂去行刺赵盾。钼麂早晨到赵家,赵盾"盛服将朝",因为时间尚早,乃"坐而假寐"。这个情景把钼麂打动了,叹而言曰:"不忘恭敬,民之主也。贼民之主,不忠;弃君之命,不信。有一于此,不如死也!"言罢触槐而死。但这故事的真实性前人十分怀疑,翻译家林纾就说过,钼麂那些话谁听到的?"宣子假寐,必不之闻;果为舍人所闻,则钼麂之臂,久已反剪,何暇有闲暇工夫说话,且从容以首触槐而死?"连带着,他对柳下惠的坐怀不乱也表示了极大怀疑,认为"言出自己,则一钱不值;言出诸女,则万无其事"。林纾的推论是合乎情理的。虽然如此,但钼麂一类的刺客,与今天的恐怖分子显然对不上号。晋灵公本身后来被"赵穿攻于桃园",孟子认为,国君如果言行举止不配做一个国君,按孔子"正名"的主张,他在道德上就已不再是国君,而变成了"独夫"。就是说,如果把这样的国君杀掉,不算"弑君",只算杀了一个不义之人。

周绍濂《鸳渚志馀雪窗谈异》里有篇《侠客传》,说张浚平定苗傅、刘正彦时,苗、傅派出刺客要杀张浚。二鼓时分,"从卫皆寝",张浚还在"密筹军国重务",刺客"从空庭中下,由阶升堂",

但并没有下手。他说:"决鄙人之伎,岂不能挟匕首以加公之颈,然鄙人虽鲁,粗知顺逆。当苗、刘募勇时,恐公危于他人之手,鄙人所以先身应命者,岂为贼用哉?"所以,他是来通风报信的。张浚很感动,"下执其手,急问姓名。俛而不答"。张浚搞策反,要他为国家出力,刺客以老母在家,不忍"私己弃亲,钓荣增禄"为由婉拒。张浚要以金帛报答,刺客笑了:"公以为我为金帛来与?得公之首何患无金。鄙人诚贫,决不敢要贤者之赐。"说罢"振衣跃而登屋,屋瓦无声,步捷身轻,虽狼驰隼掷,不足以喻其急也"。平定苗、刘之后,张浚想找到他,终究没有如愿。周绍濂说,这个刺客——侠客——"又贤于钼麑多矣"。贤在哪里呢?自古刺客不是留名就是求财,而这个人则不然,"力则勇矣,技则奇矣,然而姓名自讳,非假此以托干进之阶;金帛力辞,非借此以厌食饕之欲。盖其顺逆之势素明,君国之忧甚切"。这样的刺客,又岂可以拿来与今天的恐怖分子相提并论?还有"二战"时期德国施陶芬贝格们刺杀希特勒,倘若抱守概念的残缺,则谁是恐怖分子的"定性"已经全然颠之倒之了。

  作为反映一种客观的现象,"恐怖"的概念在早期诚然不是价值判断,但是时过境迁,"恐怖"及其构成的词义已经发展了、演变了,理论上的概念与现实中的使用全不对等,没必要如李教授这样硬来个所谓"正本清源"实则淆乱视听吧。

2011 年 5 月 5 日

七星岩

上周日与一干友人游览了肇庆七星岩。肇庆倒是常来,但上一次游览七星岩,还在20世纪90年代初,屈指一算,20来年了。

广西桂林也有七星岩,那是个岩洞的名字。宋张孝祥有《游千山观》诗:"朝游七星岩,莫上千山观,东西两奇绝,势略岭海半。"千山观就在今天桂林西山公园的千山上。肇庆的七星岩则是实指,指七座像是小山的石灰岩岩峰。明朝王临亨《粤剑编》云:"七星岩,在端城东北六七里,大小七峰,石骨矗立,参差如斗,故名。"这是说七峰的排列如北斗七星。用叶剑英元帅的通俗说法,七星岩景区叫作"借得西湖水一圜,更移阳朔七堆山"。肇庆七星岩的名气显然较桂林的更大,且正式登上过"国家名片"——邮票,20世纪80年代初发行的普21《祖国风光》中,80分的那枚就标明是"广东七星岩"。所以说"正式登上",在于今天流行的所谓"个性化邮票"谁都可以上,然那只是邮票的"附票",与靠齿孔连接的"主票"分开,就是个带齿孔的画片而已。

游览七星岩,饱览其自然风光之外,魅力还在于它凝聚的人文内涵,那就是目不暇接的摩崖石刻。七星岩摩崖石刻在2001年成为全国重点文物保护单位,据说这是南中国保存得最多最集中的摩崖石刻群,惜乎没有"开发",亦即除了专业人士,如何让普通游客也能够"认识"并熟识。屈大均《广东新语》谈到了七星岩的摩崖石刻:"七星岩岁久石长,磨厓篆刻皆浅,多所漫灭。李北海书'景福'二大字在岩口,微有画痕,其深不能指许矣。"李邕的"景福"二字现场未见,随后在照片上得以一见,无署名及年月,半淹在水中,水中还漂着一艘小舢板;倒是具名"李北海记"的那篇几百字的写于"开元十五年正月廿五日"的《端州石室记》,文字大多还在,当地还建了专门的碑亭保护,却不知为何屈大均没有提及。"篆刻皆浅,多所漫灭",可以想见当时的"野生"状态,现在则已全部描红,醒目得很。

七星岩摩崖石刻中也有屈大均的手笔,他说过:"自醉石而上,有一罅,两崖相夹,容一二人,上有一石圆而小,半当唇齿之间,旧名含珠迳。予以其状若华山千尺峡,因刻云'小千尺峡'。"这几个字今天仍在,旁边另有一刻,也与他有关,云"康熙癸亥(1683)仲冬十有九日",陈恭尹等七人在七星岩分韵赋诗,第二天屈大均等三人赶来"属和",然后韩作栋拿出他重修的《石室志》"请共商订",因为"嘉会难常,盛事不朽",所以"题名石壁"。韩作栋在明人基础上重修的《石室志》,后来改名《七星岩志》,十六卷。纪晓岚等编纂的《四库全书总目提要》对此评价不高,云其"有关考核者,寥寥无多",言外之意就是个资料汇编。《总目提要》且举例说,书载宋哲宗元符元年(1098)苏东坡举家来游七星岩,而彼时"苏轼正在儋州,安得有挈家至七星岩之事!盖据曹学佺《名胜志》所载,而不知为传讹之文也。"想来顺治时"分巡肇高廉罗道、按察司佥事"的韩作栋,也就是有本事弄到笔钱,然后想法子把钱花出去而已。

前面所说的开发,决非今天几与"破坏"同义的那种开发,而是如何让这些摩崖石刻——至少其中的一些——能够引起游客的兴趣。当然,包括古代的那些石刻在内,也并非尽皆精品,不乏到此一游的一类,书法也马马虎虎。比如认定为包拯手书真迹的,写的不过是"提点刑狱周湛,同提点刑狱钱聿,知郡事包拯同至。庆历二年三月初九日题"。抗倭名将陈璘的,"万历己丑仲夏念三日,南京太仆少卿、东莞尹瑾,同提督、南直隶狼山副总兵、东安陈璘游此",直白得没有余地。但是人物身份透露的历史信息,使之仍有弥足珍贵的一面。因而,或以涉及人物,或以涉及内容,或以书法本身,七星岩摩崖石刻总可以开掘"亮点"。像"李绅,长庆四年二月,自户部侍郎贬官至此。宝历元年二月十四日将家累游",李绅未必为人熟知,然他的"锄禾日当午,汗滴禾下土;谁知盘中餐,粒粒皆辛苦",其谁不知?像杨霈的"道光甲辰,水痕至此。郡守杨霈书以志痛",记载了1844年肇庆大水冲决堤围达历史最高纪录,这一水痕标志无疑可成为西江水文历史资料。而与戚继光齐名的俞大猷,所留下的"天不生奇石,谁擎万古天",何等豪气干云!此外,陈恭尹的隶书题记、耆英的草书佛经等等,都有自己的鲜明特色。这一切,不应该躺在研究出来的学术著作中,而应该化雅为俗,对游客普及,让游客传播。

"五岳归来不看山,料应未上七星岩。劝君放眼寻将去,更有蓬莱在世间。"光绪年间陈建侯的题诗,把七星岩之美提升到了一个新境界。最后想说,单纯以为题名石壁,即可"与此山并存",其实未必。细心地看了一下,已有后刻叠压在前刻之上。那些以官阶谋得一席之地而纯属凑热闹的玩意,即便还大模大样地悬在那里,因为毫无美感兼且毫无价值可言,也徒令后人戳戳点点。

2011年5月10日

端砚

七星岩之外,肇庆的名产是端砚,与歙砚、洮砚、红丝砚一道,并称为中国四大名砚。砚乃文房四宝之一,从前文人书房中必备之物。肇庆的砚以"端"命名,源自肇庆古称端州,隋置。端州之得名,又来自境内的端溪。北宋时,14岁的赵佶被封为端王,以端州为封地。《水浒传》描写高俅发迹,就是端王的那脚球没踢到,"高俅使个鸳鸯拐,踢还端王",从而赢得赏识。赵佶后来登基成徽宗,"端"字便犯了讳,乃御笔改名为"肇庆府"。

《竹叶亭杂记》云,道光皇帝即位,"内府循例备御用砚四十方,砚皆镌'道光御用'四字"。道光觉得用不了那么多,"闲置足惜,因命分赐诸臣",但不知他用的砚是什么"品牌"。《渑水燕谈录》云,南唐李后主用的是"龙尾石砚",与其所用的"澄心堂纸、李廷珪墨"并为"天下之冠"。南唐亡国,龙尾石砚差点儿跟着遭殃。宋仁宗时,钱仙芝知歙州,访得出砚之所,"乃大溪也",说明龙尾石砚属于歙砚;再经过仙芝的努力,"石乃复出,遂与端溪(砚)并行"。《清稗类钞》云,钱冬士"尝用一大端砚,甚佳,忽被窃",齐玉溪便把自己珍藏的龙尾大砚送给他,但冬士未接受,且赋诗还之。他不是没瞧得起歙砚,"东坡昔求龙尾砚,易以铜剑诗更迭。今我不求砚自来,坡仙有灵当妒嫉"道得分明,是"君能不吝我不贪,堪为千秋添故实。从此延平双剑合,不数相如还赵璧"。

什么样的端砚比较好呢?除了黑色的笔者还没见过别的颜色,而前人说紫色的最好。《游宦纪闻》云南宋孝宗皇帝有此一说:"端璞出下岩,色紫如猪肝。密理坚致,泼水发墨,呵之即泽。研试则如磨玉而无声,此上品也。"《春渚纪闻》云黄莘所藏端砚也是"深紫色",且"古斗样,每贮水磨濡,久之则香气袭人,如龙脑者"。黄莘与其父"皆有能书名,故文房所蓄多臻美妙"。另云他人收藏的李商隐遗砚,盖上还有东坡小楷书铭,同样是"无眼正紫色"。这几条信息,似可证前人所言之不虚。《清稗类钞》说,文天祥还遗有一方"绿端蝉腹砚,底圆而凸,象蝉腹"。沈石友收藏的李商隐像砚,也是"石为端绿",该砚"像面微侧,幅巾半身,袍背镜花作红色",则绿色也可归为珍品一类。

爱砚的人多,有砚癖的人也多。比如清朝有个诗人叫黄莘田的,自号十砚先生,"十砚先生淡无欲,作官不恋五斗粟",官都不爱当,就是喜欢砚。还有个乾隆时进士叫作朱笠亭的,"聚数砚,日夕摩挲之"。但这些"砚粉",都不如道光时一个"学无师、居无刹、食无钵"的石僧更迷砚,迷到近乎神话。石僧"往来天津城市间,不乞化,怀一砚,终日玩摩","饥则舐砚而饱,倦则枕砚而眠"。石僧还很有情趣,"春嬉于郊,遇花娇柳媚处,盘桓久之,或临流弄水,自涤其砚,砚出五色纹。风清月白时,走入败寺中,置砚于地,以败絮濡墨,就墙壁淋漓大书,潦草旁斜,殆不可省识,且书且吟,狂发叫舞……"这是真正的"砚痴"了,属实的话,古今罕见。

端砚因为有名,也就不知有幸还是不幸地"加入"了贡品之列。《宋史·太宗本纪》载:"淳化二年(991)夏四月庚午,罢端州贡砚。"恐怕只是一时吧,《宋史·包拯传》又载:"拯知端州,端土产砚,前守缘贡率取数十倍以遗权贵。拯命制者才足贡数。岁满,不持一砚归。"清人吴振棫《养吉斋丛录》云:"元丰(宋神宗年号)时王存等撰《九域志》,仍载入《土贡》。《宋史》亦载治平(宋英宗年号)中贡砚事,殆甫罢而复征也。"这里的贡,未必是只供帝王,更多的怕是要贡权要。明朝贡端砚,"官民苦之",彼时要"设守坑官一员,有私取者以盗窃论"。吴振棫说,到他们那时候,"惟每岁端午,督、抚以砚九方随葵扇、葛布进之",这些砚台"购自民间,制为官式,县官、石户,均无科累",未知是否美化的成分太浓。

对笔者这种非"砚粉"来说,对砚感兴趣往往是玩味砚铭。岳飞收藏过一方端砚,砚并无款,谢枋得比对砚背镌刻的"持坚守白,不磷不缁"八字,与自己家藏的岳飞墨迹相若,断定是其遗物。他自己又镌上:"岳忠武端州石砚,向为君直同年所藏,咸淳九年十二月十有三日,寄赠天祥。"且铭之曰:"砚虽非铁磨难穿,心虽非石如其坚,守之弗失道自全。"这个天祥,从年代以及人物关系上来推断该是文天祥。"持坚守白,不磷不缁",化自《论语》,原文是:"不曰坚乎?磨而不磷;不曰白乎?涅而不缁。"意思是:不是说了很坚硬吗?怎么磨,也不会变薄;不是说了很纯白吗?就是放进污水里,也不会染黑。毫无疑问,该砚的前后两砚铭,展示了志士仁人的气节与操守。

《游宦纪闻》云张无垢赠樊茂实一方端砚,在赞美端溪石砚"不同凡石追时好,要与日月争光辉"。如何争呢?就是希望"文章有余地"的樊茂实,能够借此使"经史妙处其发挥",在"飞流溅沫满天下"的时代,"要使咳唾皆珠玑"。当然,我们都知道,再是名砚,也只是载体的一种,文字"珠玑"与否,则要取决于人的学识与修养。

2011 年 5 月 13 日

"撼"事

故宫博物院出了单"撼"事。报道说一个非常寻常的毛贼却轻而易举地偷走了他们正在展出的文物,当然没多久案子就破了,故宫也就按照中国才有的惯例给公安机关送去锦旗,笑容满面,拍照留念。事情至此本来皆大欢喜了,殊不知"撼"事尾随而至,概因其中一面锦旗上写的居然是:"撼祖国强盛,卫京都泰安。"消息既出,旋被各种"文化程度"的人——郑渊洁(自号只读过小学四年)、韩敬体(中国社科院语言研究所研究员)等——指出:"撼"字用得满拧,应该是"捍"。然而故宫相关负责人表示,这个字没错,显得厚重,"跟'撼山易,撼解放军难'中'撼'字使用是一样的"。可惜,这老兄对人家后面缀的那个"难"字视而不见。

撼与捍,一个是摇动,一个是保卫。祖国强盛,肯定得保卫,摇晃就是搞破坏了。毛主席词曰"蚍蜉撼树谈何易",正有这方面的意思。老人家提笔的时候,正值中苏论战前夕,国际上反华逆流亦相当汹涌。在这个背景之下理解,可知此句是自信的写照。韩愈诗曰"蚍蜉撼大树,可笑不自量",该是毛句的"前身"了。蚍蜉者,蚂蚁也。据说蚂蚁是地球上力量最大的大力士,能够举起300倍于自己体重的物体,但让它摇晃大树,还是不自量力了。

"撼山易,撼解放军难",众所周知脱胎于"撼山易,撼岳家军难"。岳家军,岳飞的部队。关于岳飞,人们耳熟能详其作为民族英雄抵御外寇的一面,实际上他还有国内平"贼"的另一面。《宋史·岳飞传》载,他平定杨幺——毛主席将"宋朝的钟相、杨幺"定性为历代农民起义链条上的一个链环——的战法很有意思,道是"伐君山木为巨筏,塞诸港汊,又以腐木乱草浮上流而下,择水浅处,遣善骂者挑之,且行且骂"。把人家骂恼了,"怒来追,则草木壅积,舟轮碍不行"。这时岳飞乃"亟遣兵击之,贼奔港中,为筏所拒。官军乘筏,张牛革以蔽矢石,举巨木撞其舟,尽坏"。结果,"(杨)幺投水,牛皋擒斩之"。岳飞这一战法,被都督军事的张浚叹为"神算"。岳飞抗击金兵,就更为人称道了,"你有金兀术,我有岳少保",时谚已道出中流砥柱的意味。虽然清人昭梿认为"宋人战绩,每好夸张",说朱仙镇之役并没有多么辉煌,但抗金确有战绩该是个基本事实。因为岳飞内外的仗都打过,所以本传中"故敌为之语曰:'撼山易,撼岳家军难'"这个"敌"是谁,还比较耐人寻味。看来看去,如果不是自家或撰史者制造的舆论,则可能只是杨幺一类。

在官场上,撼同样是摇动的意思。《曲洧旧闻》云,司马光死后,"而元丰余党以先政撼摇宰执"。北宋中后期,国家的政治形态主要表现为新旧党争。这场持续了半个多世纪的党争,某种程度上是南北士人之间的政见(对熙宁、元丰新法的态度)之争。新党的核心人物主要是王安石、吕惠卿、曾布、章惇、蔡京等,旧党的核心人物主要是司马光、富弼、程颢等,用钱穆先生的话说:"新党大率多南方人,反对派则大率是北方人。"当然,"大率"嘛,也没那么绝对,反对新法的唐介、曾公亮就是南方人。作为政见之争,又折射出南北文化冲突的一面,北宋的党争因之大别于东汉、唐、明那种争权夺利的党争,性质完全不是一回事,虽然后来也变了味儿，但有学者仍然认为它是我国政党政治的萌芽。所谓"元丰余党"，就是新党了，所谓"以先政撼摇宰执"，就是要通过恢复安石的新法，以此动摇旧党的执政地位。

撼，当然不只摇动这一个意思，由此还衍生出打动、怂恿等。《宋史·徐勣传》载："蔡京自钱塘召还，过宋见勣，微言撼之曰。"这里的撼，就有打动的意思。蔡京"曰"了些什么呢？"元功（勣字）遭遇在伯通右，伯通既相矣。"伯通，何执中字。徐勣与何执中曾经"偕事帝（徽宗）于王邸"。蔡京这话等于是说，你原来比何执中更被看重啊，但你看看人家现在混得多好。徐勣笑了笑说："人各有志，吾岂以利禄易之哉？"说得蔡京"惭不能对"。当然，你不愿当官不会有人来求你当，徐勣因此"亦终不复用"。后来的事实表明，何执中也就是一心想当官、惦记着权力的料，其"与蔡京并相，凡营立皆预议，略无所建明"，及张商英任事，"执中恶其出己上，与郑居中合挤之"。贬谪台州的陈瓘，以王安石《日录》"改修神宗史，变乱是非，不可传信"，乃撰《尊尧集》"正君臣之义"，何执中则专门派石悈知台州事，"谋必死瓘；瓘不死，执中怒罢悈"。

撼的这些意思后面倘若接上"祖国强盛"，该成什么话呢？故宫的这单"撼"事，令国人为他们汗颜，好在他们没有像余秋雨先生那样一意孤行，接着又道了歉。而锦旗明明是故宫博物院副院长纪天斌等相关负责人送去的，道歉的时候却说是下属干的，与如今"衙门"里闹出不光彩的事情都是"临时工"干的如出一辙。这一点，又不能不令世人为之抱憾。

2011年5月22日

冠名

5月23日,清华大学的一座老教学楼突然摇身一变,挂上匾额成了"真维斯楼",让清华大学内外炸开了锅,众多清华师生和网民均表示不能接受。他们对于"真维斯楼"的反感、质疑,主要集中在"冠名的商业色彩过于浓厚",认为"象牙塔内充斥着铜臭味"。真维斯是一家"多年来致力于休闲服饰品牌"的企业,笔者对之颇有印象。因为迄今为止,自家仅有的一次出境经历,是1996年11月陪同一位时任省政协副主席前往香港公干,其间香港旭日集团董事长杨钊有过宴请,旭日集团1990年收购了澳大利亚休闲服饰品牌Jeans West,成立了真维斯国际(香港)有限公司,我们还参观了真维斯总部。

古代也有冠名。那个时候没有大楼,更没有教学大楼,但他们冠山、冠水、冠树、冠堤,冠那些耳闻目见的寻常物品,但前提不像今天是作为广告的一种,他们用人名来冠,被冠者自然不用交易一样付出大把银两,而是"不胫而走",有褒扬或者口碑的意味,或者纪念其人带来的德政。比方山西介休有介山,即与春秋时"割股奉君"的介子推相关。重耳成为晋文公后,介子推退隐绵山,宁可被火烧死也不肯出仕,绵山因被易名介山。又比方浙江绍兴有曹娥江,因孝女曹娥投江寻父尸而得名,关于端午节的起源有好几个传说,其中之一就是纪念曹娥。再比方广东潮州有韩山、韩江，是纪念韩愈的。韩愈被贬潮州，虽只待了区区7个多月，却因为开化之功而"赢得江山俱姓韩"。至于如杭州西湖的苏堤、白堤，新疆的左公柳、林公渠之类，数不胜数，所指尽人皆知，毋庸赘言。

沈德符《万历野获编》有"物带人号"条，列举的都是寻常物品被冠以人名，"如韩熙载作轻纱帽，号韩君轻格，罗隐减样方平帽"等等，可惜在他那个时候已经"今皆不传"。沈德符认为"其流传后世者，无如苏子瞻、秦会之二人为著"。日常生活之中，的确触目皆是东坡。李廌《师友谈记》云，苏东坡让弟子们写篇《人不易物赋》，有人戏作一联："伏其几而袭其裳，岂为孔子；学其书而戴其帽，未是苏公。"概因当时士大夫纷纷仿效东坡戴的那种"桶高檐短"的帽子，名之曰"子瞻样"。李廌把戏联学给东坡听，东坡也讲了个笑话，说他最近出席皇帝的宴会，"优人以相与自夸文章为戏者"，一个说，我的文章你们都比不上，众人问为什么，那人说："汝不见吾头上子瞻样乎？"结果皇上也给逗乐了，"顾公久之"。这是"东坡帽"。朱彧《萍洲可谈》云："东坡在黄州，手作菜羹，号为'东坡羹'，自叙其制度，好事者珍奇之。"这是"东坡羹"。沈德符又举例："如胡床之有靠背者，名东坡椅；肉之大胾不割者，名东坡肉；帻之四面垫角者，名东坡巾"等等。而使人不大好理解的是，千古奸相秦桧也有诸多冠名的物品，"椅之栲栳联前者，名太师椅；窗之中密而上下疏者，名太师槅"之类。如太师椅，即便在今天不也称呼依旧吗？

《渑水燕谈录》云，李后主动笔，喜欢用"李廷珪墨"。陶宗仪《南村辍耕录》云，魏晋时的墨，都是"漆烟松煤夹用多年老松烟和麋鹿胶造成"，到唐末，"墨工奚超与其子廷珪，自易水渡江，迁居歙州，南唐赐姓李氏。廷珪父子之墨，始集大成"，因而成为名墨。

陆游《老学庵笔记》云："东坡自儋耳归,至广州舟败,亡墨四箧,平生所宝皆尽,仅于诸子处得李墨一丸、潘谷墨两丸。"表明东坡也是青睐李廷圭墨的,而"潘谷墨"又是宋人潘谷的杰作。此外,明朝还有"陈子衣、阳明巾"等,陈子,陈献章;阳明,王守仁。而讲究喝茶的人都知道,潮州功夫茶具中有"孟臣罐""若琛瓯",在茶室四宝中占据半壁江山。孟臣罐是紫砂小茶壶,因明末清初制壶大师惠孟臣而得名,他制作的小壶壶底每每铭有"孟臣"二字。若琛瓯是一种薄瓷小杯,据说若琛瓯是个人名,然我疑心其人名叫若琛,概因瓯字本身有杯、盅之意。如《南齐书·谢超宗传》载,谢超宗去拜访时为南朝刘宋太尉、后来自立江山的南齐高帝萧道成,时值"风寒惨厉",萧道成对在座人等说:"此客至,使人不衣自暖矣。"等于给予了高度评价,果然,"超宗既坐,饮酒数瓯,辞气横出,太祖对之甚欢"。谢超宗是谢灵运的孙子,"好学有文辞",然许是"少无士行,长习民慝"之故吧,萧道成即位后,只让他"掌国史",谢超宗并不得志,最后还落得赐死的结局。沈括《梦溪笔谈》云,吴人多谓梅子为"曹公",以其尝望梅止渴也;又谓鹅为"右军",以其好养鹅也。至于有士人遗人醋梅与煮鹅,作书云"醋浸曹公一瓮,汤焯右军两只,聊备一馔",属于纯粹地开玩笑了。

改革开放后,中国内地高校冠以企业家名字的建筑多如牛毛,后来得知,不少其实只是出了几分之一的建设费用而已,并不是独资的。我对这种做法从此耿耿于怀,那不是有误导"欺世盗名"的嫌疑吗?其实,"逸夫楼"早就遍布全国高校,到"真维斯"大家才忽然不干了,我猜是觉得这个企业的知名度"配"不上清华大学吧。倘因此而薄此厚彼,掺杂"势利"的成分在内,非议真维斯就显得不够厚道了。

2011年5月29日

官德

今年是市县领导班子换届年。从下半年至明年第一季度,广东20个地级以上市(深圳去年已换届)、121个县(市、区)领导班子将进行换届。唐朝侍御史马周说过:"治天下者以人为本。欲令百姓安乐,惟在刺史、县令。"如今,"县令"依然,把"刺史"换成"书记",这句话仍然不失其意义。这次换届强调德才兼备、以德为先,首次将政治品德、社会公德、家庭美德、职业道德纳入干部考核当中,声称考察中发现干部的"德"存在问题的,绝不能提拔使用,已在领导班子中的也要调整下来。

古人很重视官员的德行。孔夫子说:"为政以德,譬如北辰居其所而众星拱之。"这里的"北辰",虽然用清朝邵晋涵的话说"诸儒释者多异",但夫子的意思很明确:施行德政就会自然而然地受到百姓的拥戴。而施行"德政"的逻辑前提,显然是官员要具备"德行"。与孔夫子同时的子产提出:"德,国家之基也。"那是晋国范宣子执政,诸侯都要来朝聘、纳币,负担太重,"郑人病之"。于是,子产托书给宣子:"子为晋国,四邻诸侯不闻令德,而闻重币,侨(子产名公孙侨)也惑之。侨闻君子长国家者,非无贿之患,而无令名之难。"这是说,一个执政者应该担心没有赢得好的名声才是。而"令名,德之舆也;德,国家之基也。有基无坏,无亦是务乎?"你应该致力于根本的东西啊! 子产的德,指的是执政者的官德。《左传·桓公二年》中的臧哀伯进谏,直指的则是百官的官德,认为"国家之败,由官邪也;官之失德,宠赂章(彰)也",把官德提升到了关乎国家兴衰成败的高度。

《贞观政要》里,唐太宗问吏部尚书杜如晦"如何可获善人",杜如晦推崇"两汉取人"的方式,"皆行著乡闾,州郡贡之,然后入用"。两汉时的做法是察举、征辟并行,一个是自下而上保荐人才,一个是自上而下聘用人才。汉文帝时要求举贤良方正,汉武帝时要求举孝廉,都是察举史上的标志性事件。举贤良方正,是要大家举荐那些"贤良方正直言极谏之士",瞿同祖先生认为,此类虽然可分贤良、方正、直言三个小类,但不贤良便不可能方正,不方正便不可能直言,三者之间关系密切。举孝廉,是要求被举之学子,除博学多才外,更须孝顺父母,行为清廉。北宋司马光对才与德的辩证关系更有一种见解:"夫德者人之所严,而才者人之所爱。爱者易亲,严者易疏,是以察者多蔽于才而遗于德。"人们往往容易注意到其人的才,而忽略其人的德,所以,"为国为家者,苟能审于才德之分知所先后,又何人之足患哉!"

曹操"唯才是举"是出了名的,他似乎不大重视德,且有反其道而行之的意味。建安十五年(210)他发布的《求贤令》明确宣称:"若必廉士而后可用,则齐桓其何以霸世! 今天下得无有被褐怀玉而钓于渭滨者乎? 又得无盗嫂受金而未遇无知者乎?"他指的,分别是管仲、姜太公和陈平。在曹操眼里,管仲正有点儿"负面"的意味。曹操应该读过《论语》和《史记》吧。《论语·八佾》讲过:"管氏有三归。"《史记·管晏列传》讲过:"管仲富拟於公室,有三归、反坫。"三归,包咸释义曰"娶三姓女也。妇人谓嫁曰归"。俞樾解释得更直接:"所谓三归者,即从管仲言,谓管仲自朝

官德 259

而归,其家有三处也。"就是说,管仲不仅富可敌国,娶了三个老婆,而且国君举行国宴时的那套设备,他家里也有。曹操拿管仲说事,显见认为他不是"廉士"。建安二十二年(217),曹操又有《举贤勿拘品行令》,明确"负污辱之名,见笑之行,或不仁不孝而有治国用兵之术"的,一概"勿有所遗"。然曹操之漠视德,该是在人才被举之前,举之后,未必仍然如此。众所周知,曹操的法令也是非常严明的,他自己就有过"割发代首"的经历。出征行经麦中,令"士卒无败麦,犯者死",偏偏他自己的马受惊了,踏坏麦田,主簿"以春秋之义,罚不加于尊",曹操说:"制法而自犯之,何以帅下?然孤为军帅,不可自杀,请自刑。"因援剑割发以置地。《三国演义》也收进了这个故事,注解的毛宗岗父子看到这里大骂曹操真是"奸雄",直接把自己的脑袋砍掉就是了,假惺惺地问什么?其实曹操自受的是髡刑,把自己视为奴隶,那已经是很值得称道的自责了。另一方面,曹操的政治并非贪官污吏的政治,从侧面也印证官德并未在他的治下缺失,黄河以北不仅经济恢复,政治不是也相对清明吗?

治理一个地方,才能终究最重要,德行可以改变也可以凭借制度进行约束。是否可以这样认为,但凡越突出对德的强调,越表明监督的缺位。官员可以为所欲为,只有寄望他的良心不坏了。实际上,好的制度可以使坏人变好,就算变不好,也能让你原形毕露。当下,国际货币基金组织总裁卡恩性侵纽约市一名酒店女服务员不是被捕了吗?早几年美国总统克林顿和白宫实习生发生性关系不是弄得灰头土脸吗?现在,我们体制上的监督体系是健全的,但提到监督成效往往让人哑然失笑,不得不重视德。可惜,无数事实表明,别说约束权力了,约束什么,良心都是根本靠不住的。

2011年6月4日

撒尿

国家乒乓球队教练孔令辉新近成了媒体焦点。然此番不是关于国球,而是一泡没有撒出的尿。5月27日凌晨3时许,北京市朝阳区环球金融大厦渣打银行门前,孔令辉酒后与一名保安发生纠纷,"双方发生肢体冲突,保安自称被孔令辉打伤并报警"。《乒乓世界》执行主编夏娃发微博说,那是因为"孔令辉跟几位新老朋友小聚,哥儿几个喝得都挺高兴,凌晨一点多结束后孔令辉独自叫出租车回家。下车后急于上厕所,想就近到某大厦找卫生间,保安自然拦着。一方尿急想往里进,一方坚持原则拦住不放"……前两年乒乓界的名将王皓酒后失态时,也出过类似的事,彼时是朝着人家大厦的绿化花坛径直开尿,保安来制止,王皓踹了人家几脚,嘴上好像还叫了"我是世界冠军,打你能怎么着"之类。

撒尿,是人的正常生理行为。尿少或者没尿,身体可能出了问题。寒山诗曰:"快哉混沌身,不饭复不尿。"逻辑上说得通,实际上是完全不可能的,不吃不喝,人体靠什么提供能量呢?《太平广记》讲周隐克会使法术令一起喝茶的人代他撒尿,导致一个尿频,一个始终安然不动。钱锺书先生认为此虽"以虚愿托偿于幻术"之谈,但好多人都愿意这么去想。如嵇康《与山巨源绝交书》,说自己"性复疏懒,筋驽肉缓,头面常一月十五日不洗,不大闷痒,不能沐也",甚至"每常小便而忍不起,令胞中略转乃起耳"。又如梅尧臣、谢景初《冬夕令饮联句》云"脬尿既懒溺",都是这种心态的体现。胞,膀胱;略转,发胀。这是说憋不住了才不得不尿。钱先生解释说,梅诗中的"脬",即嵇书中的"胞"。嵇、梅等都是现实中人,知道撒尿的事情忍归忍,终究还得亲力亲为。

随处撒尿,前人相当普遍。明王思任在《文饭小品》中写道:"愁京邸街巷作溷,每昧爽而揽衣。不难随地宴享,报苦无处起居。"好端端的京城,给大家尿了个一塌糊涂,以至于找饭馆易,找厕所难。清人《燕京杂记》云,嘉庆以来北京城有了公厕,然而"入者必酬以一钱",正是收的这"一钱"坏事了,大家都不愿出,乃于"当道中便溺"。住户人家更直接往街上倒尿盆子,再加上过往畜车随时随地制造的牛粪马尿,弄得到处"粪盈墙侧土盈街",大街小巷弥漫着恶臭。民国夏仁虎《旧京琐记》也说,"行人便溺多在路途",甚至部曹一类的官员也这么干,"偶有风厉御史,亦往往一惩治之,但颓风卒不可挽",运动式执法不能指望奏效。有意思的是,"大栅栏之同仁堂生意最盛,然其门前为街人聚而便溺之所",店主倒一点儿不恼,"但清晨命人泛扫而已"。为什么呢? 风水先生说了,这地方地相"为百鸟朝凤",大家在这儿撒尿,应了堪舆,容易发财。

伊永文先生从明清小说中爬梳出一篇《掘新坑悭鬼成财主》,说湖州乌程县有个穆太公到城里去转了一圈,觅到了商机。回家来,找人"把门前三间屋掘成三个大坑,每一个坑都砌起小墙隔断",建成厕所,不仅粉刷,而且"到城中亲戚人家,讨了无数诗画斗方贴在这粪屋壁上",并请一个读书人给厕所题写了个别致的名字:齿爵堂。这一来,这厕所倒"比乡间人卧室还不同些"。在广而告之方面,又请教书先生写了百十张"报条"四方张贴,上面写着:"穆家喷香新坑,奉求远近君子下顾,本宅愿贴草纸。"那些"用惯了稻草瓦片"的村民,对免费草纸先就觉得新鲜,兼且厕所"壁上花花绿绿,最惹人看,登一次新坑,就如看一次景致",因而生意兴隆,如穆太公所言:"倒强似作别样生意!"其实,对穆太公这样的人,名之为"悭鬼"未免太刻薄了,而称之探索乡村厕所文明的先驱才对,须知今天乡村的大量厕所,也还远远与"喷香"了不相涉。

为了制止乱撒尿,人们往往在容易引人撒尿的地方刷上骂人字句,如明代《时兴笑话》里有一则,墙上画个乌龟,注明"撒尿者此物也"。这个传统至今也被继承着,或极尽漫骂之能事,或幽上一默,"此处禁止小便,违者没收工具"云云。然国人对童子尿又是高看一眼的,不久前,一则关于浙江东阳童子蛋的新闻煞是夺人眼球,童子蛋就是用童子尿煮的鸡蛋。据说当地有个风俗,那些卖童子蛋的摊贩或者是要自己煮童子蛋的人家,都会提着塑料桶到各个小学去收童子尿。童子蛋甚至早在2008年即入选了东阳市的非物质文化遗产。因而理论上看,倘东阳也有随地撒尿状况,当无童子尿助阵。在前人看来,童子尿更可治病。《镜花缘》中,多九公医治坠马跌伤的歧舌国世子,就是"取了半碗童便,对了半碗黄酒,把世子牙关撬开,漫漫灌入",然后,世子"就以黄酒、童便当茶,时时冲服",没多久就痊愈了。

《解愠编》里有个笑话,一个小吏"贪婪无厌,遇物必取,人无不被害者"。友人就跟他开玩笑,说看你这架势,"他日出身除是管厕溷斯无所取耳",你总不能往家里划拉屎尿吧?谁知那个贪婪的家伙仍然有办法:"我若司厕,一般有钱欲登厕者,禁之不许,彼必赂我;本不登厕者,逼之登厕,彼无奈何,岂不赂我耶?"孔令辉撒尿事件中,该属于"禁之不许"了。平心而论,是大厦的保安不对,难道真的等着"彼必赂我"吗?开放宾馆大厦的厕所,早就是人性化的一个标志,而且很多地方都已经践行了,你那个大厦难道冒充衙门不成?

2011年6月6日

指头作画

读今年第3期《广东地方税务》杂志,知汕尾王秋奇先生擅长指画,也就是用手指头当笔画画,用清朝福格的话说,叫作"不用毫管"。指头作画的记载在清代笔记中比较常见,不意现实中得到了传承。当下比较流行沙画,也是一种指头作画,白色背景板铺好沙子,创作者即兴挥"指",即时投影到屏幕上,但与在纸上的、用墨的显然还不是一回事。

福格认为指头作画始于康熙皇帝。相传康熙"偶以手指螺纹,印于缣素,因勾勒作牛羊群牧图,遍体蒙茸,殊为生动,乃充此法而成画家一派"。《养吉斋丛录》云,被朝廷誉为"清廉为天下巡抚第一"的宋荦,他家就藏有康熙的一幅墨画《渡水牛》,"乃(康熙)戏以指上螺纹成之者"。众所周知,因为世界上绝对找不到两个指纹完全相同的人,所以"指纹"就被当作犯罪侦查上的重要线索之一。殊不知,前人还开发了指纹的别一功能。余于指头作画源起没有任何研究,却也想当然地以为福格是给皇帝脸上贴金,因为在笔记中更多地是看到康熙时的官员高其佩指头作画如何,有的认为正是从他这里开始,也有的认为明朝就有指头作画,到高其佩时"穷极其妙",达到了一个高峰。不一而足。

高其佩是辽宁铁岭人,就是赵本山小品里常提到的那个今天的"大城市"。刘廷玑《在园杂志》附陈子文《跋》高画曰:"历代以来,名家既多,以指为之,自我弟韦之(其佩字)使君始,人物、花木、禽兽、草虫,不假思索,骈指点黟,顷刻数十幅,随意飞动,无不绝人。万象罗于心胸,天地集于腕下,此造化特钟异人也。"刘廷玑曾以一匹两丈长的绫请他画,"必索画尽",不留余地,并生动记载了过程:"韦之笑呼童子研墨盈池,以指蘸墨,云飞风动,转瞬而成。山石木树,水藻残荷,禽鸟鱼蟹,穷工尽致,真绝技也。"福格在《听雨丛谈》里奉承康熙的同时也提到了高其佩,"闻其画虎"——只是听说——"辄以肘腕印墨,状其攫伏之势,今海内师其法者寖多矣"。《清史稿·高其佩传》也有作品举例,说他指画的是"黄初平叱石成羊",但见"或已成羊而起立,或将成而未起,或半成而未离为石,风趣横生"。高其佩的外甥朱伦瀚继承了他的画法,且因为其"指上生有肉锥,故作人物,须眉尤有神",被认为"出于天授"。《清稗类钞》云,朱伦瀚有一天"攀煤车取煤,压伤右手中指",治好后,"则此甲独厚而锐,有微凹,能容墨,遂以指代笔"。这么一来,朱伦瀚先天与后天的指画优势俱在,想不继承舅舅的衣钵都不行了。相比之下,广州的罗雪谷作指画时,"须于指甲中藏棉花少许",少了"原生态"的味道。

福格说的"今海内师其法者寖多",确是不虚。朱伦瀚之外,清朝还有不少指画名家。比如乾隆时的苏廷煜,"每以巨擘为大笔,食指、中指为中笔,无名、小指为细笔,相其机宜,运以神气"。还有个没留下名字的"吴人诸某",他用手指蘸墨画的《渔翁图》,"须眉苍古,真有江湖散人趣。而浓柳垂荫,微波生浪,钓竿渔具,草笠烟蓑色色精巧。使俗手为之,恐鼠须细笔,未必若此生动也"。直接师法高其佩的傅雯,郑板桥还给他写过诗:"长作诸王座上宾,依然委巷一穷民。年年卖画春风冷,冻手胭脂染不匀。"未知是借题发挥,还是指画画家的确生活比较艰辛。网络上曾见到傅雯的一幅"大行普贤王菩萨"立轴,估价8万到12万元人民币。有意思的是,郑板桥给傅雯的那首行书绝句也有的卖,开价达80万元人民币。

高其佩开始也是用笔作画的,因为"苦于酬应,乃改为指画,自名之曰指头生活"。倘若这段材料属实,则高其佩本来是想借指画来应付了事的,不意开辟或光大了一个画种。郭沫若先生说过,主席本无意成为诗家或词家,其诗词却成了诗歌的顶峰;主席更无心成为书家,但他的墨迹却成了书法的顶峰(大意)。不恭敬地类比,高其佩和毛主席在这一点上庶几近之,稍有不同的是,高其佩的成就属于公论,毛主席是否达到了这两个顶峰,有诗人谀辞的成分。高其佩《述画诗》曰:"吾画以吾手,甲肉掌背俱。手落尚无物,物成手却无。人甫具两睫,便见双瞳珠。情性本万殊,所事因相符。贵之料弗慕,贱之宁受呼。易老在用智,不老缘其愚。于我画可见,非我手可摹。"自得其乐之情溢于言表,起首的一句,未知黄遵宪的"吾手写吾口"是否因之获得灵感? 作画之外,指头的功能多了。比如《北梦琐言》云,后唐灭后梁,曾是朱温养孙的高季昌去新政权里寻找机会,没多久就回来了,说"新主百战,方得河南"就沾沾自喜了,"对勋臣夸手抄《春秋》",还竖起个指头说"我于指头上得天下"。高季昌因此认为:"则功在一人,臣佐何有? 且游猎旬日不回,中外情何以堪?"还是回家吧。

《柳南随笔》里有鄂礼对高其佩的评价:"且园(其佩号)生平,画第一,书次之,诗又次之,办事更次之。"他说这话的时候,高其佩正任户部侍郎,京师士大夫乃戏呼高其佩为"高更次"。其佩的官是靠"殉耿藩之难"的父亲荫庇来的,在他的各项能力里面"办事"排在末位,倒也不足为奇。

2011年6月18日

立碑

早几年,河南登封市农民李怀周牵头组织为市委书记张学军立了块"功德碑",一时轰动。李怀周的职业是收废品,何以萌生此举呢?按照他自己的说法:"这样的领导干部让人感到很亲切。"在那之前5年的一天上午,李怀周收完废品在路边休息时,看到两个骑自行车的人停在路边指指点点,其中一人是市委书记张学军。李怀周说给他的印象很好,5年后乃有立碑之举。消息所以引起轰动,是人们莫不觉得这种"自发"行为颇显怪异。

李怀周立的这种碑,古代也叫"遗爱碑",立的话,一般也都是等到官员卸任。唐朝封演《封氏闻见记》云:"在官有善政,考秩已终,吏人立碑颂德者,皆须审详事实,州司以状闻奏,恩敕听许,然后得建之。"即是说,这种碑有"考评"的意味,类似在本岗位上的盖棺论定。当然,也有还在任上就忙着给自己立碑的,但这需要"讽动群小,外矫辞让,密相督责",类似于当婊子却立牌坊。封演说:"前代以来,累有其事,斯有识者之所羞也。"这一段,给明朝焦竑的《焦氏笔乘》引用了去,认为明朝"无闻奏之例,然见任官辄自立碑,见于律条,其禁甚严",虽然坚决不许,但还是禁绝不了人家自立的冲动,焦竑以为"甚可耻也"。

李林甫是个历史上声誉不佳的人物,但他对立碑的态度颇可称道。他任国子监司业,"颇振纲纪",是有些作为的,后来做了宰相,国子监诸生"好说司业时事",就给他立了块碑。有一天,李林甫到国子监视察时看见了,戚然曰:"林甫何功而立碑,谁为此举?"因为"意色甚厉",显见不是装出来的气愤,大家都吓坏了,赶快把碑文"通夜琢灭,覆之于南廊"。相形之下,杨国忠就忘乎所以了。被他提拔上来的那些人要献媚,"请立碑于尚书省门,以颂圣主得贤臣之意",玄宗还真的就答应了,叫鲜于仲通撰文,自己还"亲改定数字",碑刻好后,"以金填改字处",君臣于是尽欢。但舆论对此则持另一种态度:"天子有善,宰相能事,青史自当书之。古来岂有人君人臣自立碑之礼!乱将作矣。"这个"乱将作矣",自然是义愤之语,凑巧的是,"未数年,果有马嵬之难"。

历史上有若干各种原因导致的无字碑,但"正常"的都有碑文,立碑的目的主要是让人家知道碑主的事迹。蔡邕说过,他写了太多的碑文,只是给郭泰写的才"无愧辞"。言下之意,绝大多数都言不由衷,他知道,人家请他提笔的目的是什么,由不得他不"谀墓"。周寿昌《思益堂日札》提到东汉李翕的《西狭颂》碑,这个碑今天还在甘肃,2001年成为全国重点文物保护单位,与陕西汉中的《石门颂》、略阳的《郙阁颂》同列为汉代书法瑰宝。珍罕程度没得说,可说的也是碑文。碑文记述了李翕生平和屡任地方行政长官的卓越政绩,主要颂扬他如何率领民众开通西狭道路、为民造福之德政,但周寿昌认为碑文与《后汉书》的记载"不相合也"。《后汉书》没有李翕的传,想为周氏从散见史料中爬梳而得出的结论。从他所征引的例子中,可知《西狭颂》碑文"偏"到了什么程度,他举的是韩愈评价李实的例子,说"昌黎致李实书,则颂其德政,并极言民心爱戴;而撰《顺宗实录》,则极言其贪秽残酷,去京尹时,民投瓦砾而诟之"。今天有人认为这是韩愈"跑官"

成功之后的过河拆桥,周寿昌则认为"一时谀颂之言,断不如史之纪实"。这就表明,如果"文"与"史"的内容相左,则周寿昌宁信史而不信文,包括碑文。并且,他还有《西狭颂》碑文不可靠的证据:"观碑阴列名尽其属吏,无一士民。"都是手下人干的,焉有不偏之理?

　　登封的事情告诉我们,"士民"的也未必不起争议。这块功德碑共176字,"张学军书记主政登封以来,功德无量。值改革开放(30周年)和北京奥运举办之际,敬立石碑颂扬"云云,落款却是"东金店乡全体干群",而记者采访发现当地村民并没有一致认可,属于"被民意"。事情闹大后,仅仅立了14天的"功德碑"就被张学军派人拆掉了,李怀周就找过公安机关要求立案,还多次公开表示,要对张学军擅自派人拆碑的行为进行起诉。他可能觉得委屈,书记大人"狗咬吕洞宾"了吧。李氏何以"执拗"至此,倒真值得深入采访下去。立碑都是歌功颂德的,但《开元天宝遗事》告诉我们还有一种"记恶碑"。宰相卢怀慎的长子卢奂,"累任大郡,皆显治声,所至之处,畏如神明。或有无良恶迹之人,必行严断,仍以所犯之罪刻石,立本人门首,再犯处以极刑。民间畏惧,绝无犯法者"。民间管他这种刻石,就叫"记恶碑"。他的这一招,很为唐玄宗所欣赏,"赐中金五十两,玺诏褒谕焉"。可惜这个碑种没有传承下来,广西灵渠那里倒有一通,一通而已,导致今天的立碑就像各种评比一样,只有赞的,没有弹的。

　　顷见新一期《南方周末》刊有日本侵华时留下的两块碑刻照片,碑文是修建旅顺龙王塘水库的工程概况,诸如堤坝尺寸、蓄水量、工程起止时间、工程造价等等,新鲜的是主管官员、设计师、监理等人员名单也都清清楚楚。那么多年过去了,龙王塘水库情况依然良好,或与之存在逻辑关系。这样的碑同样是我们的一个品种缺失,有了它,看不到灭迹乃至收敛迹象的"豆腐渣工程"可能会收敛一些吧。

2011 年 6 月 24 日

钓鳌

揭阳市榕城区西关旧有钓鳌桥,以"钓鳌仙迹"名列揭阳古八景之一。传说唐时吕洞宾成仙后,曾泛舟于此,题诗于桥边云:"桃花浪暖禹门高,平地雷声惊怒涛,愿借天家虹万丈,垂钩直下钓金鳌。"然钓鳌桥既是客观存在,则人间吟咏亦必不乏,如明代邑举人曾敬即有《鳌桥钓浪》:"谁筑鲸鲵金背高,跨天双烁锁波涛,临流若问丝纶手,不钓凡鱼只钓鳌。"

鳌,传说中海里的大鳖或大龟,那个大不是一般的大,用宋丹丹小品里的话说是"相当的"大。如此,则鳌又岂能轻易钓得?因而钓鳌用来比喻抱负远大,举止豪迈,此喻出自《列子·汤问》。渤海之东有五座山:岱舆、员峤、方壶、瀛洲和蓬莱,因为"五山之根无所连著",于是就像寻常的漂浮物一样,"常随潮波上下往还,不得暂峙焉"。这时,天帝"乃命禺强使巨鳌十五举首而戴之",让它们把山给固定住。《列子》说女娲炼五色石补天之后,"断鳌足以立四极",鳌就成了能够顶天立地的角色。巨鳌举首而戴,五座大山倒是稳当了,但却挡住了龙伯之国大人的路,人家"举足不盈数步而暨五山之所",怎么办?同样在《列子·汤问》中,愚公移山的故事人们耳熟能详,愚公选择的是"挖",靠"子子孙孙无穷尽"的恒心来乐观地展望未来:"山不加增,何苦而不平?"而龙伯国这位大人则深谙"基础不牢,地动山摇"之道。他摸清了五座大山稳定的原理,采用垂钓战术,用饵诱惑,结果"一钓而连六鳌"。鳌被钓走了,"岱舆、员峤二山流于北极,沉于大海"。愚公面对的太行、王屋二山,最后诚然因感动天帝之后而被"负"走,然其"愚"之所在,即智叟所笑"以残年余力,曾不能毁山之一毛",亦在其但知苦干,龙伯之国的大人完全是巧干,先找准问题的症结。

唐代至少有三个钓鳌人:李白、王严光、张祐(一曰祜)。《唐语林》云,李白开元中谒宰相,封一板,上题曰:"海上钓鳌客李白。"宰相以虚就实,明知故问:"先生临沧海,钓巨鳌,以何物为钩线?"李白曰:"风波逸其情,乾坤纵其志。以虹霓为线,明月为钩。"又问用何物为饵,李白答:"以天下无义气丈夫为饵。"一席话,听得宰相为之悚然。

封演《封氏闻见记》里的王严光,"颇有文才而性卓诡。既无所达,自称'钓鳌客'"。他"巡历郡县,求麻铁之资,云造钓具。有不应者,辄录取名姓藏于书箧中"。人家问他这是干什么?他回答:"钓鳌之时,取此憃汉以充鳌饵。"兵乱之后,严光年须已衰,任棣州司户。时刺史有马,州佐已下多乘驴,严光作诗曰:"郡将虽乘马,群官总是驴。"对众吟诵,以为笑乐。

后蜀何光远《鉴戒录》云,唐武宗时,李绅——就是写"谁知盘中餐,粒粒皆辛苦"的那位——镇淮南,眼睛上看,"所为尊贵,薄于布衣,若非皇族卿相嘱,无有面者"。张祐来投名片,"题衔'钓鳌客'"。李绅让他进来,本意是"怒其狂诞,欲于言下挫之",但一见面,气消了,问张祐:"秀才既解钓鳌,以何物为竿?"张祐答:"以长虹为竿。"又问:"以何物为钩?"答:"以初月为钩。"再问:"以何物为饵?"答:"以唐朝李相公为饵。"这席话,令李绅"良久思之",他说:"用予为饵钓,亦不难致。"两人遂喝了个痛快,"言笑竟日"。

三个钓鳌人的口吻大致相当,则故事的"同源性"显而易见,"版权"呢,当代有学者认为很可能该归属王严光,因为《唐语林》有不少条目出自《封氏闻见记》,但"钓鳌客"条却没有照搬。以名不见经传的王严光换成了四海皆知的李白,附会名人的成分居多,而李白的举止也给人以更"合适"或更"接近"钓鳌人的感觉吧。

关汉卿《关大王独赴单刀会》第二折中,司马徽开场唱到:"本是个钓鳌人,到(倒)做了扶犁叟;笑英布、彭越、韩侯。我如今紧抄定两只拿云手,再不出麻袍袖。"拿云手,在钓鳌人上叠床架屋,同样是在强调自己志气远大,本领高强。不过,《世说新语》引《司马徽别传》云,谁要让他评价某个人怎么样,司马徽"初不辨其高下,每辄言佳"。这样的事多了,连他老婆都看不过眼:"人质所疑,君宜辨论,而一皆言佳,岂人所以咨君之意乎?"但司马徽本性难改:"如君所言,亦复佳。"所以这个自诩的钓鳌人,世有"好好先生"之谓。关汉卿显然认同此说,在剧中让他接着唱到,他要"聚村叟,会诗友,受用的活鱼新酒",然后"推台不换盏,高歌自捆手;任从他阴晴昏昼,醉时节衲被蒙头。我向这矮窗睡彻三竿日,端的是傲煞人间万户侯,自在优游"。纯粹的闲汉一个,哪里有什么抱负可言呢?

"独向若耶溪上住,谁知不是钓鳌人?"唐朝翁洮的这句诗,让我们不可小觑那些隐居的士人。然其钓鳌人与否,终究不凭司马徽那样自诩,要由后人盖棺论定。揭阳的钓鳌桥,现在成了钢筋混凝土桥,时代使然,当然意味与意境亦随之全无。假以时日,不如像潮州湘子桥那样来个名胜重现。

2011 年 6 月 30 日

隐身

江苏省溧阳市卫生局局长谢志强在微博上和情人调情,引来举国上下的围观。当媒体向谢本人求证那个微博是否的确属于他时,他大为惊讶:"你看到我们发的微博啊?呵呵,你怎么看到的啊?这个都能看到啊?这不可能吧?我们两个发微博你都能看得到啊?不可能吧?"谢局长真是愚蠢得可以,他以为微博提供的是隐身工具,让他那些见不得人的勾当干起来更加方便呢。前几天,中央党校副校长陈宝生说,中央党校在课程设置上始终把反腐倡廉教育作为一个重点,此外还非常注重引导学员学会在工作中应用新媒体、用好网络。谢局长身上的这泡屎,足见此举的必要。

网络世界中的隐身是一种形象说法,而真实身体能"隐",从古到今都是人类孜孜以求的梦想。英国作家赫·乔·威尔斯在1897年写就的科幻小说《隐身人》中,描述了格里芬如何发明隐身术。威尔斯的隐形理论是:一个物体之所以被看见,是因为物体不是吸收光线就是反射或折射光线;如果它既不吸收光线,又不反射或折射光线,那它就看不见了。我们的隐身则不大讲"原理",大抵是通过念口诀或借助神奇之物达到目的。《西游记》里的孙悟空惯用隐身法。比如第四回大闹蟠桃会,为了让手下都享受一下玉液琼浆,他"又翻一筋斗,使个隐身法,径至蟠桃会上……将大的(瓶罐)从左右肋下挟了两个,两手提了两个,即拨转云头回来",和众猴开了个仙酒品尝会。第六回天兵天将围剿花果山,打着打着,孙悟空忽然不见了,二郎神没弄明白,李天王"把照妖镜四方一照,呵呵的笑道:'真君,快去!快去!那猴使了个隐身法,走出营围,往你那灌江口去也。'"李天王笑什么呢?灌江口是二郎的老窝。果然,孙悟空干脆变成了二郎神的模样,正在庙里"坐中间,点查香火"。急急忙忙赶回来的二郎神气坏了,悟空火上浇油:"郎君不消嚷,庙宇已姓孙了。"孙悟空如何隐身呢?就是念口诀。他的七十二变也是这样,学的时候,菩提祖师"附耳低言,不知说了些什么妙法",猴王"当时习了口诀,自修自炼",七十二般变化就都学成了。

隐身的另一妙法是物件神奇。西方普遍有女巫骑扫帚能够飞行的民间故事,风靡全球的电影《哈利·波特》搬了过去。这个能飞的扫帚就是神奇之物。不过,我们也有这类故事,不知谁借鉴了谁就是。《太平广记》卷四六〇云,户部令史家有匹骏马,"恒倍刍秣,而瘦劣愈甚",饲料不可谓不好、不足,马就是肥不起来,搞不清怎么回事。邻居告诉他,你家的马根本不闲着啊,你每次值夜班的时候,你老婆都骑出去。令史乃在某一天暗中观察,果然,"一更,妻起靓妆,令婢鞍马,临阶御之。婢骑扫帚随后,冉冉乘空,不复见"。有一天,令史又在看,"妻顷复还,问婢何以有生人气",让她把扫帚点着当火把,"遍然堂庑",弄得"令史狼狈入堂大瓮中"。一会儿骑马又走,然扫帚烧了,婢女骑什么呢?令史妻云:"随有即骑,何必扫帚?"婢女"遂骑大瓮随行。令史在瓮中,惧不敢动"。则我们的传说,显见比单纯地骑扫帚更发展了一步。

能够隐身的神奇物件,宋徐铉《稽神录》另收录了一则。舒州有人杀了一条大蛇,发现这蛇有脚,觉得很奇怪,"因负之而出,将以示人"。路上碰到几个县吏,告诉他们:"我杀此蛇而有四足。"不料大家都看不见他,问他在哪儿呢,他说就在你们眼前啊,"何故不见?"把蛇扔在地下,大家才看见他,也因此明白了,"负此蛇者皆不见"。《晋书》里有柳叶隐身,那是桓玄跟大画家顾恺之开的玩笑。桓玄拿片柳叶对顾恺之说:"此蝉所翳叶也,取以自蔽,人不见己。"顾恺之很高兴,马上"引叶自蔽"。桓玄将计就计,径直往他身上撒了泡尿,顾恺之还真就当他没有看到自己了,因而对柳叶"甚以珍之"。俗传恺之有才、画、痴等三绝,痴绝,看来同样不虚。

无论怎么隐身,同时也都有"反隐"之法,比方李天王用的是照妖镜。《抱朴子》云:"万物之老者,其精悉能假托人形,以眩惑人目而常试人,惟不能于镜中易其真形耳。是以古之入山道士,皆以明镜径九寸,悬于背后,则老魅不敢近人。"这样的例子很多,《太平广记》卷四四三云,车某舍中独坐,"忽有二年少女来就之",斯时外面正下着雨,而二女衣服不湿,车某生疑。墙上正挂着一面铜镜,车某瞄了一眼,"有二鹿在床前"。通过镜子照射来驱除鬼魅,这种做法今天也仍然普遍,表现在户外窗户上方固定一面小镜子,对面倘有人家,不迷信的就算了,迷信的还要"反照",至于影响邻里团结。照妖镜不仅能让乔装打扮的妖魔露出本相,也能让隐身的现出原形。然除此之外,也还有别的办法。《女仙外史》第二十三回云,鲍姑救了"各坊的夫人小姐们,一齐隐形而去",可是,"一路上的狗跟着乱吠",因而知道"仙家隐形之术瞒不得狗眼"。

徐铉说那条蛇,"生不能隐其形,死乃能隐人之形,此理有不可穷者"。忽然想到,把"蛇"置换成"权力",道理刚好相反:权力在手,能隐握有者之形,我们看到的尽皆仁义道德之辈;一旦权力被剥夺,暴露出来的往往衣冠禽兽。这所谓"两面人"其实就是一面,权力掩盖了一切。并且这个理可穷,谁都知道那是权力不受制约的恶果。

2011年7月3日

速成

一项名为"陈翔四力法书法速成"的教学培训项目,日前在国家教育部、文化部等16个部门共同主办的"2011全国职业院校技能大赛"展洽会上被评选为"全国职业院校优秀学生技能作品一等奖"。报道说,时下正值大学生的毕业季,许多大学生在找工作填写简历时常出现不敢写字、提笔忘字、字如蟹爬的尴尬局面,而每位练习者只要严格按照"全球3—30小时《陈翔四力法》毛笔、硬笔零基础书法速成教学法"的方法学习,在既定时间之内人人均能快速写出一手漂亮的中国书法。

听上去有一点儿神,但古代还有比这更神的速成。葛虚存《清代名人轶事》里说钱坫,"篆书尤空绝前后",他在家却从没练过,其"初入都省詹事,詹事授以李阳冰城隍庙碑,昼夜习之,三月不能成字"。忽然生的一场病,把什么都改变了,虽然生病时"手足厥冷,目瞪视,微有息而已",但七天之后"忽中夜跃起,濡墨作篆,书乾卦象毕,不胜饿而寝"。后来他回忆说,自己其实没病,"梦至石室,见唐巾老者指授篆法七日夜,作成,辄批抹,最后书乾卦象。老者曰:'可矣'。"就这么练成了。虽然七天比30小时的上限也还是长了点儿,但毕竟方法什么的都省了,躺在床上就行。钱坫在史上实有其人,一代学术大师钱大昕的侄子,且确为书法大家。不过,正是因为他"左手作篆尤精绝"之类的因素,人们才编出那个故事吧。包世臣《艺舟双楫》还说,王仲瞿的老婆金礼嬴曾经梦神授笔法:"管须向左迤后稍偃,若指鼻准者,锋乃得中。"王仲瞿是乾隆时的举人,也不是虚构的人物。

在书法之外,还有诸多速成。陶辅《花影集》里有《东丘侯传》,说东丘侯花云18岁的时候,"忽一夜梦神人授一铁简,长三寸许",告诉他,你把它吃了,"当有神力"。花云便"跪而嚼食之",把牙齿咯得生痛,而"试其力果异常日,或手拔大树,或肩负活牛,或挟车过河,或拖舟上岸。远近喧传,号称花神力"。这是速成力气的。

周绍濂《鸳渚志余雪窗谈异》里有《卖柑老人录》,说有一个老人住在旅店里,"杖策荷蓧,以卖柑为事"。跟一般做小买卖的不同,这老人"及暮必醺醉,醉必浩歌甚乐,丰度情怀,悠然与常人不伍。如是者月余"。关键还不在于老人的心态如此之好,而在于店主觉得老人卖的柑很不寻常,"不贩不益,而鲜红美洁者,日满于器",没带来多少却总也卖不完。有一天他就来了个暗夜"窃窥之",只见老人"用香炉盛土,植柑种于内,轻手拂拭,口若诵咒状,随即屈膝偃卧"。这时,奇迹出现了,"炉中之种,俄而叶,俄而花,又俄而食,迟明则垂熟累累矣"。同样的故事杨炫之《洛阳珈蓝记》也有,讲"得往观者,以为至天堂"的景乐寺里,"异端奇术,总萃其中。剥驴投井,植枣种瓜,须臾之间皆得食"。这是速成瓜果的。

蒲松龄《聊斋志异》里有个叫朱尔旦的文人,胆子很大。人家跟他打赌,"能深夜负十王殿左廊下判官来,众当醵作筵",凑份子请你客。须知那判官"绿面赤须,貌尤狰恶",夜里去那里,能听到"两廊下拷讯声,入者毛皆森竖,故众以此难朱"。没想到,朱尔旦到那里就给扛来了,"置几上",把大家都吓坏了,"瑟缩不安于坐,仍请负去"。一来二去,朱尔旦和这位陆姓判官成了朋友,陆判有天给他换了颗心,因为他原来那颗"毛窍塞耳",是以"作文不快",现在"于千万心中,拣得佳者一枚,为君易之"。果然,朱尔旦"自是文思大进,过眼不忘",秋闱还中了魁元。大家知道怎么回事之后,都"愿纳交陆",陆判也答应了,但来了之后,因为"赤髯生动,目炯炯如电。众茫乎无色,齿欲相击,渐引去",还是怕得不得了。这是速成文人的。

更多的速成当然还是希望来钱。徐铉《稽神录》里就有好几则。寿春卖肉的郑就,"家至贫",有天做梦梦到战国大将廉颇,告诉他到哪个地方去挖一挖,"取吾宝剑,当令汝富",前提是"不得改旧业",还得卖你的肉。郑就去挖了,果然挖到了,"踰年遂富"。还有个长沙徐仲宝,房子附近有棵大枯树,"合数大抱"。有人在树下扫地,沙土中扫出了"钱百余",告诉他,他也去扫,"亦获数百"。不仅如此,以后"每需钱,即往扫其下,必有所得。如是积年,凡得数十万"。罢任在家的汀州林氏,更有奇遇,"一日,天忽雨钱,充积其家",挖也不用挖,扫也不用扫,天上往下掉,并且专掉在他们家。但老林丝毫不贪,不是赶快把钱划拉起来,而是"整衣冠,仰天而祝",说些什么呢?"非常之事,必将为祸。于此速止,林氏之福也。"三则故事分别发生在安徽、湖南、福建,可见做这种"白日梦"的人是全方位的存在。

钱锺书先生对种种速成有个高度概括:"盖神通幻术不仅能致'非时'之物,亦能致非地之产,以非常之事,如非分之愿。此不待言而言亦不能尽也,要贵乎迅速而已。咄嗟便办,瞬霎即得。"当然,"陈翔四力法"不是神通幻术,而有其"科学原理"。书法算什么?当下什么都讲速成,连本质上该一丝不苟的硕博学位都是。但速成的就是速成的,不要以为成效可与"慢成"的比肩,就是别吹得太神,太神的话,成了对脚踏实地的公然颠覆。

2011 年 7 月 11 日

强拆(续)

广州市恩宁路又通过了一个规划方案。所以加个"又"字,因为类似的东西先前已经有了,而有话事权的人当它没有就是。恩宁路一带属于广州老街区,因开发稍迟,还残存着鲜明的老广州特征,时尚说法叫作能唤起文化记忆吧。但这几年,在那里动土的事情越来越多,6月中旬还把一组民间和专家不断呼吁保护的民国精美建筑给拆掉了。现在这个规划方案,说得又很决绝,然积经验来看,也只是理论上保证恩宁路不再遭受强拆的护身符吧。

前文曾提到宋朝的几种强拆,当然不止那些,此处再言一种。从赵匡胤起,宋朝皇帝就有对大臣有动辄"赐宅一区"之举。《宋史·郭进传》载,开宝中,"太祖令有司造宅赐(郭)进,悉用筒瓦"。有司上报,那是亲王公主才能用的东西,赵匡胤还生气了:"进控扼西山十余年,使我无北顾忧。我视进岂减儿女耶?亟往督役,无妄言。"太平兴国初,太宗再赐其宅一区。《宋会要辑稿·方域》中有不少赐宅,理由多样,有的是"特恩",有的是"优奖"。比如仁宗赐耀州观察使程昉宅一区,是因为他"任水事有功";神宗赐提举京城所宋用臣宅基一所,是因为他"以京城下创营课利",懂得经营城市吧。《宋史》称宋用臣"为人有精思强力,神宗建东西府,筑京城,建尚书省,起太学,立原庙,导洛通汴,凡大工役,悉董其事"。再比如哲宗赐蔡确本家宅一区,是因为故相蔡确"实受遗为元祐所嫉,贬死岭外,诸子零丁,私用尤窘",朝廷要表示一下关心。当然,前提是蔡确已经"牵复官职"。

这些赐第的营建,便往往以"夺民居"为前提。所谓夺民居,说白了就是强拆了人家的,腾地方。《清波杂志》云:"蔡京罢政,赐邻地以为西园,毁民屋数百间。"他的宅子大到了什么程度?陆游《老学庵笔记》云,仅其六鹤堂,即"高四丈九尺,人行其下,望之如蚁"。皇帝一赐了事,人情做了,不及其余,但正义臣僚对因此而强拆百姓房屋的做法却颇多微词。徽宗政和六年(1116)有人上言:"近日臣僚蒙恩给赐第宅,皆优还价值。然于民居私舍,不无迁徙毁彻之弊。"宣和二年(1120),御史中丞翁彦国奏:"伏见比年以来,臣僚有被眷异者,不唯官职之超躐,锡赉之便蕃,多遂赐第者。臣闻蒙赐之家,则必宛转踏逐官屋以空闲为名,或请酬价兑买百姓物业,实皆起遣名居。大者亘坊巷,小者不下拆数十家,一时驱迫,扶老携幼,暴露怨咨,殊非盛世所宜有。"宣和五年(1123),又有臣僚上言:"比年臣下缘赐第宅,展占民居,甚者至数百家。迁徙逼迫,老幼怨咨。"他建议:"乞自今除大臣戚里,于旧制应赐外,余悉赐金钱,使自营创。"给钱算了,不要随便批地皮。在蔡京那里,还有一则不知真假的故事。蔡京在园子里美滋滋地对焦德说,我这两个园子怎么样?不料焦德说:"东园嘉木繁阴,望之如云;西园人民起离,泪下如雨。可谓'东园如云,西园如雨'也。"

明朝的这类情况大抵没好多少,焦竑《焦氏笔乘》谈及当时的强拆举了两个例子,认为那些"怙势侵夺闾里者闻之,当愧死矣"。一例是说本朝的王恕去官还家,"见子侄易左右邻居为业",责备他们:"某某皆我故旧朋友,岂宜夺其居,俾之远去乎?"再一例是宋朝赵抃,"子侄欲悦公意,厚以赀易邻翁居,广其第",但赵抃说:"此翁三世为邻,忍弃之乎?"被强拆的百姓是很凄惨的,如翁彦国所言:"今太平岁久,京师户口日滋,栋宇密接,略无容隙,纵得价钱,何处买地。瓦木毁撤,尽为弃物,纵使得地,何处可造。失所者固已多矣。"从宋代名画《清明上河图》中可以看到:沿街店铺一个挨一个,贵族宅第后面又有密密麻麻的市民居住区。杨侃《皇畿赋》概言之:"甲第星罗,比屋鳞次,坊无广巷,市不通骑。"伊永文先生认为,宋都汴梁(开封)火灾频发的首要原因,就是居住非常拥挤,使庖厨相近的状况日益突出。

《续资治通鉴长编》载,宋真宗咸平五年(1002)二月,以京城开封"衢巷狭隘",乃"诏右侍禁合门祗侯谢德权广之",扩宽路面。但强拆百姓的容易,强拆权要的呢?谢德权得令之后,"则先毁贵要邸舍",至于"群议纷然,有诏止之",皇帝把成命又收回去了。德权未必是存心要和权要过不去,实在是只有他们的房子才敢侵占道路,且所谓群议亦非百姓呼声,正是权要自己。谢德权对真宗抗争时说得清楚不过:"今沮事者皆权豪辈,各僦屋资耳,非有它也。臣死不敢奉诏。"《宋史·王博文传》可为佐证,时"都城豪右邸舍侵通衢",开封知府王博文"制表木按籍,命左右判官分撤之,月余毕"。许是真宗认为确实如此吧,"不得已从之"。德权强拆之后,"乃诏开封府街司约远近置籍立表,令民自今无复侵占"。置籍立表,大约与今天城市规划的那条"红线"相当。

强拆在当下全国各地屡屡酿成恶性事件,去年10月,江西宜黄官员撰文称:"没有强拆就没有中国的城市化,没有城市化就没有一个个'崭新的中国'。"然鲁迅先生早就说过:"无破坏即无建设,大致是的;但有破坏却未必即有新建设。"这句话,值得那些崇拜强拆的官员认真咀嚼。

2011 年 7 月 16 日

忍

7月17日是杨绛先生百岁生日。有记者在采访时发问,在您生命中如此被看重的"自由",与"忍生活之苦,保其天真"却始终是一物两面,从做钱家媳妇的诸事含忍,到国难中的忍生活之苦,以及在名利面前深自敛抑,"穿隐身衣""甘当一个零",这是怎么回事?杨先生回答:含忍和自由是辩证的统一。含忍是为了自由,要求自由得要学会含忍。我这也忍,那也忍,无非为了保持内心的自由,内心的平静。

杨先生一生原来大念"忍"字诀,足见杜牧"包羞忍耻是男儿"之偏颇,当然,杜牧是以"胜败兵家事不期"为前提,感叹项羽乌江自刎,不能忍辱负重,有特指的成分。苏东坡名篇《留侯论》阐释得更为详尽:"观夫高祖之所以胜,而项籍之所以败者,在能忍与不能忍之间而已矣。项籍唯不能忍,是以百战百胜而轻用其锋。高祖忍之,养其全锋而待其弊,此子房教之也。"刘邦之所以忍,那是留侯张良的功劳。另一位宋人罗大经也认为:"大智大勇,必能忍小耻小忿。"他以战国时魏的名士,后来加入陈胜、吴广造反队伍里的张耳、陈馀为例。说二人被秦悬赏捉拿而亡命的时候,隐姓埋名。有一天,"里吏尝笞馀,馀欲起,耳蹑之,使受笞",让他打。里吏走了,张耳说陈馀:"始吾与公言何如?今见小辱而欲死一吏乎？"因而罗大经认为："耳之见，过餘远矣。"实际上，《留侯论》对此已有精辟见解："人情有所不能忍者，匹夫见辱，拔剑而起，挺身而斗，此不足为勇也。天下有大勇者，卒然临之而不惊，无故加之而不怒。此其所挟持者甚大，而其志甚远也。"

东晋的王述以性急闻名。《世说新语》说他有次吃鸡蛋，用筷子没夹着，生气了，"举以掷地"，结果鸡蛋转来转去，他下地就踩，没踩到，更气了，"复于地取内口中，啮破，即吐之"。不过，性子这么急的王述却忍功了得，亦即时人说的"能有所容"。《世说新语》另云，谢奕与他"以事不相得"，找上他的门"肆言极骂"。王述但面壁而已，一声不吭。过了半天，转头问左右，他走了吗？左右说走了，王述"然后复坐"，好像那么丢面子的事根本没有发生过。不过，不大好理解的是，王述对王羲之又表现出了气量偏狭的一面。还是见于《世说新语》："王右军素轻蓝田，蓝田晚节论誉转重，右军尤不平。"从这话来推断，是王羲之不厚道在先。王述家有丧事，右军"屡言出吊"，却"连日不果"；好不容易来了，却"主人既哭，不前而去，以凌辱之"。这一节，《晋书·王羲之传》的记载虽然没有那么严重——"述先为会稽，以母丧居郡境，羲之代述，止一吊，遂不重诣"——但是，二人由此"嫌隙大构"是显然的。后来，王述为扬州刺史，右军是他的下级，述"密令从事数其郡诸不法，以先有隙，令自为其宜。右军遂称疾去郡，以愤慨致终"。或者，即便是那些颇谙忍功的人，也有可忍与不可忍。是可忍，孰不可忍？只有当事人自己把握了。

在官场之外，寻常生活之中，如杨绛先生一样，忍字诀亦颇有用武之地。《旧唐书》载："郓州寿张人张公艺，九代同居。"高宗幸泰山，"路过郓州，亲幸其宅"，问公艺这么一大家人何以能其乐融融，公艺"请纸笔，但书百余'忍'字"。结果，"高宗为之流涕，赐以缣帛"。后世王夫之在《宋论》中提到了这件事。他说："公艺之告高宗也,曰'忍'。夫忍,必有不可忍者矣。则父子之谇语,妇姑之勃溪,兄弟之交瘉,以至于敦伦伤化者皆有之。"但是,"公艺悉忍而弗较,以消其狱讼觭杀之大恶而已。使其皆孝慈友爱以无尤也,则何忍之有邪?"因此,他觉得张公艺还是道出了实情的,"不敢增饰虚美以惑人",不是眉飞色舞地开列一二三四。相比之下,王夫之认为人们津津乐道的陈竞家的和谐美谈就纯粹扯淡。陈家"长幼七百口,人无闲言",就"已溢美而非其实矣",又说什么其家"有犬百余,共一牢食,一犬不至,群犬不食",连狗都亲密得很。王夫之驳斥道："其诞至此,而(陈)竞敢居之为美,人且传之为异,史且载之为真,率天下以伪,君子之所恶夫乱德之言者,非此言哉?"可叹的是,今天这样睁着眼睛说瞎话的有增无减,主人公置换成地方官员就是。

前人有一则劝忍之言："吞钩之鱼,悔不忍饥;罹网之鸟,悔不忍飞;人生误计,悔不忍为。"因此,要"唾面将襟拭,嗔来把笑迎,则知辱之当忍矣"。韩信、娄师德等等都是践行的典范,没这么极端的其实数不胜数。唐朝王守和"未尝与人有争,尝于几案间大书'忍'字",认为"紧而必断,刚则必折,万事之中,'忍'字为上"。明初重臣夏原吉"德量阂厚,人莫能及"。有人请教,我们能学来您这手吗？原吉曰："吾少遇犯者必怒。始忍于色,中忍于心,久之自熟,殊无相较意,是知量可学也。"另一位明朝重臣宋濂对待诱惑的态度非常明确,大书于门外曰："宁可忍饿而死,不可苟利而生。"这该是忍字的又一个境界,最值得今天的官员仿效。当然,即便是宋濂,其生活水准与"饿死"又相距岂止十万八千里？

2011年7月23日

不怒

"忍"的同义词之一、又要用两个字来表现的话,该是"不怒"。记得中学时代的语文课本里有鲁迅先生《"丧家的""资本家的乏走狗"》一文,虽然彼时对双方缘何剑拔弩张不明所以,但对其转述的梁实秋先生那句"我不生气"印象尤深,听得懂,也觉得有意思。后来才知道,那是冯乃超把"资本家的走狗"称号"送"给梁之后,梁在回应文字中说到的。"我不生气",就是不怒的一种,语气上比较委婉就是。

《清稗类钞》云,顺治丁酉(1657)江南科举,"吴中有杨姓者获隽",因为他的头有点儿歪,大家叫他"歪头举人",还鼓捣出七字吟来谐谑他:"侧,吹笛,听隔壁,思量弗出,颈里摸跳虱,圈棚船立弗查,我是梁山阮小七。"每一句都是歪头的画像,如果不是拿人家的生理缺陷开玩笑,不甚厚道,则这种谐谑倒真不失智慧与幽默。但这是我们局外人的看法,不知当事的杨举人动怒与否。辑录者认为"第五六句,皆吴谚,非吴人不能解也",其实第五句还是容易想象的。最末一句则有商榷的必要,《水浒传》里似乎没有讲到三阮兄弟哪个头歪,然明潘之恒《叶子谱》解释叶子戏——据说是麻将或扑克牌的前身——中"百万"的图像时说:"天罪星短命二郎阮小五黬人首为双头,而自侧弁,呼曰'万歪头'是也。"所以,歪头的应该是阮小五,捉阮小七来"顶替",有韵脚的考虑吧。

《玉光剑气集》里有不少达官、学者不怒的故事。如前面提到的夏原吉。他冬天外出,"命馆人烘袜",结果烧坏了一只,大家吓坏了,"左右请罪"。然夏原吉一笑置之:"何不早白?"乃"并存者弃之而行",干脆两脚都不穿了。又如陈白沙。他去访庄定山,"定山挈舟送之",船上"有维扬一士子",几十里水路,大谈"衽席狎昵之事"。庄定山听了"怒不能忍,声色俱厉",大骂那个恬不知耻的家伙;陈白沙呢,"当其谈时,若不闻其声,既去,若不识其人"。又如王承裕。他小的时候"暑月如厕,必置扇外舍牖间",在里面专心方便。姐姐们跟他开玩笑,"使婢藏去",等他出来,"视无扇,辄已,及三置三藏之,则不复置扇,终无愠色"。又如王恕。其巡抚南畿,"市井一无赖乘醉詈公",王恕"略无怒色",但曰"此人醉矣"。又如曹时中。有人"向其僮肆詈,欲以激之",小仆告诉曹时中,时中曰:"人詈我,而汝述之,是再詈也。"他让小仆告诉那人,"我仆也,不敢传言"。那人还不罢休,又"为书若修候者,而中极诋毁,令人直入,跪上之",曹时中也只是"取火焚之",说:"知若主于我无好言,老人不能答,聊自遣耳。"那人终于"愧而止"。又如丁瓒。为御史巡陕右,"时有行人(掌管朝觐聘问的官)被酒,入察院嫚骂,二司皆不平,谓宜劾奏",丁瓒也是说,这家伙醉了,"不足责也"。诸如此类。不怒,很多时呈现出来的是一种可称美德的修养,按前引《留侯论》"天下有大勇者,卒然临之而不惊,无故加之而不怒",有这种修养的人往往都是了不得的人。

《明史·宋讷传》载,朱元璋派画工窥伺宋讷,给他画了张像,"危坐有怒色"。第二天上朝,朱元璋问他昨天为什么发怒,宋讷很惊讶,说诸生有人摔了个跟头,把茶器摔碎了,倒不是心疼东西,而是"臣愧失教,故自讼耳",自己生自己的气。他不解的是:

"陛下何自知之？"朱元璋就把画像给他看。在《明史·宋濂传》里，宋濂有次跟人家喝酒，朱元璋也是"密使人侦视"，第二天"问濂所饮酒否，坐客为谁，馔何物"。宋濂实话实说，朱元璋笑了："诚然，卿不欺朕。"对官员的这种监督，今天相对简单了，至少不用派遣探子亲临现场。重庆市酉阳县给每个干部发放一部具有GPS定位功能的3G手机，要求他们24小时开机，这就够了。持机者必须在每天上午10时前，通过手机菜单报告前一天的行踪，看看其如何自报8小时外的生活，这是要验证欺与不欺了。只是这种监控成本忒高了些，39个乡镇和106个县级部门200多个干部的手机并花费，一年共需财政支付170万元。当然，此举得大于失还是失大于得，尚待时间的检验。古代那种缜密的监控就并非一无是处，比如南唐顾闳中"以孤幅压五代"的传世名作《韩熙载夜宴图》，正是"探报"的产物。为了避免后主李煜的猜疑，韩熙载与宾客寄情于声色犬马，场面其乐融融，全无丝毫怒征。

宋朝杨文仲有句名言："天本不怒，人激之使怒。人本无言，雷激之使言。"这是别一种形式的天人感应观。前一句，即由朱学勤先生普及开来的"天谴说"；后一句，倒是未必。比方梁实秋先生因为不生气，就把鲁迅先生气得写出《丧》文，因为该文的战斗性之故吧，被用来教育一代一代的学子领略何为"匕首和投枪"。结果，梁的"丑恶形象"至少在我的心目中，到20世纪末才渐渐正面起来。鲁迅先生对"怨敌"——论争对手——有"一个都不宽恕"的特性，把正常的批评一概视为攻击，所以动辄怒气冲天。很想知道看了这篇刻薄的挖苦文字之后，梁先生当时的心态如何。早有答案了吧？

2011年7月26日

雷公

夏季时常打雷,甚至劈死人的事情年年也见诸报端。天打雷劈,这种自然现象在古人的哲学里,是干了坏事之后的报应。那个司雷的神,叫作雷公。

《太平广记》卷三九三云:唐贞元(德宗年号)中,华亭县有个叫堰典的,"妻与人私"。当她"又于邻家盗一手巾"时,邻居找上门来了。堰典与妻子不仅矢口否认,而且"共讳诟骂"。邻居这时揭堰典的老底了:"汝妻与他人私,又盗物。仍共讳骂,神道岂容汝乎?"堰典大约真不知道,发毒誓说:"我妻的不奸私盗物,如汝所说,遣我一家为天霹。"然而,"至夜,大风雨,雷震怒,击破典屋,典及妻男女五六人并死"。雷公就是这么代天执法的。

五代北宋之际成书之《稽神录》传世至今,关于雷公的内容很多。比方说庐山下有个卖油的,"养其母甚孝谨",但是也给雷劈死了。他母亲"日号泣于九天使者之祠",认为雷公善恶不分,要个说法。然而"一夕,梦绯衣人告曰:'汝子恒以鱼膏杂油中,以图厚利'",原来她儿子卖油掺过假,没有躲过雷公的慧眼。今天的食品安全成绝大难题,原因千百,缺乏强有力的震慑似为根本。《镜花缘》里也有类似实例。林之洋道:"俺有一个亲戚,做人甚好,时常吃斋念佛。一日,同朋友上山进香,竟被老虎吃了。难道这样行善,头上反无灵光么?"多九公道:"此等人岂无灵光。但恐此人素日外面虽然吃斋念佛,或者一时把持不定,一念之差,害人性命;或忤逆父母,忘了根本;或淫人妻女,坏人名节。其恶过重,就是平日有些小小灵光,陡然大恶包身,就如'杯水车薪'一般,那里抵得住!所以登时把灵光消尽,虎才吃了。"果然,后来知道"这人诸般都好,就只忤逆父母",是个不孝子。

有意思的是,饶是神,雷公也有做错事情的时候,而一旦真的劈错了,雷公还能知错即改,积极善后。还见《稽神录》。"江西村中雷震,一老妪为电火所烧,一臂尽伤。即而,空中有呼曰:'误矣。'即坠一瓶,瓶有叶如膏,曰:'以此傅之,即瘥。'"还有个村民被"失手"震死,这回"上面"口述的是偏方:"可急取蚯蚓捣烂,傅脐中,当瘥。"这样的雷公,真的是可敬又可爱了。

《太平广记》还有一则《雷公庙》,说广东雷州——《太平寰宇记》云雷州乃因该地多雷而得名——那个地方,每当大雷雨过后,都能捡到一些东西。比方于"霹雳处,或土木中,得楔如斧者,谓之霹雳楔",好像雷公工作时,真的像李逵那样手持两把大斧一般。雷州人把霹雳楔捡去,赋予了诸多功能,"用小儿佩带,皆辟惊邪;孕妇磨服,为催生药"。《聊斋志异》讲的就更有趣了,雷公不拿斧子改拿锤子,"亳州民王从简,其母坐室中,值小雨冥晦,见雷公持锤振翼而入,大骇,急以器中便溺倾注之"。雷公给泼了这一身脏东西,"若中刀斧,返身疾逃";又像中了魔咒,"极力展腾,不得去,颠倒庭际,噪声如牛"。结果,因为下了场及时雨,"身上恶浊尽洗,乃作霹雳而去"。这是把雷公当作鬼来对待了。第一次鸦片战争时,广州守将杨芳就收集了城中好多装着屎尿的马桶,英军冲上来就扔出去,那是把英军视为"番鬼",虽然荒诞,但也是传统文化秽物驱鬼的外延。

说人话、拟人化的雷公什么模样？前文曾引谢肇淛的说法："雷之形，人有常见之者，大约似雌鸡肉翅，其响乃两翅奋扑作声也。"似雌鸡肉翅，见的应该是电，亦即雷公的"老婆"电母。不过雷公大约和人一样，也喜欢小三。《稽神录》云宋朝建隆（太祖年号）元年番禺有个村女在田里干活，被雷公给掳去了，过一个月盛服回来，说被雷公娶了，现在要办婚礼，"一同人间"。家人问，我们能见见新郎官吗？曰："不可得。"因为谁也没见过，一千个人眼中就有一千个哈姆雷特。电视剧《西游记》无聊地拍摄三个版本了，新版的，像诸多备受非议的造型一样，"雷公"不能幸免，雷人没商量。但读过原著的人都知道，在吴承恩的心目中，雷公的模样像猴子。第十四回师徒二人投宿庄院，开门的老者"看见行者这般恶相，腰系着一块虎皮，好似个雷公模样，唬得脚软身麻"。第十六回观音院里悟空胡乱撞钟，"惊动那寺里大小僧人、上下房长老"一齐拥出，及见悟空，"唬得跌跌滚滚，都爬在地下道：'雷公爷爷！'"第十八回在高老庄，高太公责怪家仆："你这小厮却不弄杀我也？家里现有一个丑头怪脑的女婿打发不开，怎么又引这个雷公来害我？"诸如此类，《西游记》里俯拾皆是，雷公的这般模样该是当时人们的共识吧。

有人用天人对应阐述道："雪霜者，天之经也；雷霆者，天之权也。非常之罪，不时可以杀，人之权也；当刑者必顺时而杀，人之经也。"柳宗元表示不同意这种见解，他在《断刑论》中说："夫雷霆雪霜者，特一气耳，非有心于物者也；圣人有心于物者。春夏之有雷霆也，或发而震，破巨石，裂大木，木石岂为非常之罪也哉？秋冬之有霜雪也，举草木而残之，草木岂有非常之罪也哉？彼岂有惩于物也哉？彼无所惩，则效之者惑也。"自然界的现象与人世间的行为，本质上在于无心与有心的区别，等于否定"报应"说。

用今天的话语定位,柳宗元这是具有唯物主义世界观了。

2011 年 8 月 6 日

艳照·狎妓

官员的"艳照门"渐渐多了起来,从北到南或从南到北,此起彼伏,有目不暇接之势。新近昆明市发改委副处长成某人的这一"扇"门,还扑朔迷离了一阵:艳照上的人是不是发改委的、艳照PS了与否,很简单的是非问题硬是弄得异常复杂。好在不知哪个方面下了决心,证明成某人终于并非窦娥。原来其艳照给人拍下来的前提,是他"参与淫乱"。

冯小刚电影《手机》里有个作家费墨,他对婚外情露馅发出过一句感叹:还是农业社会好,上京赶考,几年都不回来,回来后说啥子都行。"艳照门"的涉事官员以及有蠢蠢欲动迹象的官员,对"从前"想必更流口水,因为那个时候官员狎妓是正大光明的,根本不用心存顾虑,还可以被雅称为风流韵事。那个时候虽然照相术还没有发明,没有影像,但他们留有艳诗,融进文字里,在后人面前"不打自招"。另一方面,被狎之妓索诗,也是激发官员诗兴的动力机制之一。而多数人到底是经过科举历练的,提笔能来,而且还有不少佳作为后世传诵,成为脍炙人口的名篇,远远强似今天饭桌上自以为风趣其实只会吐出"黄段子"的家伙。

宋人赵令畤《侯鲭录》里就有不少狎妓的记录,略举之。

元稹,鼎鼎大名的诗人。其贬江陵府士曹,"过襄阳,夜召名妓剧饮"。临走,留艳诗云:"花枝临水复临堤,也照清江也照泥。寄语东风好抬举,夜来曾有凤凰栖。"

吕士隆。宣城守,"好缘微罪杖营妓",狎人家还暴力,很变态。后于"乐籍中得一客娼,名丽华,善歌,有声于江南,士隆眷之"。一天,手又痒了,营妓哭着说不敢不让你打,但怕吓坏你那个丽华,杀鸡儆猴,她会"不安此耳"。吕士隆还真的罢手了,是否就此改了恶习不知道。因为丽华生得矮胖,梅尧臣有一首《莫打鸭》调侃士隆:"莫打鸭,打鸭惊鸳鸯,鸳鸯新自南池落,不比孤洲老秃鸧,秃鸧尚欲远飞去,何况鸳鸯羽翼长。"因此还诞生了成语"打鸭惊鸳",比喻打甲惊乙,或比喻株连无罪的人。

滕子京。就是因为"重修岳阳楼"而引来范仲淹名句的那位。他在吴兴的时候,"席上见小妓兜娘,赏其佳色",念念不忘。十年后再见,兜娘"绝非顷时之容态",色衰了,失宠了,但他仍有感慨:"十载芳洲采白苹,移舟弄水赏青春。当时自倚青春力,不信东风解误人。"今天的"情色日记"庶几近之,然赤裸裸,没滕氏雅致就是。

苏东坡。在钱塘时,有官妓"性善媚惑,人号曰'九尾野狐'",两人关系不错。一天九尾野狐"下状解籍",不想干了,东坡欣然批示:"五日京兆,判断自由。九尾野狐,从良任便。"另一名官妓听说后,也来走"上层路线",谁知这回东坡批道:"敦召南之化,此意诚可佳。空冀北之群,所请宜不允。"不让走。两个批示,三个典故,亦见东坡诙谐的一面。"五日京兆",说的自然是西汉的张敞。张敞被弹劾等待处理,手下絮舜觉得可以不把这个上司当回事了:"今五日京兆耳,安能复案事?"张敞知道后把絮舜抓起来杀了,先跟他斗气:"五日京兆竟何如?冬月已尽,延命乎?"东坡引此典,是说自己毕竟还在位上吧。"敦召南之化",召南乃

《诗》十五国风之一,"《诗》三百,一言以蔽之,曰'思无邪'",显然意谓此妓已被感召。"空冀北之群",典出韩愈《送温处士赴河阳军序》"伯乐一过冀北之野,而马群遂空",比喻有才能的人遇到知己而得到提拔。综合起来看,东坡不批这一单,大抵已有心仪此妓的趋向。

此外,在别的笔记里,类似记载仍然比比皆是。比如《墨客挥犀》云,寇準镇北都(今山西太原),把隐居着的蜀人魏野招至门下。有次宴会,一妓"美色而举止生硬,士人谓之'生张八'",寇準叫她向魏野求诗,魏野写道:"君为北道生张八,我是西州熟魏三。莫怪尊前无笑语,半生半熟未相谙。"因此又诞生了成语"生张熟魏",泛指认识的或不认识的人。又比如《续墨客挥犀》云,石曼卿为永静军通判,狎了官妓杨幼芳,杨幼芳一下子觉得自己了不得了,"自肆无惮"。太守看石曼卿的面子,"颇优容之"。但杨幼芳连本职工作都搞忘了,"一日,大会宾佐,群妓皆集,独幼芳不至。屡遣人捉之,抵暮方来,洋洋自若"。这下太守恼了,"呼伍伯将笞之"。因为石曼卿愿代为受过,杨幼芳才免了这顿鞭子。由此亦可知石曼卿狎妓到了何种程度。

然而在官员狎妓属于正常的时代,也还是有底线的,虽然标准飘忽不定,今天深陷"艳照门"的官员也用不着流口水。比方田汝成《西湖游览志馀》"委巷丛谈"条云:"宋时阃帅、郡守等官虽得以官妓歌舞佐酒,然不得私侍枕席。熙宁中,祖无择知杭州,坐与官妓薛希涛通,为王安石所执。"余继登《典故纪闻》云,明朝正统皇帝时,"广东南海卫指挥使以进表至京宿娼,事觉,谪戍威远卫"。当代"艳照门"的此伏彼起,不仅严重冲击了道德底线、破坏了社会的公序良俗,而且严重挫伤了公众对公权力的信任。因此,任何当事的单位部门对此哪怕闪烁其词,也都无异于纵容,到头来,看似维护实际上败坏了自己的形象。

2011 年 8 月 13 日

葛亮,马迁,方朔

《南方都市报》新一期《南方阅读周刊》的头条是《葛亮:时代宏音是细小声音之和》。老实说,翻到这叠报纸的时候,看到"葛亮"二字的第一反应以为在说诸葛亮。多看两眼,才知道不是那么回事,原来那说的是一个作家,才20多岁,却已得过不少奖项,惜乎其作品如《七声》《谜鸦》《相忘江湖的鱼》等,均未曾得窥其详。但可推测,倘若人家那不是笔名,该是姓葛名亮了。

或曰,你的第一反应是荒唐的,诸葛亮复姓诸葛,焉能简诸葛为葛?乱来嘛。没乱来,以前是可以这样用的。比如杜甫《赤霄行》有"老翁慎莫怪少年,葛亮《贵和》书有篇";韦庄《和薛先辈见寄》有"名自张华显,词因葛亮吟";刘谦《重阳感怀》有"张仪旧壁苍苔厚,葛亮荒祠古木寒";唐朝李翰编著的以介绍掌故和各科知识为主要内容的儿童识字课本《蒙求》,也有"葛亮顾庐,韩信升坛"。诸如此类,都将诸葛亮简称葛亮。这种用法,古今都有很多人进行过阐释,宋人周密《浩然斋雅谈》说到,"诗文中有摘人姓名一字而言者",比如班固《幽通赋》"巨滔天而泯夏兮"中的"巨",说的是王莽,莽字巨君;"重醉行而自耦"中的"重",乃重耳。又云李白《扶风豪士歌》中的"原、尝、春、陵六国时",指的是战国四公子,而"杜诗用'扬、马',则雄、相如也;'卿云、渊云'则长卿、子云、王褒也;'东、马'则方朔、相如也"。他尤其指出:"如葛亮、马相如等甚多,亦有碍理者。"

吴小如先生有一篇《从"学书三冬"说起》,其中说到《龙文鞭影》有这样一联:"乐羊七载,方朔三冬。"方朔,如前面见到的一样,汉武帝时文学侍臣东方朔的简称。吴先生说,把复姓"东方"简化成一个"方"字,虽有点欠妥,但在古书里是允许这样做的。确是。除了上面罗列的那些,还可以举出若干其他复姓的简称句子。如白居易《读史五首》其一有"马迁下蚕室,嵇康入囹圄",李商隐《茂陵》有"玉桃偷得怜方朔,金屋修成贮阿娇"等等。王利器先生校注应劭《风俗通义》时,就"干木息偃以藩魏"总结道:"古人复姓,多取下字连名称之,故孙叔敖为叔敖、公牛哀为牛哀、司马迁为马迁、东方朔为方朔等,不可计极,段干木称干木,正其比也。"这里的"段干",也是复姓。

记得在中山大学读书时听到过一则趣事:法律系端木正教授(后任最高人民法院副院长)上课时说,有个学生写信要报考他的研究生,抬头称"端老师",老先生笑言就冲这种称呼都不会收他,连基本常识都不懂。老先生这样说,盖因端木是复姓,《百家姓》从"万俟司马"开始直到终篇——"第五言福",都是谈的复姓,其中有"颛孙端木,巫马公西"。不过,老先生是研究法律的,如果研究历史,可知端木可以简称"端"——当然那学生或是无知者无畏。《明史》卷一百三十八《周浈传》下附有《端复初传》,其中说道:"复初,字以善,溧水人,子贡裔也,从省文,称端氏。"众所周知,孔子的弟子子贡名叫端木赐,那么,至少到端复初的时候已经简称了"端"。《明史》关于端复初的评价颇高,说他"性严峭,人不敢干以私。僚属多贪败,复初独以清白免",后来他又历任刑部尚书、湖广参政等,"以治办闻"。

前人将司马迁简成马迁、东方朔简成方朔、司马相如简成马相如、诸葛亮简成葛亮,应该是音节上的考虑。诗词文赋,讲究上下对应,碰上复姓的,对不上了,只好"硬简"。韩愈《读东方朔杂事》中,有"方朔乃竖子""方朔闻不喜""方朔不惩创"句,"方朔"凡三见。他那是五言诗,如把"方朔"叫全,这三句就成六言了,简成"东方",又成了表示方位,则成"方朔"最"合理"吧,胡猜。今天有学者认为,观世音简称观音,世上以避唐太宗李世民名讳所致,实则不然,也是源于古代对人名的割裂式简称。比如《妙法莲华经》是十六国时期的鸠摩罗什翻译的,在《观音品》的五言偈中,"念彼观音力"句共出现13次,还有"汝听观音行""观音妙智力"等句,而彼时李世民尚未出生,所以可以推想,观音略称的出现是为了适应五言诗的句式;而五言诗中的其余词汇不便省略,又要考虑句子中的节奏,只好在观世音的名字上打主意。那么,倘若当初要割裂成"世音",今天恐怕也就这么叫了。

刘声木《苌楚斋随笔》云,左宗棠领兵平定捻军之时,自恃谋略,尝自称曰"葛亮",与僚佐书,或即自称曰"老亮"。如果某一仗打赢了,往往掀髯笑曰:"此葛亮之所以为亮也。"有一次没有打赢,某方伯戏曰:"此诸葛之所以为猪也。"气得左宗棠"不久即劾罢某方伯"。刘声木在这里当然并不是要探讨葛亮的用法问题,而是要说某方伯"因一言而受大祸",概因没有牢记慎言的古训。然葛亮之类的用法,以"割裂式简称"名之,颇能破的。明了这些,对今人所编五花八门的《新三字经》极尽"掐头去尾"之能事的做法,倒也不可过于苛责,因为其中也有传统文化的影子,算是继承了。

2011 年 8 月 19 日

醋

提及食品安全,如今公众颇有些惶惶不安。隔三岔五曝光一个不安全的品种,变得好像吃什么都有风险了。忽地又添了调味的醋。有媒体报道称,全国每年消费330万吨左右的食醋,其中90%左右为勾兑醋。随后,山西醋产业协会副会长王建忠更发出惊人消息:市场上销售的真正意义上的山西老陈醋不足5%,消费者平常喝到的基本都是醋精勾兑的。他解释说,勾兑醋还分两种,一种是冰醋酸勾兑的,一种是加苯甲酸钠防腐的添加剂,放添加剂的占了95%,而不添加任何防腐剂,纯酿的6度老陈醋,几乎就不多。

柴米油盐酱醋茶,自古即被俗称为百姓"开门七件事",用吴自牧《梦粱录》里的话说:"盖人家每日不可阙。"早在春秋战国,周王室就开始设置掌管饮食调料生产的官员,有"盐人""酒人"和"醯人"等等,其中"醯人掌共醯物",也就是专管酿醋。《本草纲目》释醋名时引陶弘景的话说:"醋酒为用,无所不入,愈久愈良,亦谓之醯。"醋,很早就进入了寻常百姓家。《论语·公冶下》里,子曰"孰谓微生高直?或乞醯焉,乞诸其邻而与之"。前人考证,微生高就是著名的尾生,那个"与女子期于梁下,女子不来,水至不去,抱柱而死"的千古情圣。根据这件事,有人把尾生视为信守诺言的典范,甚至认为他"信既如此,直亦可知"。但孔子否定其直。他说人家来借点儿醋而他家没有,又不明说,转而向邻居家借,"其私曲尽见矣",直什么直呀。后来不少人也是循着夫子的思路看待尾生。有的说,醋这东西"非人必不可少之物,有则与之,无则辞之,沾沾作此态,平日之得直名者可知矣"。还有的,更掷给他一顶帽子:"矫情饰行,以诈取名。"小小一件事,竟然上纲上线到这个地步,跟今天网络发酵什么事件差不多了。

  宋朝已不用醯这种复杂的字眼,把酿醋的作坊径直叫作醋坊。明朝也是这样,专门负责酿醋以供官府之用的人家,就叫醋户。宋人庄绰《鸡肋编》云:"建炎后俚语,有见当时之事者。"如"仕途捷径无过贼,上将奇谋只是招""欲得官,杀人放火受招安;欲得富,赶着行在卖酒醋"等。这是说,贵,要当强盗;富,要拿到酒醋的专卖权。鲁迅先生说:"这是当时的百姓提取了朝政的精华的结语。"北宋列入"榷货"范围的物品,较之以前确有扩大,盐、茶、酒之外,即有醋、矾和香等。清人周寿昌《思益堂日札》引他著云,魏中书监刘放曰:"官贩苦酒,与百姓争锥刀之末,请停之。"苦酒即醋,《本草纲目》云,醋"以有苦味,俗称苦酒"。周寿昌因而认为:"醋之有榷,自魏已然。"而关于苦酒,《晋书·张华传》中已经提到。陆机曾送张华腌鱼,"时华家宾客满座"。打开后,张华说,这是龙肉啊。编纂《博物志》的张华是个很神的人物,号称"博物洽闻,世无与比",什么都知道。但大家这回都不信他,张华说:"试以苦酒濯之,必有异。"果然,"既而五色光起"。陆机问腌鱼的主人,那人说:"园中茅积下得一白鱼,质状殊常,以作鲊,过美,故以相献。"龙虽是中华民族的图腾,但咱们都知道龙本身子虚乌有,龙肉遇醋则放光,未知张华依据的是何种原理。当代《汉语大词典》释苦酒曰"劣质味酸的酒",怕也有商榷余地。

醋作为一种调味品，多以粮食经发酵酿制而成。宋人另一部笔记《北梦琐言》之"疗疑病"条，告诉我们醋还有别种功效。那是"有一少年，眼中常见一小镜子"，医生赵卿诊过之后，"与少年期来晨以鱼脍奉候"。少年按时来了，赵卿事先在餐台上却"止施一瓯芥醋，更无他味"，他自己则已会客躲在里面不出来。时间长了，"少年饥甚，且闻醋香，不免轻啜之，逡巡又啜之，觉胸中豁然，眼花不见"，病好了，"因竭瓯啜之"。这个时候赵卿出来了，少年很不好意思，但赵卿告诉他，这正是给你治病，你"先因吃脍太多，非酱醋不快"，而且非得等你饿了再喝醋才行。1997年夏，余在山西运城出差，午、晚两餐之前必索一小杯醋，像少年那样"轻啜之"，时当然无食脍搅扰，但觉呷醋非常美味。当代有人研究，在李时珍《本草纲目》中，酒醋类药物占了相当的篇幅，有一万多字，其中有的至今还有较好的临床疗效和开发利用价值。

因为醋有酸味，便引申出相当多的"社会学"含义。妒忌而称为吃醋，最为人们所熟知。醋葫芦、醋罐子、醋坛子云云，一级级加码，妒忌心极重的更称作醋海。蒲松龄《聊斋志异》在"马介甫"之后，录有自做的《妙音经》之续言"以博一噱"，其中说道："酸风凛冽，吹残绮阁之春；醋海汪洋，淹断蓝桥之月。"又比如说，从前轻慢贫寒失意的读书人，管人家叫醋大。唐人解释："醋大者，或有抬肩拱背，攒眉蹙目，以为姿态，如人食酸醋之貌，故谓之醋大。"不是瞧不起所有读书人，而是看不惯那种装腔作势的读书人吧。《履园丛话》云一个捐班出身的人也要学人家科班出身的人吟诗作赋，便诌了句"春来老腿酸于醋，雨后新苔滑似油"。结果，当然为官场增添新的笑柄。

2011年8月26日

书房

《南方都市报》每周日的《南方阅读周刊》都用整版篇幅介绍一个文化人——姑且如此名之——的书房，虽然有的看上去不免哑然失笑，与寻常人家的差不多，甚至还不如，有凑数之嫌，但多数还是名副其实的。这名副其实的一类大抵具有共性：一曰书很多，书房之外，客厅卧室也触目皆是；二曰虽然看上去凌乱，但主人要找什么，因为了然于胸所以能手到擒来。自己的、不属于摆设类的书房都是这样吧。但这个版面终究也能让人长些见识，至少得以一窥那些文化人的"硬件生态"。

古代的文人或读书人往往都有书斋，留给后世的斋号或堂号数不胜数，其所名之，未必是狭义的书房，多数指的其实是住房。现代人住得宽敞了，往往要装修一间书房，尤其在高校教师的家庭里，简直是必备。古人的书房肯定也很多，但记录书房"实景"的文字似不多见。如黄遵宪的"人境庐"等，"有三分水四分竹，添七分明月；从五步楼十步阁，望百步长江"，描写外观的多，写意的多。所以南都这里集腋成裘，攒成一部"书房志"，也算填补了历史的空白。

明朝归有光的"项脊轩"，应该就是书房。他有一篇《项脊轩志》，说"项脊轩，旧南阁子也。室仅方丈，可容一人居"。不仅小，而且条件非常之差,"百年老屋,尘泥渗漉,雨泽下注;每移案,顾视,无可置者。又北向,不能得日,日过午已昏"。稍微修葺之后,房顶不漏了,加上"前辟四窗,垣墙周庭,以当南日,日影反照,室始洞然"。为什么说这是书房呢?因为轩内首先有"借书满架",然后归的妻子"时至轩中,从余问古事,或凭几学书",足证项脊轩的功能肯定并非卧室。当然,我们都知道,就是在这样的恶劣环境中,归有光仍然取得了非凡成就,其文章被称作"明文第一"。他虽然"力相抵排"当时的文坛盟主王世贞,但王世贞却"心折有光",为之赞曰:"千载有公,继韩、欧阳。"把他与"唐宋八大家"中的韩愈、欧阳修相提并论。

与项脊轩的简陋相对应,史上最讲究的书房也许是隋炀帝的。虽然历史上的隋炀帝给人留下了暴君的形象,但这个人很爱书,爱读书,爱撰述且很有水平,也是得到公认的。其为扬州总管时,即"置王府学士至百人,常令修撰",当上皇帝以后更不用说了,"前后近二十载,修撰未尝暂停"。都修撰些什么呢?"自经术、文章、兵、农、地理、医、卜、释、道乃至蒲博、鹰狗,皆为新书,无不精洽,共成三十一部,万七千余卷"。他还把皇室旧有的三十七万余卷藏书,"命秘书监柳顾言等诠次,除其重复猥杂,得正御本三万七千余卷,纳于东都修文殿,又写五十副本,简为三品,分置西京、东都宫、省、官府,其正御书皆装剪华净"。《隋书·经籍志》载,这三品书的装帧都非常不同,"上品红琉璃轴,中品绀琉璃轴,下品漆轴"。

《资治通鉴》卷一百八十二载有炀帝的书房,"于观文殿前为书室十四间,窗户、床褥、厨幔咸极珍丽,每三间开方户、垂锦幔"云云。妙的是通过"上有二飞仙"来操纵锦幔,因为"户外地中施机发"。也就是说,炀帝来的时候,"有宫人执香炉前行践机,则飞仙下,户扉及厨扉皆自启",走的时候呢,"则复闭如故"。这意味着,在公元7世纪,炀帝的书房至少在窗帘环节已经实现了自动化。

书房是用来读书的,司马光平时就多在他的"读书堂"中读书,"上师圣人,下友群贤,窥仁义之原,探礼乐之绪"。增强修养啊,提高素质啊,是读书所能达到的目的之一,但倘若把读书的功能看得神奇无比,在隋炀帝面前就会碰一鼻子灰。他即位时的诏书大力崇尚节俭,说什么"岂谓瑶台琼室方为宫殿者乎,土阶采椽而非帝王者乎?……民惟国本,本固邦宁。百姓足,孰与不足!今所营构,务从节俭,无令雕墙峻宇复起于当今,欲使卑宫菲食将贻于后世"。然而仅仅为了装点自己的仪仗队,民间就被骚扰了个鸡飞狗跳。炀帝每出游幸,"羽仪填街溢路,亘二十余里"。而装点达三万六千之众的仪仗队,很需要些羽毛,哪儿来呢,"课州县送"。于是,"民求捕之,网罗被水陆,禽兽有堪氅毦之用者,殆无遗类"。乌程那里有棵大树,高逾百尺,"上有鹤巢,民欲取之",上不去,"乃伐其根",结果"鹤恐杀其子,自拔氅毛投于地"。这当然是个神话,但由此亦见时人、时动物的愤懑。单此一项,"所役工匠十万余人,用金银钱帛巨亿计",与俭字相差何止十万八千里。所以唐太宗看《隋炀帝集》时,欣赏之余又感到不解,他说这本书"文辞奥博,亦知是尧、舜而非桀、纣,然行事何其反也!"何其反也? 读书就是读书,不要神化它的功能,对非皇帝类的人来说,"满口仁义道德,满肚男盗女娼"的现象,前人也早就总结归纳了。

最后表白,自家也有一间专门的书房,当下藏书4000余册,所藏之书有必读的打算,虽阅读速度跟不上购书速度,然心实往之。书房号"不求静斋",取明朝胡居仁"自无邪思,不求静未尝不静也"之语意。东施效颦,识者勿笑为盼。

2011年8月30日

序齿

9月1日出版的《南方周末》有一篇报道,关于今年5月十六卷本《易中天文集》在北京首发。张思之、江平、资中筠、刘道玉、叶选基、陶斯亮、胡德平等担任了"见证人",吴敬琏、姜文、李承鹏、韩寒发来祝贺视频,秦晓、邓晓芒、李零、秦晖、吴思等都来捧场。意思就是盛况空前吧。比较特别之处在于,嘉宾名单按年龄排序,座位也这样安排。报道说这是易中天自己的意见:以年龄为序,借此破一下"官本位"。

以年龄为序排座次,从前叫作序齿。不仅排座次,很多事情都讲究这个。元杂剧表现满饮几杯之时,动辄有"哥哥先请"之声。如《朱太守风雪渔樵记》中,因为大雪,打柴的朱买臣和杨孝先一起到捕鱼的王安道船上饮酒。王安道递给朱买臣,说:"兄弟满饮一杯。"朱买臣则说:"哥哥先请。"佛山去年恢复了乡饮酒礼,这个传统礼俗更是"齿尊先饮"。《吴下谚联》还收录了一个这方面的笑话,那是三个老人比谁的年纪大。一个说:"盘古皇帝分天地,吾替伊挦曲尺。"那是说盘古开天地之时,丈量天下的尺子就是他扛着的。另一个说:"王母娘娘蟠桃三千年拨一只,是吾吃过七八百。"拨,吴语"给"之意。七八百乘三千,何其年长。第三个说:"吾亲眼见你两家头搭鸡屎,又来罔话骗吾老伯伯。"你两家头,吴语"你们两个人"之意;囝话,瞎话;搭鸡屎,小孩子尿尿和烂泥。也就是说,你们两个的确够老,但我是看着你俩长大的。《西游记》第一回,石猴打赌钻进了先前没猴敢钻的水帘洞,受拜称王,此后众猴都"拱伏无违,一个个序齿排班,朝上礼拜"。石猴就此将"石"字隐了,遂称美猴王,后来的齐天大圣、孙悟空等名号,前一个自己打出来的,后一个是皈依佛门后祖师给取的。即是说,猴子也知道按照年龄的大小排序,前提当然是人间的做法影响了猴界。

范成大《骖鸾录》记其自家乡苏州出发,赴广南西路桂林就知静江府任的沿途经历。到衢州的时候,见"自婺至衢皆砖街,无复泥涂之忧",觉得很惊奇。一打听,知道那是"两州各有一富人作姻家,欲便往来,共甃此路",属于主观上为己,客观上利民。接着,一干从外地赶来的加上本地的朋友聚会,在如何落座问题上,大家谦逊起来。范成大与郑公明因为"同召试,同除正字校书郎",级别相当,但是汪圣锡"时修国史馆中",那里的规矩是"例序齿",而郑公明比范成大长十余岁,因此范"复用故事逊公明",要坐他的下首。郑公明当然力辞,他也有理论依据,叫作:"各已出馆,正当叙官。"现在该看谁的级别高了。汪圣锡后来举例说:"应辰旧与凌季文尚书皆为正字。季文年长,上坐。比岁,仆以端明殿学士守平江,过湖,季文在焉,时为显谟阁学士,同会郡中,仆亦用故事避之,季文不辞。"因此,朋友相聚不用讲究官阶,还是应该年长的上座,郑公明这才坐下。

与序齿相对应的,正是"序官",按级别高低落座。因而乡饮酒礼是齿尊先饮的民俗,官场上则从来都是官尊先饮的官俗,当然也会有例外。唐朝张说有一次在集贤院参加宴会,举杯时说:"吾闻儒以道相高,不以官阀为先后。太宗时修史十九人,长孙无忌以元舅,每宴不肯先举爵。长安中,与修《珠英》,当时学士亦不以品秩为限。"于是大家一齐举杯同饮,"时伏其有体"。《麟台故事》接下这个话头说:"至今馆职序坐,犹以年齿为差,亦燕公(张说封燕国公)流风之所及欤!"当然,这种状况只能局限于一时一事。在《朱太守风雪渔樵记》中,朱买臣发迹之后,再说"哥哥先请",王安道就说了:"不敢,相公请。"前面是序齿,后面就有"序官"的意味了。然而朱买臣碰上比自己官阶高的,人家大概也不会有任何客套。有趣的是,今天饭桌上觥筹交错之时,往往是"我先喝,领导随意",全然颠覆了传统。

序齿,显见有尊长、尊老的成分。然社会尊老,老者亦须自尊。这几年,因为好心扶起马路上摔倒的老人而反被诬为肇事者的情形,各地都有发生,做好事的人还每要被判赔一笔不小的款项。新近如皋市又出了一单,大巴司机殷红彬再被自己扶起的老人诬陷,好在这回大巴车头装有监控摄像,才没有继续酿成"冤案"。但一来二去的"教训",令社会好心人士难免寒心。终于,9月2日,武汉88岁的李老汉在离家不到100米的菜场口迎面摔倒后,围观者无人敢上前扶他一把,老汉未几因鼻血堵塞呼吸道而窒息死亡……这该是前面那些为老不尊者酿就的直接恶果了。

2011年9月4日

穷怕了？

杭州市原副市长许迈永2009年10月接受纪委调查时写下的一份思想检查，前几天被公开了，那是他对自己何以犯罪的反思。其中说到，从小家里的经济条件就差，生活比较苦，左邻右舍、亲戚朋友也没人帮忙，走上工作岗位后时常担忧今后家里还会不会再次出现困境，因此在如何打好经济基础的问题上考虑得比较多。媒体在打标题的时候，大抵代许迈永声称"穷怕了"，立场不知何在。须知但凡贪官，鲜有在灵魂深处认识罪行的，无不强调客观原因以博取自家幻想中的公众同情。

然许氏的辩解，姑且认可之吧。因为唐朝有个宰相叫段文昌的，完全就是他的这种心理，而且，有这种心理的大有人在，似也不能一味地认为人家撒泼放刁。段文昌家曾经穷到什么程度？《北梦琐言》说他小时候家里常常断炊，没办法，"每听曾口寺斋钟动，辄诣谒食"，跑人家那儿去蹭口东西吃。去得多了，"为寺僧所厌，自此乃斋后扣钟，冀其晚届而不逮食也"。这也显出了曾口寺施舍的虚伪一面，施舍的目的不就是救济确实需要的人群嘛，段文昌并非来占便宜，何以计较到那个程度呢？童年经历显然在段文昌心里投下了阴影，发迹之后，他"打金莲花盆，盛水濯足"，别人劝他一个洗脚盆不必那么奢侈，他说："人生几何，要酬平生不足也。"《唐语林》里还有一则,说段文昌"在中书厅事,地衣皆锦绣",同僚也都觉得没必要,他则必须铺上才肯下脚,还是那个观点:"吾非不知,常恨少贫太甚,聊以自慰耳。"《新唐书》也说他"其服饰玩好、歌童妓女,苟悦于心,无所爱惜,乃至奢侈过度,物议贬之"。段文昌是真正的穷怕了,许迈永未必知道这个人物,但某种程度上有步其后尘的意味。

齐废帝郁林王萧昭业的观点更直接,"即位后,每见钱",辄曰:"我昔时思汝,一文不得,今日得用汝未?"不过,他这里就太夸张了。萧昭业出身贵族,爷爷是南齐武帝萧赜,10岁就被封为南郡王,哪里就到了"一文不得"而穷怕了的地步?事实上,他爸爸"禁其起居,节其用度",管束较严,令他不能随心所欲罢了。但这种报复性的金钱观,使萧昭业"及即位,极意赏赐,动百数十万",乃至"期年之间,世祖斋库储钱数亿垂尽"。又"开主衣库与皇后宠姬观之,给阉人竖子各数人,随其所欲,恣意辇取;取诸宝器以相剖击破碎之,以为笑乐"。萧昭业不要说算不上一个合格的皇帝,连一个正常的人也未必算得上,别看他"风华外美",长得比较帅哥,且工于隶书,还有点儿造就,人格已然很有些分裂。他爸爸死时,"昭业每临哭,辄号啕不自胜,俄尔还内,欢笑极乐";爷爷死时,"哭泣竟,入后宫,尝列胡妓二部夹阁迎奏"。如今的贪官,在金钱观上每每也人前人后全然两副面孔,倒是同样不难窥见人格分裂的影子。

《官场现形记》有不少真穷的候补捐官者的描写,精彩至极,李宝嘉宛如亲历。比方随风占从首府那里出来,信口胡诌"有两个差事",天天候在外面的那些人便"一齐攒聚过来,足足有二三十个,竟把随风占围在核心"。这一班佐杂人物穷到了什么程度?"其时正在隆冬天气,有的穿件单外褂,有的竟其还是纱的,一个个都钉着黄线织的补子,有些黄线都已宕了下来,脚下的靴子多是尖头上长了一对眼睛,有两个穿着'抓地虎',还算是好的咧。至于头上戴的帽子,呢的也有,绒的也有,都是破旧不堪,间或有一两顶皮的,也是光板子,没有毛的了。大堂底下,敞豁豁的一堆人站在那里,都一个个冻得红眼睛、红鼻子,还有些一把胡子的人,眼泪鼻涕从胡子上直挂下来,拿着灰色布的手巾在那里揩抹"。这样的人物一旦补了实缺,是可以想象的,随风占本人就是这样。他补了蕲州吏目之后,按照例规,当地的烟馆、赌场、窑子、当铺,每逢三节(春节、端午、中秋)是要向吏目致送节礼的,且一年到头的"好处全在三节",因为接任的时间是腊月,随风占生怕节礼被前任弄去,急急赶来上任,谁知还是有两家当铺的春节礼被前任收走了,也就四块银元而已,但随风占不甘心,找到前任,笑嘻嘻地跟人家讲道理:"倘若兄弟是大年初一接印,这笔钱自然是归老兄所得;倘若是二十九接印,年里还有一天,这钱就应兄弟得了。"

苏东坡说过:"士人历官一任,得外无官谤,中无所愧于心,释肩而去,如大热远行,虽未到家,得清凉馆舍,一解衣漱濯,已足乐矣。"但对那些号称"穷怕了"的官员,显然不会这么认为,他们得想方设法补偿回来。1995年5月至2009年4月,许迈永利用职务之便,为有关单位和个人在取得土地使用权、享受税收优惠政策、安排工作等事项上谋取利益,收受、索取他人财物共计1.45亿余元;侵吞国有资产5300万余元;徇私舞弊滥用职权,违规退还有关公司土地出让金7100万余元。今年7月19日,经最高人民法院核准,许迈永被依法执行死刑,从"天堂"走向"地狱"。许氏对后来者的启示意义在于,疯狂敛财之后无论有怎样的辩解,也救不了卿卿性命。

2011年9月9日

盐（续）

说到盐，不免记起 1997 年偶到山西运城的那次经历。所以说偶到，因为本来是去北京参加一个新闻评论方面的研讨班，看到日程表方知还要去山西"考察"，结果大家期盼的是后者，喧宾夺主了。傍晚从北京站坐火车出发，天蒙蒙亮时到洪洞下车，早饭后游览了著名的苏三监狱、大槐树等，然后坐汽车奔赴运城，想到沿途还有那么多鼎鼎大名的古迹可看，一时间大喜过望。

在那之前对运城还真是一无所知，到了才知道人家的文化底蕴如此丰厚。两三天的时间，先后游览了司马温公祠（司马光老家在此）、关帝"旗舰"庙（关羽也是那里的人，此庙形同曲阜孔庙）、普救寺（《西厢记》故事发生地）、前几年出土的黄河镇河大铁牛（唐开元年间铸造）、伴随中条山向两端绵延远去的盐池等等。运城之所以成为中国古代文化的重要发祥地之一，根本上就在于那个盐池。运城的得名，据说即"盐运之城"的意思。当地传说，黄帝大战蚩尤，正是为了争夺盐池。然《孔子三朝记》云："黄帝杀之（蚩尤）于中冀，蚩尤肢体身首异处，蚩尤血入池化为卤水，则解之盐池也。"争夺盐池与死后化为盐池，比对起来显然有矛盾之处。传说嘛，两面都姑妄听之就是。

这个"解之盐池"，正是今天运城的盐池，所谓"因其（蚩尤）

尸解,故名为解",五代时在此始置解州。史料笔记中,有大量关于解州盐池的记载,其所出产的盐即解盐。宋人《云麓漫钞》讲到盐池的规模时说,"自解县东抵安邑之南,凡五十里,南北广七十里,中随两邑之境分之",大得很。也讲到解盐的生产方式,"其雇于官而种盐者曰揽户,治畦其旁,盛夏引水灌畦而种之,得东南风,一息而成,取而暴之,已乃入之庵中",得天时地利之便,盐工等有坐享其成的意味。《建炎以来朝野杂记》谈到解盐时也说:"池周百里,开畦灌水,遇风即成,不假人力,故味厚而直廉。"因为"风"对解盐的形成如此重要,当地又有"舜弹五弦之琴,歌南风之诗"的传说,认为那首中国历史上最原始、最古老的歌谣《南风歌》——南风之薰兮,可以解吾民之愠兮;南风之时兮,可以阜吾民之财兮——跟今天的运城密切相关。按《孔子家语》的说法,那是虞舜最先弹唱的,按运城人的观点,就是在运城弹唱的。运城还保留了我国唯一的一座池神庙,祭奠盐神的,皇家敕造,最早要追溯到唐朝大历(代宗李豫年号)年间,以神赐瑞盐,遂建池神庙奉之。《新唐书》载:"唐有盐池十八,……蒲州安邑、解县有池五,……岁得盐万斛,以供京师。"则池神庙源自斯时,亦非偶然了。

解盐之外,盐的品种当然还有其他。《万历野获编》云,宋盐有四种,分别是末盐、颗盐、斥盐、崖盐。这里的颗盐,"即今解州及晋中蒲绛所出",说的也是运城盐池,且以为"熬盐之外,解盐最奇……概天生之利也"。相比之下,别的地方就不同了。比如淮浙煎盐,要"布灰于地,引海水灌之,遇东南风,一宿盐上聚灰,暴干,凿地以水淋灰,谓之盐卤。投干莲实以试之,随投即泛,则卤有力,盐佳。值雨多即卤稀,不可用。取卤水入盆,煎成盐牢",工艺复杂得很。不仅如此,"盐户谓之亭户,煎夫穿木履立于盆下,上以大木枕抄和,盐气酷烈,熏蒸多成疾",还要得职业病。

屈大均《广东新语》言及"粤有生盐、熟盐",生活于不同自然环境中的百姓各取所需。熟盐"产归德等场,成于火煎,性柔易融化,味咸而甘,便于调和,水居之民喜食之"。生盐呢,"产淡水等场,成于日晒,性刚能耐久,其味倍咸,食之多力,山居之民喜食之。贫者以得盐难,可以省用,尤利之"。本来这两种盐的供给处于市场状态,"旧制,生熟盐惟商所运,从无销生滞熟之虞",而"自藩下奸商霸夺熟场,欲其多售增价",垄断一干预,全不同了,于是"熟引较生引课轻,承生引之埠者,又欲轻饷漏课,乃不论土俗之宜否,径于广、肇、惠、罗各埠,生三熟七,配搭强行",但求有利可图,全不理民间口味,"究之民俗之喜生者七,引之熟亦照全生,民俗之喜熟者三,引之生亦照全熟"。在屈大均看来,"此非商之好作其奸,乃法令之不便于民也。……与其强民之所不好,以致二引难销,何如从民之所好,喜食生者与以生,喜食熟者与以熟,喜生熟相兼者,与以生熟相兼。既便于民,又惟商之所运,而以熟引照生引、以生引照熟引之弊,不禁而自绝矣"。他甚至认为:"此盐政之首务也。"

说到盐的经营,从其成为国家经济命脉的那一天起,官盐与私盐的斗争也许从来就没有停止过。贩私盐的方式"车有车路,马有马路",最恶劣的,该是权力操纵之下的明火执仗,如南宋奸相贾似道,有一次"令人贩盐百艘至临安",太学生诗曰:"昨夜江头涌碧波,满船都载相公齑。虽然要作调羹用,未必调羹用许多。"讥讽这种公然的腐败行为。这首诗显然戳到了贾似道的痛处,所以他看到之后,"遂以士人付狱"。许我干而不许你说,正是权力肆无忌惮的根本原因。

2011 年 9 月 18 日

昼寝

即使是大白天开会,台上的大领导正襟危坐,台下的各级小领导或纯粹听众进入黑甜乡的事情如今也算不得新闻,算得新闻的是对"场面"的处理,尤其那些干得绝的。8月9日,江苏滨海县召开了一个约800人参加的工作会议,会场上例牌"东倒西歪",台上端坐的县委书记王斌不动声色,悄悄安排电视台记者用摄像机将各式睡姿一一拍下,并当场播放。够绝的吧?

大白天睡觉,文一点儿说叫昼寝。《清稗类钞》云,武训乞讨兴建义学,自始至终都是全身心地投入。开学那天,武训"先向塾师叩头,次遍拜诸生童",然后摆下宴席,"请邑绅陪塾师饮,自立门外,屏息以俟宴罢,而啜其余沥,自以乞人不敢与塾师抗也"。开学之后也是这样,不是剪完彩就大功告成了,还时常跑来看看,"一日,见塾师昼寝,长跪床前,久之,塾师醒,见而惊起,自是不昼寝"。因为这招很灵,武训动辄祭出跪字诀,"或遇学生嬉戏,亦向之长跪,学生遂相戒不敢出位"。

昼寝最有名的,当推孔子的弟子宰予了,孔子名言"朽木不可雕也,粪土之墙不可污也",就是针对他昼寝发出的感慨。今天我们的"共识"大抵采纳了前人所言的"宰予惰学而昼眠",夫子用"烂木与粪墙之不可施功也"来比喻,因为"名工巧匠,所雕刻唯在好木,则其器乃成",可你那副样子,我都懒得教你。康有为因而认为:"昼寝小过,而圣人深责如此,可见圣门教规之严。"然千百年来,对这么简单一句话的阐释其实五花八门。比方有一种说法,认为昼寝是"昼寝于寝室"的略称,"古者君子不昼居于内,昼居于内,问其疾可也",那是表示生病了,宰予无疾而昼寝,所以夫子很生气。还有一种说法,"昼"字其实是"画"字,繁体的畫和畫,两个字差不多。但同样是这种认定,理解也不一。有人说:"宰予画限其功,以冀休息,故夫子责之。"当代吴小如先生认为:"画寝,就是把寝室进行装修,这在古代被认作奢华浪费,所以孔子对此作了批评。"因为木和墙都是构筑房屋的载体,"如果是'朽木'和'粪土之墙',则外表装修得再漂亮也不中用"。这种解释就与大白天睡觉全然无关了。当然,也有人对宰予昼寝事件本身即愤愤不平:"宰予四科十哲,安得有昼寝之责乎?"忝列最优秀的十名学生之一,白天睡觉被责,别扯淡了,怎么可能发生这样的事。没那么绝对却又小心翼翼承认的,则认为"宰予见时后学之徒将有懈废之心生,故假昼寝以发夫子切磋之教,所谓互为影响者也"。这是说宰予昼寝不假,那是牺牲自己,当个"坏"样板让夫子切入发挥,以教育后学。

不要说今天理解昼寝是睡觉了,至少在南北朝的时候已然。《南史·颜延之传》载:"(何)尚之为侍中在直,(颜)延之以酒醉诣焉。尚之望见,便佯眠。延之发帘熟视,曰:'朽木难雕。'"这里显然就是套用上面故事了。何尚之和颜延之相互间很喜欢开玩笑。两个人个子都生得矮小,"尚之常谓延之为猨(同'猿'),延之目尚之为猴"。有一天两人"同游太子西池",延之问路人,我们两个谁长得像猴?路人指了指尚之,说他像。然延之喜笑未已,路人又说:"彼似猴耳,君乃真猴。"这回是真开玩笑,但说"朽木难雕"那时,颜延之却是一本正经的。

后人笔下的昼寝,更没有歧义了,正是睡觉,睡午觉。据说,这是中国人的特有习惯,除了雅典和耶路撒冷等地的部分老人,西方人很少有午睡的习惯。为什么呢?又有人考证了,这是因为我们优质蛋白和脂肪摄入过少,而碳水化合物摄入过多,从而造成餐后反应性低血糖,乏力犯困。人家是这么说的,信不信由听者自己决定吧。如果我们中国人饮食存在缺陷的话,那么古代就开始了。白居易有诗就叫《昼寝》:"坐整白单衣,起穿黄草屦。朝餐盥漱毕,徐下阶前步。暑风微变候,昼刻渐加数。院静地阴阴,鸟鸣新叶树。独行还独卧,夏景殊未暮。不作午时眠,日长安可度?"韦应物也说过:"已谓心苦伤,如何日方永。无人不昼寝,独坐山中静。"韩偓的《深院》,更午睡出了一幅斑斓图景:"鹅儿唼喋栀黄嘴,凤子轻盈腻粉腰。深院下帘人昼寝,红蔷薇架碧芭蕉。"这里的"栀黄""腻粉"又"红"又"碧",叠加在一起,色彩何其缤纷。晏殊《踏莎行》词的后半阕——"翠叶藏莺,朱帘隔燕,炉香静逐游丝转。一场愁梦酒醒时,斜阳却照深深院。"以及僧有规诗——"睡起不知天早晚,西窗残日已无多",都可以直接续上韩诗了。饮食问题吗?周密大概不同意:"余习懒成癖,每遇暑昼,必须偃息。"

《鸡肋编》云:"赵叔问为天官侍郎,肥而喜睡,又厌宾客。在省、还家,常挂歇息牌于门首",所以大家都叫他"三觉侍郎",谓朝回、饭后、归第都要睡觉。其实不少人在开会时,即便没有睡觉也是无精打采,概与会议的乏味与否密切相关,这一点倒不见有哪个怒声呵斥的人来检讨检讨。

2011 年 9 月 25 日

题壁

广州天河商圈的地下商城里,有一方不小的没有装修成商铺的"闲置"空间,专门让人通过"留言"来表达什么。每每路过,都见粘贴的纸片琳琅满目,里三层外三层的,像"文革"时贴的大字报那样,新的不断覆盖旧的。这个空间是很人性化的设计。国人有点儿孙猴子的本性。孙猴子跟如来打赌翻跟斗,留下一泡猴尿作为证据之余,更要留下"齐天大圣,到此一游"的字样。如今修复得好端端的长城,那么坚硬的砖头,也早就被刻花了。广州开辟这么块场地,学的是大禹,对国人题壁的传统,疏而不堵。

从前的人太喜欢在墙壁上写东西,大抵随兴而来,因为有感而作,其中也不乏名篇。比如苏东坡的"横看成岭侧成峰,远近高低各不同",乃"题西林壁",写在庐山西林寺墙壁上的。林升的"山外青山楼外楼,西湖歌舞几时休",乃"题临安邸",写在京城客栈墙壁上的。谭嗣同的"我自横刀向天笑,去留肝胆两昆仑",乃"狱中题壁",写在监狱墙壁上的。在文学作品的描写中,这种做法更比比皆是。

《水浒传》里,豹子头林冲被逼上梁山之前,在朱贵酒店"感伤怀抱",便问酒保借了笔砚,"乘着一时酒兴,向那白粉壁上写下八句五言诗":"仗义是林冲,为人最朴忠。江湖驰闻望,慷慨聚英雄。身世悲浮梗,功名类转蓬。他年若得志,威镇泰山东!"行者武松血溅鸳鸯楼之后,不忘从死尸上割下一片衣襟,蘸着血,"在白粉壁上"写下八个大字:"杀人者,打虎武松也!"浪里白条张顺为了逼迫安道全去给宋江看病,把安道全的姘头李巧奴以及姘头的奸夫和老鸨一并杀掉,然后学武松的模样,"割下衣襟,蘸血去粉壁上"写了"杀人者,安道全也",连写了十几处。武松有好汉做事好汉当的味道,张顺则是通过故意栽赃,以绝神医的后路。

元杂剧里,题壁也随处可见。戴善夫《陶学士醉写风光好》中,以大宋使者身份来南唐"索要图籍文书"的陶穀,看到"一片素光粉壁,未尝绘画",就叫人拿笔砚来,题了12个字:"川中狗,百姓眼,虎扑儿,公厨饭。"他自以为这是"春秋隐语,料无有解者",但他太低估了直接跟他打交道的韩熙载,人家也是文学一代大家,江南贵族、士人、僧道载金帛求其撰写碑碣的人不绝于道,甚至有以千金求其一文者。韩熙载看了壁上的涂鸦,本来觉得"谁写字在上头,涴(弄脏)了这壁子",听说是陶穀写的,马上让人"将纸笔来我抄了去",他要看看能不能从中打开貌似油盐不进的陶穀身上的缺口。果然,未几他就研究出,那看似莫名其妙的12个字,意思是"独眠孤馆"。为什么呢?"川中狗者,蜀犬也;蜀字着个犬字,是个独(繁体为獨)字。百姓眼者,民目也;民字着个目字,是个眠字。虎扑儿者,爪子也;爪字着个子字,是个孤字。公厨饭者,官食也;官字着个食字,是个馆字。"韩熙载由此判断出陶穀所流的口水,不过一个"色"字罢了,乃与宋齐丘安排"也曾把有魂灵的郎君常放翻"的金陵名妓秦弱兰出马,从而将自诩"平生目不视邪色,耳不听淫声"的陶穀一举拿下。这出杂剧源自真实历史事件,用美国电影的此类做法,叫作"Based on a true story"。文学作品嘛,超越了生活,把陶穀道貌岸然的形象刻画得更加入木三分。后来,韩熙载奉命参加宋朝皇太后的葬礼,被久留而不遣还,在大宋馆驿的墙壁上也涂了一首,借以抒发当时的心境:"我本江北人,今作江南客。还至江北时,举目无相识。清风吹我寒,明月为谁白。不如归去来,江南有人忆。"韩熙载的祖先原本是河南人。

马致远《半夜雷轰荐福碑》也有一则张镐的题壁,结果惹恼了龙神。那是范仲淹给落魄书生张镐写了三封举荐信,要他分别去找谁谁谁,人没找成,倒成了"丧门神"。到黄员外家投书,"不知怎生,当夜晚间,员外害急心疼亡了";去黄州找刘团练的半路上,闻到他的噩耗传来;剩下的扬州刺史干脆不敢找了,免得妨杀了人家。大雨中躲进龙神庙,骂了一通龙神胡乱下雨,然后取出笔墨,"有这檐间滴水,磨的这墨浓,蘸的这笔饱,就这捣椒壁上写下四句诗",道是:"雨旸时若在仁君,鼎鼐调和有大臣。同舍若能知此事,谩将香火赛龙神。"他那是生气,感叹自己命途乖舛,却不料龙神觉得自己被骂很无辜:"叵耐张镐无礼!你自命蹇福薄,时运未至,却怨恨俺这神祇,将吾毁骂,题破我这庙宇,更待干罢!"于是跟张镐结仇了:"你行一程,我赶一程;行两程,我赶两程。"这该是张镐最意想不到的结果。

诸如此类的题壁要罗列起来,是不得了的工程。据当代刘金柱先生的研究,流传至今的题壁诗佳作中,抒发政治抱负者有之,驰情山水者有之,讥讽时政者有之,发泄心中怨愤者有之,儿女情长寄托离人情思者有之,表明英雄情怀者有之……林林总总,题材庞杂。反观今人的"同类"文字,大抵直白得没有余地,且以其过于雷同而味同嚼蜡。当然,今天人们发表文字的途径也多得是,毋庸借此传播,随便抹抹,好玩而已。

2011 年 9 月 30 日

杭州西湖

10月7日,国庆长假最后一天,游览了杭州西湖。上一次来,还是1992年5月,感觉没过多久,却差不多有20年了,记忆中以为清晰的方位——如孤山等——全都对不上号。早晨坐船至湖心岛、三潭印月岛,其间数度遥望保俶塔,始终朦胧,空气质量大不如前之故吧。从"柳浪闻莺"登岸,开始徒步,攀雷峰塔,再至"花港观鱼",已然日落南屏山。疲则疲矣,然与一干学界友人海阔天空,获益匪浅。

三潭印月岛上的一座建筑里,有西湖的历史陈列,始知今日著名的西湖十景,在南宋《方舆胜览》中已经道及。回来检索祝穆的这部著作,果然找到:"西湖在州西,周回三十里。其涧出诸涧泉,山川秀发。四时画舫遨游,歌鼓之声不绝,好事者尝命十题,有曰:平湖秋月、苏堤春晓、断桥残雪、雷峰落照、南屏晚钟、曲院风荷、花港观鱼、柳浪闻莺、三潭印月、两峰插云。"只个别字眼与今日不同,如"落照"与"夕照","两峰"与"双峰"等。此后,分别又有元代的钱塘十景、清代的西湖十八景,当代的新西湖十景(1985)、第九届中国杭州西湖博览会西湖十景(2007)等,但最脍炙人口且深入人心并肯定继续流传下去的,应该还是"老"十景。前几年各地在评选完自己的市花、市树、市鸟之后,都纷纷评选自已的新八景或新十景,与前人留下的相比,莫不见拙,无他,命名上已逊一筹,大抵山就"松涛""叠翠",水就"夜韵""烟雨",桥就"卧波""长虹",颠来倒去地组合,极其乏味。鲁迅先生说过:"我们中国的许多人,大抵患有一种'十景病',至少是'八景病'。"评选其实不是问题,但倘若结果全都似曾相识,低水平的重复,就具病征了。如南宋的西湖十景命名,不是成为展现东方审美理想的文化景观了吗?

西湖有著名的白堤、苏堤,众所周知一个是纪念白居易,一个是纪念苏东坡。白居易如何经营西湖,余所见不多,东坡的则比比皆是。他自己有《杭州乞度牒开西湖状》,来龙去脉讲得很详细:白居易为杭州刺史,西湖尚可"溉田千余顷";吴越钱家王朝时,"置撩湖兵士千人,日夜开浚";但到本朝,"稍废不治,水涸草生,渐成葑田"。葑田,按辞书的解释,就是将湖泽中的葑泥移附木架上,浮于水面,成为可以移动的农田。则彼时西湖的模样,大抵可借此窥见一二,基本上是个自然湖泊。东坡通判杭州,西湖已经很危急了,"父老皆言十年以来,水浅葑合,如云翳空,倏忽便满,更二十年,无西湖矣"。而在东坡看来,"使杭州无西湖,如人而去眉目,岂复为人乎?"比喻之外,他再进言"西湖之不可废者五",五条理由分别谈西湖荒废将对皇上、对百姓、对城市发展、对交通运输、对国家经济造成的危害。《宋史·苏轼传》亦载,东坡到杭,很是兴修了一番水利。于西湖,"取葑田积湖中,南北径三十里为长堤,以通行者。吴人种菱,春辄芟除,不遗寸草,且募人种菱湖中,葑不复生,收其利以备修湖"。与此同时,"取救荒余钱万缗粮万石,及请得百僧度牒以募役者。堤成,植芙蓉杨柳其上,望之如画图。杭人名为苏公堤"。

南宋范成大《吴郡志》中载有一则今天众所周知的民谚:"天

上天堂,地下苏杭。"杭州之成为"天堂",正该与西湖密切相关。此说不知起自何时,然而,至少在吴越时期,杭州还称不上"天堂"。《十国春秋》讲到天宝(钱镠而非唐玄宗年号)三年(910),"广杭州城,大修台馆,筑子城",有人夜里在城门上贴了民谣:"没了期,没了期,修城财(才)了又开池。"此之开池,当是开浚西湖吧。文莹《湘山野录》云:"吴越旧式,民间尽算丁壮钱以增赋舆。贫匮之家,父母不能保守,或弃于襁褓,或卖为僮妾,至有提携寄于释老者。"陈师道《后山丛谈》亦云:"吴越钱氏,人成丁,岁赋钱三百六十,谓之身钱。民有至老死而不冠者。"又讲到:"钱塘江边土恶,不能堤,钱氏以薪为之,水至辄溃,随补其处,日取于民,家出束薪,民以为苦。"到张夏为转运使,"取石西山以为岸,募捍江军以供其役,于是州无水患,而民无横赋"。吴越的横征暴敛,可谓无所不用其极。钱镠见了那民谣,改动后半句:"没了期,没了期,春衣财罢又冬衣。"意思是说,你们不只是没完没了地干活,我不是也没完没了地给你们发衣服吗?据说,士卒见了,"嗟怨者遽息"。然而,自欺欺人吧。

陆游《家世旧闻》还讲了这样一件家事。东坡在杭州的时候,陆游的六叔祖陆傅"为(浙西)转运司属官",但与东坡颇不合。一次在朝上公开对哲宗说,"轼知杭州,葺公廨及筑堤西湖,工役甚大,臣谓其费财动众,以营不急,劝止",哪知苏轼发怒了,"语郡官曰:'比举一二事,与诸监司议,皆以为然,而小丐辄呶呶不已!''小丐'盖指臣也。然是时岁凶民饥,得食其力以免于死、徙者颇众"。小丐的意思不得其详,但肯定不是好听的话。这似可见,东坡筑苏堤,也不纯粹只有津津乐道。

2011年10月9日

尊高年

10月5日是农历九月初九,传统的重阳节。重阳节在古代的文化内涵主要是登高、赏菊,自从1989年重阳节被国家明确为老人节,就此增添或曰强化了尊老的内涵。尊老是我们的一项悠久文化传统。在不同历史时期对这种相同行为有不同的表达,余以为《明会要》中的"尊高年"三个字最言简意赅。

这项传统可以上溯到什么时候呢?三皇五帝。《礼记·王制篇》说:"凡养老,有虞氏以燕礼。"有虞氏,舜帝的部落。接下来,"夏后氏以飨礼,殷人以食礼,周人修而兼用之。五十养于乡,六十养于国,七十养于学,达于诸侯",并且,"周人养国老于东胶,养庶老于虞庠"。此所谓"国老",就是卿大夫一级年老致仕的;所谓"庶老",就是庶民百姓中德高望重的。国老、庶老并养,显示了周代尊高年的普遍性一面,不是单纯地盯着"官位"。《礼记》又说:"五十杖于家,六十杖于乡,七十杖于国,八十杖于朝,九十者天子欲有问焉,则就其室,以珍从。"这里的"杖",该书之《礼曲篇》有解释:"大夫七十而致事,若不得谢,则必赐之几杖。"皇侃《论语义疏》在疏《论语·乡党》之"乡人饮酒,杖者出,斯出矣"时指出,杖者即老人,乡人饮酒即乡饮酒之礼,"故呼老人为杖者也。乡人饮酒者贵龄崇年,故出入以老人者为节也"。

前人对高年的尊,不仅体现在口头上、文件中,而且有实际行动。如《管子·入国》载,凡国都有"掌老"之官,对年七十以上的老人,一个儿子可以免除国家的征役,每三个月还享受官馈之肉;"八十已上,二子无征,月有馈肉。九十以上,尽家无征,日有酒肉。死,上供棺椁"。与此同时还有"掌病"之官,虽然这项措施具有普遍性,但从"九十以上,日一问。八十已上,二日一问。七十以上,三日一问。众庶五日一问"的频率来看,同样也是对年纪越大的人,越体现出尊的力度。

《后汉书·礼仪志》载,汉明帝永平二年(59),"上始帅群臣躬养三老、五更于辟雍"。三老,老人知天、地、人事者;五更,老人知五行更代之事者。用郑玄的话说:"皆年老更事致仕者也。名三五者,取象三辰五星,天所因以照明天下者。"像周代那样把老人们养在学宫里,大抵也是注意到了发挥老年人的智力资源吧。该志另载:"仲秋之月,县道皆案户比民。年始七十者,授之以王(玉)杖,铺之糜粥。八十九十,礼有加赐。"又提到了"杖",杖有实体,即"鸠杖",在手杖的扶手处做成一只斑鸠鸟的形状,如《后汉书》所描述:"长(九)尺,端以鸠鸟为饰。"为什么用鸠?这里的说法是"鸠者不噎之鸟也,欲老人不噎",应劭《风俗通》另有一种:楚汉相争之时刘邦败于京索,"遁丛薄中,羽追求之,时鸠正鸣其上,追者以鸟在,无人,遂得脱",后来刘邦即位,"异此鸟,故作鸠杖以赐老者"。不管寓意如何吧,鸠杖在先秦时期是长者地位的象征,赐鸠杖是尊敬长者的一种典礼,到东汉出台了明确的法令条文。鸠杖已于各地考古发掘中履现,木制的、铜制的不一,使我们有了直观认识。

《辽会要》里辟有"礼高年"条,也是自其太祖耶律阿保机起,即"省风俗,见高年",天显七年(932)有"赐高年布帛"之举。圣宗耶律隆绪时的记载更具体,统和十二年(994),"霸州民李在宥年百三十有三,赐束帛、锦袍、银带,月给羊酒,仍复其家";十六年(998),"还上京,妇人年逾九十者赐物"。此外,他们对三世、四世乃至六世同居的家庭,皆有相应的赐物、赐官奖励。前面提到的《明会要》"尊高年"条,有洪武元年(1368)诏:"民年七十以上者,许一丁侍养,免其杂泛差役。"十九年(1386)诏:"有司存问高年。贫民年八十以上者,月给米五斗、肉五斤、酒三斗;九十以上者,岁加帛一匹、絮一斤。有田产者,罢给米"。对京城应天、帝乡凤阳的富民,还有精神层面的褒奖,"年八十以上,赐爵'社士';九十以上,'乡士'",除此之外,"天下富民,年八十以上,'里士';九十以上,'社士'",等等。类似的物质政策,在建文、永乐、天顺、成化、弘治、正德、嘉靖等朝都曾施行,名目有变,数量不等就是。

清朝尊高年的一个特点是大摆"千叟宴",营造强烈的视觉冲击力。昭梿《啸亭杂录》云,康熙六十大寿(1713)的时候,"开千叟宴于乾清宫,预宴者凡一千九百余人"。乾隆登基五十年之际,也在乾清宫大摆宴席,这回参加宴会的达三千九百之众,且各赐鸠杖;1796年,乾隆九十大寿前夕,"适逢内禅礼成,开千叟宴于皇极殿",这回六十岁以上参加宴会的老人达五千九百余人,还有十多位百岁老人,"皆赐酒联句"。昭梿认为,百余年间这三次盛典,使老人们"欢饮殿庭,视古虞庠东序养老之典,有过之无不及者"。但百余年间就搞这热热闹闹的三次,难免有"形象工程"之嫌。

世易时移。今天对老人的尊,见之于行动的往往是搭乘市内公共交通工具、游览风景名胜免费等等,但目前只有部分城市能够做到,而做到的城市亦每每只尊本地户籍的老人,偏狭得很。随着我国快速步入老龄化社会,如何尊高年无疑正在日益成为检验政府责任的一个标尺。

2011 年 10 月 12 日

恶其名

湖北该简称什么,现在的"鄂"还是可能的"楚",忽然成了一个科研课题。有消息说,湖北省荆楚文化研究会将组织对湖北简称问题进行研究。他们的一个研究人员介绍,之所以确定这一课题,是因为民间和网上有此呼声,认为湖北简称"鄂"从字意和发音来说都不太妥当,建议改成"楚"。叫了那么多年,怎么就不太妥当了?哦,原来"鄂"的发音同"恶""饿""鳄",不那么好听,组合起来的话,"鄂商""鄂人"更给人以不好的联想。不过,这样的话,改成"楚"也有问题,"楚"与"杵"(捣药、捣衣的棒槌)、"憷"(害怕、畏缩)谐音,"憷人"大抵与窝囊废同义呢。

"民间和网上"如果真有这样呼声的话,也是受了传统文化的熏染吧。《东观汉记》云,汉明帝时钟离意为尚书,"交趾太守坐赃千金,征还伏法,诏以资物班赐群臣"。钟离意分到了珠玑,却"悉以委地,而不拜赐"。明帝问他怎么回事,为何见着钱财不亲?他说:"臣闻孔子忍渴于'盗泉'之水,曾参回车于'胜母'之间,恶其名也。此赃秽之宝,诚不敢拜受。"孔子听说面前的水叫盗泉,虽然很渴也不喝,曾参发现前面的街名叫胜母,赶快驱车掉头,二人都是觉得名堂不好,眼前这些都是赃物,我也不要。明帝顾及了他的感受,"乃更以库钱三十万赐之"。孔子、曾子的这个故事,很为后世津津乐道。西汉刘向说:"邑名胜母,曾子不入,水名盗泉,孔子不饮,丑其声也。"东汉王充说:"孔子不饮盗泉之水,曾子不入胜母之间避恶去污,不以义耻辱名也。"南宋辛弃疾说:"俗人如盗泉,照影都昏浊,高处挂吾瓢,不饮吾宁渴。"《后汉书》有钟离意传,整个来看,其不受盗赃倒不是惺惺作态,比方明帝"尝以事怒郎药崧,以杖撞之",吓得药崧躲到了床底下,而明帝非要揪他出来。当此之时,"朝廷莫不悚栗,争为严切,以避诛责;惟(钟离)意独敢谏争",以是"数封还诏书,臣下过失辄救解之"。

《世说新语》里有个王夷甫,"雅尚玄远",嘴里从来不言"钱"字,大约也是恶其名,俗人才谈钱吧。他老婆有一次故意试他,趁他睡觉之时,"令婢以钱绕床",看他什么反应。结果,夷甫醒来呼婢曰:"举却阿堵物。"宋朝王楙《野客丛书》释曰:"阿堵,晋人方言,犹言这个耳。"王夷甫是说,把这些东西拿开,还是不肯说出"钱"字。王夷甫无心插柳,使会意的"阿堵物"与象形的"孔方兄"一样,后来都成了钱的代名词。不过,东晋王隐所撰《晋书》说:"夷甫求富贵得富贵,资财山积,用不能消,安须问钱乎?而世以为不问为高,不亦惑乎!"今天有人谈论大人物的轶事,往往也有其身上从不带钱、手中从不摸钱的美德,其实王隐已经告诉我们了,这样的人物又安须自家带钱、掏钱乎?不要说大得不得了的人物了,元朝的刘敏中就是个寻常高官而已,也可以做到"身不怀币,口不论钱",有人前后给他张罗就是。

与盗泉"呼应"的,是广州的贪泉,不仅名字不好听,而且"相传饮此水者,即廉士亦贪",还有使好人变坏的实用功能。不过,后人不是夫子恶其名乃避而远之的态度,东晋吴隐之上任广州刺史,专门跑到贪泉去"酌而饮之",而正史中的隐之,在任时"清操愈厉",离任时仍然是个廉吏。《南史·胡谐之传》载,范柏年"出都(梁州)诸事",宋明帝也聊到了广州贪泉,因问柏年:"卿州复有此水不?"柏年答曰:"梁州唯有文川、武乡、廉泉、让水。"又问你们家在哪呢？柏年答:"臣所居廉、让之间。"一语双关,明帝很满意他的回答,"因见知"。彼时来广州当官,看来也是个肥缺,《南齐书·王琨传》有个说法,"在任者常致巨富",至于有"广州刺史但经城门一过,便得三千万"的俗谚流传。吴隐之也许是最早对贪泉"功能"证否的官员,所以房玄龄等撰写的《晋书》赞曰:"吴隐之酌水以厉精,晋代良能,此焉为最。"王勃在《滕王阁序》中也大发感慨:"穷且益坚,不坠青云之志。酌贪泉而觉爽,处涸辙以犹欢。"明朝尹凤岐《送兄广东参政应奎》,也有"珍重平生清节在,不妨引满酌贪泉"的句子。如吴隐之这种并非口头上而在行动中真正保持清廉操守的人,即使是酌饮了贪泉又能怎么样呢？

鲁迅先生有一篇《说"面子"》,谈到了国人对盗泉、贪泉一类的另一种态度,认为我们要"面子",是好的,可惜的是这"面子"是"圆机活法",善于变化。他引用日本评论家长谷川如是闲言"盗泉"的观点说道:"古之君子,恶其名而不饮;今之君子,改其名而饮之。"在鲁迅先生看来,这句话正"说穿了'今之君子'的'面子'的秘密"。而长谷川如是闲之一论,用在湖北简称是"鄂"还是"楚"的问题上,不是也相当熨帖吗？

2011 年 10 月 16 日

艳照·狎妓(续)

不久前,南昌市公安局刑侦支队破获了一个由5名湖南娄底籍人员组成的敲诈勒索犯罪团伙。他们从政府网上下载领导头像照片,用电脑软件将之拼接到淫秽图片上炮制"艳照",然后用获取的领导个人信息将敲诈信和"艳照"一并寄去。恐吓信是这么写的:"某某领导:你好!我是私家侦探公司雇员,受雇于你的对手,用针孔摄像机拍摄了你整个欢爱过程及你不为人知的一面。只要你收到此信两天内把9万元汇到我的账上,我立刻把光盘和所有证据一并销毁,否则你就将成为陈冠希第二。"

利用艳照来敲诈,这是找准了官员的"命门"。近几年来,许是舆论日益公开的缘故,官员的"艳照门"渐渐多了起来,多得"乱花渐欲迷人眼"。联系但凡落马的贪官皆有二奶、情人来看,用艳照来敲诈,至少收到"信息"的官员十之六七会胆战心惊一下吧。明朝万历皇帝那样什么时候在哪里风流过全然不记得,然起居注标明得明明白白,令他不得不承认王宫女生的朱常洛正是自己的长子。今天那些苟合过的官员,或者与之相类,哪有不"惴惴焉"的道理?当然,古代不会有利用艳照来敲诈的作案手法,一来不存在艳照,二来实在无机可乘,法律和社会舆论皆对官员狎妓认可,狎得到狎不到,狎到了又能狎多少,都是欲狎之人的"本领"

问题。

　　《墨庄漫录》云,宋徽宗政和年间,京都汴梁"李师师、崔念月二妓,名著一时",晁冲之"每会饮,多召侑席",找她二人来助兴。李师师这个名字我们都不陌生,《水浒传》说徽宗赵佶与她也有一腿。宋江到东京(汴梁)看灯,先逛红灯区——"两行都是烟月牌"的街道———一边在茶坊里吃茶,一边琢磨去哪,发现目标后问茶博士:"前面角妓是谁家?"角妓,就是歌妓。人家告诉他:"这是东京上厅行首,唤做李师师。间壁便是赵元奴家。"宋江道:"莫不是和今上打得热的?"茶博士道:"不可高声,耳目觉近。"然后宋江便要燕青安排,他"要见李师师一面";待从李门出来,宋江意犹未尽,又对柴进说:"今上两个表子,一个李师师,一个赵元奴。虽然见了李师师,何不再去赵元奴家走一遭?"《浩然斋雅谈》也说,周邦彦当太学生时每游李师师家,有天正碰上徽宗随后也来了,乃"仓猝隐去",但他把这事赋成了小词,"并刀如水,吴盐胜雪"者什么的渲染了一通。李师师后来在皇帝面前一唱,后者被感动了,"问谁所为",听说是周邦彦,"遂与解褐,自此通显",邦彦发达了。自然,这些野史都经不住考证。比方当代罗忼烈先生即认为,北宋只有一个李师师,她生于宋仁宗嘉祐七年(1062),比周邦彦小六岁,比赵佶大20岁。她在元丰时与晏几道、秦观、周邦彦交游,在元祐时与晁冲之交游,崇宁、大观时雄踞瓦肆歌坛,政和后赵佶曾听她歌唱,靖康时被抄家放逐,终年在65岁以上。由于年龄悬殊,赵佶不可能"幸"她,周邦彦和赵佶更不可能因她而打破醋坛。

　　如前文所叙,在狎妓属于正常的时代,偏偏也有人不好这口儿。《四友斋丛说》云,钱同爱年轻时曾请文徵明泛舟石湖,雇好了船,又偷偷找了个妓女,"匿于舳中",等到快开船的时候,"呼此妓出见"。文徵明一见,即"仓皇求去",然"同爱命舟人速行。衡山窘迫无计"。怎么办?钱同爱平生极好洁,"有米南宫、倪云林之癖",文徵明找到了办法,因自己"足纨甚臭,至不可向迩",乃"即脱去袜,以足纨玩弄,遂披拂于同爱头面上,同爱至不能忍,即令舟人泊船,放衡山登岸"。钱同爱"专精古学",可能比较喜欢开玩笑,梁章钜《巧对录》有他戏出的一联,谐谑同乡马承学。马氏喜欢骑马,钱曰:"马承学,学乘马,汲汲而来。"不料马承学马上回应了下联:"钱同爱,爱铜钱,孜孜为利。"当然,马氏又补充道,这不是讥笑老兄,只是为了追求对仗工整。

清朝有个李竹溪,自号"忧时子",他之所以狎妓,是因为吏治日下,觉得没得救了,"当以醇酒妇人自遣"。有一天在妓女周若兰那里冶游,若兰埋怨他不争气:"屠沽纤儿,且相率入仕途矣,君亦及时自效乎?"李竹溪辩解道:"吾有自知之明,吾无才略,无学识,不可以从政,且以席先人余荫,幸有负郭之田五十亩,足以给饘粥,更无意于仕宦矣。"关键是,自己不想去当官,却是为他人着想,"苟欲谋生,毋宁为奴为伶之为愈也。即为盗为贼,害之所及,亦不甚巨,至于官之为祸,则可以亡国,可以灭种,自好者所断不为"。因此,他说自己"虽不学无术,而天良未泯,虽冻馁至极,亦不愿以官谋生"。于是,在官与妓二者之间,竹溪认为前者逊于后者:"卿托业虽微,而人之于卿,可得精神之快乐,卿之于人,可助美感之教育。"竹溪之狎妓,真是狎出了另一种境界。

报道说,那个敲诈团伙向南昌市部分党政机关及企事业单位投递了100余封信件,在调查犯罪嫌疑人银行账户时民警发现有资金交往,据此推断可能有人上当受骗。而之所以会上当受骗,显然是自家心里的确有鬼。

2011年10月22日

脊梁

不久前，一干艺人——姑且笼统名之吧——如倪萍、田华、张继刚、刘兰芳等获得了"共和国脊梁"功勋人物、杰出人物等称号。如今的奖项多如牛毛，全国评比达标表彰工作协调小组负责人9月份介绍，仅在2006年至2009年期间，由中央纪委牵头，人力资源和社会保障部等部门参与在全国清查各种评比达标表彰项目，除保留4218项之外，其余全部撤销，居然撤了14万个之多！因此，"乱花"纷飞不假，但"迷人眼"不大可能，因为除了当事人，没谁会把奖项当回事，以为评上的那些人或作品真的就了不得。评了也就评了，你玩儿你的，爱怎么玩儿就怎么玩儿。可是，这个"共和国脊梁"还是刺痛了国人的神经，在体育界闻名后成"公知"的李承鹏先生率先向倪萍"发难"，一时间"脊梁"万众瞩目。

何以至此？名曰评奖实则敛财的主办机构在名目上玩儿大了，玩儿过了火，玷污、亵渎了带有神圣色彩的"脊梁"二字。脊梁，众所周知乃全身骨骼的主干所在，其得名或在于屋之有梁。用作比喻，辞书上说常指人的意志、胆量和节操，也可以是中坚骨干力量。不少历史人物的事迹，也确实诠释了这一点。

南宋谢枋得是与文天祥比肩的民族英雄，他的脊梁如何属于"夫子自道"。其诗曰："万古纲常担上肩，脊梁铁硬对皇天。人生芳秽有千载,世上荣枯无百年。此日识公知有道,何时与我咏游仙。不为苏武即龚胜,万一因行拜杜鹃。"苏武牧羊的故事众所周知,出使匈奴被困十九载,其间"杖汉节牧羊,卧起操持,节旄尽落,及还,须发尽白",而始终不改其志。龚胜相对陌生一些,《汉书》上也有他的传:居谏官,基本上不说好听的,"数上书求见,言百姓贫,盗贼多,吏不良,风俗薄",又"制度泰奢,刑罚泰深,赋敛泰重,宜以俭约先下",等等。谢枋得另诗曰"平生爱读龚胜传,进退存亡断得明",读的也许就是《汉书》。谢枋得以这两个人为楷模,也是这样践行的。《宋史》说他"一与人论古今治乱国家事,必掀髯抵几,跳跃自奋,以忠义自任"。南宋亡国之后,谢枋得拒绝降元,以《却聘书》言志,虽被掳去大都,终于在那里绝食而死。

明朝王信的脊梁如何则是他称,御史曹璘言其"脊梁铁硬"。王信"不营私产,金玉奇玩,一无所好",今天"就怕领导没爱好"的赖昌星要是穿越到彼时,根本无从下手。王信笃信的道理谁都明白但很少有人做到:"俭足以久,死后不累子孙,所遗多矣。"他原本是个武将,后来总督漕运,结果"帅府旧有湖,擅为利,信开以泊漕艘";并且,"势要壅水,一裁以法,漕务修举"。上任之际,他就曾豪迈地说:"此行当以江水洗涤肺肠,少尽区区耳。"重臣刘大夏高度评价他:"予在本兵日,每用一将官,思得王君实(信字)若人,那讨得来!"

在文学作品中也是这样。元杂剧《尉迟恭三夺槊》里,刘文静赞美尉迟恭的那条虎眼鞭十分了得之余,关键是欣赏他"铁天灵,铜脖项,铜脑袋,石镌就的脊梁",所以可以用来"磨障"李建成、李元吉兄弟"杀君杀父的劣心肠"。把这些人物的"脊梁"和今天的300多获奖者相比,难怪大家要骂娘了。其实以前就也还有另外一种脊梁,如《西游记》第二十七回"尸魔三戏唐三藏 圣僧恨逐美猴王",通俗地说即"孙悟空三打白骨精"。妖怪先变作"冰肌藏玉骨,衫领露酥胸"的年轻姑娘,再变作"满脸都是荷叶折"的老太太,最后变作"白发如彭祖,苍髯赛寿星"的老翁,终于被打杀后,现了本相,悟空告诉唐僧:"他那脊梁上有一行字,叫做'白骨夫人'。"今天"脊梁奖"的"脊梁"上写着什么,纸媒网络铺天盖地,基本上没有好听的就是。

李承鹏说:"倪萍如果是'共和国的脊梁',那你叫鲁迅情何以堪?"这是用鲁迅先生之矛,来洞穿"脊梁奖"之盾。然而鲁迅先生是这样定义脊梁的:"我们从古以来,就有埋头苦干的人,有拼命硬干的人,有为民请命的人,有舍身求法的人……这就是中国的脊梁。"而倪萍等人至少算得上埋头苦干的人,则承鹏兄的论据难免头重脚轻。"脊梁奖"之所以被戳脊梁骨,谁得奖是次要的,实质在于"一手交钱一手交货"的"评选"方式。有网友贴出了一份《关于参加"中华脊梁"大型文献首发式暨首届功勋中国系列人物颁奖盛典活动》的邀请函,其中标出主办方要求缴纳9800元参会费用。"共和国脊梁"与"中华脊梁",虽然名称略有不同,却同由中国经济报刊协会主办。倪萍坚持认为她没花钱,或许不假,但她没花钱不等于别人也没花。评奖沦为交易,正面意义的"脊梁"就变成了反面意义的"伎俩"。不客气地说,当下中国各种奖项的功能早已背离了其本来意义,别看挺多、挺热闹,足可用"悲哀"定性。我倒是担心,从公众讥讽谩骂的程度来推断,"脊梁"的词义就此走向反面。

2011年10月30日

小孝子

新近又一个开眼界的"工程"启动了,叫作"中华小孝子培养工程"。中国伦理学会慈孝文化专业委员会发起的,计划利用五年左右的时间在全国培养百万中华小孝子,为全国亿万孩子树立道德榜样。小孝子之"小",指的是4岁到6岁儿童。为什么要让这个年龄段的娃娃承载示范的使命呢?因为在对100名家长和教育工作者的调查中,91%的受访者——其实就只是91个——认为,4岁至6岁是培养孩子孝心的最佳时期。

"但得一子孝,便为万事足。"从前的人对孝是非常看重的。《三字经》里就有个小孝子叫黄香,"香九龄,能温席。孝于亲,所当执"。说东汉时的湖北黄香,每当夏日炎热之时,则扇父母帷帐,"令枕席清凉,蚊蚋远避,以待亲之安寝";到了冬天,"则以身暖其亲之衾,以待亲之暖卧"。这些寻常小事,黄香可能是一以贯之的,也可能是从家庭成员开始口口相传不断放大,黄香终于跻身著名的二十四孝样板之列,与成人比肩。当然,按今天的小孝子"工程"标准,9岁的黄香却"超龄"了。"融四岁,能让梨",孔融的年龄倒合适,可惜他的事迹是"弟于长,宜先知",示范的是"悌",虽然前人的标准乃"首孝悌,次见闻。知某数,识某文",孝和悌摆在同等重要的位置。所以,别低估了"小孝子培养工程",

还颇有些前无古人的意味哩。

从前讲究的孝是超越家庭范畴的。汉朝那些皇帝除了开国的刘邦之外,谥号前都有个"孝"字,开宗明义要以孝治国,甚至连他们选拔人才也叫"举孝廉",让孝子廉吏站出来。西汉董仲舒曾经建议:"使诸列侯郡守二千石,各择其吏民之贤者,岁贡各二人。"这里的"贤者",孝居其一。想来这种凭借主观感觉来操作的事情没那么容易施行吧,元朔元年(前128),汉武帝生气了:"(朕)深诏执事,兴廉举孝,……今或至阖郡而不荐一人。"他要中二千石、礼官、博士等讨论一下如何使"不举者罪"。大家研究的结果是:"不举孝,不奉诏,当以不敬论。不察廉,不胜任也,当免。"纲线一上,帽子一大,地方就没有可能完不成了,但为指标而举,变味就必然,否则无以解释汉宣帝黄龙元年(前49)的诏曰:"举廉吏,诚欲得其真也。"那个时候方方面面的全国性造假可能已成常态,此前一年汉宣帝针对各地的年终报表就说过:"上计簿,具文而已,务为欺谩,以避其课。三公不以为意,朕将何任?"他要求"御史察计簿,疑非实者,按之,使真伪毋相乱"。此是另话,且前面的拙文已有道及。东汉时,"期门羽林介胄之士",要"悉通《孝经》"。唐朝薛放曾接过这个话茬给穆宗释疑:"《孝经》者人伦之本,……光武令虎贲之士皆习《孝经》,玄宗亲为《孝经》注解,皆使当时大理,四海乂宁。盖人知孝慈,气感和乐之所致也。"穆宗频频点头称是。在官方的倡导下,古代涌现了众多的大孝子。

今天有何种行为的孩子才称得上小孝子呢?未得其详,可能有定义,但相关消息对意义强调过多,喧宾夺主,忽略了,也可能真的是不好界定之故吧。大孝子的标准其实也历来不一。东汉有个谏议大夫叫江革的,因为"母老,自挽车",就被乡人称为"江巨孝"。致仕后,章帝仍然没忘记他,命令"县以见谷千斛赐巨孝,常以八月长吏存问致羊酒,以终厥身",甚至连他的后事都考虑到了,"如有不幸,祠以中牢",就是用猪和羊作祭品供奉。比比皆是的例子还可以再举几个。南北朝时的许道幼,因母病而览医方进而钻研成名医,他教育后人:"为人子者尝膳侍药,不知方术,可谓孝乎?"元杂剧《薛仁贵荣归故里》中,薛仁贵有个观点:"古称大孝,须是立身扬名,荣耀父母。若但是晨昏奉养,问安视膳,乃人子末节,不足为孝。"明朝的江铎,"父母疾,尝药舐粪。居丧寝苫三年,经寝室必俯其首"。明朝那个短命的洪熙皇帝即位时,有人自宫以求当太监,洪熙说:"游惰不孝之人,忍自绝于父母,岂可在左右?发为卒戍边。"看看,孝的表现何其五花八门。

此外,小孝子里是否包括小孝女呢?亦未得其详,包括了吧。然在前人眼里,这显然是两个概念。关汉卿杂剧《山神庙裴度还带》中,作者借裴度的口说:"自古孝子多,孝女少。女子中只有两三个人也。"哪两三个呢,"贾氏为父屠龙孝,杨香为父跨虎曾行孝,曹娥为父嚎江孝",其中的杨香、曹娥,亦在二十四孝中分别占据了位置。小孝子可以用"工程"来培养,凭借"百日培养,三年跟踪,长期帮助",大约比从前提倡之下的"自发"行为更有了科学的意味,但不知培养者自身做得如何。我们中国的很多事情都是这样:动员、号召、鼓励别人去做什么,自己则两手抄在袖子里优哉游哉。成人之间是这样,成人对孩子更是这样,甩手掌柜的架势。目之所见,足球、京剧、中医、恢复繁体字等等,都有了"从娃娃抓起"的叫喊声。小孝子的区别之处,在于不仅喊喊而已,有了"工程"的时间表,算是迈出步子了。

2011 年 11 月 4 日

牙疼

闲翻《元曲纪事》，见冯子振《佚调》曲："华清宫，一齿痛。马嵬坡，一身痛。渔阳鼙鼓动地来，天下痛。"虽作者名曰"佚"，然时人仍以之为《题杨妃病齿图》，病齿，牙疼。唐朝的杨贵妃，不仅胖得出名而且牙疼也出名。冯子振在咏史抒怀，以为当年在华清宫中，贵妃牙疼只是自己一个受罪，到她惹出那么多事端之后，天下都跟着倒霉了。骨子里，这是"女人祸水论"论调的一种表现形式，不算新鲜。然贵妃牙疼，可以一议。

王文才先生从清何文焕《历代诗话》中爬梳出"病齿图"条，中有宋子虚《题玉环病齿图》："一点春寒入瓠犀，海棠花下独颦眉。内厨几日无宣唤，不向君王索荔枝。"何文焕云此诗"风刺隐约，正以婉胜"，而冯调则"以快胜"。陶宗仪《南村辍耕录》也说到了冯调，以为"痛快严峻，抑扬感伤，使后世之为人君而荒于色，为人臣而失其节者见之，宁不知惧乎！"又从褚人获《坚瓠辛集》中爬梳出吴草庐《杨妃病齿图》五绝一首："齿痛自颦眉，君王亦不怡，此疾如早割，何待马嵬时。"又从元张可久散曲中爬梳出《太真病齿图》："沉香亭嚼徵含商，舞挫霓裳，病倚香囊。粉褪残妆，腮擎腻玉，饮怯凉浆。贬李白因他口伤，闹渔阳为我唇亡。今夜凄凉，懒扣红牙，憔悴三郎。"说来说去，大家表达的都是与冯子振相同的意思:因为杨贵妃的牙疼病,误了大唐的江山。此外,元杨维祯亦有诗曰:"熏风殿角日初长,南贡新来荔子香;西邸阿环方病齿,金笼分赐雪衣娘。"径直认为她之所以牙疼是吃荔枝吃的,俗语"一个荔枝三把火",逻辑上的确可以这样推导。

杨妃病齿之说不知起自何时,由谁"率先"抛出。检索新旧两《唐书》,以及白居易《长恨歌》、陈鸿《长恨歌传》,对此均无道及。五代王仁裕《开元天宝遗事》说杨贵妃"素有肉体,至夏苦热,常有肺渴,每日含一玉鱼儿于口中,盖借其凉津沃肺也"。这个"玉鱼"被后世做了文章,以清季素阉主人《四大美人艳史演义》的描述最活灵活现,说贵妃"每当疾作,支颐默坐,蹙额颦眉,令人见之,不胜怜惜",而"玄宗屡敕太医,进药调治,卒无效验。遂问群臣医齿之法,苟能使贵妃止痛,不吝重赏"。这时御史吉温站出来说,他同乡朱氏家里有于阗国的特产玉鱼,"如患齿痛者,以此鱼熨贴患处,即可止其疼痛"。玄宗闻奏,即派人"乘御厩八百里骏马,至朱氏索取玉鱼"。这玉鱼"表里莹澈,鳞甲如生",索取归来时贵妃齿痛方剧,正好派上用场。贵妃"急取玉鱼在手,略一审视,便纳于口内,含于患处。俄顷之间,觉清凉之气,直达肺腑,肌肤之上,香汗霎时收尽,陡觉凉快无比,津液汩汩,自丹田透出,十分齿痛,已去其七,芳心大悦"。玄宗即兑现诺言,传旨赐吉温黄金二十斤,并赐朱氏粟三千石,帛三千匹,荫其一子为千户。张曲中的"腮擎腻玉",就是指这个玉鱼了。

玉鱼可疗齿痛,未知真假。叶子奇《草木子》中有"虎须治齿",说"齿痛,拔插齿间即愈",同样很神。对民间偏方,不能想当然地信与不信,灵就是灵,并无"道理"可讲。余少时寒冬照样在室外疯玩,双手每冻得肿胀且流脓,不知谁说麻雀的粪可治。彼时农村的麻雀粪很易收集,果然涂抹了两三次之后,双手便细腻得令人难以置信。在唐朝,虎须当是寻常之物,倘那时玄宗知道这个偏方,也许国库要省下不少民脂民膏。说到虎须还有一则旧闻,前几年虎年要来的时候,长沙市动物园曾打它的主意,当然也不是要治牙疼,而是"虎年沾虎气,驱邪避灾",真有"少量虎须出售"。有记者当时在现场看到,贵的卖100元一根,便宜的也要30元。工作人员说,虎须不是他们拔的,是老虎自然掉下被他们捡起来的。这是自然,要拔虎须,得吃了豹子胆才行。

《东坡志林》里,东坡说自己眼睛有点毛病,老要用热水洗,张文潜告诉他:"目忌点洗。目有病,当存之,齿有病,当劳之,不可同也。"接下来,他还有一通发挥:"治目当如治民,治齿当如治军;治目当如曹参之治齐,治齿当如商鞅之治秦。"东坡认为"颇有理"。曹参治齐,张扬黄老;商鞅治秦,法令至行。这两件事与疗眼疾、治牙疼究竟该怎样关联,怕是要做一篇大文章才能晓畅易懂,在下暂时就没转过这个弯来。明朝顾起元"向偶病齿痛,有人教以常漱且叩",一句"目病宜静,齿病宜动",也让他想起了《东坡志林》里的这段,可惜他把张文潜的话记成了"黄鲁直语曰"。

俗话说:"牙疼不算病,疼起来真要命。"有趣的是,与刻骨铭心的牙疼貌似相关的"牙疼誓",却是指无关紧要的赌咒,形容这个誓言微不足道,言而无信。《金瓶梅词话》第八十二回"潘金莲月夜偷期　陈敬济画楼双美"中,潘金莲责备陈敬济吃着碗里的看着锅里的,"于是急的敬济赌神发咒,继之以哭",但潘金莲终是不信,说道:"你这贼才料,说来的牙疼誓,亏你口内不害碜!"牙疼与牙疼誓如此"南辕北辙",这是十分令人费解之处。

2011年11月11日

一睡 N 年

英国最近出了个真实版"睡美人"。18 岁少女贝萨尼－罗斯·古迪尔自去年 11 月份患上罕见的"克莱恩－莱文综合征",已经断断续续沉睡了一年,其中最长的一次"睡眠"长达 6 个月。这一奇怪的病症让她错过了自己 17 岁的生日、圣诞节假期和新年假期,甚至耽误了正常的学校课程。报道说,目前全球有 1000 例此病症的患者,发病原因一直未知,医生们也没能找到治愈方法。

既曰"真实版",对应的自然就是"幻想版"。确是。法国作家夏尔·佩罗的著名童话故事《睡美人》,在我们这里也家喻户晓。故事最先于 1697 年出版,其后还有多个改编版本,其中又以《格林童话》版本最为世人熟知,即其中的《玫瑰公主》。说玫瑰公主 15 岁时中了咒语,纺锤戳了她的指头,她"马上倒在那里的床上睡着了。这种睡眠传染到整个王宫",所有的人包括国王和王后,乃至"马栏里的马,院子里的狗,屋顶上的鸽子,墙上的苍蝇,甚至于灶里燃着的火,都静静地睡着了"。一百年过去,一个王子慕名来到这个王宫,寻找到躺在那里的漂亮公主,"弯下腰去,向她接了一个吻",玫瑰公主于是"张开眼睛醒了,非常温柔地看着他",然后所有其他睡着的人们才相继醒来。(据魏以新译本)

在我们的元杂剧中,亦不乏此类的"大胆想象",虽然在年代上比他们要早,但"睡"的时间没有他们长,并且,熟睡的主人公不是"美人",基本上是各种汉子,要么"壮"要么"老",而之所以沉沉睡去,大抵都事关成仙得道,或者与功名相涉,远远没有人家的爱情故事那么浪漫。比方"十年一觉扬州梦,赢得青楼薄幸名",貌似关"情",实际上是借题发挥,抒发政治上的落魄失意。也因此,我们这边种种的"睡",就没有人家公主睡得纯粹,睡得毫无杂念,而是一定要有梦,令现实中的憧憬在梦境里得到实现,或者"受到深刻教育"。

马致远《邯郸道省悟黄粱梦》中,吕洞宾一觉睡了18年。上朝进取功名的吕洞宾,在客店里被钟离权即汉钟离撺掇"跟贫道出家去"。两人较量了一番"当官好"还是"出家好"之后,吕洞宾打定主意:"我十年苦志,一举成名,是荷包里东西,拿得定的。神仙事渺渺茫茫,有甚么准程,教我去做他?"后来,他懒得听汉钟离聒噪,索性趴在桌子上睡觉。结果被汉钟离施了法术:"这人俗缘不断。吕岩也,你既然要睡,我教你大睡一会,去六道轮回中走一遭。待醒来时,早已过了十八年光景,见了些酒色财气,人我是非。那其间方可成道。"结果,果真如此。吕洞宾梦里这18年中,先戴了"绿帽子",老婆跟"魏尚书的儿子魏舍,有些不伶俐的勾当";自家作为兵马大元帅"收捕反贼"吴元济,因为收受贿赂——"三斗珍珠,一提黄金"——干脆收兵,却正撞见奸夫淫妇;卖阵事发,迭配沙门岛,一双儿女被人摔死……因为18年间"见了酒色财气,人我是非,贪嗔痴爱,风霜雨雪",省悟到"人生如梦,万事皆空",所谓"一梦中尽见荣枯,觉来时忽然省悟",吕洞宾才毅然"拜三清同归紫府",最终得道成仙。

史九敬《老庄周一枕胡蝶梦》中,庄子则一觉睡了60年。他醒着的时候,蓬壶仙长点拨他:"你恋酒呵,多败少成;你恋色呵,色即是空;你恋财呵,那财中隐凶。都因气送了人,到底成何用?谁知你有眼无瞳!"他也是先嘴硬,然后醉入梦乡。元杂剧有这种套路,大凡仙家点化,都会用类似"黄粱一梦"的办法,让做梦之人在梦中感受尽人生在世的大起大落,什么喜、怒、哀、乐、悲、恐、惊,等等,前面的吕洞宾是这样,这里的庄周也是这样,梦醒之后慨叹不已,要戒断酒色财气,"剩水残云四五塌,野杏夭桃无数花。淡隐隐卧残霞,疏林自下,掩映着茅舍两三家",开始神往那种自然与逍遥的生活方式了。

马致远的吕洞宾睡梦故事,显然出自唐朝沈既济传奇小说《枕中记》:卢生在邯郸客店遇道者吕翁,"自叹困穷",吕翁给他个枕头,让他睡一觉。"时主人方蒸黍,生俛首就之,梦入枕中",这下美事都找上门了,数月之后"娶清河崔氏女为妻,女容甚丽",并且"旋举进士,累官舍人,迁节度使,大破戎虏,为相十余年,子五人皆仕宦,孙十余人,其姻媾皆天下望族"。不过他这一睡,时间实在短得有限,醒来的时候,主人的黄粱饭还没有蒸熟,不要说以年,连以天计都谈不上,只能以分钟计。但卢生显然很受用,醒来时不相信刚才都是虚幻:"岂其梦耶?"所以,王安石后来笑他:"万事只如空鸟迹,怪君强记尚能追。"启功先生为河北邯郸黄粱梦吕仙祠之卢生殿题写的楹联更耐人寻味:睡至二三更时凡功名都成幻境;想到一百年后无少长俱是古人。

英国"睡美人"某一天忽然醒了,言行举止都恢复了正常,虽然10天后又继续沉睡,也让一家人欣喜若狂。她自己则完全不记得患病时的症状,说:"我仿佛是进入了一个时光隧道,醒来后记忆仍停留在去年昏睡过去的那天。"这个"真实版"的睡得同样纯粹。当然,前面说了,一睡 N 年而有种种奇遇的,相当于一种教育方式。

2011 年 11 月 19 日

媚官

中国社科院政治学所从去年开始即展开了一项叫作"县处级领导干部日常工作生活观察"的课题研究,针对8省市12个县(区或县级市)的162名县处级干部,实地观察他们的工作、生活。报道说,这是"首次以科学方法描述出了我国县处级领导干部日常工作生活的一般状况"。结果表明,书记、县长平均每天工作11小时,不少领导干部感到身心疲惫。都忙些什么呢?"陪同多",部委、省里来的重要人物,要提前到高速公路口接,车队到宾馆后,吃饭、开会汇报情况,陪同到现场视察,集合开会总结情况,走的时候还要送到高速路口;"更重要的人物,四大班子领导都要来"。

这该是当下中国一种典型的官场生态。关于迎来送往应该如何的规定,想听的人耳朵里早已听出茧子来了,那边厢喋喋不休地咕哝,这边厢该干什么还干什么。禁而不止,固有上级权力淫威的成分,或许也有下级巴不得抓到了谄媚时机的成分,横竖用的是公款,还可以顺便为自己的今后名正言顺地铺路,何乐而不为之?在同一个单位的内部也是如此,"一把手"说一句话,不要说下级,哪怕班子成员都觉得非常不妥,往往也是无条件地唯"老板"马首是瞻。倘可以名之官场文化的话,则其内涵正有成为媚官之势。

官员几乎没有独立人格这种现象肯定不为我们所独有,但说我们国度历来都比较严重恐怕没人反对。元杂剧《锦云堂暗定连环计》里,董卓对迎接他的王允说:"王司徒,你偌大的官职,当街里跪着,外人观看不雅,请起。"看,连高高在上的董卓都觉得不好意思。《清稗类钞》有一则"官有奴颜奴性",金奇中说:"凡有官癖有官气者,即谓其为有天生之奴颜奴性也,亦无不可"。他进而认为我国应称"奴国",且看他的逻辑论证:"治国之以共和政体者,曰民国,言人人皆民而平等也。反是者曰帝国,专制政体则尤甚,以一人君临于上,而率土之滨,莫非王臣,则如我国之号称四万万人者,自一人为君外,余三万万九千九百九十九万九千九百九十九人皆为臣。臣即仆也,仆即奴也。然历代皇市郊天所上表文,其署衔之下,犹自称子臣,是即谓四万万人为奴,而创一特别名词,曰奴国,亦无不可"。金奇中是拿清朝说事,这套道理未尝不可以套用开去。

当然,金奇中的"天生"说应当予以否认,官员的奴颜奴性该是社会环境塑造的。一个是当官有"含金量",责任倒在其次,所以很多人都想当官;另一个是当官的渠道有问题,不是靠体制保障而是靠某个权力人物的喜怒哀乐。这样一来,弄得想当官或正当着官的,在上司面前难免诚惶诚恐,在下属面前势必颐指气使。梁章钜《归田琐记》用一个段子描述了当时官员从上衙到散朝再到回家睡觉的全过程,以为"尤堪喷饭":一曰乌合,二曰蝇聚,三曰鹊噪,四曰鹄立(站司道班),五曰鹤警,六曰凫趋,七曰鱼贯,八曰鹭伏,九曰蛙坐,十曰猿献(谢茶),十一曰鸭听,十二曰狐疑,十三曰蟹行,十四曰鸦飞,十五曰虎威(各喊舆夫),十六曰狼餐,十七曰牛眠,十八曰蚁梦。梁章钜说,这些都是他所亲身经历的情形,"归田后,历历忆之,真可入《启颜录》也"。《启颜录》,隋朝人编纂的一部笑话集子。结合那18种动物的特征和秉性,移植于耳闻目睹的官场现实,再发挥一点儿想象力,就不难活现那种情形了,不喷饭实难。所以宋朝有个叫张咏的,"不喜人跪拜,命典客预戒止,有违者即连拜不止,或倨坐骂之",后人欣赏他这种做法,以为"世俗皆好谀尚谄,正赖以此维之,庶刚方之概不致尽泯"。张咏曾在自己的画像上题赞:"乖则违众,崖不利物,乖崖之名,聊以表德。"后世出版他的集子,就叫《张乖崖集》。骂那些跪拜的人,正为"乖"的佐证之一。

可贵的是,清朝的一些人已经意识到了我们的官和欧美的官有很大不同。在他们看来:"专制与共和之大别,在其国人之虚荣心、权势心何如而已。人人存此虚荣、权势心,于是乎好做官,又媚官,又畏官,以为官者虚荣、权势之所寄焉者也。"而"欧美之国,视其官若公司中股东所雇之一经理,且目之为公仆,有何虚荣、权势之可言?故其国人不愿以非分求官,而亦不媚官,不畏官。"在绝对官本位的时代,有这样的认识实在难得。可惜,认识归认识,现实归现实。在今天,这样的认识不知又深刻了多少,媚官依旧,且愈演愈烈,何故?如前所言,根本在于有"官癖"还是因为有"官利",如果凡事都置于公众监督之下,当官的举手投足都受到限制,看谁还去争破头?

《玉光剑气集》里兴安赞美于谦:"有这般不要钱、不爱官、不顾身,昼夜忧国者,更寻第二个来!"国庆期间余游览浙江千岛湖,见岛上有明朝另一位清官海瑞的"三不亭",询之,据说是指"不怕死、不爱钱、不立党"。以于谦、海瑞的"三不"傍身,媚官则无从谈起。然而,在时人看来,他们正是"乖则违众"的一类,今天的人虽然没说出来,然而欣赏他们的铮铮风骨,客观上表明这种看法并没有改变,没有人能做到了就是。

2011 年 11 月 25 日

吝啬鬼

无论在现实中还是历史上，无论在中国还是外国，都有很多吝啬鬼。吝啬鬼的典型特征是，过分爱惜自己的财物，当用而不用，与俗话的"忒抠门儿了"庶几同义。

我们的正史记载中，曹操的堂弟曹洪、"竹林七贤"之一的王戎等等，都是吝啬鬼。王戎的吝啬众所周知，家里其实挺有钱的，"区宅、僮牧，膏田水碓之属，洛下无比"，但侄子结婚，只送了件单衣，完婚后还要了回来；出嫁的女儿向他借了点儿钱，还慢了他都不高兴。至于曹洪，《三国志》只说了句"洪家富而性吝啬"以及"文帝少时假求不称，常恨之"，然据裴松之所引《魏略》，不难窥其富及吝的大概。东汉时征收家庭资产税，曹操为司空，"以己率下，每岁发调，使本县平赀"。谯令以操、洪两家赀财等同来收，曹操说："我家赀那得如子廉（洪字）耶！"至于后一件事，《魏略》说是曹丕"尝从洪贷绢百匹，洪不称意"，这个数目当然不算小，但对曹洪显然不算多。因为结了这个梁子，后来曹丕找个"舍客犯法"的茬，差点儿把曹洪处死。

文学作品中的吝啬鬼形象更多了，元杂剧中就有不少。目之所及，尤无名氏《崔府君断冤案债主》中的张乞僧、郑廷玉《看钱奴买冤家债主》中的贾仁最为典型，读之喷饭不已。

先看《崔府君断冤案债主》。张善友有两个儿子,老大叫乞僧,老二叫福僧。乞僧病了,很严重,"觑天远,入地近,眼见的无那活的人也"。然而怎么病的呢?他有一番自道:"我当日在解典库门前,适值那卖烧羊肉的走过。我见了这香喷喷的羊肉,待想一块儿吃,我问他多少钞一斤,他道两贯钞一斤。我可怎生舍的那两贯钞买吃?我去那羊肉上将两只手捏了两把,我推嫌羊瘦,不曾买去了。我却袖那两手肥油,到家里盛将饭来,我就那一只手上油舔几口,吃了一碗饭。我一顿吃了五碗饭,吃得饱饱儿了,我便瞌睡去。留着一只手上油,待吃晌午饭。不想我睡着了,漏着这只手,却走将一个狗来,把我这只手上油都舔干净了。则那一口气,就气成我这病。"然后,乞僧就这样气死了。更绝的是,吊唁的时候,福僧与狐朋狗友拿走了两个台盏(有托的杯子),乞僧又活了,他爸爸说:"孩儿,你不死了来?"他说:"被那两个光棍抢了我台盏去,我死也怎么舍得?"

这个故事在郑廷玉杂剧《看钱奴买冤家债主》中也出现了,不同的是,主人公换成了贾仁,烧羊肉换成了烧鸭儿,吃了四碗饭,咂了四个指头,其余的情节如出一辙。有人认为《崔府君》那出亦出自郑氏,然明人臧晋叔所编之《元曲选》与今人王季思主编之《全元戏曲》均未采纳,且《看钱奴》于臧书中亦无作者。苟确同出郑氏,可见其对这个套路何其青睐有加;苟不是,似可推断这个故事如水浒故事般先已广泛传播于民间,斯时整理定型了就是。

但贾仁后面的故事更精彩绝伦。"我往常间一文不使,半文不用。我今病重,左右是个死人了,我可也破一破悭,使些钱"。终于下了决心,却是"我儿,我想豆腐吃哩"。儿子赶忙问买几百钱的,贾仁答买一个钱的。儿子说:"一个钱只买得半块豆腐,把与那个吃?"一番讨价还价,贾仁让步,买了十文钱的。因为卖豆腐的还欠他家五文钱,再因为儿子这回给足了十文,贾仁又不高兴了。儿子说欠着的五文改日再讨,贾仁则要他"问他姓甚么?左邻是谁?右邻是谁?"儿子不解,贾仁答:"他假使搬的走了,我这五文钱问谁讨?"接下来的事情更有趣,贾仁问儿子如何安排自己的后事,儿子说:"若父亲有些好歹呵,你孩儿买一个好杉木棺材与父亲。"不想当下被贾仁断然否决,他说"不要买,杉木价高,我左右是死的人,晓的甚么杉木、柳木!我后门头不有那一个喂马槽,尽好发送了!"儿子说那喂马槽太短,"你偌大一个身子,装不下"。贾仁想了想:"要我这身子短,可也容易。使斧子来把我这身子拦腰剁做两段,折叠着,可不装下也!"饶是这样,他还嘱咐儿子,"那时节不要咱家的斧子,借别人家的斧子剁",因为"我的骨头硬,若使我家斧子剁卷了刃,又得几文钱钢!"

贾仁这个诞生于13到14世纪之间的吝啬鬼形象,足令后世国产的严贡生(18世纪),以及国外的那"四大"——夏洛克(16世纪《威尼斯商人》)、阿巴贡(17世纪《悭吝人》)、泼留希金(19世纪《死魂灵》)和葛朗台(19世纪《欧也妮·葛朗台》)——相形见绌,尽管这些文学作品里的人物才鼎鼎大名。可惜贾仁被"埋没"了。吝啬鬼是这样的备受挖苦和嘲讽,但在美国学者史蒂文·兰兹伯格的《性越多越安全:颠覆传统的反常经济学》书中,吝啬鬼的形象也得到了颠覆:"在这个世上,没有任何人比吝啬鬼更加慷慨大度了,他们本可以选择恣意挥霍资源,但他们却没有这样做。吝啬和慈善之间的唯一区别就在于,慈善家所恩及的人们相对较少,而吝啬鬼却泽被四方。"(据蒋旭峰译本)有趣,这可不是正话反说。

2011年11月27日

家讳

偶然看到2009年浙江省的导游资格考试现场考试知识问答题。其中第10题是:在中国历史上,"讳"指的是帝王、圣人、长官以及尊者的名字,平时用到这字时必须设法避开或改写,叫避讳,请问"讳"和避讳的方法各有几种?标准答案是:有三种,即国讳、家讳和圣人讳。避讳的方法大致有改字法、空字法、缺笔法,此外还有读音避讳法。这个题目还是有点儿意思的,尤其是家讳,导游如果娴熟掌握运用,与游客会有更贴近的互动话题。

国讳和圣人讳,人们并不陌生,国家有统一的"标准",一望而知。《泊宅编》云,唐律禁吃鲤鱼,"违者杖六十",因为鲤与国姓李同音,甚至他们干脆把鲤鱼改叫"赤鲜公"。不管怎么样荒唐,"公开"了总让人可以"预防"。家讳的麻烦之处在于,他本人的好办,父辈、祖辈的谁能知道?所以按明朝叶子奇的说法,宋朝礼筵,"凡所招亲宾,则先请其三代名讳",你自己先报出来,便于"筵中倡优杂戏歌曲,皆逐一刊定回避"。在朝廷如此,在民间也是这样,"及入人家,皆先问父祖讳,然后接谈,冀无误犯"。但是对于家讳,往往还是"防不胜防",当然,也有"丑人多做怪"的成分。宋朝徐积的爸爸名石,他就"终身不登山,行遇石,必避之"。东坡的祖父名序,老苏文章的序就变成了引,东坡则改写为叙。就算不"怪"吧，这样严格要求自己可以，推己及人就显得不够明智，因为这毕竟属于自家的私事。

《唐语林》云，周瞻进士及第后去拜见李德裕，"月余未得见"，李家的看门人点破了他，人家讳"吉"（德裕父吉甫），而你的姓里有个"吉"啊，"公每见纸（你的名片），即颦蹙"，你没避人的家讳。这个周瞻就冤枉极了。《挥麈录》云，晏殊的爸爸名固，有个朝士拜见晏殊，询问籍贯的时候，坏了，因为他是固始（今河南信阳）人，一句"本贯固县"令晏殊很生气，"岂有人而讳始字乎？"其实朝士已经了解到晏殊的家讳，本来想说自己是始县，谁知越怕鬼越见鬼，说成了固县。《癸辛杂识》云，屠节出知道州，时贾似道为相，文书乃写作"某人知春陵州"，那是为了避贾的名讳。谁知马屁拍到马腿上，贾似道见之怒，批出云："二名不偏讳，临文不讳，皆见于《礼经》。今屠节擅改州名，可见大无忌惮，使不觉察，岂不相陷？"然后是"决欲黜之"。《清稗类钞》云，光绪时尚书裕德"屡充主试或阅卷"，凡是见到卷子里的字句有犯其家讳的，"即起立，肃衣冠行致敬礼"，然后把卷子扔到一边，看也不看。后来的考生吸取教训，"有知其家讳者，恒戒所亲勿误触之"。看看，家讳这东西一旦讲究起来，不仅弄得旁人无所适从，而且害人匪浅了。

属于家讳中的自讳也非常可笑，典型的算是"只准州官放火，不许百姓点灯"的田登。其实他的"依例放火三日"是自讳谐音，不想说"灯"而已，不巧重新组成的这句话成了权力阶层可以胡作非为而百姓正常行事都受重重羁绊的最好概括。《鸡肋编》里还有几个自讳的例子。许先之管国库，有天很多人都等着领东西，有个武臣恳请："某无使令，故躬来请，乞先支给。"这下麻烦了，"先支"犯了"先之"。许口头答应，却半天不动弹。武臣再往叩之云："适蒙许先支，今尚未得。"这下更麻烦了，等于直呼其名。

许让他"少待"，继续大念"拖"字诀，武臣终于"至暮不及而去"，恐怕他未必明白究竟哪里出了岔子。徐申知常州，有押纲使臣被盗，"具状申乞收捕"，徐申不睬。"此人不知，至于再三，竟寝不报"，当终于明白是因为没避他那个"申"时，他气坏了，找到徐申门上说："某累申被贼，而不依申行遣，当申提刑，申转运，申廉访，申帅司，申省部，申御史台，申朝廷，身死即休也！"句句犯你，令"坐客笑不能忍"。对那些自作多情的家伙，就该这么对他。

这种避家讳之风，到清朝依然盛行。《郎潜纪闻初笔》云："明季士大夫投刺，率称某某拜，开国犹然。"但到清初，"拜"字"多易以'顿首'"。有人说，这是"康熙初鳌拜专权，朝臣献媚，避其名也"。也有人说，这是鄂尔泰当国时，他爸爸名拜的缘故。又下级给上级的文字，一直用"恭惟大人"，而自庄有恭总督两江，"僚属具禀，改为仰维，或作辰维"。又大学士历来都称中堂，左宗棠入相后，"两省官吏避宗棠二字之嫌名，皆称伯相"，虽然只是音相近，但大家很知趣，也无伤大雅。相形之下，慈禧太后的小名翠妞儿，误了不少学子的前程。因为彼时有一条内部掌握的原则：试卷中不能提到"翠"字。讨厌就讨厌在他又不明说，"外省士子不及悉也"。所以某年新进士朝考，一人在诗中用了"翠浪"两个字，把阅卷大臣吓得够呛，说翠字已经用不得，何况再加个浪字，"盖京中俗谚，以浪为妇女风骚之代名词也"，这和今天差不多。呈上去呢，老佛爷一定大怒，但大家都觉得这卷子诗文均佳，"拟为周旋之，然终恐或遭不测，无人肯负责任，卷遂被斥"。就这么点儿芝麻小事，废了一个学子的前程。

今天谈及家讳，大抵可作为茶余饭后的笑料，但在从前，对当事人来说，很多时候还是笑不出来的。

2011 年 12 月 3 日

穿越

如今的人喜欢玩"穿越"。以荧屏为前导,始而作为一个噱头、一种吸引观众的手段,用业界人士的话说,这是"戏说历史的第二代作品",升级版。进而穿越的影响力从电视剧领域流向更广的层面,有些年轻人拍结婚照都开始玩儿"宫廷"了。大体上说,时下的穿越就是现代人跑到古代,古代人跑到现代。这种状况原本也有说法,不太好听,叫作"时代错乱"。

电影中早就有穿越,前些年美国的名片《回到未来》(*Back to the Future*)系列就是。高中生儿子从1985年穿越到了1955年,因此"目睹"了父母谈恋爱时的情景,并有"撮合"之功。印象最深的是儿子说他"来"的时候总统是罗纳德·里根,年轻女孩——他的母亲——瞪大了眼睛,根本不敢相信,因为里根在那时只是个好莱坞的二线演员。国产电影《古今大战秦俑情》玩儿的也是穿越,让"张艺谋"这个秦代武士在当代苏醒,洋相百出。这种穿越用钱锺书先生的话说:"时代错乱,亦有明知故为,以文游戏,弄笔增趣者。"汤显祖《牡丹亭》中,柳梦梅欲发杜丽娘之墓,石道姑云:"《大明律》:开棺见尸,不分首从皆斩哩。你宋书生是看不着皇明例。"正属此类。而2012年尚未来临,北京图书大厦中已有不少印有2012年1月或3月出版的书籍上市,则属于另外一种穿越。

但如今讲"穿越"还有一层含义是指影视剧中的"穿帮"镜头,因为疏忽或无知而导致。比方电视剧《大清御史》里,乾隆年间的钱沣家里,墙上竟挂着毛泽东龙飞凤舞的自家词作《卜算子·咏梅》;韩国电视剧《渊盖苏文》同样离谱,隋炀帝端坐在龙椅上,背后的屏风也是毛泽东手书的《沁园春·雪》。在元杂剧中,属于"穿帮"类的"穿越"更比比皆是。

《破幽梦孤雁汉宫秋》里,汉元帝登场,居然说:"某汉元帝,自从刷选室女入宫,多有不曾宠幸,煞是怨望咱。今日万机稍暇,不免巡宫走一遭,看那个有缘的,得遇朕躬也呵。"《玉箫女两世姻缘》中,唐中宗登场也是说:"寡人唐中宗是也。昨有征西大元帅韦皋班师回京,奏道驸马张延赏养女玉箫,与他亡妻韩玉箫面貌一般,他欲求成这段婚姻,寡人特取驸马还朝,与他两家成就此好事。不免宣的驸马入朝,对众文武前听寡人裁断。"我们都知道,皇帝死后往往除了有谥字,还有庙号。谥字是以"一言以蔽之"的形式给他来个盖棺定论,庙号则是在太庙里立宣奉祀时追尊的名号。元帝、中宗等字样,正是庙号,其本人无从得知,焉有自道之理?

《晋陶母剪发待宾》里,范逵像今天央视的综艺主持一样下乡发掘读书的人才,"别的书生都请了他",陶侃家没有,很着急,因为陶家"甑有范丹尘,厨无原宪米,量这些藜羹黍饭不成席",也就是"便请可也无钱"。于是,陶母"将自己顶心里头发剪了两剪,缯做一绺儿头发,上长街市上,卖些钱物,管待范学士"。然后,陶侃"收拾琴剑书箱",跟着范学士"上京应举"。应举,先穿越了;到陶侃被皇帝加为"头名状元",更穿越了。科举制度肇始于隋,东晋焉能提前上演?

《说专诸伍员吹箫》中,养由基上场诗云:"手挽雕弓胎是铁,能于百步穿杨叶。一生输与卖油人,他家手段还奇绝。"养由基以善射闻名,《水浒传》里的花荣"梁山射雁"后,吴用称赞道:"休言将军比小李广,便是养由基也不及神手。"汉朝的李广也善射,"出猎,见草中石,以为虎而射之,中石没镞"。方腊手下同样善射的大将庞万春,绰号干脆就叫"小养由基"。但养由基后面的两句,显然出自著名的卖油翁故事,本人读中学时的课本已收入了,出处似在欧阳修《归田录》:"陈康肃公(尧咨)善射,当世无双,公亦以此自矜。"有一天在自家的园子里练习,百发百中,但路过的卖油翁看见了,以为"无他,但手熟耳"。他"取一葫芦置于地,以钱覆其口,徐以杓酌油沥之,自钱孔入而钱不湿",然后说:"我亦无他,惟手熟尔。"那么,在这出杂剧中,等于春秋时的养由基在用宋人的故事说话。

类似的穿越当然不限于元曲,《西游记》第九回描写袁守诚的"卖卜之处",其中说到"两边罗列王维画,座上高悬鬼谷形"。鬼谷子是春秋时人,没问题,问题在于王维生活于唐玄宗时,而《西游记》故事却发生在太宗时,太宗时怎么会有玄宗时的王维的画?第八十七回唐僧师徒四人到大天竺国,孙悟空不明白人家榜文上的"郡侯上官"是什么意思,八戒就笑他"哥哥不曾读书",因为"《百家姓》后有一句'上官欧阳'"。然而,《百家姓》的公认作者无论王应麟也好,区适子也好,却都是宋朝人。但元曲中大约穿越的情况最严重吧,所以钱锺书先生有个结论:"后世词章中时代错乱,贻人口实,元曲为尤。"

分清"穿帮"类的"穿越"是无心之失还是无知的必然,有些意思。其实,就算是后一种,当作笑料调侃一下也可以了。顷见有专业人士认为"模糊历史",上纲上线了吧。

2011年12月10日

阎罗王

网上游戏新推出了一款《猎天》。报道说,游戏"以其鲜明的文化特色,将在 2012 年向中国网游市场奉献一道神话大餐"。在那个世界里,世界格局分为八个部分:神、仙、佛、人、妖、怪、魔、鬼。他们相生相克,看似各司其职,却因为彼此不同的追求而矛盾四起。玩家在剧情的角色扮演过程中,会上问天庭,下问阎王。

阎王,就是阎罗王,佛教里主管地狱的神。所谓"鲜明的文化特色",就是阎罗信仰在中国古代及至近代,一直根植于相当多的人们的心灵深处。在他们看来,人死之后要到阎罗王那儿去报到——不是西方的上帝——由他来审判人在生前的行为并给与相应的惩罚。《祝福》里的祥林嫂,听柳妈讲到她"将来到阴司去,那两个死鬼的男人还要争……阎罗大王只好把你锯开来,分给他们",而这些她此前在山里闻所未闻,马上"脸上就显出恐怖的神色来"。关于阎罗王的传说实在太多,有趣的是,传说中的阎罗王的角色本身似乎并非固定,倒好像官职一样是轮流坐庄的。

《北史·韩禽传》载,韩禽(即擒虎)当过阎罗王。韩擒虎的最大战功,是作为隋军先锋攻入建康,俘获陈后主,进位上柱国大将军,后以行军总管镇守西北边疆。他成为阎罗王是在其自凉州总管召还之时。有一天,"其邻母见禽门下仪卫甚盛,有同王者,母异而问之。其中人曰:'我来迎王。'忽不见。又有人疾笃,忽惊走至禽家曰:'我欲谒王'。左右问何王,曰:'阎罗王。'"左右要搒他,但韩擒虎好像明白什么了,说了句"生为上柱国,死作阎罗王,斯亦足矣",然后安详离世。

张师正《括异志》云,寇凖也当过阎罗王。王质谪守海陵时,海陵监军死去多年的母亲忽然出现了,儿子问她从哪里来,母曰:"冥中有一事,应未受生与见伏牢者皆给假五日,我独汝念,是以来耳。"监军赶快告诉王质,王质"朝服往拜",咨询一些"常所疑鬼神事",老太太显然知道但不回答,因为"幽冥事泄,其罚甚重"。王质又问:"世传有阎罗王者,果有否?复谁尸之?"这回老太太答了,有,就是近世一个大臣,但"不敢宣于口。"王质于是把家里收藏的"自建隆以来宰辅画像以示之",老太太指了指寇凖像,就是他。王质又问"冥间所尚与所恶事",答曰:"人有不戕害物性者,冥间崇之,而阴谋杀人,其责最重。"研究那段历史的人,想必知道老太太究竟在"索隐"什么。

关于寇凖为阎罗王的传说可能流传很广,为什么这样,同样得立项研究才行。《爱日斋丛抄》援引他著补充了两则。其一,寇妾蒨桃死前告诉他:"妾前世师事仙人为侠,今将别去,公当为地下主者,阎浮提王也。"后来有个叫王克勤的,还真"见公曹州境上,拥驴北去,后骑曰阎浮提王交政也"。(明人《涌幢小品》说目击者是"僧克仅",与"王克勤"该是一人吧)其二,寇凖贬谪,全系当国的丁谓排挤打击所致。神宗熙宁年间蒲宗孟、曾肇修史,因为曾肇的爷爷是丁谓提拔起来的,所以他们写出来的史就"诋寇为多,而于丁甚为明白其事"。曾肇把稿子拿给哥哥曾巩看,曾巩笑曰:"我闻莱公(凖爵莱国公)死作阎罗王,你自看取。"这意思很明白,他是谁将来都要去报到的那个地方的主管,你得掂量着办。

《玉光剑气集》云,明朝大将卢象昇因为作战骁勇,被"贼"称为"卢阎王",这是说他异常凶猛。实际上,"攘外"时他也是一样。清兵南下,兵权在握的杨嗣昌主和,卢象昇主战,他厉声斥责杨:"独不闻城下之盟《春秋》耻之乎?"当此之际不奋身报国,"何颜面立人世乎!"最后,在"三军乏食,空腹而驰"的状况下,卢象昇面对清军包围,仍"夺刀入,击杀十余人,身中二矢、二刃",终于战死疆场。《水浒传》里,"爷爷生在石碣村,禀性生来要杀人"的阮小七,绰号叫作"活阎罗",然而这里,阎罗王已指凶恶残暴的人了。

《涑水记闻》云,包拯"为人刚毅,不可干以私,京师为之语曰:'关节不到,有阎罗包老。'"他办案的时候,谁要是"有所关白",则"面折辱人",一点儿面子也不给。然包拯"刚而不愎",人家说的"若中于理,亦幡然从之",这是很难做到的。因此包拯能够令"吏民畏服,远近称之","阎罗包老"更成了一个词语,泛指刚正无私的人,只是这个定义偏窄。汤显祖《牡丹亭》第五十五出《圆驾》,已经死了三年的杜丽娘,"重瞻天日向丹墀",但究竟是真是假,柳梦梅和丽娘的爸爸杜宝各执一词。柳喜极而泣:"俺的丽娘妻也。"杜则"作恼介":"鬼乜些真个一模二样,大胆,大胆!"进而认为:"此必花妖狐媚,假托而成。"孰是孰非?"便阎罗包老难弹破,除取旨前来撒和。"撒和,调停意。那意思,阎罗包老也解决不了,还是听圣旨吧。这里的阎罗包老,就没有上面那个意思。

关于阎罗的各种故事、比附,虽尽皆虚妄之说,然其问世之时必有所指、必有抒发。应用马利诺夫斯基的功能理论,任何一种文化现象,不论是抽象的社会现象还是具体的物质现象,都有满足人类实际生活需要的作用,即都有一定的功能。至于功能如何,还须具体情况具体分析。

2011年12月15日

冬至

今天是二十四节气中的冬至。这一天的到来,标志着北半球白天最短,夜间最长;之后,昼夜长短此长彼消,到夏至时演变成白天最长,夜间最短。负笈岭南之前,我对冬至并没有特别的感觉,以为就寻常的节气而已,来了才知道其在广东人心目中的重要,至有"冬至大过年"之谓,单位要提前一个钟头下班。浏览所及,更知这是传统文化的延续。

古人非常重视冬至。用《汉书》中的话说:"冬至阳气起,君道长,故贺。"在他们看来,这一天"阴极之至,阳气始生,日南至,日短之至,日影长之至,故曰冬至"。借五行来解释,冬至是阴阳转化的关键节气。宋人徐天麟纂辑的《东汉会要》,给好几个节气立了项,其中一个就是冬至。"冬至前后,君子安身静体,百官绝事不听政,择吉辰而后省事",衙门干脆还放假休息。当然不止放假,伴随着一套相应的节日习俗。"绝事之日,夜漏未尽五刻,京都百官皆衣绛,至立春。诸王时变服,执事者先后其时皆一日",服饰上先有了变化,与此同时,还要"使八能之士八人,或吹黄钟之律、间竽;或撞黄钟之钟;或度晷景,权水轻重,水一升,冬重十三两;或击黄钟之磬;或鼓黄钟之瑟,轸间九尺,二十五弦,宫处于中,左右为商、徵、角、羽;或击黄钟之鼓"……繁琐得很。然后,

"乘舆亲御临轩,安体静居以听之"。听什么呢？先是"五音并作",然后是"八能士各书板言事",照本宣科的范式为:"臣某言,今月若干日甲乙日冬至,黄钟之音调,君道得,孝道褒。"跟后世的年终总结报喜不报忧差不多,"商臣、角民、徵事、羽物各一板"。

这些记载表明,冬至节礼仪至少在东汉时已经非常成熟,官方的庆祝活动称得上排场了。《宋书·礼志》亦载:"魏、晋,冬至日受万国百僚称贺,因小会,其义亚于岁旦。"冬至成了当时第二大节日,"万国"来朝许是吹牛皮,地方是一定要派人晋京的。南朝宋永初元年(420)八月诏曰:"庆冬使或遣不,事役宜省,今可悉停。唯元正大庆,不得废耳。郡县遣冬使诣州及都督府者,亦宜同停。"可能晋京一趟,消耗不菲吧。

孟元老《东京梦华录》描述的是宋朝民间过冬至。"京师最重此节。虽至贫者,一年之间,积累假借,至此日更易新衣,备办饮食,享祀先祖,官放关扑,庆贺往来,一如年节"。陈元靓《岁时广记》援引《岁时杂记》曰:"冬至既号亚岁,俗人遂以冬至前之夜为冬除,大率多仿岁除故事而差略焉。"盛况之下,苏东坡的《冬至日独游吉祥寺》诗,"井底微阳回未回,萧萧寒雨湿枯荄。何人更似苏夫子,不是花时肯独来"云云,就显得颇为悲凉,人家都回去过节了,只剩自己在这里左顾右盼。相形之下,白居易的《邯郸冬至夜思家》,"邯郸驿里逢冬至,抱膝灯前影伴身。想得家中夜深坐,还应说着远行人"云云,或可用凄凉名之了。

叶盛《水东日记》讲的是明朝的冬至。"初,京都最重冬至年节贺礼,不问贵贱,奔走往来者数日。家置一册,题名满幅",谁来过,还要签名留存呢。到"己巳之变,此礼顿废"。己巳之变,即发生于正统十四年(1449)的土木之变,明朝军队在土木堡被瓦剌军打败,英宗被俘。两年之后,景泰二年(1451)冬至来临,"礼部请朝贺上皇于东上门,诏免贺",这是按惯例行事,"凡遇节,鸿胪、尚宝、中书、六科直庐相接者,朝下即交相称贺"。《岁时广记》里面也说了,"冬至天子受朝贺,俗谓之排东仗,百官皆衣朝服如大礼祭祀。凡宴飨而朝服,唯冬至正会为然"。此番诏免,大约是维稳的需要。果然,这一天,叶盛还是亲眼见到"鸿胪佐贰邀大兴杨公协走贺",且杨协语中带刺:"太上爷爷不得一见,尚谁贺耶?"在这里,他显然是在公开地指责朝政,因为继位的代宗幽居了被释放回来的英宗,代宗是英宗的弟弟,他想就此由他这一支延续大明的江山。当然,他的算盘没有拨好,重病之际发生了"夺门之变",英宗复辟之后,仅以亲王礼葬了他。

顾禄《清嘉录》讲的是清朝的冬至:"郡人最重冬至节。先日,亲朋好友各以食物相馈遗,提筐担盒,充斥道路,俗称'冬至盘'。节前一夕,俗称'冬至夜'。是夜,人家更速燕饮,谓之'节酒'。女嫁而归宁在室者,至是日必归婿家。家无大小,必市食物以享先,间有悬挂祖先遗容者。"这里的郡人,说的是苏州人。顾禄还告诉我们,因为冬至"加于常节",所以他们说"冬至大如年",与广东的说法不约而同。冬至那天,"朝士大夫家,拜贺尊长,又交相出谒。细民男女,亦必以更鲜衣以相揖,谓之'拜冬'"。有趣的是,古人还发现,冬至前后如果是雨雪天气,则大年夜必晴,而如果冬至晴天,则年夜雨雪,道路泥泞,因有谚曰:"干净冬至邋遢年。"

由以上爬梳可见,冬至作为传统文化的一脉相承。而最大的变化是,官方的那一套淡出了,民间的依然保持着旺盛的生命力。感觉上,包括传统节日在内的传统文化,似乎南方保留得更纯粹一些。

2011年12月22日

金×

曾经的强人——利比亚总统卡扎菲不久前被俘、被凌辱致死了,他的那把不知道能不能打响的金手枪在反对派士兵手中高举着,给人的印象非常深刻。曾经辉煌的"健力宝"公司本来早已淡出国人视野,忽地因为"金罐"备受关注。当年,健力宝公司给几届奥运冠军先后颁发了一个和真的易拉罐一样大小号称纯金的罐子,但奥运冠军庄晓岩新近偶然发现,金罐外层的金属撕开,里面露出的是银白色。一石激起千重浪,不少当年的金罐获得者纷纷发现自己那个也不像真的。

金,黄金,一种贵金属。以之饰物,身份、财富的象征。因为贵重,许多只是颜色相近的东西也在名称上纷纷攀附,如枇杷又叫"黄金丸",雄黄又叫"黄金石",菊花又叫"黄金花",等等。元杂剧中有好多"正牌"的"金×",如《金水桥陈琳抱粧盒》中有"金弹丸"。宋真宗即位以来,"未有太子,以此圣心时常不乐"。大家想了个办法,在百花盛开的春季,因为"正是成胎结子之候",由"尚宝司打造金弹丸一枚,于三月十五日,天子亲到御园,向东南方打其一弹",然后"令六宫妃嫔,各自寻觅"。不知是什么原理,"但有拾的金丸者,因而幸之,必得贤嗣"。在经历了一番"这一个钻入叶底藏,那一个坐来枝上喘"之后,金弹丸终于射向一只锦鸠,正好打在李美人身边,给她拾去了。然而,"本是一对儿好姻缘,若刘娘娘知道呵,他可敢生扭做了恶姻缘"。

《海门张仲村乐堂》中有"金钗"。同知相公的小夫人与大夫人张氏带来的王六斤"有些不伶俐的勾当",一天相公歇息了,两个到后花园亭子寻欢作乐,不料被个曳剌(差役)撞破了。王六斤要小夫人"与他些东西,买他不语",小夫人便给了他金钗儿。不料曳剌很有原则,坚持告发,接下来的一段很有意思。同知云:"你说,他两人有甚么显证?"小夫人也不得不硬着头皮跟着叫:"有甚么显证?你拿出来!"曳剌便拿出了金钗儿。同知云:"小夫人,这金钗儿不是你的?"小夫人云:"我恰才着花枝儿抓在地下,这爪子拾了我的,他不还我。"同知这时的话耐人寻味:"夫人也,你这金钗儿掉了好几遭了也。"杨景贤《西游记》里,玄奘的母亲殷氏被贼人逼迫将刚满月的孩子"抛在江里",也是先"将金钗两股,约重四两,缚在孩儿身上",再"咬破我这纤纤指头"写了一封血书,以期"长江大海龙神圣众,可怜孤子咱!"因为玄奘的爸爸陈光蕊曾经放生了一尾南海小龙变的金色鲤鱼,所以贼人那点儿勾当早被龙宫里明察秋毫,"分付巡海夜叉,沿江水神,紧紧的防护者",这就引出了名为被渔翁实则被神灵救起的江流——后来的玄奘。殷氏留下金钗的目的,是感谢可能出现的救星,"将去买酒吃"。

《钟离春智勇定齐》中有"金鈚箭"。齐公子做了个梦,晏婴圆梦说这是暗示你未来的老婆"隐于乡村,或在林麓之间",去打猎准能撞见。公子射中一只白兔,兔子仍然跑掉了,公子很生气:"泼毛团带着我一枝金鈚箭走了也,那里去,更待干罢!众人跟着某,务要赶上。"可是,"紧赶他紧走,慢赶他慢走"。当然了,目的就是让这只兔子把公子引到正在采桑的"贤明淑女"钟离春身边。

《李太白匹配金钱记》以及《沙门岛张生煮海》中都有"金钱"。不是泛指财富的金钱,而是真的纯金制造的钱。《金钱记》中,王辅开场白即道:"圣人赐俺开元通宝金钱五十文,永为家宝。老夫将金钱与女孩儿随身悬带,教他避邪驱恶。"但他女儿"去九龙池赏杨家一捻红"时,与韩飞卿一见钟情,一时间没别的东西当定情信物,就把金钱给了他。《张生煮海》中也是金子做的钱充当媒介的爱情故事。潮州小生张生与东海龙王三女儿相恋,这回龙女以"水蚕织就鲛绡帕,权为信物",但龙王也是不同意,把女儿藏在龙宫里。仙姑便给了张生三件法物——"银锅一只,金钱一文,铁杓一把",告诉他"将海水用这杓儿舀在锅儿里,放金钱在水内。煎一分,此海水去十丈;煎二分去二十丈,若煎干了锅儿,海水见底,那龙神怎么还存坐的住?"果然,龙王说"被他烧的海水滚沸,使某不堪其热,只得央石佛寺法云禅师为媒,招请为婿"。

顷见有报道说,100年前的美国《迈阿密都市报》刊登有著名发明家爱迪生对2011年的预测:到那时黄金变得不再稀有,人们会见到纯金的汽车、轮船甚至家具。可惜,他的好多预言都对了,比如火车将会用电作为动力并且速度飞快等等,独独对黄金看走了眼。也许,自黄金被人们认识到价值所在时,它的那个超越了金属本性的功能就从未发生过改变。《死生交范张鸡黍》中第五伦退场诗云:"世人结友须黄金,黄金不多交不深。"前几天央视《新闻调查》聚焦的是"前足协官员",包括杨一民、谢亚龙、南勇三个中国足协前副主席在内的一干官员,把自己的腐败行为诠释为朋友之间如何,其实说来说去,也都是"黄金"在作祟。

2011年12月28日

后记

本集是对《无雨无风春亦归》（商务印书馆，2013）的修订，循例易名。无他，原名取得有些随意。内容方面，则尽可能剔除学识不逮的硬伤与笔误，自身努力之外，端赖大泉叮啄。

"千年往事已沉沉"，语出辛弃疾《西江月·渔父词》词，"别浦鱼肥堪脍，前村酒美重酙。千年往事已沉沉。闲管兴亡则甚"云云。应该说，调子有些灰暗。然种种千年往事虽然已经悠远，将其中一些打捞出来，大的方面来看，不失为对后世的借鉴意义、启迪意义；小的方面着眼，即诸多千年往事本身，亦不乏哲理深邃、趣味盎然的成分，集合排队，足以超越茶余饭后的谈资。

我一向认为，官修二十四史是一部百科全书，涵盖了千年往事的方方面面。倘若片面强调某一面如"贪污史""帝王家谱"等等，都不免失之偏颇。至于出自个人的野史笔记，更加丰富多彩。入宝山而空手归，前人之所不屑，是乃拙作"报人读史札记"系列落笔的初衷。

序言沿用陈春声教授当年所赐。春声先生已于 2015 年 9 月荣任母校党委书记，虽数年过去，在此仍表示衷心祝贺！

2020 年 6 月 30 日于羊城不求静斋